A CHEGADA DO CORONEL NO EXÍLIO

Yuri Machado

Editora InVerso

R. Doutor Goulin, 1523 Alto da Glória
CEP 80040-280 Curitiba-PR
(41) 3254-1616 e (41) 3558-8001
editorainverso@editorainverso.com.br
www.editorainverso.com.br
Facebook.com/editorainverso
Instagram @editorainverso

COORDENAÇÃO EDITORIAL
Cristina Jones
Editora InVerso

REVISÃO
Carlos W. Jorge

IMAGEM DE CAPA
Vlad Tchompalov/Unsplash

DIAGRAMAÇÃO
Isabella Vitória da Silva

CAPA, PROJETO GRÁFICO E DIREÇÃO DE ARTE
Adriane Baldini

DADOS INTERNACIONAIS DE CATALOGAÇÃO NA PUBLICAÇÃO (CIP)
Mona Youssef Hammoud – CRB/ 9ª 1393

M149a

MACHADO, Yuri. **A chegada do coronel no exílio.**
Curitiba.: Ed. InVerso, 2022
442p. 15 x 21 cm PTBR

ISBN: 978-85-5540-270-8

1. Romance. 2. Enredo histórico brasileiro. 3. Estresse pós-traumático 4. Fluxo de pensamentos. 5. Ficção. I. Título

CDD: B869

Romance: B869
Enredo histórico: 152.1

Para Carolina Mercês, sempre.

“Bala que dispara contra o tempo volta.”

— *Otto*

PARTE 1

1

Qual a gravidade do alerta que recebera o coronel para sumir por uns tempos ele ainda não tinha como precisar. As medidas tomavam-se uma a uma:

Tá certo,

Precaução.

Fazer o quê?

Vai, cabo.

Babaca,

Fica em paz; te dou um sinal.

Falou.

Até.

Clic.

Aos trancos, abriu o portão do sítio. O caminhão de mudança esperava atravessado na estradinha, atrás da pick-up embicada na grama.

Fugia-lhe até se aquela terra de mais de vinte anos de passar férias com a esposa situava-se em Mairiporã, mesmo, ou se em Franco da Rocha. Jesus: não sabia sequer o nome da estrada; nome de gente, um sei-lá-o-quê-Zamboni; ruivo salamandrino, irlandês, bretão-italiano; vira uma foto antiga do homem tesourando uma fita no cubículo da guarda florestal, lá perto dos bombeiros, onde parara para cumprimentar o Teixeira; aquele era o Zamboni. Tinha sido, quer dizer; estava hoje enterrado, como todos os outros que limparam a área, picaram a mata, toda a gente que cavara a represa: era-lhe estranho pensar que podiam ter chegado ali em ocasião parecida.

Exilado, como um imigrante. Diego podia acabar virando uma estrada, também; quem é que vai negar? Muitos como ele, coronéis ou bandeirantes, governadores, tiveram seus nomes consagrados por monumentos, passeios públicos, ainda que sem grandes motivos ou concordância geral.

O primeiro passo, que botava o coronel para dentro do sítio, era o mais fácil.

Contrafeito, porém, ele encarava — quase com pavor! — no alto do monte ressecado pela picada do mato aquele tédio gigantesco.

Motivo maior de constrangimento.

Sentia-se esmagado entre duas forças; como se parado em pé no baque de duas marés, é isso; uma pororoca; fabricada, por um lado, da onda original, da qual vinha fugido — e agora caçariam os coronéis, quem sabe tivesse chegado o dia D? — mais esse contrário braço d'água tombado do morro, o anunciado pela esposa: e você, não vai emburrar?; era o tédio que o olhava de volta justo agora, ali, com o portão de madeira aberto: o marasmo, outro tipo de prisão assegurada pelas árvores da Cantareira.

Estava o coronel exatamente na pororoca: o portão de madeira azul.

Buzinaram.

Para que destrinchar aquela história?

Ele estava prestes a envelhecer, aposentar.

Uma segunda vez, na verdade.

A derradeira, a mais justa, merecida; porque em mil novecentos e noventa ele era só um menino, quase, jovem demais e, pensando bem, tinha sido mesmo aquilo do que chamariam se pudessem de fato alcançá-lo; um escândalo.

Agora, esquece, tudo resolvido!:

Cala a boca, Diego — disse animado para si mesmo, alto, falsário.

Pororoca nada.

Virou-se para o caminhão:

Vem! Vem! — gritava: — Vocês vêm me seguindo!

Ó,

Ia entrando no carro, quando um dos carregadores, saído da cabina do caminhão, equilibrando-se na beira entre a terra dura e a grama alta, veio-lhe perguntar:

É esse morro mesmo que é pra subir?

É sim,

É bem íngreme,

É sim.

Será que sobe?

Ah, subir, sobe. Mas vai ter de subir em primeira.

Óbvio que o carregador não lhe pareceu feliz:

Tá certo,

Vamos?

Tirou do ponto morto, puxou o freio — torceu para o caminhão não chiar. Depois pedia a Marcos para fechar a porteira; só depois da mudança. Quem é que passava pela estrada Zamboni? Quem é que ia abusar daquele portão aberto?

Nem se deixasse dinheiro espetado na porta, pensava, nem assim. A umidade comia, mas ninguém levava. As formigas, o mofo, a lama espirrada dos pneus. A chuva pesada, o orvalho. Sentiu-se, por um segundo, intocável.

Eu disse, ele variava. Ia e vinha, desconexo, do terror absoluto ao sentimento de que era maior do que o mundo inteiro.

Tranquilizado, colocou a primeira marcha, ligou o som, pôs-se a subir. Depois, quando já via Marcos descendo o morro na direção do comboio, o coronel bracejava. Com excesso, fazendo festa. Quando o caseiro alcançasse por fim o carro, voltava a subir de carona?

Ainda se soasse forçado, acenaria igual: o empregado ia ser sua máxima companhia.

O excesso era o custo, vá lá.

Fez boa viagem?, e o caseiro não quis entrar no carro. Subia a pé ao lado da janela do motorista, conversando, com as mãos nos bolsos do moletom. Desacelerado: aí sim é que podia morrer o carro e girar os pneus em falso. Mas não disse nada. A simpatia, ainda que lhe fosse pouco natural, era bastante necessária. Não arfava pela corrida colina abaixo!, era impressionante! Marcos — como tinha saúde!

Decerto que era o ar da floresta, blindava o pulmão, as artérias, a vista, os músculos; é por isso que não tinha quantidade de cigarros, ou carne vermelha, ou cachaça, ou glúten, Nina!, não tinha nada que furasse o bruto que era o corpo dele! Intolerância ou alergia alimentar deviam lhe passar longe. Insônia. Depressão, diabetes. Pneumonia. Tuberculose. Velhice.

Aquele touro subindo a montanha era livre de tudo que mata, pensou, livre de tudo que o pode derrubar. Era livre, como o coronel ia acabar ficando, também. Com o tempo, como ele ia ser. Entupiria a cara de tudo que lhe desse na telha, daria tiros nas nuvens, de graça.

Ó, até que sim. Peguei um pouco de trânsito e um acidente na estrada, mas fiz em menos de uma hora.

Uhum,

Ah, e nem me ofereça um cigarro que eu parei de fumar.

O coronel sentia o cheiro de sol e tabaco, justamente. Aquele era o cheiro do caseiro: sol e cigarro. Isso mais um pouco de suor, como fruta fermentada. Talvez, naquela mesma manhã, antes do frio, Marcos fumasse feito louco, nervoso, aguardando a chegada do patrão; bem sabido de que desde aquele dia nada mais seria como antes.

O caseiro não podia mais cochilar, por exemplo, quando lhe desse vontade!, a qualquer hora do dia, assim — nem mesmo logo depois de comer, a barriga cheia, as sombras movediças como gelatina. Mas e Marcos?, fazia do tipo que dormia de tarde? O coronel simplesmente não sabia com o quê que ia lidar.

O trabalho dele não seria fluido, mais, organizado como se pelo próprio trabalho, cada atividade cobrando a sua própria necessidade ou urgência, prazo, horário, só. Isso sim. O resto do tempo para arrastar-se como um animal, inútil. Nunca mais.

Quando acabasse o que quer que lhe fosse a carga diária ainda teria de simular. Ser visto passando. Catando folhas que não precisasse catar. Prendendo e soltando os bois só para matar umas horas.

Novas tarefas circundariam a casa como mosquitos.

Na varandinha da casa de serviço, o pouso do caseiro, o varal, uns potes plásticos abandonados, aranhas pretas do tamanho de ameixas, alguns ossos, brancos, uma peneira de lavar arroz, sapatos molhados, sem cadarço, um gato velho, nenhuma mobília, um machado preto e recostado, uma lata de conservas, saco de pilhas usadas, o vaso onde espetavam as bitucas.

Eram vizinhos.

E Dona Nina como é que tá?

Vai bem, segue na banca. Quando ela vier eu peço pra trazer umas revistas.

Uhum,

Que tal?

Obrigado, Seu Lopes! Mas precisar não precisa não!

Um gibizinho pro Cacá, pelo menos!

Tá certo!,

O som dos passos, só.

Obrigado, Seu Lopes. Ó, e você,

Tá fazendo frio aqui, hein?

Uma neblina gasta sumia com algumas das copas à esquerda. O ar molhado doía na bochecha, num contraste curioso com poucos dias atrás. Não saía vapor do hálito quente, embora, desajeitado, o coronel tentasse fazer sair ainda agora enquanto falava com o caseiro.

São Paulo e a sua imprecisão — era bem como sempre lhe dizia Nina! —, aquela era a cidade mais indecisa do país. Podia-se ter clima de verão no meio do inverno, pensou, podia até nevar, um dia, a trinta e oito graus. A cidade é tão cheia de si que se desprendeu das estações. Faz o que quer, ainda culpa os outros. Sorriu. Desprendeu-se até mesmo da lógica. Mas não, coronel, você já não mora na cidade. Aqui são outras regras, são outras. A Cantareira é como uma imensa geladeira viva, não é?

Tá sim, Seu Lopes. Baixei as mantas do maleiro. Deixei no ar, aqui fora, pra sair aquele cheiro de guardado.

Que ideia!,

Nina.

Tá certo, então. E gear?

Não *géa*, mas vá saber.

E diga,

O quê?

O que você ia dizer, homem!

Nasceu a ninhada da cachorra. Deu cinco...

Opa! Que notícia boa!

Tudo com os olhinhos colados ainda. Desse tamanho:

Mostrou com as mãos.

Tem quanto?

Ah, foi no outro domingo.

E brincar com eles, assim,

Hum?

Já dá? Pra fazer farra, assim?

Ah, não! Minha mulher só pega pra sentir o cheiro, aperta — ela aperta, assim —, aí devolve. No máximo. Mas ela não desgruda deles, não, Seu Lopes. Vai com a boca na barriga deles que parece que vai comer.

Entendi,

Sorriu.

Tá certo.

Silêncio.

Têm nome já?

Tem não! A cachorra não é minha não, Seu Lopes, eu tava é esperando vocês. Agora, não vou mentir pra ti que minha mulher já deve ter dado lá os nomes dela.

Hum,

A bota de borracha, de goma, gemia na terra como se torcesse um bicho. Marcos respirava lentamente; era como se dormisse, como se o exercício intenso fosse o seu ponto morto, de descanso; e o carro seguia lerdo, metro por metro.

E como? Os cachorrinhos,

Que é que tem?

São seus, né, Seu Lopes.

Tá! Então, vamos lá? Né? — faltava-lhe um pouco de paciência para aquele tipo de formalidade, subalterna — A gente bota os nomes, tudo, fazemos isso hoje mesmo, juntos!,

Depois do jantar,

Silêncio.

Bom,

Hum,

Vou logo subindo na frente que esse carro aí só chega lá de noite!

Sorriu.

Pior que é!,

Ô, Marcos,

Diga,

Só antes olha daí se o caminhão tá subindo bem, daqui eu não sei nem se parou!

Parou não.

Tá certo.

O caseiro voltava a correr; subia a ladeira. Aquela conversa besta era a melhor possível.

Paciência.

Gear não gearia não — só que o frio ia por dentro do osso.

Desgraça.

Queria nomes divertidos e infantis para os cachorros? Ou nome de gente?, como Simão?, Alfredo?, Cadu?

Carlos Eduardo, disse para si mesmo enquanto um filhote o olhava no rosto, travado, inexpressivo.

Na realidade, ele não olhava.

O filhote sequer podia abrir os olhos, parecia um estojo enrugado.

Não gostou.

O que é que faria a esposa feliz?

Um nome de coisa, como um objeto, talvez: Pinga?, até que soava legal.

Já tinha visto um cachorro ter nome de pimenta, até: acho que Tabasco!, era um wishbone branco-e-preto que empesteava os sofás da sala.

Aquele maldito cachorro, de um colega da redação, arrastava ratos pra dentro de casa, ou mesmo pombas, que caçava pelo jardim; e arrastava-os por sobre o carpete deixando manchas de sangue roxo do tamanho de esfihas. Largava-os por cima da cama de casal como brinquedos de borracha. E o dono?, o que fazia?, ele contava essas histórias no trabalho, gargalhando.

Que tipo de idiota riria com isso?

Um outro cachorro, Inspetor Silva, era boxer, e gordo, olhava o dia todo para a parede da casa, imóvel, como um débil mental. Não fazia nada. Não latia. Não mordia uma bolinha!

Guilherme Arantes, ainda outro, um vira-lata bonito. E o cachorro de um sobrinho se chamava Crack, tinha um pau enorme. Desconfortavelmente grande; era impossível não olhar. Tinha os pelos desarrumados como um gambá e o saco grosso do tamanho de um punho.

Sabia que Marcos concordaria com qualquer ideia que desse, qualquer nome que lhe sugerisse — era quase uma parte do seu emprego concordar.

Pensando na esposa, ainda que achasse ele mesmo aquele nome ridículo:

João Azeite,

Esse daqui.

Tinha o focinho molhado, o coronel o apoiava na espada, na clavícula, gelava-lhe o pescoço.

Ele é cinza, até meio verde.

Marcos? Quieto. Sorria aéreo como resposta pra tudo.

O caseiro tinha nas mãos, sem muito saber o que fazer com aquilo, um prato sujo de sopa de abóbora que lhe tinha devolvido o coronel assim mesmo, sujo, depois de comer. A esposa do caseiro, numa gentileza empurrada, mas ainda assim gentil, havia pedido ao filhinho que entregasse ao coronel essa sopa, e um pouco de pão assado por ela mesma uns dias antes, o que era tudo muito bem-vindo, lógico, pão velho ou pão novo, pois o coronel não tinha pensado no jantar, no cansaço da mudança (móveis pra cá, móveis pra lá), assim comeu tudo de pé enquanto olhava a sala rústica de sua nova moradia permanente (a sala de sempre, que não parecia a de sempre, e era como se nunca tivesse estado ali antes).

Diego já entrou na casinha de ferramentas onde descansavam a cachorra e os filhotes com o prato sujo na mão. Colocou-o sem qualquer cerimônia nas mãos do caseiro, confuso.

O problema da sopa é que, ainda que bem-vinda, ela tinha chegado ao coronel com um pouco de gosto de terra, o que talvez fosse o caso do gosto de qualquer outra abóbora japonesa e, pensou sozinho, ele só nunca tivesse prestado tanta atenção no gosto de uma abóbora antes, mas, como hoje já viesse interrogativo, porque aquela gente de sítio podia ser porca, viver com verme na barriga, ele, detetivesco por precaução, considerou aquela abóbora provavelmente saída do chão ali de perto com tudo junto, e tudo junto aqui no meio do mato, do lado da floresta, não é como o pó estéril da rua que pegasse na jardineira de casa, era um pó vivo, orgânico, cheio de parasitas — ele teve a certeza de que não havia sido bem lavada antes de passar pela faca e ir parar na água fervendo, ferviam terra, aquela gente podia ser muito porca; mas não disse. Agradeça à sua mulher! Não precisava. Porque sim, praquela noite não tinha trazido nada.

Carregada de sal, ainda. E o pão, sem gosto. Mas um com o outro dava pra comer.

Tá certo,

Seu Lopes,

Diga!

Pode chamar um de Rex? Aquele ali a gente tava chamando de Rex.

Diego torcia o nariz; um ato reflexo. Outro Rex? Era disso que o mundo precisava? Riu. Valha-me, Deus. Tá bem. Claro que pode. Um. Na falta de um nome melhor, Marcos; manda ver.

Rex.

Pérola, ou Perinha, a mãe dos cachorrinhos, arfava, a língua solta, olhava para cima com desconfiança. Marcos fez que sim com a cabeça, o cigarro bem no meio dos lábios, o prato na bancada do martelo, ele agora sem poder falar.

Esse aqui é o Gomes; o que é que você acha? Gomes é um amigo meu. Vai ficar puto, ser nome de cachorro,

Riu.

Nome mais estranho, Seu Lopes,

Gomes.

Deixa, ué, fica pelo seu Rex.

Ué, Seu Lopes! O cachorro não é meu não,

É nada, isso aqui é tudo vadio, cão de ninguém. Esse cachorro não é meu também, é cachorro de sítio. Metade deles morre cedo, picado de cobra, sei lá. Não é? Melhor nem se apegar muito... não deixar o menino se apegar muito,

Silêncio. Os olhinhos fechados, o filhote, naquele quartinho sem cheiro. Como era possível?

É,

Deixa solto. Deixa a vida seguir seu curso. Morreu, morreu,

Dá não, Seu Lopes. Se deixar solto não vai ter galinha que sobre.

Ué,

Vão comer tudo as galinhas. Cachorro largado, assim, vira tudo lobo,

Ah, é... Tem isso, mesmo... Tá vendo? Não sei nada disso aqui ainda,

Hum?

Pôs o cigarro para o lado, vitorioso. De alguma maneira, na batalha oculta que se travava ali, Marcos ganhara um ponto. Sem saber bem por que, mas por isso, o caseiro de repente se animou:

Tá certo! E essa aqui a minha mulher chamou de Boneca, Seu Lopes, olha!, e ergueu-a de barriga para o patrão, espichada como uma salsicha. Tinha manchas marrons no buchinho branco e o umbigo torcido. No instante em que a gravidade a esticou ainda mais, sendo que Marcos a segurava por debaixo das patas da frente, emitiu um ganido baixo e delicado que lhe dava pena.

Que tal Bone? Tipo nome de mulher mesmo? É diminutivo de Boneca, e ainda tem duplo sentido. É um nome inteligente,

Tá certo, Seu Lopes,

Mas não entendeu o duplo sentido, é claro.

E esse é o Paul.

Hum?

Pôu,

Tá certo.

Bom, fica Paulo mesmo. Melhor? A final, é um cachorro caipira,

Você é que sabe, Seu Lopes, não é meu cachorro não,

Homem, tô te perguntando, ué!

Silêncio.

É?

É! Me dá sua opinião,

Acho que Paulo não, Seu Lopes.

Hum.

O caseiro resolveu piadar; foi avançando algumas casas:

Todo Paulo que eu conheço é meio viado, Seu Lopes. Bicha, menina. E vai que pega?,

Sorriu. O coronel deu de ombros.

Bom,

Voltou a olhar o filhote, ele agora se arrastava no piso rumo ao corpo da mãe.

Tem uns aí no centro que moram na rua, tudo maquiado, fica lá se jogando nos caminhoneiros,

É fogo! Mas, bom, fica Paulo mesmo. Acho que ele gostou, tá todo animado, ó, tem cara de Paulo. Papo. Pipa. Sei lá.

Um ponto a menos.

Tá certo.

Paulinho.

Ahan,

Qualquer coisa muda depois. Né?

É,

E o Rex? Réxa?

Hum?

Taí: gostei. Também é bom um nome comum.

Sorriu, mas a maneira um pouco mais seca com que Marcos revolvia os cachorros incomodava um pouco. Talvez fosse só frescura dele, a implicância; aceitou; o caseiro vira mais filhos do que o coronel.

Genérica. Era assim que era a cara dele. Um matuto como sempre havia um monte: como os dois que não apareciam na foto de gabinete do Oficial Teixeira que certamente esticavam a fita para o bretão-italiano tesourar. Serviam como serviria para o mesmo serviço uma árvore. Mentira. A rudeza com que mexia os cachorros era anormal. Não. Era frescura, era má-vontade.

Cansaço.

Para o resto da noite, preferia ficar sozinho.

(Na verdade, se quiséssemos também passear um pouco pela cabeça dele, Marcos preferiria igual).

Tinha um pouco de receio de ouvir um convite mais abusado do caseiro, tinha medo que ele, tendo o coronel agora menos como um patrão de férias, o dono do terreno que viesse de vez em quando a passeio, desconhecido, embora na maior parte do tempo quase não existisse, no fundo, um nome na escritura do terreno de Marcos, das galinhas de Marcos, das coisas de Marcos, passasse a vê-lo mais como uma espécie de seu semelhante, algo mais próximo dele, mais-ou-menos, um "morador" da fazenda; tinha medo que lhe chamasse para entrar na casa de serviço, sentar nas cadeiras furadas, que aquela piada dos invertidos da parada dos caminhões fosse o começo de uma ou outra ousadia maior que terminasse com dinheiro pedido emprestado, ou o caseiro chorando as pitangas por qualquer motivo da sua vida tão fodida quanto fosse, lhe contasse confidências com a esposa, piadas de camarada, "você sabe como são as mulheres", essas coisas. É um espaço difícil de compreender mesmo ao coronel esse espaço que deveria ocupar de agora em diante o caseiro, que era mais próximo ao espaço de um caseiro, mas, de vez em quando, um pouquinho mais, algo que ele ia ter de aprender logo a dosar, que ele soubesse se retrair, se retirar, quando e exatamente quando Diego precisasse, quisesse, exigisse o seu espaço, o seu domínio, o espaço de patrão, as coisas de patrão, enfim.

Talvez tivesse trazido aquele prato sujo e lhe entregado como a um mordomo por isso. Fosse importante sempre manter aquela nota, um detalhe, mas algo que sempre indicasse uma distância, ainda que logo depois o próprio coronel falasse com Marcos como se fala a um amigo.

Deitou-se sobre as almofadas do sofá ouvindo o pipocar das bolhas de ar do embalado de plástico e pensou em ligar para a ex-esposa.

Na verdade, não.

Sentia preguiça.

Tinha muito espaço na sala do sítio, razoavelmente vazia, e estes móveis diminuíam o apartamento. Nina que lhe dissera: Leva um dos sofás, o que faz o éle. Não precisa. Leva isso, leva aquilo. Não precisa. Para estabelecer um equilíbrio onde ainda se sentisse um (ex)marido amoroso, Diego fez questão de propor "trocas": e o caminhão voltara do sítio a Pompéia com um criado-mudo aqui, um lustre acolá. Então, da noite para o dia, os quartos meio carecas da fazenda se enchiam de vida. De uma vida urbana, estrangeira. Por outro lado, algumas partes do apartamento dela seriam violentadas por um ar colonial sem-sentido, algo que certamente ela acabaria resolvendo, doando, o que já não lhe dizia respeito. E comprara ele também uma série de novidades, aquela televisão acessava direto a Netflix?, pegaria cabo?, não sei como. HBO. Hoje em dia até o sertão tem wi-fi. Novinha, fina, de pendurar na parede. Seis mil, quase. Mas e o cabo da televisão de onde é que vinha praquela região? Lembrou do sobrinho. Pra que é que ia servir um cabo de tevê nos anos dois mil, também? Pirate bay.

Ligou. Nina chorando do outro lado da linha. Aquele era um golpe severo, arrebatador, não teve como evitar; Diego acabou chorando também. Não lhe era comum, chorar assim, só que também não lhe era tão raro como se pode imaginar. Gomes, humano, o amigo sacaneado pelo nome do cachorro, já brincava desde o tempo da caserna: Diego Lopes, este é um coronel chorão.

Mais tarde, varou a madrugada usando a internet do celular, vendo vídeo, foto, twitter, dormiu por acaso, esquecido. Havia ali, porém, uma autêntica, indubitável delícia; nenhum barulho que fosse; nem de gente ressonando do lado, virando, indo mijar; nem de carro, ônibus, praça, expediente, rua.

2

Abriu o computador e uma página em branco. O bastão a piscar indicativo do parágrafo já por si lhe fazia sentir útil. Vamos lá, então:

O Brasil nunca esteve tão ruim. Violência, ladroeira, PT. Deixa um pouco parado, foi beber mais água.

Não sei se fazia sentido que se escondesse em carne e osso enquanto continuava publicando o próprio nome. Bom, é uma parte, só. Respira fundo e não tira do tamanho, Diego: escondido é uma forma de falar. Crucial mesmo era o divórcio, pra se, nunca se sabe. Não tinha ninguém realmente indo atrás dele. Já era um incógnito. Tudo aquilo era o excesso do excesso de susto.

Sentou-se de novo.

Assinado: Diego de Miranda. Tanto fazia o governo, era a mesma mamata. Mas, entre um e outro, era melhor o outro. Não a bruxa. Nem o sem-dedo. Analfabeto. Vou te explicar por quê. Pelo menos, sim. Claro. Burrice. Crise. Blá blá blá. Foi pegar mais água.

Quão humilhante era escrever aquilo sem ter nem transferido uma assinatura de jornal para Franco da Rocha? Não tinha um tijolo sequer para botar a casa do texto em pé. Ia para os portais online pelo 4G, tentava ler um pouco; mas aquela tela mínima, do celular, apertava o nervo detrás do olho do coronel com as unhas firmes, não havia nem dois minutos que o esforço começava. Ia transferir o jornal, já devia ter feito isso: para Nina não lhe faria diferença. Tinha pilhas. Um bom roteador para a casa era fundamental também.

Não se tratava de férias, só — não —, mas mesmo que fosse; uma aposentadoria, hoje, não dá pra viver sem o recurso, uma tralha mínima. Queria saber se iam precisar furar parede, provavelmente sim; seria chato, mas era uma etapa.

Enquanto houvesse etapas, ele sabia, tudo ia bem.

O bastão piscando na página branca com um pouco de texto. Um pequeno mosquito caminhava pela tela como um ponto que se desprendesse do papel.

Queria era poder se demitir.

Não podia?

Já tinha percorrido todo o caminho; chega.

Aquilo lhe valera enquanto evitava o escândalo. Aos cinquenta e oito anos e, aliás — lembrou —, quase nove, em pouco tempo, estando ele aposentado completamente chamaria menos atenção do que isso, descendo a lenha, ainda que junto de um coro de comentaristas de fim de página, assinando o nome com o sobrenome da mãe. Com trinta e poucos, antes, é que era outra a história.

Mas e vai deixar a velha turma na mão? Tanto tempo daquilo!, era melhor não reclamar, esperar mais um pouco. Coronel,

Uma internet que desse pra ler, ler mesmo, é o que passava a ser urgente: até pra acompanhar, seguir o curso, o tribunal, sujo, se vinha mesmo; sacudir a trama, ficar no pé, ele também, que não tinha culpa nenhuma, porra, da Comissão. Enfim, não vale a pena falar disso. Combinara com Nina e consigo mesmo. Pronto.

Prenderam outro cara com milhares na mochila de mão em Cumbica, o imbecil, no aeroporto comendo um panini, um zíper meio aberto na mala por onde alguém notou notas e notas de cem. E de cem mesmo, dinheiro lavado ou não. Ainda ontem. O pior é que só puxaram o infeliz para perguntar o que é que era aquilo na mala; acho que nem tinham pensado, os guardinhas do aeroporto, na leseira de sempre, sonolentos, que pudesse ser dinheiro errado, não, talvez só quisessem alertá-lo do perigo de andar com tanto em espécie, vai entender?; mas o cara se entregou é porque na mesma hora chamou advogado, o diabo, disse que tinha direito. Chorou. E o que descobriram? Pronto, era assistente de senador.

Nem precisa ler mais, não é?, pode levantar aí da cadeira, escrevia o coronel, pode ir você mesmo fazer outra coisa que preste: todo mundo sabe a moral da história.

Político, rapaz. Não tem um que fique em pé se bater no dominó.

E, quando fica, quando bate bate e não cai, é porque até o juiz tá metido no meio.

Não.

Isso é que voltava sublinhado, com nota: é pra não mexer no judiciário.

Juízes, neste país, tinham de seguir meio heróis, cara. É isso ou o país acabou.

Página quase em branco. Nem um parágrafo inteiro.

Vai, Diego, só escreve isso. Pega o nome do infeliz no celular. Fala do dominó. Esquece o juiz.

Silêncio.

O mosquito caminhava na barra de tarefas do Windows.

Tinha uma ideia: e se só o transferissem de cargo na revista?, pensou. Talvez fosse fácil assim. Deixava o comentário de sempre para outro pessoal.

Dar opiniões publicamente é que era o problema. O pepino. Se o trocassem para qualquer outra função mais-ou-menos, teria tanto a agradecer!, era um telefonema só, quem sabe. Assunto encerrado. Mas naquela semana, não. Tão em cima da hora, não. Escreve qualquer merda, Diego. Não vai ter por onde.

O bastão seguia piscando, e o vento, que àquela hora podia estar bem mais morno e consolador, caricioso — ao menos do que ontem —, tremia a madeira da janela cerrada. Talvez o transferissem para a crônica, pensou, nem era tão diferente: quando desse a coceira, a raiva, até soltava uma opinião, puxava um gancho como o do infeliz de Guarulhos, mas, narrava, também, ia ser divertido: com a vantagem de que, caindo a casa, montada a forca, se tivesse de sair do radar?, era só contar alguma história de distrair as vovós. Transferir: ele estava usando uma palavra inexata; era só não chamar a seção de coluna, bastava. Não doeria a ninguém. Outra vez era só uma questão de nome. Ligar? Ou não.

É o Pelado?

Fala,

Tá ruim a ligação, coronel.

É você que tá longe, diga!

Mandou?

Não, é que vou ter de ir na cidade, e achar uma *lan house,* ainda não liguei a rede.

Já virou Chico, coronel?

Quê?

Bento, coronel!

Silêncio.

Diego foi pego desprevenido, surpreso;

Glória — o editor, claro, Dorival Medeiros de Albuquerque —, gargalhava também do outro lado da linha:

Tá quase...

Ok, tô no aguardo, coronel,

Abraço, cara

Um abraço,

Clic.

Se ele ia estranhar ou não é que seria o primeiro teste. Escolhera não dizer nada por enquanto, e, antes, deixar o arquivo chegar em mãos, bem diferente daquele que lhe vinha de costume. É que ia ter de ser outra pessoa, não ia?, ou ao menos esconder um pouco dessa. Isso dos meninos da redação, ainda que só os mais próximos, e só entre si, chamarem-no de coronel, por exemplo, e mesmo que aos outros que eventualmente os ouvissem lhes parecesse mais só um apelido do que um título real, já era um péssimo sinal e uma insistente e árida dor na barriga; pois, verdade seja dita, já foi-se o tempo em que isso — ser um coronel, e meter a patente, tão maiúscula assim, na frente do nome da gente —, era coisa boa. Um prestígio fácil. Mas, também, tudo bem; pensou Diego; que a ele não lhe faltavam apelidos, desde sempre, desde menino: para começo de história os mesmos amigos que lhe chamavam abertamente de coronel se referiam a ele por um monte de outras formas diferentes; por cada parte picotada do seu nome completo (menos Miranda), por exemplo; e às vezes até na mesma conversa — é Diego, é Lopes; na realidade isso mesmo acabou de acontecer ao telefone com o tal Dorival Medeiros de Albuquerque — e, mais, por aquela zoeira dada na redação, porque chamavam-no de "Pelado", também. Somado por fim o maldito "coronel", era mesmo como se reconhecessem nele uma porção de pessoas numa só; o que, diga-se logo, para os fins da sua intenção, que já bem sabemos que era desaparecer, era uma grande, grande, notícia.

Quando chegara forçosamente aposentado — e isso pra não dizer expulso —, recém-saído dos trinta anos de idade, salvo tão heroicamente da "miséria" pelos meninos da sala da redação, era um pato velho entre as focas.

Sim, foi encaixado primeiro para pagar o preço de novato em uma espécie meio humilhante, embora, claro, inexplicavelmente bem paga, de estágio. Fazer a vista. Não é? É preciso.

Não teve a regalia de uma mesada direta da corporação, e essa era a questão fundamental!, embora recebesse algo de um canal alternativo, magnífico, do mesmo ventre materno que era a comunidade do Exército Brasileiro aos fins dos anos oitenta; só se podia pagá-lo por uma espécie de contrabando; porque os superiores (que também tinham, além das próprias aposentadorias, uns outros patrocínios, certo, mas nada demais, também — e nem pense numa coisa dessas!), com mais direitos previstos pelo governo, repassavam religiosamente, todo mês, no que até tinha um bônus de dezembro, que era pras festas!, dali e para sempre (sim, porque se morressem havia outros), aos que seria inexplicável que tivessem acesso à aposentadoria formal, um bocado, que era o jeito de deixar o prédio invisível ainda em pé, e ninguém, como nenhum dos outros Diegos, nenhum dos outros afastados, na rua da amargura.

Claro que não era tanto dinheiro assim, porque o Exército nunca foi e nem será realmente milionário — era isso em que você pensava? Não, não. Mas na rua? Não pode ser, também. Filho seu, pobre e abandonado, abre processo e o caralho quando bem tem por onde fazê-lo.

Enfim, com a mesada do contrabando, mais a indicação, o apadrinhamento da redação, e o segundo salário hipertrofiado, tinham deixado o coronel muito bem, obrigado. Nada a reclamar.

Senão a ridícula ideia de um estágio.

Logo subiria cargos, é lógico: mas, e durante? Vinha caminhando entre as máquinas de escrever, que logo seriam Itautecs, caixotões, sob a vista estranha de um ou outro comunista — porque eles sempre existem, também, infiltrados em qualquer canto de qualquer lugar, fiscalizando a vida dos novatos, dos chefes, das moças, dos ricos, dos pobres e de todo mundo — mal cabendo em seu próprio corpo, desconfortável.

O coronel vinha portando a tiracolo uma câmera fotográfica, porque aquilo lhe parecera fazer parte da personagem, quando Dorival, que também era muito jovem mas já mandava em muito da coisa — tanto tempo estacionado ali, meu Deus, e como é que alguém aguenta uma coisa dessas? — o recebeu no primeiro dia com uma súbita e inesperada rispidez, puxando-o para a salinha dos fundos:

Uma câmera, Diego?

Ué,

Que é isso, cara?

Pô, uma câmera,

Ô, meu velho!

Como assim? Por quê?

Você é fotógrafo? Tá vendo algum estagiário com uma kodak desse tamanho no pescoço? Pelo amor de Deus, coronel!

Pô, e não tá cheio de estagiário playboy, não?

Cacete,

Então, me deixa, Dóri, porra! Isso é jeito?

Ó, não vou poder te obrigar,

Claro que não!

Mas se quer chamar a atenção pra você, mesmo, vem pro trampo sem roupa, que tal? Com a melancia.

Porra!

É, pode vir! Vem de peruzão solto, bunda de fora, e com uma faixa avisando pra todo mundo saber que a gente te pôs aqui é forçado, então você faz o que quer.

Diego olhava-o ameaçador, não tinha como: Dorival ia ter de afrouxar o cerco rapidinho:

Tá bem, coronel, faz do teu jeito.

É?

Faz do teu jeito, pô. Não vou me meter.

Obrigado,

E bem-vindo.

Tá.

Vou fazer a ronda. Se apresenta para os outros?, então?

Tá certo.

Depois a gente almoça junto. A gente e os meninos.

Silêncio.

Que é que tem de bom por aqui perto?

Ah, te mostro. Um monte de coisa.

Ok.

Agora vou lá, segue o seu dia aí, faz o que você quiser fazer,

Vendo o amigo sair, o estagiário, sem estágio, sem função, se deixaria ficar mais alguns minutos no quartinho. Respirava fundo. Olhava os pôsteres. Ia pensando mais e mais devagar, preguiçoso, outrora provando a si mesmo e ao Glória, que sim, ele fazia o que bem entendesse e podia simplesmente nunca trabalhar, nunca, e pegar o rendimento pra dormir no quartinho, não é?, e, a seguir, gradualmente, baixando a bola em um constrangimento de dar dó, no que acabou por irritar-se mais e mais com a kodak imensa que lhe pesava no pescoço:

Certo, porra. Sem kodak.

Sem kodak.

Pra desfazer o clima ruim, na hora do almoço, foi ele próprio quem contou o caso — salvo por uma ou outra alteração — ai, o pito do chefe com o desfile da câmera. Até os que ainda não o conheciam até ali gargalharam alto, estridente — prova de que o seria, por anos e anos sem fim: um até que bem-sucedido contador de histórias — com os exageros, do peru, da bunda; e não havia jeito melhor de quebrar o gelo que cercava o novato, marcar uma parte no time, do que deixar-se chamar permanentemente por aquele apelido.

Dorival o olhava dócil entre lágrimas e lágrimas de riso, transbordando a aprovação infinita que jamais voltaria a questionar.

Estavam na borda dos anos noventa e foi assim que a novela toda começou.

Só o apelido, pô?

Isso,

Só isso mesmo?

É,

Não sei...

Pensa assim, cara, quem lia reconhece e quem não lia, não. Tá perfeito.

Mas pra quê isso?

Novos ares, Dorinha.

Novos ares?

É,

Hum...

Melhor, tá gasto o negócio.

Ok.

Te envio já, vou entrar agora mesmo no e-mail.

No aguardo, coronel.

Já vai!

Ok!

Cinco minutos e tá aí!

Abraço, meu velho,

Abraço!

Pediu um guaraná a uma adolescente. Começavam a contar os segundos no canto da tela, em uma caixinha preta, um gadget que imitava uma bomba-relógio ao revés. *Lan houses* vão a preço de ouro, meu amigo, ia ter de correr com a internet. Cinco minutos e pronto. Deu um gole comprido. Está feito, Glória, nesta tarde você vai ter uma surpresa das boas.

Só que tinha um detalhe; o largo tempo que podia ainda queimar até a meia hora, uma vez que não lhe iam cobrar só os cinco, seis minutos — estava exposto o aviso em uma sulfite impressa: pouco tempo é, sempre (e essa parte se lia em caixa alta, em negrito), arredondado para cima —; e a solução que encontrou foi ajeitar-se folgadamente na cadeira de mola e abrir o navegador sem rumo nenhum.

Nas páginas de notícia, por exemplo, ele publicava comentários anônimos. Aqueles, os piores de todos. Esses eram comentários dele.

O coronel, naquele fim de tarde, chegara ao centro de Franco saído do sítio de carona com o Marcos, tinha de buscar alguma coisa na cidade.

Voltou de uber, foi uma volta bagunçada.

Como destino, Diego marcou (teve de marcar) o Parque do Juquery. Era dos poucos endereços que o mapa do aplicativo entenderia e que não estava a tanto tempo do portão do sítio.

Logo, ao sentar-se o coronel, o motorista não entendia nada: mas o senhor vai ao parque a essa hora? Não, é que eu vou pra casa e não achei como marcar o endereço no pedido, vamos indo para o Juquery e de lá vou te dizendo o caminho. Ok, se quiser uma balinha, uma água, tá aí,

Por mais que o motorista houvesse feito que entendeu, o cara não parou mais de falar sobre as trilhas do parque. Assunto para o qual o coronel cagava, imensamente.

Quando enfim chegaram ao primeiro destino, ele mesmo um pouco confuso porque não notou quando deixaram a estrada, não precisavam ter ido até ali, teriam de voltar um pedaço, o motorista voltou a lhe perguntar: e o senhor trabalha no parque? Alguma coisa assim? Porque a essa hora o senhor só entra aí acho que se tiver algum crachá, credencial, alguma coisa.

Não, meu amigo, eu só moro perto,

Francamente idiota, o motorista finalizava a corrida no aplicativo exatamente enquanto o coronel dizia aquelas palavras. Dali, ele próprio, ao finalmente entender o que tinha acontecido, não sabia bem o que fazer:

Droga, agora que eu finalizei a corrida não sei mais como funciona. Eu sou novo nisso, será que você vai ter de chamar outro carro?

Como se ao acabar o serviço ele findasse junto a cerimônia, o "senhor" foi abolido. O coronel não chegou a responder. Continuou sentado no banco de trás, abriu uma água; assistia, impassível, ao motorista, meio perdido, ele clicava metralhado o celular, o bolachão travado no painel do carro. O sujeito abria e fechava páginas aleatórias.

Depois de algum tempo com a vista solta no escuro do parque, que parecia dali não ter uma árvore sequer, um pasto crescido, uma savana largada aos ciclistas profissionais e às seriemas, disse ao motorista:

Olha, meu amigo, se te avisei desde lá atrás que eu não vinha para o parque. Eu não entendo nada dessas coisas de aplicativo, mas você me leva pra casa e depois descobre. Não é longe, dá partida aí e vamos nessa que aqui tem cara de ser perigoso.

Tá...

Não deu partida.

...mas como é que a gente faz?, cobra por fora?

Eu não trouxe dinheiro, amigo, botei a viagem no cartão. A cagada foi sua e não é longe daqui. Faz favor?

Quanto tempo é daqui mais ou menos,

Não sei, meu amigo... passa a represa, lá na frente, tem uma estrada de terra e avança um ou dois quilômetros, acho. Daqui se eu for chamar outro carro vou ficar duas horas no meio do nada, não passa ninguém. E me desculpa, cara, mas a cagada foi sua. Faz favor,

Não tem uns cinco reais aí com você, sei lá? Porque aí fica... difícil, dar carona assim,

Por algum motivo ele abria a porta do motorista e desprendeu o cinto. O carro apitava, a luz do teto acendeu. A primeira reação do coronel foi cobrir o rosto com as mãos.

O senhor... me entende, isso aqui é... meu emprego, não dá pra trabalhar de graça, também?!

Me leva em casa que chegando lá eu te dou até dez, vinte, se você quiser, pode ser?, agora vamos?

Fechou a porta e deu partida. Fizeram uma longa ré até o retorno para a estrada em silêncio e então o motorista voltou a perguntar:

Não é muito longe, né? Porque dez reais, assim, não... dá pra ir muito longe, também,

O coronel calou-se, olhava o nada se esticando por quilômetros, por todos os lados. Teve certeza, mas tampouco quis discuti-lo, que não deveria ser nada difícil reiniciar a corrida com o mesmo carro, sentado ali. Provavelmente era o coronel quem teria de dar algum comando ele mesmo, que o motorista aceitaria no celular dele, pelo aplicativo, tudo certo, pronto. Até por isso, naquele instante, viu-se um pouco preocupado. Impossível não desconfiar das intenções do homem: parecia realmente um tanto ansioso, fora de si; como se tivesse um plano, um combinado, e, porque suava frio, não fosse muito experiente em seja lá o que tivesse sido contratado pra fazer, arregava, enrolava.

Finalizada a corrida até o parque, já não havendo laços comprovativos, nada que o ligasse mais ao paradeiro do coronel que, para todos os fins, numa investigação futura, por exemplo, teria sido deixado pelo uber nos portões do Juquery — não se sabe por quê, também, mas não é trabalho de um motorista perguntar —, o caso acabaria dando em nada, insolucionável. Sumido para sempre o coronel, o corpo largado em qualquer lugar-nenhum das bordas da Cantareira, a polícia até podia chamar o motorista a depor, mas e o que mais? Tratava-se de um senhor de quase 60 anos deixado sozinho no meio do nada, quem sabe para que fim escuso?, talvez drogas ou, se o motorista soubesse — é óbvio que ele sabia, e bem por isso é que tinha se acovardado — que se tratava de uma espécie de fugitivo, talvez para se encontrar com um comparsa, como se o Exército Brasileiro fosse algum tipo de máfia — o que também não soa tão tão absurdo assim —, houvessem se desentendido os dois, pronto. O motorista podia ser uma espécie de justiceiro social. Ou, muito mais provável, é verdade; poderia ser ele apenas um desses assassinos de ocasião, alguém muito curioso com o que sentiria, num intervalo de uma vidinha chocha, desanimada, se arrancasse em segredo — dada a coincidência de um momento perfeito como aquele — a vida de alguém.

Viro aqui nos bombeiros? É pra atravessar a represa?

Voltou a si:

É, isso mesmo,

Ish, essa estrada aqui é só buraco,

Sorriu.

Mal viravam no acesso à estradinha e o carro saltava como um sapo perseguido:

É, pior que é,

Passa muito caminhão, será que é por isso os *buraco?*

Uma bronca na suspensão, como a porrada de uma pedra na barriga do carro.

Nossa, quando chove deve ser só gente atolada aqui,

Passaram a represa, um imenso pastel de água parada. Uma lua incomum, quase vermelha, corria por cima das copas escuras. Por ali, nos fins de semana, muita gente vinha das cidades vizinhas para nadar, estacionando os carros cobertos de terra na beira da Zamboni, descendo a pé, num carregado de churrasqueira, boia, isopor de cerveja, até a água barrenta e gelada, as larvas de mosquito patinando num liso mole. Eventualmente se ouvia música tocar desde a casa do sítio. Hoje não tinha ninguém.

Te aviso no portão, eu desço na estrada mesmo, aí você não precisa subir.

Ok,

Aquela era a hora do homem perceber, caso ele não fosse um completo mongol, que, caso não subissem juntos, ele não teria como se assegurar de que o coronel voltaria em seguida com o dinheiro. Do portão até a casa era um bom tempo a pé, atravessando a vilinha de construções meio irregulares dos parentes de Marcos, com uns cachorros bravos, completos desconhecidos até mesmo do coronel, eles que eram meio deixados ali pra morar de graça, cuidando do terreno para si mesmos (mas, claro, indireta e às vezes — nem tanto às vezes, também — diretamente para ele, no auxílio meio que voluntário de uns serviços do caseiro, porque o sítio ia muito além da sede, invadia a floresta, e era bastante mais do que trabalho para um, ou dois), e, então, vinha uma longa escarpa, uma capelinha, um gramado, uma escada, um pequeno bosque, aí a casa, as trancas, a sala, o quarto, a gaveta, o dinheiro.

Pode parar aqui, amigo,

Aqui nesse portão azul?

Nele mesmo,

Parece que tá trancado,

Não tem problema não, amigo, eu me viro,

Tá bom então, senhor. Boa noite,

O coronel, abobalhado, meio que pego de surpresa repetiu:

Boa noite.

Aberta a porta, pisou na terra como se pisasse na lua. Como assim boa noite? Batendo a porta, vendo o homem à meia-luz do portão, parte no breu do carro, aproveitou ainda a janela aberta:

Bom serviço aí pra você,

Ah, valeu! Por aqui ainda vai longe,

Finalizou o comentário com um sorriso, moveu o carro pra começar um balão, ia voltando para a estrada. O coronel restou parado, olhando o carro sumir. Como assim boa noite?

Tirando a chave do bolso, abriu o cadeado e iniciou a subida. Aquele homem tinha um parafuso a menos.

No caminho, não viu uma luz ou movimentação qualquer entre as casinhas ocupadas — ora não, pelo jeito —, pelos primos, tios, do caseiro. Nem viu, graças a Deus!, nenhum cachorro bravo, desconhecido. Antes, quando vinha só de fins de semana, não se incomodava com aquela gente ali. Funcionava como uma enorme portaria. Uma guarda meio selvagem, montada nas pernas do sítio. Agora, morando de vez na sede, ele assumidamente sentiria alívio uma vez que o caseiro lhe desse a boa e verdadeira notícia: aquelas casinhas haviam sido abandonadas por completo. Ninguém mais morava ali. Porque os parentes, parece, não voltariam mais, não precisava mais, aquela gente tinha se virado melhor em outro lugar.

O alívio lhe vinha por vários motivos: primeiro que, enfim, era uma situação irregular. Quanto menos brecha pra problema àquela altura, melhor. Segundo que era um certo pé no saco cruzar com os semiconhecidos pelo jardim. Como não eram bem seus empregados, uma hora ou outra podiam, como acontecia, aparecer de mau humor, fazer careta, chegando ao ponto insustentável (mas, por anos, sustentado) de um ou outro adolescente, o sobrinho ou neto de alguém, o indireto do indireto do indireto, que surgia por ali, virar o olho quando o coronel e a esposa passavam caminhando, porque esse adolescente sem-rosto, por exemplo, jogava uma bola com amigos (claro! Porque como é que você vai impedir o cara de trazer amigos se ele mora ali?), ou qualquer coisa do gênero, em algum dos gramados do sítio, e se sentia interrompido por aquele intermediário de patrão, também sem-rosto, passando. No seu sítio. Percebe?

Nessas horas, assim como com o caseiro, que o coronel às vezes precisava dar-lhe um tranco que o relembrasse rápido da sua correta posição, de empregado dele, era preciso que Diego sublinhasse o favor que prestava ao deixar que os outros, os parentes, morassem de graça no terreno. Em uma dessas vezes, não se aguentando de raiva, gritara o coronel a um grupo de adolescentes:

Assim já é demais, não é? Não tem cabimento, também,

Olhos metediços da molecada.

Vocês tão ficando folgados, gente!, vão jogar bola lá pra baixo, pelo menos!

O esvaziamento daquela vila, no entanto, significava quem sabe um outro problema trabalhista: Marcos poderia acabar implicando com o excesso de trabalho — que, bem, ele tinha razão —, e se isso acontecesse era um piscar de olhos pra cair uma porra de um processo ou qualquer coisa assim em cima dele. Bom, em cima da Nina.

É outra coisa que no fundo não acontece, na realidade. Se arranja uma saída. Para esse tipo de situação há séculos e séculos de saídas.

Em casa, de noite, relia algumas vezes o arquivo que enviara para o sócio.

Seguia sem qualquer resposta.

Lhe enviara um misto de folhetim sem conflito, uma merda, um ou outro comentário político, o que significava que em um futuro próximo ia ter de criar algum evento, alguma trama, dar fôlego à história. Percebeu que estava seguindo a sugestão de Nina, mesmo sem querer, e de repente o melhor mesmo era abrir o jogo com a revista e chamar aquilo de ficção.

Publicavam, também; ele bem sabia disso. E havia outra imensa vantagem na proposta: ele pegava um dinheiro quem sabe por um livro todo e podia sair de vez do radar por meses, até anos, no lugar de escrever a coluninha semanal: ele podia tanto estar aposentado quanto, na verdade, não; fazendo o que os escritores conseguem fazer, e são famosos por isso; que é vagabundear longuíssimos períodos de tempo sem ninguém botar os sujeitos na parede por nada.

Com um livro ruim daqueles, nem precisaria preocupar-se em ter o desgosto, o azar, de fazer sucesso.

Se fosse o caso, aí sim, o tiro sairia pela culatra e ele virava o bode dos bodes. Até para a própria autoestima lhe faria muito bem: vou escrever mal de propósito, Nina. Pra realmente só ler quem não tem mais o que fazer da vida e nem ninguém que lhe dê melhores ideias.

Leitores de banca, ou de blog. É a mesma história com um e com outro.

Podia prever que Gomes ia crucificá-lo. Verdade. A piada ia esticar-se por décadas.

Só que Diego relembrava-lhe o nome dado ao cachorro, a sacanagem, muito certo de que por isso mesmo toda e qualquer piada maldosa que viesse a seguir já nasceria vingada. Em outras palavras, aquele golpe não estragaria por nada.

Para o cenário? Ficariam de fora todos estes lugares de onde normalmente vêm os conflitos mais sedutores ao público. O mistério de alguém que morreu, por exemplo, uma separação muito triste. Geralmente, na forma básica que se costumava utilizar, esses conflitos vinham de um súbito desarranjo das coisas. Assim, e se a melhor das ideias fosse, para realmente garantir-se do insucesso da empreitada, seguir naquela nota da abertura que enviara?, aquele meio-pau, esvaziado, sem conflito nenhum?, sem desarranjo? A coisa mais chata do mundo? Não podia ter morte e não podia ter separação; e repetia isso para si mesmo, agora em pé: Isso só para começo de conversa. Na verdade, teria de ter cuidado inclusive com isso de nada acontecer, pensou, para que o conflito não seja — como era a bem dizer ali, em Franco da Rocha, agora que se afogava deste lado da pororoca — o tédio, em si, a paradura, desarrumando tudo.

Quis então rever o próprio caso de Franco — neste momento, aliás, estava claro que optara por esquecer Mairiporã onde quer que aquilo fosse: estava em Franco, findo, ponto final; pois já lhe bastava ser obrigado a gerir vários Diegos; não ia querer, também, estar em mais de um lugar ao mesmo tempo —: e ele, o coronel, vinha mesmo se afogando no tédio?

Mudara-se há pouco mais de um mês, e considerava que já era tempo de pensar no suicídio, de tanto que não ia ter nada o que fazer.

Só que não.

Todo o marasmo, pensado, o tal do aborrecimento, não vinha.

O que é que estava fazendo de errado? Era aquilo que a sua personagem tediosa devia imitar? Ou, na verdade, não: Cale a boca, Diego, que o que te salva do tédio é a paranoia; o que dá um conflito sabido, dos bons, e não vai ter quem negue.

Tem geralmente que haver uma linha de normalidade e um desarranjo para consertar. É nisso que você tem de voltar a pensar, Diego; essa é a fonte de todo conflito. Faça um homem sem graça. Pense nos irmãos Coen, Diego, mas, por favor, não faça isso! E se o homem sem-graça, sem-evento, for a nova febre esperando para acontecer?

Parou.

Ora, Diego, só escreva alguma coisa. Vai com toda a certeza sair muito ruim.

Sorria sozinho, tranquilizado; olhava para o teto.

Esta história se passa em um subúrbio americano, até porque nunca esteve nos Estados Unidos e não vai pesquisar mais nada — facilmente o descreverá com absurdo, vai errar viciosamente em todos os cenários, todos os detalhes. A protagonista é Noah (e não traduza este nome, Diego, que é para o povo não saber pronunciar), que tem uma família normal; o de sempre. É inverno, mas bem pior do que o de Franco da Rocha. A cronologia tem que ser confusa, bastante, mas sem nenhuma razão. Depois de maio veio janeiro. Dane-se.

Distraindo-se, passara ao sofá: será que Noah é mesmo um bom nome, dos difíceis de pronunciar? Falando agora parece se dizer como é escrito, quase; fora este agá que não tem qualquer motivo de ser por aqui. Bem, já foi, isso está na mão do Glória, lá na redação.

Ele é adulto meio recente, saudável, com independência financeira — mas nenhuma riqueza extravagante. Cuidado. Outra vez lhe acendia um aviso: ouvira, certa vez, de um site que fazia sucesso reunindo apenas pequenas histórias onde tudo era meio-termo, como aquela, atingira um imenso sucesso, uma tremenda novidade. Mas voltava à calmaria: Diego, continua, isso vai ser ruim. Só continua:

Ele às vezes visita os pais porque precisa visitar. Agora tirou férias para ficar em casa. O filho mais novo está exatamente no filé mignon dos filhos — e, Diego, diga exatamente assim: "filé mignon dos filhos", porque essa é imbatível! — entre as fases chatas que todo pai deve conhecer. O menino já não chora, vomita, berra e nem começou a se revoltar. Jules, que deve ler-se "Djuls", mas com toda a mais irritante e inalcançável perícia — e este, sim, não vai ter um brasileiro que saiba falar perfeitamente —, é o seu nome. Tem quatro anos. É calminho, e brinca fazendo só a bagunça suficiente para ser gostoso de assistir. Depois, ele sabe arrumar tudo o que tirou do lugar.

Perfeito.

Terrível.

O grande golpe é contar a história da vida perfeita.

Você já achou a joia que queria, Diego.

Colocar felicidade, satisfação, às toneladas no lugar do conflito: não pode ter nada mais purgante na Terra. O único público disto será mesmo as vovós.

O segundo filho, Liam, deveria estar chato — seguindo a mesma regra da idade —, mas, por intervenção fenomenal, simplesmente é um bom menino. Um pré-adolescente bem resolvido que, na tarde que se seguiria à introdução do livro que já não podia retocar (onde nem filho aparecera!) pediu para provar a cerveja do pai pela primeira vez. Sim, pode, Liam!, sem sobressalto, visto que Noah conhecia muito bem, como a palma da mão, a cabeça do filho e, sabe, não representava risco nenhum aquela cerveja. Liam, tendo provado a long neck perfeitamente gelada, fez, como todo pai imaginaria, careta, claro, disse saber que ia acabar gostando daquilo depois. Rá rá rá. Noah, paternal, dava tapas ritmados nas costas do filho, de leve — era um homem muito amoroso —, deixava por último a mão ficar:

Você vai curtir, filho, é bom. Não tem problema gostar.

Grace, que se lê "Gureiss", quase escondendo o "u" — e imagine então a habilidade exigida para se ler esta trolha por aqui, e reafirme a certeza absoluta de que este livro não fará nenhum sucesso — entrara na cozinha e, sem dar um pio enganado sequer, compreendera a ideia do marido:

O pessoal que você vê bebendo demais, filho, mesmo para eles isso é só uma fase.

Deixa eu tentar de novo?

Deixo, claro.

Prova, filho!

É bom! Faz bem!

Olhando para a página de word repleta de texto, agora, o coronel ria-se da vontade aguda que tinha de matar aquela família inteira de personagens. Estava dando certo justo por isso, pensou, mas, e se pudesse levar a morte a cabo, escrever todo um incidente horrível, conseguinte; como ele o faria? Se o livro tivesse drama, mistério — só neste caso, pra passar o tempo, tomar uma água, no plano teórico —, o que podia estar prestes a acontecer? Schwartz Lawrence The Second viria com o novo parceiro, Richard LaPlage, investigar o estranho padrão das mortes, e como o assassino fizera para enfiar-lhes em todos sem nem cortar os lados da boca, sem um furinho ou corte que fosse, as latas inteiras de cerveja fechada (ou eram long necks?) goela abaixo? E Diego já se via escrevendo o diálogo mental, pensando no pequeno perfil instantâneo que construíra mentalmente de cada personagem e qual dentre eles daria o mais provável assassino. Se fosse uma boa história, entretanto, teria de descartar este suspeito — o mais provável —, preferindo para o twist do final do segundo ato que fosse o culpado menos óbvio.

Ato? Alguém chama isso disso?

LaPlage e The Second só lá na frente descobririam — eram geniais! — e a real história se desenrolaria depois, no cotidiano de Jules quinze anos passados, quando seria adotado por LaPlage após perder sua mulher em um acidente do metrô de Nova Iorque e sentir um inexplicável amor paternal ao lembrar do menino, o assassino, escondido tremendo no armarinho de roupa suja da lavanderia da casa do subúrbio dos Estados Unidos. Jules teria passado por uma espécie de reformatório para crianças pequenas e depois crescera anos em um orfanato para criminosos. Existe isso? Nunca se soube, porém, como o menino pusera tão gentilmente as latas na garganta dos pais e do irmão para que morressem sufocados sem um corte sequer. LaPlage o adotaria adolescente, pouco antes dos dezoito anos, mesmo sob protestos de The Second, que se tornara, quando da adoção, o seu chefe no departamento de polícia. O clímax do clímax, claro, teria de ser a descoberta de como o menino fizera a mágica das latas, das long necks, talvez em alguma recaída assassina depois de cem páginas do suspense: Será que Jules deixara ou não de ser violento?

Terceiro ato.

Mas volta, Diego, chega.

No word aberto ele dizia assim:

Eu até gosto da cerveja bem na hora em que eu a ponho na boca, papai, mas depois vem um gosto amargo, no final, que ai...

É mesmo, filho...

Se é!

Né?

Você tem toda a razão,

É!

Mas deixa o tempo passar, rapaz,

Por quê?

Porque você vai gostar desse amargo aí, filho!

Duvido,

Eram nove e meia da noite, Diego sentia fome.

Pensou no uber.

Podia bem encerrar de vez aquela quarta-feira atarefada, cortar uma cebola em pedaços bem pequenos para fritar com o alho uma moela. O cheiro da rúcula ainda habitada de pequenos insetos deixada na temperatura amena da adega tinha se espalhado pela casa. Mexeu-se dali, convencido de que era hora do jantar, assobiando com a porta aberta para que Azeite, o cachorrinho já favorito, que dormitava mexendo as patinhas vez ou outra como se sonhasse bem próximo à porta (separado dos outros por sua própria conta e risco, daí a predileção do dono) logo despertou para o chamado com uma energia hiperbólica, assustadora, o que fez com que o coronel logo se arrependesse da ideia. O cachorrinho, pulando, sujava-lhe a calça do pijama com uma lama ressecada que se deixava aos blocos, minúsculos, mas blocos.

Bem, agora não tinha mais o que fazer:

Vem, Azeite!

Richard LaPlage.

Schwartz Lawrence The Second.

Outros nomes dentre os mais abomináveis.

Não sabia nem por que pensara, com Richard, em um sobrenome francês. LaPlage. Também não havia estado na França, aliás, nunca fora à Europa. Quem é que tem esse tempo?

Glória, talvez — e não tinha quem ouvisse a piada: contá-la, assim, não valia a pena. Mesmo Azeite, esgotando-se rápido, voltava a dormir perto do fogão.

E o que é que os anos tinham feito daquela kodak?

Fritava o jantar.

O cheiro que enchia a casa de gosto, bom, a quarta-feira encerrava-se.

Veja só,

Pense no coronel neste exato momento, com o filhote aos seus pés, na cozinha tomada do cheiro do refogado, com um bom plano, afinal, e ótimas perspectivas para o começo de um exílio bem-sucedido;

Pense também no motorista, que por fim lhe dera de presente uma carona, quinze minutos de graça. De graça. O uber, antes de saber que Diego estava prestes a enganá-lo, virou-se, simpático, desejou ao coronel:

Boa noite!

Agora pense nisso, pegue um minuto, e, depois, responda, rápido, antes que a própria cena se encerre:

Não é insuportavelmente injusta a história de um coronel feliz?

3

Chico?

Silêncio.

Ô, Dorinha, tava esperado, porra!

É,

Bom, e aí? Posso continuar nessa linha?

Então, coronel...

Silêncio.

Vou precisar de uma coluna, cara, isso aqui não dá.

Silêncio.

Como não dá?

Você já viu uma narrativa, historinha assim, na revista, coronel?

Hum,

Alguma?

Não,

Então! Como é que faz?

É o que eu ia sugerir: me tira de uma vez por todas da revista, bota outro,

Ué,

Vocês não publicam?

Livro?

É,

Não tamos mais fazendo, coronel, é dinheiro jogado fora,

Hum,

Essa semana eu me viro aqui, peço prum estagiário escrever, sei lá, assino o teu nome. Tá certo? Aí volta a mandar na segunda o normal.

(Que palhaçada é essa de Noah, Jules, Liam, porra, coronel, você ficou gagá?)

Silêncio.

Que é que você quer eu faça, coronel? Não posso mexer assim no negócio!

Como é que não? Quem é que manda aí, pô?

Quem manda aqui é quem compra essa merda, e esse cara gosta de ler do jeito que tá, não é?

Hum,

Que é que eu posso fazer, pô?

Faz assim,

Diga,

Não tem esse estagiário aí?

Hum?

Manda ele escrever as colunas toda semana, manda assinar o meu nome, que tal? Pior que ainda assim é uma promoção, cacete, ele vai gostar de fazer,

Silêncio.

Que tal?

É,

Combinamos?

Silêncio.

Tá, assim dá pra fazer.

Aí chega, também, que eu já faço isso faz tempo, não é? Pra que serve essa moçada?

Tá certo, coronel.

Bom, rapaz, vou indo.

Vai lá,

Abraço!

Qualquer coisa eu te chamo

Ok,

Abraço,

Clic.

4

O coronel e Marcos faziam a trilha circular que dava a volta na propriedade, buscando onde tinham se metido os poucos bois do sítio. O vento mais forte fazia um assovio fino entre os troncos e o típico friozinho da tarde voltava. Gritou para que Marcos o esperasse:

Volta, homem!, você anda muito mais rápido!

Já quase o perdia de vista lá na frente.

Garças vaqueiras, com o peitoral amarelo, emergiam de um charco que servia de fossa a uma construção abandonada. Voavam baixo, pareciam úmidas elas mesmas como se saídas direto de dentro d'água.

Tô vendo os bois, Seu Lopes! — disse. — Se enfiaram mesmo bem pra dentro do matagal!

Um bicho-bolo, besourão chifrudo, caminhava despreocupado sobre uma tora cortada ao meio no caminho. Quando era criança, em São Vicente, se visse algo parecido, ia correndo livrar uma caixa de fósforos onde pudesse guardar o besouro até secar, virado numa estátua feita de casca fina, que deixava de enfeite na estante. Seu pai, o velho Tavares, jogava todo e qualquer bicho que encontrava no lixo. Vivo ou morto.

O vento invalidava o seu ouvido direito. Tinha o reflexo de tentar coçá-lo pra fora da orelha. Tudo lhe parecia coberto de uma garoa, uma película molhada — só que não caía garoa nenhuma. A tal película molhada era o fim da tarde montanhoso e costumeiro dos fundos do sítio.

Do mesmo jeito, não havia muito um pasto pasto, propriamente dito, oficial, na propriedade toda, senão a grama que crescia em torno da casa até o bosque da Cantareira, que recomeçava de todos os lados. Frequentemente os bois se mandavam distraídos, mastigando, pra dentro da floresta, perdiam-se.

Quanto aos dois, aquela caçada os distraía — ao coronel, do possível marasmo sempre à espreita, ao caseiro, das funções mais chatas, que antes de sair no encalço do gado as repassara à mulher:

Vou só ajudar a tocar isso tudo de volta para a grama antes de escurecer, depois, também, cabou o dia. Os bois fugidos mastigavam as folhas secas e podres do piso da mata lá no alto, o coronel já os via, também, mais ou menos. Passou a bater palmas.

Êia! Êia!, deu o berro, desajeitado. Marcos, confuso, sorriu.

Ia aprendendo como fazê-los caminhar para o lado correto. Tinham de cercá-los por fora e também não os assustar demais. Fugiriam. O sítio findava em uma cerca de arame erguida entre as árvores da qual os bois não passariam jamais, só que era possível que matassem horas a contornar inutilmente a propriedade em círculos no seu encalço caso os fizessem, sem querer, pôr-se a margear o arame. Inevitavelmente, Marcos acabava assumindo. Foi o que fez.

Na volta, lenta, começava a escurecer; seguiam o gado: dois bois e meia dúzia de vaquinhas. Abanavam os pernilongos com a cauda num trote molenga que enchia o coronel de lombeira. E o trote dos dez ia na mesma cadência. Já não tinha um pássaro no céu, só as andorinhas vagabundas que meio que sempre estão voando em todo lugar do mundo o tempo inteiro. Ouvia o vento e o próprio fôlego, só, trôpego; tinha vontade de fumar.

Vinha um ronco grosso, de repente — um barulho que vira e mexe se ouvia ali desde sempre —, algo semelhante ao motor de uma trupe de motos antigas, direto da mata.

Se havia um bando do mesmo tipo de gente que frequentava a represa aos fins de semana disputando um racha proibido na terra dura da estradinha, os sons reverberavam na montanha, iam e voltavam, dando a impressão de que corriam as motos por dentro da floresta.

Marcos virou-se para ele e apontou para cima, como se apontasse um pássaro.

Não se via nada. O caseiro indicava o ronco em si, pensou.

Fez que sim.

Era o começo da noite.

O ronco, interrupto, estranho, podia ser como vindo do motor de uma eclusa. Mas nunca se viam barcos maiores na represa, um ou outro caiaque, no máximo.

Vinte anos frequentando aquela região e o coronel não fazia ideia do que fosse um bugio. Nunca perguntou, nunca realmente teve a curiosidade. A vida da gente sempre fora rodeada de motores.

Deu de ombros,

Eu queria é que esses bois ficassem ali por volta da casa, falou. Fazer companhia, assim. Você acha que dá pra acostumar, fazer elas ficarem lá em volta? Espanta cobra, até, bandido. Não é?

O caseiro não reagiu, e deu-se conta de que falava contra o vento. Teve que repetir as mesmas palavras com o triplo de volume.

Arrancava uns pendurões da calça de moletom.

Olha, Seu Lopes..., e o caseiro coçava a cabeça. Que dá, dá...

E então? Como é que a gente faz? Tem que atrair,

Outra vez, o vento.

Repetia, jogando um pouco do mau humor sobre o caseiro — porque ele também não se esforçava muito em entender.

Aquela ali ó,

Apontou uma vaca que caminhava lerda, raspando o couro na casca das árvores.

Já até entrou em casa, uma vez, a safada, dentro de casa assim. Peguei na cozinha comendo milho de cima da mesa,

Branca, ia ficando para trás dos outros bois. A mais lerda; talvez a principal culpada por aquilo estar demorando tanto; uma bela vaca, pálida, gorda, saudável.

Hoje em dia eles nunca chegavam muito perto da sede, das casas; o coronel nem os reconhecia bem como dele. Marcos, propriamente, se opunha:

Eu tive que bater ela da cozinha foi no cinto,

Silêncio.

Lugar de vaca, a casa da gente? No pasto, Seu Lopes, lá longe,

É,

Mas se você quiser mesmo é fácil, viu? Só não vão porque eu não deixo.

O ronco cresceu como se as motos arrancassem cerca adentro.

Só tem que cuidar pros cachorro não assustar,

Você acha que é muito ruim mesmo?

Parou, arranhava-se por dentro da bota:

Bom, tô falando que elas entram, entram, Seu Lopes. Nunca vi vaca esperta assim,

Ela virou-se,

Se deixar vai ter boi cagando é no meio da sala,

Aquela, também, não era uma boa perspectiva; uma vaca no meio da sala — mas o coronel finalmente sentia-se um pouco sozinho. Num determinado momento, ter qualquer presença que se somasse à de Marcos e à família de Marcos (que o coronel via bem pouco apesar das casas tão próximas, a dele e a de serviços: a mulher, sempre ocupada, o menino, encaramujado — porque saía surpreendentemente pouco de casa), uma presença nova que se movesse perto e não lhe parecesse perigosa, enquanto lia na rede, que circundasse a sede enquanto via os seus vídeos no celular largado no sofá, passou a parecer-lhe tão reconfortante que era capaz de preferir dar com a cara de um boi ao sair, uma massa de carne com chifres e a língua azul molhada nos dentes-de-leão puxados das costas da casa, do que não dar com a cara de nada, nunca.

Qual o nome dela?

É Lacta.

Lacta-Lacta?

Hum,

A vaca branca apertou o passo.

Ela reconhece o nome?

Silêncio de novo. O vento jogara certo a pergunta idiota pra trás da montanha.

Chegavam na grama. Pensou que mesmo não sendo bem o tempo do milho, porque o frio devia secar as espigas, fazer todo o processo demorar (?), e às vezes nem crescer o milho crescia direito, quem sabe?, podia-se dar um jeito. Nem andava chovendo. Que outros petiscos; fruta, legume, sei lá; podia usar para que os bois chegassem perto? O que tivesse disponível, talvez. O boi é como um porcão malhado, come de tudo.

Decidiu-se por não perguntar. Tinha a censura do vento. A internet já funcionava. Podia consultar direto da fonte. Antes, deixara baixando em casa uma sitcom, São Francisco, Hollywood, sei lá, e logo saiu para o turno.

Então o nome dela era Lacta? Branquinha, branquinha.

Terminavam a caminhada cansados. Ele, de corpo todo, o caseiro, de fazer tanta sala para o patrão; as vacas, de serem tocadas, e as motos — como concluíra logo o coronel —, de correr.

Marcos, sem despedir-se, ficava pelo caminho: botou-se porta adentro da casa de serviço.

Os bois agora rondavam a sede, mas dali provavelmente já seguiriam morro abaixo mirando sonolentos a área coberta, um estábulo que dividiam com o lixo central da fazenda. No dia seguinte, voltariam a evitar a proximidade das casas, como sempre fizeram — o que, burros e repetitivos como eram, seguiriam fazendo por toda a eternidade até que houvesse um esforço contrário e suficiente, de alguém, ele, que talvez nem insistisse mais naquela ideia se o caseiro não se houvesse oposto. Marcos, que a esta hora já bufava sentado com um cigarro na frente de um prato de comida, esquecido do papo, da moleira do coronel, da cara de sonsa da esposa; e ela, que assava entediada um bolo de cenoura e nescau, direto na massa, como um agrado para si mesma, berrando ao moleque que tomasse logo o banho, e tentava sempre se enfiar cedo e sair cedo de casa para os rincões de um serviço ou outro qualquer, só porque não queria conversa fiada; com coronel nenhum, com madame nenhuma, com marido nenhum: não era de milho, vaca, sitcom, aquela mulher fazia que nada era da conta dela ainda que fosse.

De dentro da casa principal, onde entrava o coronel, vinha um bafo quente. Como o piso era quase todo de pedra, sentira-se seguro para deixar a lareira esquentando antes de sair, com as ondulações da claridade móvel a ocupar mais e mais o apagado da sala conforme o coronel não voltava. E tinham demorado bem além do que seria ideal — os bois, pelos poucos espaços inventados com a derrubada de troncos inteiros da mata fechada, souberam tão bem como caber e perder-se por lugar nenhum que não voltaram do turno, ele e o caseiro, por ao menos duas horas — e a lenha era quase que uma sobra, retorcida, preto-acinzentada, já querendo apagar. Ainda que a brasa pelando servisse pra levantar outro fogo, pensou; puxando do carrinho no canto da sala algumas toras mais secas.

Num minuto isso pega.

Ergueu-se e foi abrir a geladeira.

O seriado estava pronto e descomprimido; era a prova final — prova vencida — de que enfim conseguira uma boa conexão.

Agora sim.

Ovos em cima da mesa de madeira. Escolheu dois, trazidos no dia. Ignorava que devia começar pelos mais velhos: É que, Deus, esses quase ainda tão quentes de botar! Depois os outros. Ferveu água e fez um prato com arroz branco e batata cozida com a casca, espalhada em pedaços desmanchados.

(Sim, trata-se esta de uma outra, nova, descrição da insuportável felicidade do coronel. Ignorando, por boa vontade, que, ainda engatinhando na cozinha, o coronel punha no prato é um arroz empapado, feito sem cebola nem alho, e uma batata salgada demais, posta com brocas e tudo na água morna)

Fatiou como salada, e pra dar uma cor no prato — como sempre lhe diria a (ex)esposa — um tomate coral, da horta, em rodelas grossas e firmes: dispô-las em outro pratinho impedia que a água escapada do corte tirasse a firmeza do fruto. O relógio do micro-ondas dava sete e tinha preguiça de banhar-se. Duas horas, de fato. Passou o seriado para o HD externo e o plugou na televisão pregada na parede. Sem legenda. Tinha quinze minutos do ovo cozinhar. Era tempo demais para embirrar, pensou, dormir suado por preguiça. Despindo a roupa molhada de suor frio, sabia o certo a fazer: se empurrava pro banho. Ao menos uma chuveirada quente. Quinze minutos.

Ao sair, enrolado na toalha, ouvindo a tampa da panela pular, sentia outra vez o choque firme do bafo da lareira direto no peito — e teve, só dali, um primeiro sono de verdade. Com os formigamentos pelo corpo todo, uma espécie de massagem por baixo da capa de gordura, da pele de velho, o coronel foi obrigado a considerar como fato que havia anos desde a última vez que sentira um sono daqueles. Um sono vivo, grave. De gente cansada.

Jacente, assim como estava, caminhou arrastado até o fogão, desligou a panela. Os quinze minutos haviam explodido a casca dos dois ovos e uma espuma branca vazada de um deles quase cobria a superfície do aro, por dentro, a panela já quase seca d'água.

Não presta.

Por instinto, como se sentisse que não estava sozinho ali na cozinha, parou e ouviu, com uma atenção felina, apavorada: passava perto, do outro lado da janela, como se um animal grande, um cavalo.

Endureceu.

Parecia esfregar-se na madeira.

Acalmou-se.

Óbvio.

Os bois ainda não haviam saído de perto da casa. Sorriu, satisfeito, tendo alguma dificuldade em certificar-se embora soubesse que o som era de Lacta. Na hora, ele queria mesmo era ter consigo a tal da espiga de milho.

Lacta, o jeito que andava, ouvia, olhava — e sentia-se mal por isso, o coronel, mas — Lacta lembrara-lhe a esposa. Um dia, num programa madrigal da TV Cultura, durante uma insônia, num programa escolhido com o assunto menos interessante possível justo para que o sono fugido voltasse, ouvira um recital de trechos e comentários de poemas árabes antigos

— por que é que os narradores eruditos, como os da rádio 103.7, sempre falavam tão devagar? — com paisagens desérticas atrás, camelos, tendas coloridas, o gemido de uma cítara new age: e havia muitas comparações dos autores entre as mulheres que amavam e as vacas, cabritas, cavalos, os dentes, as formas, o calor, nada daquelas comparações tendo o tom grotesco ou troceiro que ganhariam depois deste lado do mundo. Os animais eram preciosos para os homens antigos, então comparavam mulheres a bichos sem a intenção de diminuí-las, muito pelo contrário. Que a vaca houvesse virado sinônimo disso ou daquilo, hoje, para os poemas da TV Cultura tanto fazia.

Só que um beduíno montava um cavalo, cuidava de uma vaca pela carne. Era difícil imaginar que não considerasse esses animais, nem que um pouquinho — e logo também as suas mulheres — menores do que ele. Mas os tipos abujamrais desses programas de pequeno público noturno sempre tinham cartas pra tirar da manga: porque algumas dessas comunidades eram até matriarcais, veja só. Matriarcais. Como é que se entende essa história?

Na Índia, as vacas são sagradas, mas se comem búfalos.

Por conta da camada infinita de possibilidades, símbolos, sentidos, contradições, as ciências humanas lhe acabavam desinteressando: nelas, um número podia conter todos os números do mundo menos até o próprio número. Não havia o consolo do fundo raso e reconfortante de uma equação de segundo grau, de uma aproximação, ok — sei que matemática de colégio é a introdução da introdução —, mas mesmo com toda margem de erro, de simplificação, aquilo era a base do que mantinha um prédio em pé, fazia um avião voar. Ali as coisas eram as coisas que eram e ponto.

Funciona. Tem o certo, tem o errado.

Já se você para pra indagar: o que exatamente é uma equação?, o que é um peso?, o que é matéria?, o que é o tempo?, e o tempo todo, no meio da conta, um avião cai, um prédio não para em pé.

Matemática é filosofia só pra gente louca. Nem mencionassem ao coronel os números imaginários.

Nu, abriu uma fresta da janela. A vaca, lânguida, ergueu a imensa cabeça no escuro, olhando-o de volta. Depois, tornou a pastar, sem qualquer intenção de afastar-se. Diego sentia-se imensamente bem. Deixou a janela abrir mais. Pôs-se como estava — porque aqueles eram os únicos dois olhos a vê-lo aquela noite — de frente, para Lacta. Indiferente. Só que o gelo da noite fê-lo recuar. Já não devia ser tempo de frio, pensou — ou será que devia? —, mas ali era tudo um pouco diferente, alpinoso.

Porque teve frio, porque se sentia bem, e muito porque ainda estava pelado, resolveu pôr-se logo, de novo, no quente do chuveiro. Por que é que só ficara antes os quinze minutos? (Além do motivo frustrado, do ovo — que, tanto fez a pressa!, havia se estragado assim mesmo). Como se lhe fossem lecionar; como se um moleque hippie, como aqueles de sempre, lhe fosse atacar do escuro com um sermão? Não tinha um que pudesse reclamar do desperdício de água. Não tinha um que pudesse lhe dizer que o banho quente demais não lhe faria bem! Quem é que ia? Não tinha ninguém!

Assoviava alegre, surpreso que agora, sem fumar, lhe saíam mais assobios da boca.

Retomaria o romance?

Agora que estava livre, podia matar um a um, só para passar o tempo — aquele longo tempo ganhado de graça. Estava pronto para falar da vida boa, porém, gabar-se. E sucesso ou insucesso dali em frente tanto lhe faria (já que o livro era só pra ele). Podia matar, depois fazê-los grelhar hambúrgueres, vendo a neve, depois matar outra vez, e até incluir amigos no enredo; fazer disso um e-mail engraçado.

Noah, Jules, Liam, Grace.

Inverno nada, ele queria era as folhas todas laranja, aquilo do outono que não vem para cá. O pequeno Jules atirando-se numa montanha páprica, cayenne, recolhida com arminho do quintal. Grace lendo um gibi de fofocas enquanto Noah fritava hambúrgueres grossos com miolo rosado e alho aparente, os fritava no carvão, e Liam cortava a grama. Grace lhe diria:

Amor, demora?

Também acho, lhe responderia rindo.

O quê?

Que tá demorando, minha linda. Mas assim o Jules esgota a energia.

Grace olharia para o filho,

Só mais meio minuto de aguardo e pelo tempo extraordinário que não era aquele estático de Franco, no máximo a recriação muito muito vaidosa dele, Noah gritaria que os hambúrgueres estavam prontos. Liam desligaria o motor e Jules faria que não ouviu, pra ter mais um pouco do jogo. O solzinho baixando, gostoso, fazia a sua pele rosar. Sentia as bochechas como pequenos balões macios. Encheu a boca de ar e então o expeliu tudo de uma vez, fazendo barulho com os lábios pra imitar o cortador de grama.

Foi de novo.

Tá bem, pai!

Jules andava capenga, esgotado. Grace e o marido entreolharam-se.

Vem comer, gente, que hoje o papai caprichou.

A água, subitamente, caía fria do chuveiro.

Derrubada a resistência, e a conta vai pra fiação velha! — ele torcendo pra que não fosse o fusível, queimado —, anteviu o desagradável choque térmico ao pular para o tapetinho do lado de fora do box. Isso porque dessa vez deixara a porta aberta, a janela aberta, e a flama da lareira não dava conta de aquecer até ali, no corredor. Criou coragem porque sabia que era o preço para um segundo choque, este dos bons!, de vestir os moletons. A segunda leva de ovos já borbulhava histericamente na panela. O cheiro de casca tomava toda a cozinha. Desligou. Os pelos todos espetaram-se. Enxugou-se com força e pensou que Lacta devia gostar de cascas em geral, como a de abacaxi. Gastar os molares quebrando os espinhos, engolir o suco doce, azedo; devia ter o paladar inútil dos bichos que precisam só sobreviver. Não sabia era se mastigaria a coroa.

Imaginava a carona da vaca em sua frente, os olhos drogados, a baba escorrendo, o barulho dos dentes destroçando a fruta inteira de uma vez.

Estúpida.

Ligou a televisão, puxando um pequeno cobertor e o suporte do prato. Decidiu, então, ligar para a ex-esposa, dar-lhe boa noite. Ela ficaria feliz. Viu-se meio deitado, porém. Repensou. Aquela sala, o jantar, os barulhos da vaca por perto, estava tudo momentaneamente completo. Teve preguiça demais para alterar uma qualquer peça do cenário.

Perdoou-se e acabou por não ligar para ninguém.

Comeu, assistiu,

Meia hora depois ele caía no sono.

Não tinha aquilo tão claro — de forma que pensar da maneira descrita a seguir não lhe teria sido francamente possível do rem —, mas algo do coronel compreendia que Marcos não apontava exatamente para o som quando na floresta, mais cedo, durante o cerco dos bois.

Esta, com o coronel desabado no sofá da sala frente à televisão ainda ligada na tela da seleção de pastas do HD externo, foi a lembrança que se expôs (esmigalhada, no que é bom repetir: sendo que aqui vamos vê-la corrigida), vinda do fundo inacessível da sua cabeça, estadeando-se sobre o negro do sono:

Um osso.

Marcos, na floresta, apontava para um osso; no alto das árvores.

Era o hioide: um osso solto dos outros, sem articulação com o demais da complexa e tamanha estrutura do corpo, a empresa de cálcio, a corporação branca da carcaça, rodeado de músculos: da faringe, laringe, posturais, etc; e o coronel já viu um desses ao vivo mesmo sem saber dar-lhe um nome. Aos lados deste osso estão os dois cornos — maior e menor — e na parte posterior está o "corpo": se você visse um esqueleto humano de frente só o poderia reconhecer com um resto da carne, mas não tudo, algumas camadas saídas, para não estar oculto, ou caído, ou preso por um prego longo na coluna, flutuante; coisa de faculdades de medicina; pouco abaixo do maxilar inferior, um pouco abaixo do crânio. Esse é o osso hioide. De que uma vez ouvira também dizer em um desenho japonês sobre um menino que vingava o massacre da vila, quando perseguia um assassino impetuoso; porque houve mais de uma vez na História homens tão desviados como Yun Jan Kharankhui que, ao enfim serem descobertos, presos, ou mortos como na vingança do desenho animado de que — e pouco importava — vira os últimos cinco minutos; revelaram colecionar hioides dos mortos como troféus de enregelada crueldade. Por quê? Esses ossos, no pescoço, compõem a armação necessária para o bom funcionamento das cordas vocais — não é? Mas não se pode ter total certeza disso, também, que o coronel conhecera poucos médicos, e todos quase tão cruéis quanto Yun Jan —, enfim: é pequeno nos homens, sendo bem fácil de colecioná-los, e representa, para esse tipo de monstro, um amuleto que lhe serve de lembrança de que uma voz, um ruído, uma reclamação, um ponto de vista, uma versão, o testemunho de um adversário, deixou de existir. Yun Jan Kharankhui chamara, no desenho, esses ossinhos do pai do menino de amuleto do cala a boca. Damare-alguma-coisa.

Antes de morrer, ao ver-se encurralado, Yu Jan pedira ao menino, que pressionava a lâmina da faca justo à altura da laringe — e ia tirar dali um primeiro amuleto de assassino: tinha acabado de avisar — que o deixasse ouvir a canção certa para despedir-se da vida.

Retirando a lâmina, virando as costas, o menino inexplicavelmente confiara na honra do outro, que também por uma integral idiotice do desenho animado seguiria imóvel, resignado, à espera da música e da morte.

Em meio aos corpos no chão, Kyushu, então, aceitaria pousar a agulha sobre o disco colocado na vitrola, apenas perguntando-se (era possível ouvir-lhe o pensamento) se Yu Jan já sabia que ia morrer e muito antes de armar a si e aos seus mercenários deixara a vitrola de sua casa pronta, fácil. Por um flashback, o espectador saberia que, embora Kyushu não tivesse ele mesmo sabido, assim haviam morrido os seus pais: em uma armadilha armada na vitrola. Mesmo Diego, desinteressado por desenho animado algum, enquanto mastigava um sanduíche, pôs-se a postos, endireitou-se no sofá: vão explodir o herói, porra! Chegou a acreditar nisso.

Mas não.

Em meio à tensão, a agulha desce, e o disco começa a tocar.

Então, Kyushu olha horrorizado para Yu Jan.

Tratava-se do Kimi Ga Yo, hino japonês, e — como provavelmente era importante para quem seguisse a trama; o que não era aquele caso, de maneira alguma — tratava-se do oposto do que Kyushu esperaria ouvir do inimigo, um nipo-mongol enraivecido que vivia exilado da China. Uma confusão.

Mas a canção era bonita, e Diego a ouvia agora de novo no fundo do sonho; mais ou menos, enfim, pois havia algum sinal dessa canção em algum lugar enquanto ele pensava no osso. Kyushu voltava-se e vinha caminhando lentamente. Yu Jan olhava-o com o sorriso de um amigo. Entendiam-se: era um tipo de paz. Selada, por fim, pela decapitação de Yu Jan, e na arrancada selvagem, açougueira, do seu osso hioide, o amuleto, que Kyushu guardava no bolso, ensanguentado, no último segundo antes do letreiro final.

Uma merda de desenho.

Só que um *Alouatta guariba*, o bugio-ruivo que roncava a se passar por uma moto — conquanto não o enganasse plenamente ao coronel; o que agora enfim aparecia no que o importunava dormindo — roncava justamente por esse osso, bem mais volumoso e relevante do que o humano, ora de manhã, ora pela tarde, e era ele quem passara sem Diego perceber, sabe-se lá quão perto, naquele mesmo dia.

Nos seus cinquenta e oito anos de vida, em algum momento, provavelmente com meia atenção, ele soubera disso, da existência barulhenta daquele macaco.

Mas tudo isso, detalhado assim, ou desconexo, à deriva do subconsciente de um coronel, é irrelevante a Diego e a todos, sendo que aquela era uma lembrança minúscula demais para que pudesse trazê-la consigo ao acordar.

O timer da televisão, quando eram já quase onze, acionado porque Diego sabia que ia cair no sono muito antes, desligou o aparelho sem fazer qualquer rumor, deixando por fim a sala escura e ignorada como o letreiro de um filme.

5

Seu Lopes, me desculpa perguntar, e ajeitou-se na rede. Mas o que é mesmo que você faz?

Olhou-o de frente. O caseiro fumava um cigarro, fechando os olhos. Sentia a fumaça entrar macia e anestesiar o céu da boca.

Da vida, assim?

Mais uma tarde das longas que não passa nunca e ele então entregara os pontos, de vez. Juntando forças e saco, náufrago, o coronel bateu palmas do lado de fora da casa de serviços, convidando-o sem outras desculpas, com a voz enrouquecida por um salto de formalidade, o caseiro, ô de casa?, se ele queria parar um pouco para uma cerveja? Fazer companhia?

Marcos ou alguém já se movimentava lá dentro antes, e quando o coronel se prostrou na entradinha, esse alguém — que no fim era ele mesmo, Marcos, porque Nazaré planava muda por sobre os ladrilhos sem fazer nenhum som, nenhum, se quisesse, e o filho deles, o menino, já era, a essa altura, praticamente mitológico — lhe custou a abrir a porta.

Esses próprios pequenos ruídos que saíam da casa pareceram então encolher-se ou tentar soar mais discretos conforme as palmas aumentaram, como se fugindo por instinto, como se quaisquer sons que viessem de fora significassem serviço, aporrinhação.

É, ué! Da vida, assim, trabalho. Já sei que a Dona Nina,

Bastava o convite, a camaradagem, naquele instante difícil, e Diego viu-se sofrer um pouco. É assim como diziam, não tem como escapar: você dá a mão e eles querem o braço.

Eu trabalho no computador, Marcos. Escrevo pruma revista de São Paulo.

Lacta pastava bem perto.

O caseiro não esboçava surpresa.

Você não conhece não, a revista, eu acho que nem vem pra cá.

A interrogação se via nos olhos dele.

O coronel não se daria ao trabalho de explicar mais — por exemplo, que a sua parte na revista era metade digital. Estava errado, porém, ao partir do pressuposto de que Marcos vivia num mundo tão distante. O serviço de internet no celular do caseiro, por exemplo, era ainda melhor do que o do coronel, ele é que não tinha visto!, isso porque poucas coisas reais eram tão dele, na verdade, quanto o 4G, e o aparelho de última geração largado a sujar-se na calça arreganhada — logo, esse era o tipo de coisa que merecia investimento, comia-lhe parte grande do salário. A casa em que morava era do patrão, os móveis que usava eram do patrão, as panelas na sua cozinha eram panelas velhas do patrão, mas o celular e o 4G eram seus. De certa forma, quando se desse conta disso o coronel, trataria de achar ruim, é óbvio!, como cabia de achar, também, por exemplo, que um índio usasse roupas. Dissemos, e está aí mais uma prova: Diego usava sistemas para compreender tudo do que não gostava (e o pragmatismo? O pragmático é um bárbaro, sempre! — como uma vez me disse, como se não fosse importante, Vitor de Aguiar). Aqui, quando notasse o celular caro em posse do caseiro, usaria, por exemplo, termos que pouco realmente dominava, como economia doméstica. Puta burrice do cara!, fazia uma caderneta, guardava um pouco mais! Mencionaria esse celular quando pudesse, então, pra explicar aos amigos que, afinal, o salário pago ao caseiro não era um salário de fome nem nada. Estava sobrando, visivelmente! Sobrava para comprar aquele puta celular.

Qual é a revista, Seu Lopes?

Uma pequena, você não conhece.

Silêncio.

Disse:

A Nazaré traz sempre uma Veja da cidade,

Puxou a fumaça. Uma Veja, cara?

Não, não. A minha é outra coisa, é uma coluna de opinião. O que eu faço não é bem jornalismo.

O coronel assistia a brasa solta do cigarro soltar-se do tubo branco entre os lábios secos dele, cair na rede, entre as pernas do caseiro. Apontou, segurando a angústia. Marcos, tranquilo, livrou-se dela com um tapa.

Toda semana, meu velho. Dá trabalho, viu? Pensa que é fácil? Tem que se ler de tudo.

Ah é, Seu Lopes, não tem jeito não,

Já escreveu? Texto, assim?

Ah não, isso não é pra mim não.

Silêncio.

Estendia-lhe uma cerveja:

Funciona assim: recebo o pagamento e tenho um prazo pra entregar cada coluna. Chamam isso de dead line.

Ele abria a garrafa nos calos da mão.

Depois mando pronto. Por e-mail mesmo. Acabou-se.

E demora, Seu Lopes?

O quê?

Pra fazer?

Ahan,

Marcos já olhava de volta muito pouco interessado. Covarde. Aquilo lhe prontamente irritava. Diego, que não saberia bem como explicar por quê, então apelaria para a brutulência do cara outra vez: o caseiro fazia pouco caso do que não era trabalho manual. Depois diziam que o que havia era o contrário.

Quer ver uma?

Ahan,

Agora?

O caseiro girou um dedo indicador esticado sobre o outro sugerindo que lhe mostrasse depois, mais tarde, outro dia, quem sabe. Diego sorriu, envergonhado. Vendo que Marcos ainda o olhava, porém, sentiu vontade de continuar, numa ânsia nova e insuportável de impressioná-lo — para quê?:

Também tenho outra grana,

Enchia o peito.

Desde um tempão. Era uma boa ajuda.

E antes?

Metonímia bastante desnecessária:

Duas estrelas, juba amarela, uma cinzenta e a moedinha de ouro. Tenente-coronel, Marcos. Essa aposentadoria é militar.

Marcos agitava-se. Tanto tempo e nunca soubera disso! O Cacá é que vai ser soldado, Seu Lopes!, olha só, coincidência!

Ah é?

Vai sim,

Fumou.

O coronel estalava a língua. Anteviu com astúcia arrogante que lá vinha um pedido de favor. Não esperou:

Pra mim foi concurso — e estava desconversado! — Fora que faz muito tempo que eu não tenho mais contato com eles. Só um ou outro.

O caseiro sorriu. Compreendia a indireta.

Diego sentia-se aliviar.

Sem favor, sem nada.

Tudo é meio complicado, não é, Seu Lopes?

Pedia outra cerveja do balde. A marca barata, comprada como se o coronel já soubesse no fundo que ia acabar vez ou outra bebendo junto ao empregado. A cerveja boa? Era guardada. Ele a tratava como vinho, quase, só bebia na sala, no copo, ouvindo Frank Sinatra.

Já foi mais fácil, Marcos, mas eu acho que a parte mais difícil também já se foi.

Agora, até que ano o cara tinha frequentado a escola? Marcos? Cacá? Sabiam do que se tratava um coronel?

O caseiro punha a cara de paisagem. Uma vez passado o momento de pedir um favor, voltou à conversinha só atenta até um pouco, pela metade do cérebro. Dane-se.

Ah é, meu amigo. E quem é que foi que disse que o Brasil nunca foi pra guerra?

Pois é, Seu Lopes,

E é como quem diz que não tem furacão, terremoto. Quem acha que não tem nada,

Ahan,

Silêncio.

O coronel sentia raiva.

Ontem mesmo, aqui da varanda, eu descansando um pouco, olhei pra lá na grama e vi um vento redondo, um tornado — era bem pequeno, assim, mas dava bem pra ver girando —; as folhas iam levantando, e girando, girando.

Ah é?,

Então. É assim que são essas coisas.

Os goles largos do caseiro faziam um baque oco e chato.

Tem guerra, sim. Como não ter?

Lacta ergueu a cabeça e lentamente veio caminhando em sua direção. O coronel deixou-se distrair da conversa, também, pondo-se a apostar consigo mesmo que o animal tentaria subir a escada. Bateria os cascos no ladrilho escorregadio, protestaria, e só então voltava a pensar no capim. Parecia obstinada, balançando a barriga conforme os passos cruzavam. As narinas negras e rachadas abriam e fechavam fazendo um barulho súbito e grave como uma buzina de ar. Acelerou o passo até ver-se ao pé da escada. Então respirava mais baixo. Cansava. Olhou-o com pressa, mugindo, deu meia--volta. Marcos ergueu-se.

Se isso aí fosse uma rampa,

Ajeitava a roupa amassada.

Essa vaca aí já tava aqui em cima bebendo água do balde,

Juntou as garrafinhas caídas em volta de rede — era a sua deixa para ir embora:

Essa vaca gamou no senhor, Seu Lopes.

Riu.

A ideia também lhe divertia. Por isso mesmo é que demorou a notar o telefone chamando. Marcos calou-se e recolheu o chapéu a seguir para casa, dando-lhe alguns tapinhas no ombro antes de virar-se.

Outra vez, um abuso.

Recuperando-se da tontura que veio de tanto tempo na mesma posição, e ao ver-se sozinho, o coronel se arrastava até o telefone fixo, na sala; reconheceu imediatamente a mulher. Que voz gostosa a dela!, ainda que encapada por um verniz metálico! Do outro lado da linha, perguntava-lhe se vira o e-mail ou, se não, se tinha visto, ao menos, porque sabia que estava sempre por ali!, mesmo que ele pouco publicasse ou curtisse, o evento no Facebook? — e aquela era uma boa razão para ele dar um tempo do sítio! Uma manhã só, Diego! Não vai te acontecer nada. Vai?

Telefone instalado. Nem precisava, na verdade, tendo o celular. Mas no combo esses serviços sempre ficam mais baratos, empurrados. Paciência. Para quê? Muita gente hoje só tem o celular, e geralmente quando toca o fixo é telemarketing. Você marca na bina todos os números conhecidos e não atende nenhum outro. Especialmente agora. Porque se não for telemarketing, porra, é pior.

O costume também chamou, técnico, parede, fiação; o coronel era das antigas. Agora Nina terminava de falar.

Clic.

A falta de sons, o eco triste da casa: ia ter que se acostumar com o tal espaço intermediário que deixava o caseiro ocupar, aquele espaço irritante, sim, mas e aí? Nem que por esse contraste ia chamá-lo para almoçar, de repente ver um filme, até, porque não podia morrer mofado, daquele jeito, sozinho. Mas o faro acidulado dele, as roupas embosteladas, o hálito rançoso; tudo era motivo para o arrependimento. E essa gente aumenta o espaço mesmo, pensou, acotovela em volta, fica preguiçosa. Pode parecer um exagero pra quem não vive na pele, mas não, nada de exagero: logo o Marcos ia ter de arrumar um empregado para emprestar aquele tempo e aquela companhia ao coronel. Sorriu — nunca ouvira falar daquilo. Que absurdo!

No fundo, o trabalho no sítio não era dos maiores, afinal, dos mais exigentes (e como mudam as coisas na cabeça de um homem que precisa disso ou daquilo! Não estava o coronel há pouco tempo com medo de um processo por trabalho demais?); e o caseiro podia ser os dois homens diferentes, também, se assim o precisasse. Um parceiro e um empregado.

Já Nazaré, como sabido, não saía, ou se já tivesse saído não voltava, ou seja, dela não se via muito em casa assim no meio do dia, e ela sequer fazia questão de ser mais amigável do que aquilo: mandar um prato de algum resto de comida para o coronel como se tivesse pena dele de vez em quando. Nem fazia isso com a frequência da caridade, também. E o seu segredo mal guardado — dera sinais disso a Marcos — é que tanto não era necessário mandar nada quanto cabia era de ser ridículo, o prato de plástico colorido roubado como que da merendeira de uma escola municipal, as carnes engorduradas, o ovo boiando no óleo, um feijão cheio de pedras; visto que o próprio coronel fazia refeições muito melhores cozinhadas com as mesmíssimas mãos com que acenava sem resposta para a mulher do caseiro quando por raridade a via caminhar lá para cima, nos galinheiros, mesmo que, bom como era, não caísse na tentação de vingar-se pela incivilidade de Nazaré, mandando-lhe um prato dos dele, para que soubesse o quão risível era o seu, enviado, de plástico, recheado de um pf típico de esquina que, na cabeça do coronel, era, sem tirar um nadinha, boa comida para vender em um restaurante frequentado por homens embostelados como o Marcos. Não para ele. Nem de graça. E, no caso, a frequência daquela caridade — não expor a porcelana chique, os pratos gourmet — era altíssima: deixava de fazê-lo todo e absolutamente todo dia.

Seguia a deixar que Nazaré pensasse que era uma mulher educada, gentil. E que não se importunassem mais que isso um ao outro!

O filho, sumido? Podia ser o empregado do empregado; do Marcos; e podia ir ele buscar a lenha enquanto enchiam o balde com outras cervejas. Fosse ele buscar isso e aquilo dirigindo o fordinha!: avisava ao Teixeira, e ele que avisasse aos marronzinhos, sei lá, ninguém ia dizer mais nada. O menino devia saber dirigir, por certo, que todos esses moleques de sítio sempre sabem dirigir.

E se não souber, também, dá cinco reais na mão de um desses pra ver se ele não aprende rapidinho?

Bem,

Independente disso, olhava a sala vazia e sentia enfim o pulmão enchendo de água, pela vazão ao mesmo tempo séssil e túrbida do tal braço de rio cheio de tédio.

6

Na Pompéia, a ruazinha de sempre, parada de trânsito. Era horário de pico, de gente nervosa, buzina.

O coronel arrumara como vir a maior parte de trem.

Quanto a essa odisseia, cumprira-a com provisões arrumadas em um mercado popular bem ao lado da estação, e quando já findo o pacotinho de bastonetes rosa-e-branco do doce imitação de mocotó, que já nem lembrava mais qual gosto que tinha, nem cinco minutos depois de comer — como açúcar e algodão, não é assim? Como comer um kit de maquiagem? —, Diego teve tempo de sobra para ler e reler cada ingrediente, cada verso e lado da embalagem de tudo (trazia também ovitos, chiclete e um guaraná, quente), enquanto via o avesso da floresta ruir pela janela: a periferia de São Paulo, meu Deus, essa sim foi largada de lado!, deixada a (sub)desenvolver-se na ausência dos dois mundos; do campo e da cidade — pensava —, na falta claustrofóbica de dinheiro, de recurso.

E, de fato, ali estava; no exato momento de uma desacelerada estranha do trem que parecia acenar para que o vissem: um porco imenso passeando tranquilo por um campo improvisado de futebol cheio de negrinhos correndo. Chutavam lixo, chutavam bola: e era tudo a mesma coisa. Era esse o problema das últimas Copas do Mundo!: faltava esse espírito, essa raça do lixo, o entulho — e o coronel sorria sozinho, dando aquela ração finíssima, dos panelaços, aos cães, cínicos, antístenes —: se trocassem a bola oficial, higiênica, europeia, por lixo, lata, saco; aí sim que esse Brasil teria chance contra os alemães.

Babaca.

Um menino de uns sete ou oito anos se virava: vinha no pique para chutar o porco.

Melhor ainda, pensou, e se esse mesmo bicho estivesse lá — não seria?, melhor?

Ele ria:

Quando foi a última vez, será, que Neuer ou Kroos teriam visto um porco que não fosse uma würst?

Um porco de lixo?

Que ideia louca!,

Não tem mais pra que acompanhá-lo nessa história de futebol.

Depois, o trem retomava a pressa.

E ele? Sobre a periferia:

Não, não era o avesso da floresta, também: isso seria a civilização. Aquela área toda era uma nulidade cinza e ex-industrial, um rombo de traças, de abandono; sequer tentava ser uma cidade mesmo, com pontes, prédios, serviços; era um belo de um defunto largado ao meio do caminho entre o bom e o bom.

Que não dissesse isso nunca a ninguém, também — pra não ter de brigar — mas que era gente infeliz a que tinha de viver naquele buraco era!

Agora, sem mais caminho pela frente, passava o último quarteirão a pé, medindo o rosto dos motoristas.

Sete e pouco da manhã.

Alguns tinham mais sono e outros mais raiva:

Um bom resumo, preciso, era o que se podia ver na rua.

Quase nenhum parecia contente.

Diego, caminhando devagar, até tentava pirracento achar um!, como parte de uma gincana crudelíssima (mas torcia para que estivessem todos infelizes): como contar e somar os números das placas dos carros congestionados para que passasse logo o tempo desde a Barra Funda. Nada (e era um desejo realizado). Ligavam e desligavam o rádio para ouvir a notícia do que já podiam ver pela janela. Batucavam. Foi-se o tempo, pensava: aliás, aquele azar, tanto azar assim!, ele nunca tinha tido.

Enquanto isso, o coronel trazia embaixo do braço um pequeno buquê de flores para Nina, tinha vontade de livrar-se do que não comera no trem.

Próximo ao terminal, irritara-se em entrar em um segundo supermercado com ainda algumas compras do primeiro; mas qual a opção que tinha?, era óbvio que um buquê sofreria demais a viagem completa desde Franco da Rocha, chegaria murcho.

O prédio.

Fez sinal para o Toninho, que liberou a porta.

Ô, Seu Lopes, tudo bem?

Tudo bem, Seu Antônio, e com você?

Tudo bem.

E Dona Nina?

Tomou o elevador.

Lento e ruidoso.

A caixa só alcançava o primeiro andar no tempo de vários.

Campainha.

Afinal, dentro do apartamento.

Já o esperavam cinco ou seis conhecidos do casal mais um sobrinho, Décio. Fizeram-lhe festa e o aplaudiram quando entrava: Lá vem o caipirão!, diziam. Sentiu o pulso acelerado, abraçou-os todos, um de cada vez, agradecendo a comitiva a perguntar-lhes coisas. Gomes, ao contrário, lembrou-se a seguir que esquecera no carro o presente que trouxera ao (ex-)casal e saiu. Décio puxava uma cadeira. Quarenta e cinco velinhas espetadas em um pão de coco.

Estranhou.

Bolo mesmo só vinha depois?, atrasado, mas vinha. Quando é que a esposa ia se deixar comemorar sem um bolo, bolo? É claro que um desses, bem grande e transbordando de recheio, assava no forno, vinha logo.

Cheiro de farinha quente e melaço.

Feliz aniversário, meu amor.

Diego segurava Nina pelo cotovelo.

Deixou-se puxar. Sorria muito:

Obrigada.

Beijaram-se na boca.

Preciso ver é onde colocar essas flores.

Nina saía em busca de um vaso, o coronel aceitava sem qualquer amargura uma provocação divertida de Dejair, um quarentão grisalho com uma entrada (muito!) maior do que a outra — uma careca diagonal, feia de morrer —, o companheiro de Nina na banca:

Ê vida boa, hein, Seu Lopes? Acordando tarde todo dia?

Pois é.

Silêncio.

E ele é que parecia meio sem-graça em perguntar:

Porra, era brincadeira, coronel: mas é mesmo?

Nada, Dejair. Dá trabalho, viu?

Acalmava-se.

Quisera eu passar o tempo todo lá sentado, no bem-bom, só lendo revista atrás de revista.

E Dejair:

É, coronel,

(Tinha uma banana aberta para as maritacas, posta no parapeito)

Mas essa é a minha vida, cara! E ninguém tasca! — gesticulou,

(Uma banana fresca, ela lembrou-se de colocar!)

E se melhorar, estraga! — o homem ria alto, balançando,

Silêncio.

Durante o café o apartamento esvaziou; vários dos conhecidos só passavam antes do trabalho para vê-los aos dois.

Sentava ao seu lado Décio, Dédo, o sobrinho:

E como é que vai o Marcos, hein, tio?

Vai bem, tá lá fazendo as coisas dele,

E bebe muito?

Achou graça:

Como assim?

Sei lá!,

Acho que bebe,

Não tem muito o que fazer por lá, também; bar, sinuca, restaurante; não tem nada pra essa turma fazer! Beber é o que sobra, não é não?

Riu.

Bom, tem que trabalhar, né?

Ah, tem,

Não sobra muito tempo.

Silêncio.

Dédo, provocativo:

Ah, tio, como assim não tem tempo?

Nina passava com uma xícara de chá.

O que mais você tem? Anoitece e não dá pra continuar trabalhando sem luz, dá?

A esposa, maternal, intervinha:

Aí tem louça pra lavar, vassoura pra varrer,

Ah, mas tem quantas horas, tia? — pelo menos três, quatro —, pra ficar lá sem nada pra fazer? Só panguando?,

O coronel não conhecia aquela palavra não:

O quê?

Fazendo nada, tio!

Pois é, rapaz, mas o centro nem é tão longe: lá tem cinema, tem boate, dá pra ir se quiser. Mas é que tem o cansaço, né? Você cansa com essas coisas de fazenda. Eu sei que não parece não, pensando daqui, mas cansa. O músculo cansa, dá dor de cabeça: acho que nem beber dá vontade a essa hora. Daí o que você quer mesmo é comer alguma coisa, ver televisão. Desabar.

E ele?

O que é que tem?

Televisão, ué, ele tem?

Ah, sim,

Menos mal, né?, ou sei lá, às vezes, ao contrário, é pior até.

O sobrinho, um adolescente tardio, era meio moleque ainda, galalau, mas moleque, lá vinha a todo vapor com a repetida deixa anti-Globo. Estudante de direito, metido a espertalhão, do Largo de São Francisco, etc, e ainda tinha de passar pelas primeiras porradas da vida.

Sei não,

Como é que o Gomes dizia? Para ele, todo petista, saído ou não do armário, boa gente ou não, é sempre previsível como um galo cantar.

Ainda que o Dédo fosse dos menos chatos, também!, e até por isso que gostavam dele — provocavam-se entre si só aquele tanto saudável e, depois, iam atrás dos seus pontos de encontro: música, mulheres, futebol, churrasco, histórias de viagem. Só era chato se ele puxava demais para a política. Mas era raro. Geralmente, Dédo era o que chamavam de um bom jogador.

Sacaneavam o moleque sem dó era quando ele subia numa dessas visitas com o capacete de bicicleta ainda na mão, isso sim:

E aí? Muito trânsito de bike? Ou pra variar era o de sempre?: só você e o prer... feito pedalando? — Gomes com as mãos para cima, chacoalhavam, ele imitando os braços loucos de um italiano: ...pedalando lá, fodendo com o trânsito de todo mundo?

Só que o coronel tampouco gostava de se sentir inculto, então, chegada a hora certa de não o esconder, tinha outras, suas, antiglobices. As suas, para distingui-lo claramente dos porteiros, dos cobradores, dos peões de obra. Não vinha com ópio do povo, com os tais valores patriarcal-capitalistas da programação; ia logo dizendo que novela, e aqueles programas de auditório retardados, essas coisas, todas, eram uma bosta só. O seu motivo sendo, no fim das contas, muito mais simples, menos cabeçudo do que o dos estudantes e filhinhos de papai da USP. Feita pra gente ignorante, pouco estudada, pobre de grana e de alma, o que é muito pior. Mas o Jornal Nacional? Era importante, porra, pra saber o que acontecia no mundo! Era geralmente raso, mas direto ao ponto. Patinava aqui e lá, mas no geral, não.

Certo que nos últimos tempos esses jornais vinham comprando cada vez com mais frequência as brigas erradas. Quando se irritava com eles, então, abria como um parêntese na forma como costumava pensar, e os acusava, também, de vendidos. Afinal, uma empresa não precisa ter uma agenda fixa, ela não precisa mesmo de coerência, pode até deixar um pouco de si ao sabor do vento: porque o principal objetivo de uma empresa é sobreviver, crescer, não é?, dar dinheiro?, seja num regime assim ou assado?

Até por isso não caía nessa história de Globo-direita. Quem estava no poder agora? Um partido de esquerda. Logo, é claro!, a Globo era de esquerda.

Depois, porém, quando um jornal atacava quem ele queria, mudava um pouco de ideia. Era objetivo. Eram fatos.

Mas, no sítio, para o caseiro, ter uma televisão?

Não é pior não, Dédo, nem perto!; sem tevê é que eu acho que ele ia beber toda a cachaça da cidade. Aí não era nem vontade: era mesmo a única saída,

Riu.

Dédo concordava:

Tipo um desses sem-teto,

O sobrinho, um cavalo-de-pau previsível, como o barulho rasgado do couro fervendo ao se puxar o freio de mão, avançava, confortável. É interessante como alguém pode forçar uma conversa por dentro, não é?, saída de uma outra conversa? Como um tipo de acidente, coronel, mas como um acidente planejado.

Décio:

Tipo o cara que mora aí embaixo da ponte, todo fodido. É isso aí que acontece mesmo, o cara mora na rua...

Eita,

O pessoal reclama quando você dá lá dinheiro pra ele e o cara compra bebida, não é?; mas pô, é isso aí que você disse mesmo: a cachaça é tipo o cinema do cara, o Figueira Rubayat do cara, as férias na Europa do cara, sei lá mais o quê!, quando o cara mora na rua, assim...

Vamos lá, coronel:

Mais ou menos, meu velho... não é bem assim, né Dédo?

O cara é que não precisa só de comida.

Silêncio.

Décio tinha aquele exemplo na bala da agulha: achava engraçado (ainda que trágico!) que esses carinhas de classe média alta condenassem o mendigo que ia lá gastar parte da grana, centavinho misturado com bolo de lã, pó e barro seco, pedida no farol, com cachaça, e, ao mesmo tempo, não ligavam nada, muito pelo contrário, jogavam notas de dez, de vinte, cinquenta!, como se as jogassem a uma striper, pra molecada já rica que pedisse a mesma "esmola" pintada de tinta de trote de faculdade de elite, pro mesmíssimo fim: pra entupir a cara de cachaça.

Ok, Décio, mas primeiro a comida, né?... Se o cara tá tão bem assim pra poder ir lá e gastar com cachaça ele podia... enfim, sei lá, melhorar — só que não, esse cara fica lá montado, em cima dos outros.

Ish, tio,

Silêncio.

Acho que não é bem assim,

Um túúú bem baixo chegava do elevador, choro de máquina.

Tá errado. Não é vocês que tão sempre falando do desemprego, agora? Como é que um mendigo vai achar emprego? Você contrata?

Eu não falo nada, porra! Tô no meu canto, lá, colhendo alface, vendo Friends,

Dédo riu,

Nina também,

O ruído cessava.

E as colunas, tio? Vez ou outra eu vejo uma, a tia compartilha, todo mundo vê; você desce lá seu pau na Dilma junto, ué! Não tem problema! E, bom, não vamos nem começar,

Agora, já o Marcos, ele sim pode beber, porque o cara já trabalha, se esforça: se ele quiser beber que ele beba. Não deixando serviço de lado...

Bom,

Silêncio.

Mas olha, tio, voltando um pouco,

Ajeitou-se na cadeira.

(Desgraça!)

De que é que vale para um cara como o Marcos "batalhar"? Ele não vai sair de onde ele tá nem se ganhar o óscar dos caseiros, vai? Ele, uma empregada doméstica; esse pessoal todo; é meio escravo da gente, não é? Na verdade? Ou você já ouviu falar de um caseiro que ganhou promoção e virou o dono do sítio? Não vou culpar o mendigo, também, se ele preferir ficar na rua mesmo. E se ele me pedir dinheiro pra cachaça, eu dou,

Coincidentemente, a chave na porta da cozinha girava. A chegada de Clara, ainda com as roupas da rua logo trocadas por um uniforme, tornava a conversa, é óbvio!, aos olhos de Nina como de qualquer pessoa minimamente razoável, bastante ofensiva.

Dejair, o cara da banca, até aqui calado, interrompeu:

Ó, Décio, desculpa, mas aí eu vou ter que me meter,

(Meu Deus, qual conversa no mundo já melhorou depois de alguém entrar nela dizendo isso, com ou sem razão?, Isso ou algo parecido?)

Ele vinha, sentava.

Pode falar, — e o sobrinho parecia desanimar-se a olhos nus.

Primeiro que essa turma aí; ela não ganha tão pouco não. Pelo contrário. Hoje em dia uma empregada doméstica tem um salário digno, uma vida digna. E o cara não precisa continuar caseiro, pô, você tá falando uma bobagem enorme,

Ué, e que é que ele pode virar, cara? O sujeito é filho de caseiro, neto de caseiro ou pior: vem lá da puta que o pariu, do Nordeste, do Amazonas, não tem educação nenhuma!

O auxiliar de banca baixava a voz para que não o ouvissem da cozinha:

Décio, menino, o cara pode arranjar tempo, fazer um curso!, pode ir saindo devagar lá da condição dele, pô!, e é só não ficar entupindo a cara de cachaça de noite! Gastando o bolsa-família dele com essas porras. Como é que você acha que eu fiz?

O coronel:

Ninguém consegue nada assim, também, parado,

Pô, tio, mas você percebe que ele já tá saindo lá de trás? Você, eu, a gente não teve de virar noite acumulando trabalho, estudo, sem um minuto de paz! — o sobrinho, babão, gaguejava, ia ficando nervoso bem rápido —; não teve que se foder assim pra ter a vida que a gente tem; ou, no meu caso, a vida que eu vou ter, não é? Isso é,

Cometia um crime capital e sabia muito bem, em momentos como esse até ficava vaidoso; Dédo diria isso, sempre, entre meninas bonitas e amigos desarrumados, com a boca cheia; "um crime capital na classe média!", a mala no chão, exibindo-se em pleno boteco: Dédo declarava a sua vida fácil, "segredo" bem guardado, martirizando-se como exemplo da injustiça. E a colmeia de abelhas zunia atrás de seu pescocinho de frango — todos entre os seus, e mesmo muitos dentre os outros, aferroavam.

Ish, Dédo! Vá pensando assim que cê vai bem! Você acha que tá tão fácil assim arrumar emprego lá fora? Você vai tomar um susto, cara, é quando cair no mundo!,

Dejair, também, numa convulsão de raiva, contrária:

É assim com esses meninos que saíram das fraldas ontem, coronel, e não viram nada da vida. É sempre assim!, Não fazem ideia do que é inflação, do que é crise: porque nessa hora, se o país tá mal mesmo, não tem um a salvo, meu filho. Tá lá até, o cara rico?, quando você vê esse cara tá é no olho da rua como todo mundo.

Olha, cara, quem é que trouxe o salário digno pra essa gente? (Apontava instintivo para a cozinha) E, ao contrário, quem é que trouxe essa inflação aí, a porra toda que tiveram de resolver nos anos noventa, velho? Não foi os militares? E como é que foi isso?

Dédo:

Fora que, Ah!, então!, agora pra vocês... e, olha!, não sou eu quem tá falando isso! Escuta! Aliás, tia, você é testemunha! — virou-se pra ela — Vai anotando, tia!, Meu Deus! Você tá ouvindo isso?...

Ela deu de ombros.

Agora é o país que tá bom, então? Se não tivesse eu não tava tranquilo, assim, não tava tudo tão fácil? Admitiram? Não tem inflação, não tem crise? Cadê que o PT destruiu o país? Fora que esses cursos aí, pra sair do emprego-merda, ter uma carreira melhor, quem é que botou? Foi o Lula, cara! Lá em 2003! Foi o Lula!

Entreolharam-se o coronel e o auxiliar da banca. Dejair expunha a sombra de branco dos olhos:

Não, Dédo, é que agora é que tá caindo, tá acabando a gordura que tinha pra queimar, a que veio lá do controle de inflação dos anos 90 — tá voltando isso tudo, a inflação mesmo, crise, por má gestão, incompetência! Dá uns anos e você vai ver!, se não tirar essa mulher daí...

O coronel aparecia, finalmente irritado, em turbilhão:

O que fez lá a primeira crise, dos anos 90?, que o Fernando Henrique, afinal, do PSDB, tá vendo?, ou vai negar que o partido que você odeia é que, lá atrás, resolveu isso, no Plano Real?, porque se o que fez lá a inflação foram os militares, foi a conta que o país pagou pelo Milagre!, cinco anos que levaram muita gente, lá atrás, muita gente mesmo, cara!, de motoboy pra diretor de empresa até! Você sabe disso! Não sabe?

Inflamava-se mais, orgulhoso:

Depois deu merda? É assim?, a economia funciona em ciclos, também, e você, e o presidente mais ainda!, tem que saber aproveitar a subida! E inflação, do mesmíssimo jeito, é exatamente o que vai acontecer como consequência desse outro "milagre" (fez as aspas, a torto, violentamente) do Lula, da Dilma, com a diferença imensa de que cadê a melhoria mesmo? Uma melhoria que fica, uma que vira infraestrutura para o país, uma ferrovia, por exemplo, ou uma Rio-Niterói!, que aumenta a competitividade do Brasil lá fora?

Respirou curto, como um soluço ao avesso, ele seguia:

Como é que ela paga a conta, enorme!, de encher de curso, curso que vive de greve, porra! É toda hora!, uma palhaçada!, e vive dando grana pra galera não trabalhar? A conta que não vira produto, que não tem produção nenhuma? Não fecha! É um dinheiro que não melhora mesmo a vida de ninguém, que para lá, no drive-thru do... do Habib's... Para lá nas prestações das Casas Bahia numa baita televisãozona que depois não vai ter nem luz pra ligar?

Buscou os olhos de Nina, que transbordavam aprovação.

Pega empréstimo com o Banco Central, ou o BNDES, dispara taxa de juros, Celic, e onde você acha que isso dá? Em inflação, ué! Inflação de novo! — o coronel, engordado, enriçando-se como um galo — E como é que você acha que o Lula liquidou a dívida externa, Dédo? Quadruplicando a dívida pública, a interna! Ele pagou a camisa vendendo as calças! E a política, no Brasil?, é assim mesmo, cara!: você colhe uns frutos no seu governo mas mata a árvore, no caminho, a árvore inteira! Aí a conta fica pro próximo, que tem que se endividar até as cuecas pra plantar mais árvore!

Tá tudo podre lá,

Nina concordava, quieta.

Dédo respirando fundo, sarcástico, desconversando:

Tio, só sei que o que te irrita na verdade é que na década PT quem melhorou de vida foi justamente a empregada, o porteiro, não foi você, caralho! Vocês não gostaram é de ver pobre andando de avião,

O coronel, esforçado, brincava consigo mesmo, em silêncio, porque ao menos isso era verdade.

E já que você tá falando de economia, olha como tá lá a Europa, olha a Grécia! Tsipras, coisa e tal. Você com esse papinho de Milagre adora ignorar a crise que começou é lá de longe, na bolha!, e como começou?, pegou todo mundo!, por incompetência de quem? Da Dilma? E a economia brasileira está boiando no espaço?, não tem ligação nenhuma com o que acontece no cenário internacional? E foi por causa da Dilma, tio, que o FED injetou três trilhões de dólares pra salvar especulador filho da puta? A turma chorando por que o Goldman Sachs quebrou? Tá quebrado, agora? Os caras da Goldman Sachs perderam as suas casas? Ou só perderam a casa dos outros? Afinal, o cara rico foi ou vai ou nem foi e nem vai para o olho da rua?

Fôlego.

Puta que o pariu,

Dejair:

Não dá pra discutir com criança! Você é que sofreu lavagem cerebral, moleque!, Lavagem cerebral, mesmo, que puta saco, teu tio explicou a porra toda pra você aí já! Fecha o bico e escuta, cara! Fecha a matraca! Teu tio falou, enfim. Eu não tenho paciência mais!,

Ó, e primeiro o seguinte: que o que o governo fez, jogar conta de empréstimo para o ano que vem, é o que todo mundo sempre faz na História do Brasil — aliás, em todo o mundo! —, então não tem nem crime nem novidade nenhuma nesse papo!, pedaladas?, todo mundo sabe disso!, e, segundo, que ela fez isso pra quê? Pra tentar evitar o que sempre acontece!: chega a crise, que foi causada porque o mercado do capital não tem controle, e aí os ricos dizem que os ricos vão ficar pobres mas não ficam, e os ricos dizem que os ricos vão ficar pobres em economiquês (e mesmo assim não ficam!) e então todo mundo finge que concorda pra não se sentir burro — e tem sempre o carinha que vai lembrar dos aproximadamente dois ricos e meio que perderam as suas fortunas e se mataram na crise de 29, há quase cem anos atrás —, e quem se fode fode mesmo é o povo. Sempre! Sempre!

Os periquitos pousavam um a um no parapeito e já somavam quatro, abrindo os bicos elásticos ameaçando, expulsavam uns aos outros pelas melhores porções de banana. Alguns pássaros meia-boca, cinzentos sem muita cor, assistiam às maritacas do alto, esperavam um momento para pegar um teco e voar. Irritante esse paralelo, essa alegoria possível, previsível. Pela primeira vez, ao que se tornaria frequente, o coronel via-se pensando aquela ideia maldita: que as metáforas e símbolos tentam ou se enfiam na vida dos homens de bem, por este irritante paralelo, com ou sem convite.

Bom, e essa história de motoboy que virou diretor de empresa nos anos dourados dá a impressão de que foi gente pra caralho que saiu da pobreza naquela época, né? Vê os índices, os índices petralhas!, as gaussianas, lá, compradas!, da ONU!, vê lá e me diz! Compara com os anos-dois-mil até dois-mil-e-dez, assim! Pega os dois períodos! Porque é o truque mais velho do mundo tomar a exceção e dar como regra, também, botar o Neymar lá, de exemplo de esforço pra criançada da favela: tá cheio de moleque rico que é filho de imigrante pobre que batalhou e enriqueceu? Tá sim, mas só porque tem 200 milhões de pessoas nessa porra desse país, então vai ter muita gente até quando essa muita gente representa uma porcentagem mínima, minúscula, uma bactéria, assim, do total de pessoas! Com 200 milhões de pessoas, cara, é pessoa pra caralho!, vai ter muita gente até que, sei lá, come cocô! Vai ter muita gente que come cocô. E "muita gente" não é sinônimo de "maioria", também. Porque a maior parte da gente pobre no Brasil?, essa vai morrer pobre!, e a maior parte do pessoal rico vai morrer rico. Esse é o Milagre! Sempre! Até que vem alguém e tenta mexer um pouco no jogo... e aí?

As buzinas na rua, o cheiro de bolo, o radinho do porteiro que se ouvia daqui, o sono pra quem acordava cedo, o calor de quem ia ao trabalho de terno, o espremido do ônibus no horário de pico. Boletos. Vida real, Dédo. Vida real.

Pra que é que serve?

Conversas como aquela definitivamente não eram escritas por ninguém, mas um pouco aqui e ali. Sete bilhões de letras, pequenos barulhos. Ninguém. O coronel abriu a janela e deu com o carão de uma vaca no escuro. Era preciso que se mandasse um envelope com uma pequena participação, nem que simbólica, o enrolar eterno do fio sobre o fio, para dezenas de centenas de milhões de endereços diferentes. Marcos fumava um cigarro na rede da casa principal, vigiando, de longe, a estrada; esperando o toque do celular, sacudia as juntas moídas, ia buscar o patrão no terminal. Ninguém dava conta da vida, completa, um imenso buraco. A boca de Dédo abria e fechava como um cu cheio de medo. Clara aproveitava o ruído da máquina pra surrupiar um nespresso. Tanto espaço entre o chão e o universo e todos os pés amarrados no chão.

Dejair catava o clímax costumeiro pelo rabo:

O PT é ladrão!, porque essa coisa toda de esquerda é muito bonita no papel: só que chega lá, e vamos ver?, é tudo ladrão. Enganador do povo! Acha que tá "melhorando" a vida — que de melhorar a vida de alguém, mesmo?, não tem nada! — tá enganando o povo, tá enganando todo mundo é pra quê? Pra ter voto! É pra ter voto!

O sobrinho olhava-o firme, motivado; e aquele cara da banca a papagaiar na sua frente. Ele sentia a vertigem crescer, como se o carrinho na montanha-russa atingisse o pico — já confirmava nas rodas o princípio da queda. Vamos lá, então, estamos em um dia desses, pensou.

Dali pra frente, todos ao mesmo tempo:

Quer ficar pagando mesada pro cara...

...é só um ser babaca e pronto:

Sempre a mesma conversa!

Olha, Dédo, desculpa, cara, mas...

...tem o PSOL, o Marcelo Freixo!,

...de bolsa-família, bolsa-sei-lá-o-quê...

Eu não vim do alto, assim,

É tudo do mesmo saco!,

O problema é um só, e você sabe!:

Eu que não vim de um berço de ouro,

Distribuição de renda, mesmo, de oportunidade,

Pessoal, vamos parar...

É tudo hipócrita, ladrão! Ladrão!

Porra, é meu aniversário, cara!

Décio, tua tia...

E ó você mesmo, Dejair, olha pra você!

Consegui isso tudo com o suor,

Isso o quê, cara? Se...

Décio, tua tia pediu, chega!

É trabalho! Trabalho mesmo,

De que é que você tá falando, porra?

...do que esses petistas não conhecem!

Você acha o quê?,

Tra-ba-lho!

Ah, mas vá se foder!

Não é mesada não!

Então, satisfatoriamente, Dejair aceitava o pedido do coronel.

Parou de falar.

Do vácuo de silêncio saía uma bala:

E de tanto trabalhar lá na banca, você vai virar o quê? Você é empregado da tia! Em-pre-ga-do! Vai ficar rico? Você não vai nunca ser nada, não vai nem virar dono da porra da banca,

O que é isso, menino!, cresce!

Diego sentia-se desanimado. Via Nina bem ali, esperando, perdida, com o bolo, saído, na mão; e enchia-se de uma intensa, mas repentina e terrivelmente distante lembrança do sítio.

Assim, continuavam só os dois:

Eu ajudei a fundar o PT!,

Vai virar empresário, advogado, ou o quê?

E foi uma puta decepção!

...de tanto trabalhar lá na banca?

Roubalheira, é um mais sujo que o outro...

Ajudou a fundar, cara? É engraçado:

E Nina com o bolo, parada.

Quanta gente, né?

Irônico.

Mais sujo que o outro!,

Todo mundo, de repente, parece que fundou o PT, porra!

Você não era nem nascido, ô moleque!

Os caras vêm sempre com essa!

Diego,

Era como se estivesse naquela conversa de um minuto há décadas.

Como se estivesse, outra vez, no elevador; que subia o primeiro andar no tempo de vários.

Como se o Dédo nunca lesse um jornal,

Era um cara legal, lógico: mas muito, muito!, infantil.

Novo demais para ter vivido aquela frustração, o fracasso profundo, de que falava o amigo deles, de todos — ricos, pobres, coronéis (não é todo mundo junto o povo?), sem essa história de esquerda, direita e o caralho!: todo mundo junto, o povo brasileiro!, ele, que havia acreditado nisso, compartilhado isso, ao confiar em um partido mentiroso, do povo para o povo, dado com a cara no chão. No chão!; e queria que ela, Nina, agora quieta, abandonada, pudesse fugir com ele.

Se pudessem voltar juntos para Franco da Rocha, de trem, e de lá nunca mais sair,

Ver o defunto entre o bom e o bom virar uma floresta margeando a represa em um silêncio formidável.

O Brasil inteiro; e ali estava a prova, derradeira; vinha pegando fogo, perdendo o sentido, afinal: não era só ele que tinha para quê fugir.

Do quê fugir.

Podia berrar para que calassem a boca.

Podia pegar a arma da mochila e pousá-la na mesa.

Claro.

Mas era assim: ou o combustível acabava nas últimas tosses da raiva ou em pazes fingidas que viriam como um presente de aniversário.

Dédo e o cara da banca.

Já estava certo para onde eles iam:

No tempo deles! — e Dejair apontava na cara do coronel, o que é evidente que o desconcertava —, era no tempo deles que não tinha essa merda toda.

Ah, chega, meu amigo. Me faz o favor:

Décio:

Vá estudar!,

Silêncio.

Mas Dejair, esperto, atuava, forçando, como se desse de ombros para a última investida do menino. Ganhava. Contradizia o coronel, pois, ao encontrar bem ali uma terceira e infalível solução, superior!: não se deixaria nem "tossir" de raiva e nem tampouco fazer pazes nenhumas, mas, no lugar, simplesmente se calaria como se a vitória houvesse de fato acontecido, inquestionável — e como se todos os ouvintes a tivessem presenciado —, ou, por fim, como se ele próprio estivesse acima da conversa fiada, da irritação: ele, educado, virando-se para o bolo no colo de Nina, perguntando-lhe qual o sabor; ele, educado, tomando um longo, prazenteiro, gole de leite, gelado, suspirando alto:

Ah! Que delícia esse leite!,

(Que baita, imenso, enorme, gigante de um filho da puta!)

Ignorava Décio, então, por completo, com a calma mais forçada, plástica. O menino engolia. Olhava em volta, via o rosto complacente do coronel. A expressão do tio, talvez até em concordata com o outro — como não? —, mas que era ao mesmo tempo carinhosa, como se dissesse: fazer o quê, cara?, nem sempre se pode ganhar.

O bolo?

Geleia.

Uva.

A todos foi distribuindo um pedaço.

Os talheres batendo.

Elogios.

E a raiva jogada toda para baixo do tapete.

Porque se Nina tirara o dia de folga, ok: mas os convidados não; iam-se, pronto, vinte minutos passados da rixa entre o coronel, Dédo e Dejair. Tomavam seu rumo:

Tchau,

Abraço!

Toma juízo, menino.

Opa!,

Fim do café da manhã. Guardavam os frios.

O coronel ajudava a retirar os pratinhos, derrubar as migalhas de pão francês no lixo da área.

Batia a toalha pela janela, assustando os passarinhos.

Virava um último gole de suco de laranja pra não ter de guardá-lo.

A cabeça longe.

Com a festa acabada sentou-se próximo à janela, pensando outra vez em como era bom que ela não tinha largado de colocar a banana do periquito no parapeito.

Só que as árvores haviam sido podadas em excesso.

Toninho.

Talvez os pássaros viessem menos, pensou, por culpa dele.

Nina veio e sentou-se junto, deitando a cabeça em seu ombro. Ajeitou-se, o coronel, para confortá-la. Estava de vestido:

Como vai o livro?

Devagar, mas tá indo. Já que é só pra mim, sei lá.

Nada disso, Diego; eu te disse que eu vendo.

Nem quero, amor,

Ué,

Pra mim é tipo uma palavra-cruzada, Nina, é só isso, passatempo,

Não é não. Quando é que fica pronto?

Eu não sei nem se fica,

Claro que fica!

Sei lá,

Tem que ficar, Diego, que ideia é essa?

Enfim,

Silêncio.

Não tinha mais pássaro nenhum na banana.

Chato, né?

O quê?

Ah, a briguinha,

Deixa!,

Tinha que ser justo hoje?

É, mas deixa isso,

Enfim,

Deviam estar fugindo eles, não é?

É,

O bando de ladrões, eu quero dizer,

Hum,

O bando de filhos da puta!

Na voz dela, a voz de bebê com que às vezes falava com ele, um palavrão soava destoado. Nina olhava para o coronel logo depois de dizê-lo, sorrindo; travessura.

Retribuiu:

Shh! — ria junto, colocando a mão na boca dela — Que boca suja, (também lhe vinha a voz de bebê, mais discreta, retraída)

Silêncio.

Eu te mando assim que fechar, tá bem?

Oba!

Mas só vê você, não quero publicar,

Ok.

Mais ninguém.

Prometo!

Em mais uns meses eu acho que eu canso,

Passou o braço por trás de sua cabeça.

Aí você me diz se você gosta? É sobre uma família de americanos que está muito bem, obrigado.

Diego coçava-lhe os cabelos, devagar. Nina tinha os olhos fechados e emitia um pequeno miado. Gostava. Uma rolinha, gorda, cor de carvão, obviamente da freguesia viciada, voltava a servir-se da banana.

E os periquitos?

Que tem?

Não vêm mais assim tarde?, depois dessa hora, assim, do café?

A esposa mantinha os olhos fechados, sem responder. Pronto!, pensou o coronel: isso sim é que é pouco-caso! Também, ela tinha a sua razão — e o coronel envaidecia —; era o cafuné que não dava espaço para que Nina ligasse:

Ué,

Hum?

Eles vêm sempre, amor. Me acordaram hoje cedo. Eles vêm cedo, vem tarde, tavam aí, estarão aí, enfim.

Hum...

Silêncio.

Você tem é que se livrar dessas rolinhas aí.

Abriu os olhos.

Elas espantam os outros. Isso aí é praga, é como pardal!,

Hum...

Agitou a cabeça para que ele retomasse o cafuné.

Silêncio.

Meia hora depois, arrumava as coisas pra começar a volta. Nina ofereceu carona e ele não quis. Pretendia passar a terceira vez no mercado, esticar as pernas, e por isso despediram-se no apartamento.

A ex-mulher, naquela hora, olhava-o triste, enquanto aguardava a chegada do elevador. Continuaria ali imóvel mesmo depois da ida. Via os cabos tensionados, de cobre, a luzinha apagar.

Avançássemos um pouco mais e Nina já estaria cochilando; o coronel se veria em uma fila de supermercado prestes a pagar o carrinho meio vazio com uma ou outra coisa de que sentia falta. As frutas do sítio precisavam de mais tempo, pensou. Estas?, já estão prontas.

O coronel, olhando a fila, notava que há meses não via cinco pessoas, que fosse, reunidas em um mesmo lugar.

Comprava as frutas, maduras, um pouco de carvão, e só; bastava colocá-las no chão para o gado.

Graças a Deus, pensou, logo ia ver a represa.

7

Para quem não participou, pintou a cara, os anos da reivindicação por eleições diretas — 1984 e cinco — às vezes parecem adquirir um sentido menos heroico, mais trágico. Vistos de longe, marcaram; nessas ocasiões, raras, em que pensamos neles sem a presença dos heróis e sem o peso da versão que ganhou; muito menos o tempo da reapropriação do direito por um voto que só viria pela briga, da derrubada de um regime por pressão popular, da extração da ditadura, uma estrutura blindada, do que o tempo dos truques de cego, do envaidecimento de efeito calmante e de uma espécie de farsa, um malabarismo ilusionista como o jogo dos copos, sabe?

Eu explico:

Houve um tempo em que a microempresa de Antonieta — a Tieta da locadora próxima à banca de jornais de Nina, hoje sempre vazia, às moscas — não era um fracasso tão grande.

Um segundo,

Esse exemplo, eu sei, pode parecer um desvio; mas prossigamos com um pouco mais de paciência que a coisa já se vai explicar:

Acontecia, então, com Tieta, o absoluto oposto do fracasso de agora: a locadora era um sucesso de chover dinheiro. Ela, ainda moça, já conhecia

Nina, o coronel, todo mundo; embora na realidade lá o cargo de Diego fosse outro, o real; e Tieta — que recebera, sim, esse apelido na combinação do óbvio (seu nome) com o sucesso do romance então recente de Jorge Amado — vivia uma vida quase confessa de rainha.

Uma prévia: é evidente que não se incomodava com os militares, para quê?, mas, e aqui vou estragar o final, quando começasse enfim a manifestação dos milhares, as diretas, ela como muitos outros semelhantes seus iria correndo ajuntar-se, "mudando de opinião", de novo, à maioria. Mas não antes. Tieta era uma dessas mulheres (pessoas) meio cascudas, lambe-botas, lambari.

Mas voltemos outra vez ao seu inegável sucesso:

No fundo, desconfiavam até de que havia outro dinheiro envolvido naquilo, na felicidade de Tieta, de família, ou qualquer coisa do tipo — e, talvez, mesmo, o desconfiassem pela história do Agreste, do falecimento do comendador: transferissem o mexerico diretamente do livro para a vizinha. Será? A história ainda não tinha virado filme, ainda que na época a classe média adorasse cultivar bibliotecas nem que pra marcar a diferença entre si e o povão:

Adoro ler.

Ah, eu também.

Os clássicos.

Era vida boa demais para não ter aquela pulga bem firmada nos boatos da Pompéia. Tieta passava boa parte do dia de robe de seda, em casa, logo em cima da locadora — que tinha até um nome antigo, VHS —, descendo só uma vez ou outra para conferir o caixa, o movimento. Mais tarde, trocaria a microempresa por cuidar do mesmo ponto como uma unidade da Blockbuster e, ainda depois, acabaria engolida pelas Lojas Americanas, como todos as outras locadoras iam sendo — nada disso vem ao caso para o motivo pelo qual estamos agora pensando em Tieta. Hoje nem é rica, nem pobre — e culpa a crise, nunca o dvd — e o robe de seda não fora mais atualizado; foi se gastando simultâneo à juventude dela, até o lixo, o esquecimento.

Nos anos oitenta, Diego sabia dela, ela sabia de Diego. Nina achava-a simpática, também, simples; sem esses rodeios de pessoa rica.

Ela declarava não se interessar por política. Era o tipo de mulher, por exemplo, que se pautava pela máxima de que cada um que cuide do seu próprio cantinho, se lixando pra ideia estúpida de um país imenso e lotado, de tanta gente diferente e que se odeia e que vota. Ponto. Governo, Distrito Federal? Era uma coisa tão distante quanto a Austrália, tão indiferente à sua vida quanto a corrida espacial. Era folhetim para o Jornal Nacional e só. Estávamos resolvidos.

Como dito: Diego sabia dela e ela sabia de Diego.

Acontece, porém, que tinha orgulho de si e elogiava as pessoas fortes, aquelas que traçavam o próprio caminho. Por isso mesmo, das poucas vezes que fez observações, elas compactuavam com a ordem: o que é que essa gente tanto vai peitar a polícia? Para quê?

Tinha um filho, César, já nem tão novo, mas que a ele também passavam essas ideias. Para o rapaz tanto lhe fazia qualquer polêmica alheia. Portanto, a família toda ia bem. Até que, ao ingressar na faculdade, César revelou-se um belíssimo vadio, um faz-nada; que dormia até tarde e não saía do quarto nem para a empregada dar um jeito, sacudir o lençol, recolher os copos — eles, que já acumulavam pelo chão, meu filho, um horror!; iam sumindo todos os talheres, também, da cozinha!

E era chegado o tempo da reivindicação de massa, quando, de repente, não eram mais cinco, dez, cinquenta indolentes, suicidas, os idiotas que guerreavam no Araguaia ou morriam na clandestinidade, mas, basicamente, todo mundo: os calados, os omissos, os (até lá) indiferentes, os ex-lambaris ou cascudos de bota de general, os empresários, os jornalistas; e todo mundo que estivesse na rua, até se meio que fazendo nada, unido, de repente, ganhava um atestado de sangue-quente, de política, de parte da massa, de todos como todos juntos, ganhava o troféu de uma causa, do reconhecimento de uma coragem que existindo ou não se perpetuaria até a morte, como um valor, quando viesse, depois de tantas casacas viradas, de tempos corridos; era o tempo de ir para a rua e receber da História, para levar consigo, a extrema-unção da justiça: era chegado o dia do juízo final do regime militar.

Porra, se é assim então era pra ir, mesmo, levantar a bunda (e o nariz), e esquecer os vinte anos de consentimento, ou mesmo de apoio, só, para colocar o nome entre os que “derrubaram” aquele contrassenso, aquela sandice; fazer parte da geração com propósito; uma geração que não dormia até tarde acumulando pratinhos, que, meu filho!, na sua idade eu já estava lá na rua, exigindo mudanças, enquanto você não sabe o que quer. Olhe para mim, agora, saindo por essa porta;

Tieta, na rua, com os outros.

Diego, na rua, também.

Via centenas e centenas de nucas agitadas à frente, e só tinha medo de não dar certo como jornalista.

Estagiário.

De lá, comeriam um sanduíche, beberiam vinho, repletos de calor; aquele calor que só sente quem foi andar com a multidão, também, quem sabe que fez algo que conta, que significa. Quem descobriu o país, súbito, uma novidade — não estamos sozinhos na locadora, Tieta —, que é maior do que a sua casa, que não é longe como a Austrália, que não é feito do breu, da ladainha inútil dos que não têm mais o que fazer e é justo por isso que se metem a legislar a vida alheia até além do razoável; além dos mínimos detalhes;

Em Cuba, os saxofonistas já haviam sido expulsos por tocarem o sax; um instrumento, diziam, pró-americano. Ianque. Era este o nível de invasão da vida, privada, deles, e era o que praticavam os comunistas, também; esses que não eram muito bem-vindos na rua, nem ali e nem nunca mais seriam. Tanta ignorância, Tieta: até porque o saxofone foi inventado por um belga, não é verdade?, e que é que ele tinha a ver com a Guerra Fria?

Os comunistas, que voltariam, direto da criogenia, de novo, as múmias soviéticas que tramavam há pouco pela Alameda Casa Branca, hoje só servem para engrossar a pentelhíssima patrulha do que se pode ou não falar nos anos dois mil, dez, e mais alguns, e para proteger bandido, roubar junto, uma corja de mentirosos!; esses, não deviam ir para a rua, mas para o caixão. Os caras-pintadas, sim, eram os donos da rua.

Tieta,

Você tem certeza de que sabe do que é que está falando?

Melhor não seguir.

No meio dos anos oitenta — aí sim — os militares é que se deixaram sair; visto a decadência anunciada; e o nacionalismo na rua comemorou só a prévia da década liberal.

Isolados, alguns distraídos (ou orgulhosos) pensavam noutras coisas.

Marchando do lado.

Cheios de amor.

E essa década, a liberal, como já vinha sendo testada pelo próprio regime, não tinha nada de uma revolução, e, ainda menos, popular, nada da troca de objetivos dos militares para os "civis", unidos, sem ideologia, esses marxismos da esquerda, da múmia (mentirosos!), dos odiadores de saxofone, etc, mas o prosseguimento sem maiores atrapalhações do definitivo sequestro do Estado pelo mercado e, mais ainda, pelo sistema bancário (por onde tudo já se fazia) que adquiria um poder especial, via juros, via muito, e muito, dinheiro, capital, por intermédio de todas aquelas ferramentas de governo acumuladas: os militares só não eram mais precisos.

Era essa a dança dos copos, Tieta. Ninguém achava a moeda.

(E talvez ela estivesse é na mão de algum banco, bem guardada, longe de Brasília)

Na rua:

Via-se gente que apoiava o exército pelas entrelinhas, que só passados alguns anos retomaria a lembrança daquele tempo como a era de ouro (o auxiliar de banca era bem esse tipo), virando a casaca só nas diretas ou um pouco depois, provisoriamente, para sair na rua e lavar as mãos de um ou outro exagero; e também se via gente que passara os vinte anos de paz a jogar pingue-pongue no porão e elogiando o florescimento do comércio, saindo para namorar; junto àqueles que não, realmente tinham lutado, também, coitados, achando que aquele era o momento de poder deles. Que eles é que mudavam a História, e não os próprios generais que viam o fim de um banquete de Natal dar em azia, dor de barriga (e no entanto nunca falariam, por um acidente daqueles, menor, da natureza do exagero, apenas, na abolição do Natal em si — porque isso sim é que seria uma sandice!, visto que a tradição, ok, é que sempre será a garantia, o mais importante), e liberavam, falsária como uma medalha de bronze, a rua para todos, todos, inclusive os mencionados sofredores que precisassem sentir-se fortes à espera das promessas, dos milagres — que este ano, finalmente, se cumpririam! —, o ano-novo. Deu certo, e o resultado final foi bastante previsível: eles saíram de cena acendendo o fogo para que a mágoa de alguns festejasse tanto e com tamanho barulho que se perdesse pelo estranho e descabido orgulho coletivo, um carnaval, a confusão, para que a impotência real das pessoas que tentavam desde antes virasse ficção, a lembrança distorcida do que tinha sido.

Nós fizemos a lembrança.

Juntos, nós fizemos a diferença.

E não fomos nós que saímos bem, pelos fundos, levando a faca, o queijo e uma lista (menor do que a argentina, eles disseram; que a chilena, a cubana!, porém) de mortos.

O que teve de general, torturador, olho grosso, que se batizou na nova democracia e perdoou os próprios pecados não foi brincadeira!; e marchavam ao lado, em roupas civis, do professor do eletrochoque no saco, da mãe sem filhos,

Etc, etc, etc.

8

E esse motor, afinal, o que é? (Não se lembrava do sonho)

Com o traque do fôlego, cortando as palavras:

...esse ronco esquisito aí que aparece às vezes,

Tentava segurar bem erguido o seu lado do carrinho de roda quebrada com uma só mão, conduziam-no ele de um lado, o caseiro do outro, cheio de madeira, desde a trilha norte até a casa.

Com a outra, a mão livre, ele apontava o alto das árvores, como antes apontara Marcos para o céu.

Isso é racha?

Hum?

Esse motor, esse barulho? É corrida de moto, cara?, ou o quê?

Não, Seu Lopes!

Ria:

Isso aí é macaco, barbado, eles gritam assim, esse barulho todo!, os bichos tão sempre reclamando,

Silêncio.

Olhava para as copas, assustado, como criança, o rouco:

Como é que é, cara?

Isso é macaco, Seu Lopes. Tão gritando assim mais alto, hoje, é porque vai chover. O cinza realmente baixava, notou o coronel. Vem tempestade por aí, cara, pra cima do mato, disso você pode ter certeza,

É sério? É macaco mesmo?

É, ué, tem muito aqui. Desde sempre, Seu Lopes! Cacete, nunca percebeu, não?

(Cacete?)

Sorria como se o olhasse de cima e no fundo era até justo que o olhasse assim: sabia daquelas coisas muito mais que o coronel.

Pra descansar do peso, firmaram o carrinho no chão. Marcos aproveitou para correr e resgatar as toras caídas:

Ô Seu Lopes,

Caramba!

Vinte anos, faz? Que você já vem pra cá, de uma forma ou de outra?,

É,

E nunca ouviu isso, não? Nunca?

Não, não,

Tá cheio aí pra cima ó,

Ouvir isso aí eu já ouvi, claro!, só não sabia,

O coronel, prostrado como um palhaço, embora fosse o outro que se agachasse atrás das toras roladas. Certinho, como uma mulher, lavando o chão, encerando piso. As toras pra *sua* lareira.

De novo aquilo?

Foi um susto anteontem. Saindo de casa, no fim da tarde, o coronel dera de cara com uma porção de perus da fazenda voando alto, por cima das árvores. Reconheceu-os pelo tamanho e formato, o rabo, mais longo que o de uma galinha comum, uma mancha rubra no rosto, ou no pescoço?, enfim.

Cruzando a estrada vinha Nazaré, tentando se fazer de morta até que já não fosse mais possível. O coronel, ao ver a debandada de perus, sentia-se instantaneamente assaltado, como se alguém houvesse passado correndo e lhe tivesse arrancado das mãos alguma coisa sua, a carteira, o celular — os perus, que ele nem sequer lembrava que tinha, iam fugir!, escapavam para a estrada. Seria difícil demais resgatá-los logo rompessem o limite da propriedade. Fora que havia um desarranjo muito assustador naquilo: um animal que ele sempre imaginara meio rasteiro, assim, impossível de pular uma cerca baixa que fosse, voando alto! Eram aves, tinham asas, tudo bem, mas naquele segundo lhe parecia tão estranho quanto se fossem os cachorros voando, as vacas voando, ou ele mesmo sendo levado por uma ventania, um furacão. Nazaré, os perus, olha lá, porra!, os perus tão fugindo! Como é que faz? E Nazaré mostrou-lhe um sorriso pesado como um caminhão-pipa que levasse bosta, quatro toneladas de bosta, porque aquele sorriso malvado, que o achatava, cru, fazia sentir-se um imbecil, vinha como se de quem guardasse uma vingança: Ô, Seu Lopes, isso aí não é peru, não, isso aí é jacu-pêssego, é do mato.

O coronel interrompia a corridinha, idiota, que principiara sem reconhecer, por impulso, logo os perus sumiam na folhagem em direção às mangueiras, por onde passavam os bichos, e deixou-se cair quase sentado. Uma mão em cada joelho, inclinado pra frente. Ô, Seu Lopes, você nem peru tem!, e Nazaré seguia firme para casa, coberta de razão, uma razão indesculpável.

Conheço. Só não sabia que era macaco.

Silêncio.

Pô, rapaz, como é que você não diz isso pra mim antes?

Eu já disse, Seu Lopes!, com toda a certeza!,

O caseiro olhava-o de novo como se a vista atravessasse o crânio duro do patrão e derrubasse trinta árvores atrás. Era a força e o perigo de um olhar seguro.

Não?

Silêncio.

Nunca? Osh,

Tô dizendo a você!,

Silêncio.

E qual macaco é isso? — intencionava procurá-los no google, é claro. Talvez sentado na privada logo em seguida. Os pés se enrolando no tapete, o celular na mão, tentando visualizar uma página de fotos do pinterest logo antes que a sombra preta que subia no site de baixo pra cima, exigindo que ele abrisse uma conta, tornasse impossível entender bem a sua cara, se dava ou não dava medo, se era tão diferente de um mico, por exemplo, os saguis que pulavam nos carros do estacionamento do Parque da Água Branca, às vezes, quando Nina queria (faz tempo) passear pela feira de orgânicos.

Barbado! Guariba, bugio,

É um grandão, assim, vermelho,

Caramba,

Assim ó:

Fez o tamanho. De fato, um macaco daqueles podia engolir uns cinco saguis de café da manhã. Se pulasse em um carro, amassava a lataria.

E esse barulho?

Ah,

Como é que ele faz? Parece uma serra,

Ele grita,

Caramba,

Já vi muito, Seu Lopes, faz um "o" assim com a boca, e fica se mexendo com a cara pra cima. Quando ele faz isso virado pra você, assim, é pra te mandar cair fora, mesmo, ele quer assustar a gente, — estava lá!, é claro, um bicho desses dava medo. Só que o coronel ia ler depois, já no computador, que ao mesmo tempo era lento, manso, não comprava briga com ninguém.

Vivia se eletrocutando sozinho pelos fios da estrada, um bicho burro pra caralho.

Onde?

Assim ó:

Fez,

E fica mexendo no galho,

O rabo preso embaixo, como um ioiô enrolado. Agrupavam-se e grudavam ombro com ombro uns nos outros parecendo de longe um imenso cupinzeiro no galho. Quando os visse no alto do mais alto dos eucaliptos, num grupo grande, e grudado desse jeito, pareceria até um boi que houvesse voado como os seus perus até o topo da árvore. E dormia. Quando pulavam de um galho para outro, a árvore envergava. Mesmo o pulo soava em câmera lenta, como se a gravidade estivesse com preguiça.

Lá em cima, embaixo, no galinheiro: pô, eles tão em todo lugar,

E como é que eu nunca vi?, cara,

Ah!, vinte anos, né, Seu Lopes, que eu passo o dia todo aí no mato, no mato mesmo!, Tudo que já passou por aqui eu já vi,

Ué, e esses dias a gente não foi lá junto, homem?,

O coronel regredia outra vez, ridiculamente, na frente do empregado, e, nesta, à criança que folheasse um livrinho ilustrado com os animais que moravam em seja lá qual fosse o bioma do livro: como se convencido, enganado, por um só desenho daqueles onde sempre aparecia tudo de bicho que, na verdade, se espalhava e encolhia por centenas de quilômetros e, bom!, animais que você quase nunca conseguiria ver caso inclusive os procurasse com toda a paciência do mundo; talvez passassem eles mesmos a vida inteira sem ver-se todos uns aos outros!; mas estavam lá, no desenho, todos juntos, vizinhos, explícitos, revelados, descobertos, e só por razões didáticas (mas, ainda assim, trapaceiras) no espaço minúsculo de um cenário só. Era sempre amontoado assim que eles apareciam — porque se no desenho havia um rio?, nele se via jacaré, cágado, colhereiro, garça, cobra d'água. E nas árvores? De um lado, tucano-verde, tucano-preto, pavó, onça-pintada, onça-parda, e, ainda (?), na mesma árvore, cara!, uma preguiça!, um macaco!, uma série de tangarás coloridos!, e nas copas da outra margem um ouriço, e um gambá, e um vespeiro, e uma jiboia, e um sauá, e descansando na terra um veado, uma anta, um furão, um tatu, um cateto, um teiú, assim como se cada metro quadrado da floresta estivesse entupido, como se o mato fosse tão povoado quanto uma avenida. Tanto adulto que paga uma fortuna em passeio turístico em Manaus, ou Campo Grande, Cuiabá, e depois taca pedra no passeio via tripadvisor, por exemplo, decepcionado, porque trazia consigo essa exata expectativa imbecil, expectativa de criança? Não é que via nada, mas não via tudo. Aí esses caras, também, reclamam do serviço ou da sorte como se a cozinha tivesse mandado o prato errado. Não foi isso o que eu pedi. O mato é um lugar difícil. A floresta mata expectativa.

Ah, mas não é sempre que dá pra ver bicho, Seu Lopes — já ouvir é outra coisa, isso sim!, é toda hora!, mas ver, ver,

Entendi.

O coronel sentia a bochecha corar.

E também eu enxoto se vejo, Seu Lopes!, Porque se eu não faço isso, eles comem tudo, fruta, folha, assim, também. Quebram coisa, sei lá, você não viu o tamanho, não sabe,

Entendi,

Imagina o dente,

Ô rapaz,

Assim ó:

Fez. Nos dentes debaixo dele uma placa de tártaro entre o amarelo e o marrom. Imaginou alguém beijar aquela boca podre. As bactérias na placa viajando pelas veias taludas do caseiro até o coração. O caseiro caindo duro de uma hora pra outra, rolando morro abaixo.

Silêncio.

Tornaram a erguer o carrinho com a lenha,

Passou-se, então, um longo tempo da descida na trilha, e aí lhe dizia o coronel:

Marcos,

Hum?

Não expulsa mais, não?

Hum,

Entreolharam-se.

Silêncio.

Marcos voltava a pôr a vista na grama.

Não expulsa mais não.

Derrotado.

Tá certo,

Ok?

Aham.

9

Em meados de setembro, o coronel voltava de uma caminhada longa até a represa, autoimposta pela missão chata de recolher os galhos úmidos e gigantescos que emporcalhavam a estrada, dificultavam a passagem de veículos, galhos que se haviam soltado das árvores com uma tempestade madrigal que chegara até mesmo a derrubar um pinheiro inteiro, num estrondo de raio, e a pequena capela na subida desde o portão azul teve o telhado parcialmente destruído, quando surpreso deu com o filho de Marcos sentado na escada da sua casa.

Aquela era uma ousadia rara demais a um moleque que nunca se via solto pelo sítio.

O menino era gordinho, tinha a pele laranja e um corte de cabelo estranho, certamente uma versão mais pobre e improvisada daquele penteado meio viking — raspado dos lados, comprido por cima até findar em um coque mal preso — que se vinha popularizando recentemente até o ponto de ser adotado por jogadores de futebol e cantores de tecnobrega. O menino tinha as mãos tapando os ouvidos, o que logo irritou ao coronel, como se o gesto de Cacá lhe viesse justamente como resposta à sua aproximação. Um gesto calculado, antissocial.

Vinha degrau por degrau na expectativa de que ele ao menos tentasse fugir da situação, levantando-se logo lhe notasse chegar, talvez como sempre. Dispararia em direção à casa de serviços antes que se encontrassem os dois irrevogavelmente perto um do outro.

O coronel tinha uma certa raiva.

Aliás, bem mais do que isso: subira o monte do princípio ao fim já explodindo de raiva.

A razão não era o menino, é claro, o garoto apresentava-se ali só como um alvo fácil.

Andava mais devagar, queria vê-lo fugindo.

Mas não.

Era-lhe mais do que evidente que Cacá não ficava de fato o tempo todo escondido em casa, mas, como Nazaré, normalmente o observava das persianas atento a esperar pelo momento em que o coronel já se houvesse retirado ou não se visse mais por perto para só então sair. Nessas ocasiões, o coronel imaginava; ele devia sentir como se tivesse o sítio inteiramente para si outra vez, devia correr pra cima e pra baixo feito um pequeno reizinho.

Estava errado.

Marcos deu a entender, durante uma segunda cerveja que tomavam em pé ao lado do estábulo vazio — isso porque o caseiro lhe havia respondido, à sugestão de que fossem de novo às redes, como naquela primeira tarde, o que seria muito mais confortável do que beber em pé, que era "melhor não" — que o seu filho seria como se viciado em videogames, disse. Por isso ele passava muito tempo recolhido. Mas, da mesma forma que o coronel intuía outras coisas do tipo, concluiu que Cacá deveria ter apenas, no máximo, um console antigo e uma ou duas fitas, nada que justificasse mesmo o seu constante desaparecimento. Era da mesma forma com a mulher, na verdade, porque Marcos acusava as novelas e o serviço de faxina e lavação de roupas para fora que Nazaré supostamente mantinha de serem a razão pela qual ela só se via de passagem entre um ou outro serviço — mas bem sabia o coronel que novelas só se podia assistir no fim de tarde, nunca, por exemplo, de manhã, ao mesmo tempo que o tanque da casa de serviços ficava do lado de fora, e não se via Nazaré lavando roupa nenhuma.

Aquilo era tudo mentira.

Conversa fiada, Marcos, sua mulher não gosta é de mim.

Assistiam juntos uma rufada de vento bater forte no bambuzal, estalava.

Irritantemente, o caseiro não negou. Não disse mais nada.

Só abriu um pequeno sorriso, levantou as sobrancelhas grisalhas. Baforou o cigarro.

A lista de tarefas de Nazaré com o sítio era longa, visto que Marcos lhe repassava muita coisa — e não como exceção, como quando tivesse de tocar os bois, mas como via de regra —, só que ao coronel lhe era bastante interessante simplesmente ignorá-la, afinal, não mantinha vínculo algum com a mulher. Cacá, também supostamente, frequentava uma escola primária da periferia de Franco da Rocha, mas ele mesmo, com seus próprios olhos, jamais vira o moleque, nunca, nem sair de casa e nem chegar de volta com a também suposta carona, nem uma só vez, carregando mochila, com uniforme, etc, durante todos os meses agora já acumulados de residência no sítio.

Provavelmente não educavam o menino. Era como um bicho selvagem, um animal que vagava por ali mas só se veria com uso de armadilhas. E vinha disso a surpresa de dar com ele na entrada da casa, e nem da dele. Da sua.

Como juntasse alguma má-vontade com o menino, vinda, é claro, das tantas coisas erradas que assumia o coronel, e como já experimentasse um primeiro ciúme da casa principal, agora que se desacostumava a dividir e ainda mais aquilo, o seu espaço, privado, a sua casa, área que calculava inviolável por qualquer empregado, delimitada por um campo imaginário como uma capa circular de alguns metros em torno da sede, já que não havia mais a esposa nem familiares por perto, ele via aquele menino gordo, folgado, montado na escada como se estivesse no seu quarto, sentado com a feição fechada, como uma ameaça. O coronel lembrava do presumido desprezo com que este menino o evitava, na certa imaginando que se achasse mesmo o dono do sítio nas suas ausências programadas, nas vadiagens infantis pelo terreno.

Também, a essa altura, já existia um mistério rondando a sede, e ele sabia disso. Como viam Marcos e Cacá, por exemplo, a questão da limpeza interna da casa? Como imaginavam que vivia lá dentro o coronel? Usariam a chave-reserva? Quando ele saía?, curiosos os dois, trocando piadas de pai para filho, rondavam a sala, esperando encontrar coisas estranhas, sinais inesperados de uma vida engraçada, incompreensível, como a sala coberta de pó e os ladrilhos, de gordura. A vida de um velho abandonado. Será que se perguntaram uma vez sequer, entre eles, no meio de um jantar ou assistindo à televisão numa hora tranquila, por que é que o coronel lhes dera aquela ordem, que rompia com décadas de um serviço gratuito, na verdade, de faxina, algo que acontecia, somente, não estava declarado em documento algum, mas se tinha de fazer? Nazaré sempre antes de chegarem ele e Nina passava pelo menos um dia e meio esfregando a casa. Mas, agora?

Passadas poucas semanas, ainda, e a partir da ordem de que parasse, nunca mais. Não precisava mais. Se ocupava o coronel da manutenção, da limpeza, de tudo que acontecia dentro da sede. Ninguém entrava.

Lavava as roupas na máquina.

Secava as roupas na outra.

Passava um rodo com pano molhado, veja multiuso.

Aspirador.

As janelas já eram foscas mesmo.

Os armários, embutidos.

Não havia muitos livros, nem muitos dvds.

Era fácil manter aquilo limpo.

Perguntava-se o coronel:

Era curiosidade? Só isso?

A curiosidade que rondava a sede — era essa a explicação?

Era por conta disso, afinal, que aquele moleque estava lá?

Ou por quê?

Os sinais contraditórios de amizade e os mata-leões simbólicos que vinha dando no caseiro praticamente ao mesmo tempo há meses — isso até este último e brutal evento, quando as tensões apareceram finalmente mais claras, por assim dizer —, será que os movimentos quase espontâneos que inauguravam um novo elemento de agressividade no coronel a cada minuto, assim como em torno de si, vazavam agora também para os outros?, Cacá?, Nazaré? E o menino agora achava que podia ser visto?, de repente? Esses sinais confusos embaralhavam as relações naquele espaço. Por isso, o coronel se tornava duro, era curto e grosso, porque reconhecia que uma espécie de anarquia se empedrava ali.

Como fazer?, se ele sentia a precisão absoluta de trocar umas palavras simpáticas com alguém de vez em quando? Ao vivo?

Às vezes, quase que se magoava da própria vontade.

Em outras, era urgente que todos entendessem seus respectivos lugares, postos abaixo.

Depois, voltava a se sentir sozinho e batia palmas do lado de fora da casa do caseiro, com uma cerveja gelada ou uma missão inventada para dois.

Mas, que cacete!, só uma hora mais tarde e já se via o caseiro tentando lhe ensinar alguma coisa da atividade que faziam, ou no papelão, panorâmico, monumental, de lhe querer explicar qualquer coisa da vida como um todo, Marcos do alto sofrível de um analfabetismo funcional, querendo lhe explicar qualquer coisa da vida!; ia esquecendo aos poucos das distâncias óbvias entre eles, gole atrás de gole de cerveja.

O coronel enchia-se de ira.

Num outro momento o recrutava com pressa, já certo de que seria seguido mal terminasse a frase como acontecia sempre que soltava um cachorro:

Marcos, pega as coisas e desce comigo pra gente tirar os galhos que caíram com a chuva na estrada? Vai que a gente quer sair, sei lá, não dá pra passar,

Caminhando apressado, o coronel só ouvia os próprios passos. Não entendeu.

Marcos?, virou-se. Ainda estava parado no hall. Vamos, homem!,

Ô Seu Lopes, tá cheio de coisa pra fazer aqui na fazenda!,

Inacreditável:

Cara, e se acontece uma desgraça aqui? Alguém tem um enfarto? A ambulância não passa porque tem uma árvore no caminho!

Marcos fazia que sim com a cabeça, mas não falava ou se movia mais.

Vamos?

Virou-se outra vez e caminhou mais uns metros.

Não ouviu passos.

Não ouviu nada.

O coronel se havia humilhado mais do que podia acreditar só por tentar explicar-se e à sua própria ordem ao empregado.

Parou por outro instante, mas desta vez quase um segundo, só pelo tempo que usou para calcular a próxima reação que devia ter; sentiu no caseiro que para tirá-lo dali, por conta de fosse lá qual mau humor que o colocava em pé de guerra, talvez tivesse realmente de brigar. Ameaçar demitir.

Não soube o que tinha acontecido, estava declaradamente sem rumo — porque era lógico que não mandaria alguém embora por não ter querido pegar galhos na estrada, mas sequer podia compreender o quc diabos ocorria. Deixava assim?

Aquilo era muito grave.

O empregado lhe tinha simplesmente negado uma ordem!, e seguia parado, observando o patrão que descia sozinho, minúsculo.

Não houve tempo para impedir os passos, automáticos.

Diego desceu o resto sem olhar para trás, sempre em direção à estrada.

Na volta, quase a encostar a bota nos chinelos do moleque, sentado ainda quando se aproximou de vez, com uma mão em cada orelha, sem o menor motivo de estar lá, claramente já lhe havia percebido subir, não fugia, acabou por compreender que Cacá havia assistido por trás das persianas onde se escondia o desmando passado há nem uma hora, e por isso mesmo é que abusava. Estava consciente do novo tamanho do coronel. Havia assistido a tudo, sim, e entendido que o sítio era deles, que tudo era deles, e que o coronel era como um hóspede, um intruso. Exigente, mas expulsável. Algo que vem e que vai como o frio.

Cacá, então, olhou para cima com esforço, devagar.

Diego parado à sua frente bem mais perto do que o natural e efetivamente a se colocar o mais ameaçador possível.

Era por isso que vinha com raiva:

A porra do seu pai.

Eu vou botar a porra do seu pai, e vocês todos, junto!, na rua,

O coronel não sabia o que dizer, nem o que fazer, mas lhe passava tudo pela cabeça, desde arrastá-lo pela orelha até a casa de serviços ou partir aquela cara com socos adultos até dar-lhe um croque nos cabelos e fazer uma piada sobre o penteado. Perguntar se não queria sorvete.

Quando encontrou os olhos do menino, no entanto, ficou ainda mais perdido.

Os olhos rasos d'água, como se andasse chorando havia muito tempo, pareciam ter dificuldade de se manter abertos ou de focar no rosto do coronel. A voz saiu da boca do menino com igual dificuldade:

Meu pai pediu...

Diego teve de agachar-se para realmente ouvir. Estava de cócoras.

Meu pai pediu pra perguntar se o senhor tem Lidosporin.

A forma com que o menino disse aquela palavra deixou claro que havia decorado. Talvez a tivesse inclusive num papel escrito, amassado, no bolso.

Ou... De-o-cil, ou... Nime... sulida.

O coronel não via relação entre as mãos tapando as orelhas e os nomes esquisitos que saíam da boca do menino. Só quando ouviu o quarto nome, dito já quase sem esperança, Cacá olhando o rosto seco do coronel com uma dor óbvia e impossível de fingir, é que entendeu:

Se não tiver, pode ser... Dipirona.

Analgésico.

Porra.

Era isso.

Cacá, você tá bem?

O coronel, agachado, encostou as costas da mão na sua testa. Estava fervendo.

Cara, você tá pelando.

Como se não tivesse ensaiado dizer mais do que aquilo, Cacá seguia calado, olhava-o nos olhos, febril.

Diz pro seu pai que eu devo ter Dipirona, mas que você precisa mesmo é ir a um médico. Quem prescreveu esses remédios? Seu pai tirou da onde isso?

Depois de mais um tempo quieto, mas sem nenhuma insolência, nenhuma, o menino lhe respondia, desarmado:

Ele viu na internet, tio. É pra dor de ouvido,

Ao coronel não lhe incomodou ser chamado de tio. Alguma coisa havia mudado ali. Pôs-se de pé outra vez. Chegou a acariciar o topo dos cabelos do menino.

Vamos, deixa eu te ajudar. Vou te levar até a sua casa.

Parou:

E por que é que o seu pai não veio pedir?

Ergueu-se, escorando no corpo do coronel.

Papai disse que tava cansado, já, porque eu não parava de chorar.

O coronel sorriu.

Entendi. Bom, você precisa deitar, agora... Né? Não vai ser bom deitar um pouquinho?

Vai,

Seguiram primeiro escada abaixo, depois contornaram lentamente a sede até que pudessem ver a casinha. Num determinado momento, como se alucinasse, o menino começou a cantar baixo. O coronel já via o rosto de Marcos na janela da casa. Ele saiu. Veio andando em direção aos dois.

Obrigado, Seu Lopes,

Pegou o menino quase no colo.

Ô Marcos, por que é que você não me disse nada?

Ele o olhava de volta, com uma feição nitidamente preocupada. Com o quê? Com o desentendimento?

O coronel gostava de pensar que sim.

E eu vou dizer o quê, Seu Lopes?

Ô, meu amigo...

Aquilo soava artificial, mesmo agora. Diego sentiu-se deslocado.

Que é claro que não dá pra você ir catar galho se o teu filho tá queimando de febre.

Sorriu.

Numa primeira e última vez, talvez tomado tanto pelo alívio de poder ao menos mentir para si mesmo que o caso estranho da desobediência do caseiro se dava por uma razão justa e bastante momentânea, rara, quanto por sentir-se amolecer com uma certa impressão de copaternidade, ao menos de tutoria, em algum nível, compartilhada, por aquela criança desconhecida (e que ao mesmo tempo tinha nascido ali, na sua propriedade), pousou a mão amigável no ombro do caseiro, como se irritaria muito mais caso fizesse isso ele.

É, — respondeu Marcos.

Olha, eu não tenho esses remédios. Não tenho comigo. Mas se você quiser eu vou com você e a gente compra.

Ele olhava o menino, de repente, com raiva;

O coronel não entendia nada.

Não precisa, Seu Lopes.

Virou-se, voltando para casa:

Cacá precisa é tomar um banho e parar de chorar feito um viadinho.

Naquela noite, com efeito, acordava o coronel por conta dos gritos desesperados que vinham da casa de serviços, com toda a compaixão anterior já lhe tendo escapado durante o sono.

Urros de dor.

Aberrantes.

Urros que nos diversos dias seguintes também não passariam.

Aqueles gritos de menino chorão, histérico, pareciam aumentar conforme quaisquer barulhos no sítio.

Um cortador de grama.

Uma revoada de maracanãs.

Uma trovoada.

Um pouco de música.

As palmas na porta.

O mugido das vacas ao redor da casa.

A partida de um carro.

Um machado a cortar toras.

Um liquidificador.

O toque de um celular.

O vento das árvores.

O sacudido da lata da janela e,

É claro,

O ronco de um macaco, *isso;*

o pontinho a mais para Marcos.

10

Via-se longe: entre as vacas lá vai o coronel.

Quando sozinho, lhes dizia:

Êia, êia!

Caminhava outra vez pela mata, lá pra bica, as goiabeiras, e seguiam-no todas.

Lacta na frente.

O coronel trazia consigo um saco plástico do mercado cheio de frutas; e fazia pausas periódicas, cheio de si, aguardando que se aproximassem as vacas para jogar-lhes duas, três. Rolavam as frutas pelo chão. Encoleirada, a mancheia corria; apertavam o passo, famintas, com as línguas azuis a varrer o mato podre. Abriam estradas, veias de terra dura e gelada surgidas abaixo da cobertura morta.

Achavam a fruta, mascavam, olhavam-no.

Diego, distraído, voltava a caminhar.

Seu Lopes,

Opa,

Se quiser ver os macacos,

Ergueu-se da rede.

Hoje cedo eu os vi passando lá pra trilha,

Porra, Marcos,

Deu um tapa no muro,

O caseiro assustava.

Me acorda!,

Silêncio.

Onde?

Lá pra trilha, passou um monte.

Beleza.

O coronel montava uma coluna de bois só sua — por semanas de acerto e erro — justamente para compensar-se daquela terrível sensação de debilidade dos primeiros quatro ou cinco meses de sítio; do quanto precisava de Marcos para tudo.

E essa, agora! Não me acorda, o filho da puta.

Êia, êia!, berrava,

Azeite, que vinha junto, respondia.

Correndo, tropeçava nas próprias patinhas, queria ficar rente às botas de Diego.

Era chegado o calor. Logo seria outubro.

Fim do ano.

(Alguns conhecidos lhe cobravam um absurdo, uma ideia imbecil: uma confraternização no sítio.)

Distraía-se com o farfalhar de uma touceira. Lagarto.

Azeite andava crescido, até, mas corria como um bêbado, filhotudo. Diagonal.

A peneira de copas, o mormaço úmido.

Que ideia!

Desavisados ou não, que eles pedissem mesmo ao coronel um evento, um jantar — ou, então, como foi proposto: caso preferisse, e quem mandava era ele!, claro!, podiam até já levar consigo uma pizza; porque aí dá menos trabalho, também, ou que tal um churrasco?, o que é que você acha, Diego? — um fim de semana, talvez, ou no feriado de Nossa Senhora Aparecida?, Finados, Proclamação da República?, para que o visitassem em grupo, meu Deus!, aquilo lhe soava incrível. Inacreditável.

Parece que tudo começou com Gomes e Nina.

Mesmo ali já havia uma estranheza enorme:

O que é que o amigo dele tanto tinha de falar com a ex-esposa?

Depois, alguns e-mails se trocaram, por uma semana..., duas semanas..., entre cinco ou seis amigos seus — inclusive sem a participação dele próprio. Só no fim, quando até já haviam se decidido por passar a noite, claro, porque quem é que vai querer voltar dirigindo depois?, é que ele, afinal, foi avisado.

Nina em uma ligação logo a seguir afirmava-lhe categórica que ia ser e pronto.

Chega.

Esperavam tão somente dele uma data.

Aliás, em off: Diego precisava o quanto antes era cortar aquela história, cerimoniosa, na verdade, sugerida pelo irmão do coronel — de quem não era tão próximo, não, mas distante?, menos ainda!: eram amigos sazonais —, a ideia dos convidados trazerem pizza. Não fazia sentido. O casal que recebia os amigos em sua casa é que tinha de cuidar das coisas. Não é?

O coronel sentia alívio por Nina ainda referir-se aos dois como casal, mesmo que na surdina e entre quatro paredes, só. Segredo.

Criaram um grupo de whatsapp.

A foto era Tom Hanks vestido de náufrago.

E então?

Já vai, já vai, eu prometo.

Eram sobretudo os distraídos do gatilho do divórcio, ou gente que não lia o jornal.

Saltava, por aquele período, dias e dias sem abrir o e-mail.

Anda, Diego.

Sentia cheiro de morango e folha molhada. Cresciam pouco, pensou; eram frutinhas vermelhas que só vagamente lembravam os morangos da feira. Escondiam-se em arbustos jogados no canto da trilha.

Aquilo era uma merda de morango.

Azedo.

Outra parada das vacas e afundava a mão no saco, puxava umas maçãs, batidas, promocionais.

Estendia-se:

O Facebook ainda ocupava um grande espaço do dia: ao mesmo tempo sendo a sua principal companhia (humana), matutina e noturna, a razão da tal enxaqueca, intermitente, tecnológica.

Não, não estavam prendendo ninguém.

A paranoia ia e vinha.

Mas, no jornal, já aparecia um ou outro indiciado, nome, foto, etc.

Aquilo dava-lhe dor de barriga, diarreias.

A mata tinha retomado o mais e mais verde que lembrava de férias com a esposa.

Fim de ano.

Talvez não fosse tão terrível, afinal: em breve, um encontro, pequeno, discreto, ver os amigos, ver Nina, tomando o devido cuidado, claro, a solidão desmanchava o absurdo.

E então?

O silêncio quebrava-se com uma ou outra cigarra junto ao som das vacas mexendo-se atrás dele, despreocupadas. Irritou-se. Quebrar ou não quebrar o hábito?, pensou. Não era um bom dia pra trazê-las.

Vinha com o desejo entalado na garganta; onde estavam os guaribas?, ia encontrá-los pendurando-se, lerdos, de uma árvore para outra. Ia vê-los como lera deles no google.

Irritou-se. Uma mensagem apitava o celular.

Propaganda.

Ali estava um assunto novo para falar com a mulher ao telefone:

Amor,

Oi, Diego!,

Você não sabe o que eu vi.

Clic.

Só que eles eram ariscos, não se deixariam ver tão fácil. Se o notassem chegar, por exemplo, pensariam nele, também, a arremessar pedras, assustar.

Mas mesmo se ninguém mais jogasse pedra alguma dali em diante;

Diego?, era péssimo. Destreinado em procurá-los ou ouvi-los como era, além, óbvio, do ronco, da moto. Podia passar vezes e vezes perto de um bando de trinta macacos e não os notaria, passava reto.

O único movimento audível quando os macacos não roncassem devia vir dos galhos estalando onde pisavam, e separar aquele som tão comum até da sua própria caminhada rumorosa era impossível ao coronel. Como reconhecer a natureza rara no meio de todos os barulhos sem graça, medíocres? O estalo parecia ser o barulho mais comum por ali, e basicamente qualquer outra coisa podia ser responsável por ele: galinha, goiaba, passarinho, vento.

Continuava no escuro.

Ouvia um estalo?

Eram as vacas.

Vinha a larga coluna, a mancheia, a porrada delas, barulhenta, amassando o mato.

Caralho.

Ia ter de espantar. Ferir um pouco da confiança nele, paciência.

Não.

Dane-se, também, Diego, deixa aí: que o coronel se enchesse da burrice de quem espera um milagre. Eventualmente, quem sabe. Já não via nada antes delas também.

Quanto tempo tinha se passado desde Marcos não o acordar?

Porra.

Deixava que mais frutas rolassem e a correria toda se repetia, distraía-se.

Havia gansos no mato.

Grasnavam descobertos e olhava-o um sinaleiro.

Geralmente esses gansos reuniam-se na cerca da horta deixada para trás. Alguns, pensou, devem ter vindo botar. Burrice. Cobra, gambá: não tem bicho que não coma um ovo.

Macaco?, não sabia.

Em frente era só a floresta fechada, e dentro dela ainda teriam um longo caminho até a bica.

Parecia um dia perfeito para o milagre. Azul, azul.

Porque só assim — pensou. Só assim para ele ver qualquer coisa.

Antes lhe dissera o Marcos, merdalhão:

Ficaram gritando até agorinha, Seu Lopes, e eu acho que vão esperar o calor baixar ainda lá pelas árvores de cima do morro, vai lá!,

Depois, vão se meter pra dentro da mata até a próxima gritaria, no meio da tarde e nunca mais ninguém vai ver nada.

Meu Deus, ele os assistira passar da janela de casa:

Tava tremendo os pratos, Seu Lopes,

E o choro do filho, do lado de dentro, junto. Imaginava:

Assistira-os do vidro grosso e embaçado, os vultos vermelhos passeando de galho em galho. Cacá gemendo.

Por que não o levavam de uma vez ao hospital?, devia ser grave. Pulsava o coração na orelha, dentro da cabeça.

Calma,

Aquela, enfim — e parava o coronel, literalmente — podia ser uma boa saída para a rispidez que o convívio exagerado vinha causando a Diego e o caseiro, à boa relação antiga deles.

Ultimamente, sempre se ouvia xingando o amigo em silêncio. Passado o instante, porém, detestá-lo não lhe parecia nunca uma boa ideia.

O menino chorando.

Cacá não ia bem. Para onde ia depois a rispidez? Domesticava as vacas e o teria de fazer com o caseiro? Sorriu. Porque cada relação que pudesse manter tinha o seu valor evidente, pensou, mesmo que naquele exato segundo ainda se visse embebido de, no mínimo (já que já não era bem raiva, mais), um certo desânimo dele.

Bom, custava me acordar?

Sabia que não o tinha acordado de propósito, por birra, pela ordem do coronel de não jogar mais pedras nos macacos. Rebelava-se contra qualquer ordem, estava em disputa.

Certo.

Ajudar o menino.

Enxotar o bicho.

Bastava-lhe vê-los aquela vez. Admirá-los. A seguir, ia dizer a Marcos que voltasse a agredir os macacos; que se arrependera de deixá-los tão perto. *Ele* decidiu. Certamente, com a ignorância da vida levada daquela maneira, de quem sempre viveu enfiado no nada, Marcos teria criado a certeza de que a culpa da infecção nos ouvidos do filho era do grito do guariba. O macaco que o coronel tinha ordenado que se deixasse em paz. Logo, Cacá estava doente e chorava por culpa única e exclusivamente dele, do coronel.

A casa grande e a de serviço eram próximas demais.

Ouvia-lhe o choro misturado com o canto do galo.

Menino veado,

Diego, antes, irritara-se ainda mais do que já vinha se irritando com o caseiro porque o filho dele era um veadinho, sim!, exatamente como ele mesmo havia dito, porque Cacá chorava fino, e tanto, por uma mísera dor de ouvido.

Mas — e esse efeito já lhe era conhecido — somando o tempo passado do outro estranhamento à íngreme caminhada, ficava menos e menos nervoso, ressabiado, e, em certo ponto, enchia-se de compaixão:

Ia ajudar o menino.

Caramba, ele não tinha nada a ver com isso.

E Marcos, da janela de casa, acompanhara o começo do turno, lá antes do cobertor verde da Cantareira cobrir os pontinhos subidos do pasto.

Via-se longe: entre as vacas, lá vai o coronel.

Entre as vacas,

No tapete do pasto,

Uma formiga, bege,

A bicha.

Estalo.

Um galho seco quebrara e fez-se ouvir alto como sola de nenhuma bota no piso úmido faria. Foi alto e foi no alto, pensou: isso não é vaca. Virou-se para trás, Lacta olhando molengamente para cima.

O que é que você está vendo aí, menina?, sussurrou-lhe.

Atrás de Azeite estavam e ele não os notara a Bone e Paulinho. Os três cachorrinhos ainda não tinham idade suficiente para alarmar-se com algo que não estivessem vendo, pensou. Ainda bem. Nenhum outro barulho. As demais vacas haviam parado também e pastavam a grama deficiente de luz que crescia quase por acidente pra dentro da mata. Olhava em volta com desespero e como é que podiam sumir assim? O único animal que não fosse um macaco que poderia quebrar com aquele peso um galho é a gravidade. A bica estava na curva da trilha e havia mais de um pé de goiaba por ali. Os galhos marrom-claros, lisos, com manchas azuladas, eram fáceis de reconhecer. Mas a coroa de folhas da goiabeira perto de onde viera o estalo era careca, e os macacos deviam ter-se refugiado nas árvores próximas e mais cheias: como é que não via nenhum? Lacta voltava a pastar. Azeite tentava subir em sua bota. Deviam estar vigiando. Quanto silêncio para um bicho que grita até o ouvido do menino estourar. Tentando pisar leve, sentou-se na trilha. Espantou algumas formigas que escalavam a calça de moletom e deixou Azeite subir em seu colo.

Quieto, garoto,

Cinco minutos e sentiu um calafrio. Espreitavam-no. De muito perto, imaginou, imóveis, sem mexer os bracinhos nem para afastar inseto, pernilongo, abelha. Jogavam com ele. Escondiam-se bem. Devem tê-lo cercado. Não sabia ao certo que forma teriam mesmo que lembrasse das fotos: o google é burro, mistura espécie, não sabe de nada. Teriam a cauda longa e musculosa amarrada em um galho. Os dentes escondidos em uma boca sem lábios. Respiravam baixo, o coronel não, asmático, medroso. Até que, sem ouvir qualquer novo ruído, notou que a coluna inteira de vacas levantava outra vez os focinhos a apontar para uma árvore próxima, perto da goiabeira careca. O coração lhe batia forte. Esperou sem desviar o olhar. É como ver no escuro, pensou, no meio da noite, a vista tem de acostumar, separar as formas. O que é árvore e o que são eles. Parados.

Estalo.

Não mais.

Algo se moveu sem pudor algum. Como se nunca houvesse querido se esconder. Seguiu-lhe outro. Eram lentos e se rearrumavam. Azeite latia acompanhado pelos irmãozinhos. Agora mesmo eles o viam, espiavam com os pequenos olhos castanhos e profundos, cheios de alma. Eram muitos. Passavam por cima de sua cabeça.

Não eram todos iguais como esperava o coronel. Vários tinham o pelo escuro, até preto, outros eram quase cor de laranja. Tampouco tinham o mesmo tamanho ou formato, os maiores deviam ser machos, com juba na cabeça e pescoço. Diego, erguendo-se, esperava que fossem menores. Bugios. Em mais de vinte.

Tinha que pensar rápido.

Logo sumiriam de vez e o piso lhe faltaria no meio das folhas confusas, movediças, encharcadas, que faziam o tapete extenso do pé da mata, sob as árvores engradadas do lado de fora da trilha. Guardavam urtiga, tiririca, formiga-de-fogo, doía um cacete, do lado de fora da trilha. Não seria possível e nem prudente tentar segui-los dali.

Sentia a bota esmagar algo mais mole no chão, havia goiabas mordidas. Caíam. Como não notava aqueles tantos? Mais de vinte. Precisava entender como se formavam, como se distribui um grupo deles, rápido, não tinha tempo.

Na contramão, sem qualquer desassossego, Lacta apoiava-se sobre os quatro joelhos dobrados, sentada, parava de comer, e a vista já não seguia os últimos guaribas que passavam. Irritou-se. Tudo aquilo era pra nada, pensou, nenhum se destacando claramente, iriam sumir. Cacá continuava sofrendo, e Marcos; que se dane o sítio. O ronco da manhã crescendo. Estavam ousados e saberiam que o coronel não era nenhuma ameaça.

Antes de se mudar, do divórcio, quando passava lá os fins de semana e feriados com Nina, nunca olhara uma árvore mais do que ao passar a vista na massa sem forma e verde da floresta. Acordavam tarde, recolhiam-se cedo. A barulheira reconhecia de maneira imbecil como motores na Zamboni, já disse, não pensava muito neles. Curtiam a varanda, faziam churrasco. Marcos trazia a lenha da floresta. Cozinhavam longamente. A esposa, agora ex-, passava horas no balanço da rede com romances, um atrás do outro. Ela, geralmente, de banca: nada do burguês pretensioso que decidia e decorava clássicos, indispensáveis. A casa era bonita, bem bonita, e bastava. Arquitetura colonial. Vigas grossas e caríssimas de madeira. Para quem não estava entediado, também, bichos eram coisa de criança e biólogo.

Fazer o quê?

Pensa,

Estampido seco.

Uma última goiaba caía rolando.

Azeite estourava em seu encalço, já que não podia pegar um bugio. De súbito, porém, pararam. Alguns a virarem-se,

Olhando diretamente para ele.

Um a um.

Meio minuto depois e todos os macacos visíveis faziam o mesmo. Um tempo fixo, depois revezavam, fitando-o, se entreolhavam. Pareciam tristes, um pouco curiosos, de uma súplica esquerda, difícil, angustiosa, de pessoa. Dava-lhe calafrios. Só faltavam da vergonha como um marginal, davam de ombros para o medo de todos aqueles olhares inquisidores que disfarçava o coronel.

Ao contrário, não escondiam nada: era dúvida, ameaça, receio, ao mesmo tempo. Junto ao medo que sentia Diego, o fascínio de complicada explicação: o peso dos outros, da cultura, tanta regra, e aquele ser em parte humano, cor de laranja, não dava uma porra para nada daquilo, pra panca, cerca, lei, erguendo o tronco, o olhava simples, a tristeza bruta, como se lhes houvesse bastado para encher os olhos de alma que tivessem uma mínima, desescondida, sapiência da morte. Um princípio disso.

O coronel em si não pensava muito, não conseguia, mas o coração batia-lhe forte era por isso. Parecido, mas bruto.

Como um animal que fosse inteligente o bastante para ter essa ciência de si, lucidez, e do tempo, do fim, mas desimaginoso demais para inventar algo que lhe servisse de distração ou consolo dessa própria consciência, desse desespero, que o negasse, como uma religião, uma carreira, uma carga horária, a História, o amor. Um animal inábil em criar símbolos, camadas de sentido, dar mais razão ao mundo do que o acaso, randômico, sem finalidade, a sobrevivência, a roda da vida principiada por acidente, oca, a violência, um dia a mais; é de uma falta de criatividade que não tem como evitar o vácuo entre o começo e a morte, desviar-se do pânico, gozar de qualquer tipo de miragem ou sonho coletivo.

Ou que tenha alguns mínimos intervalos de fuga do corpo, tá certo, pequenos prazeres de um minuto, no máximo, sol tomado do alto do eucalipto na hora mais morna do dia, mas nenhum edifício de proteção, uma igreja, um laboratório, uma escola, um quartel que se prestasse. Nada de engano, martírio, salvação.

Ele come para demorar mais a morrer e é isso.

O terrível.

Ele sabe.

Olhavam o coronel com a agressão involuntária, o nada, o buraco negro, o ciclo estéril, a matéria, sem significado, sem política, sem Deus. Gelavam-lhe a espinha. Mantinham-se imóveis:

Bicho burro.

(Erguia consigo o saco de frutas)

Disse alto.

Se soubessem quem eles eram, quem é ele, a intenção, teriam de sentir mais medo e menos tristeza, a paralisia de Turgueniev. O coronel tinha a razão. Iam fugir logo, antes que tacasse uma pedra, ia fazer um disparo, preparava-se.

Mas não,

Eles pareciam esperar um sinal dele, congelados, imóveis, algo com que se preocupar. Não viam muitas pessoas, pensou, e voltava Marcos a tacar as pedras, o que já dizia muito, que não se lembravam, aproximavam-se de novo. Faltava-lhes memória. Se vissem mais pessoas, mais pedras, por mais tempo, aí sim: teriam medo.

Não,

Podia ser o oposto: acostumados com homens dóceis, que lhes esticavam frutas, tiravam fotos, interesseiros, esperavam uma fruta do saco. Um ou outro. Não eram pessoa, eram bichos, lesos, os olhos vivos mas vazios, como cavidades sobradas, buracos, carne mole. O formato do corpo enganava, um incentivo para a projeção, para o reconhecimento. Aquelas carcaças laranja, inúteis, só serviam ao homem entediado para que pensasse no crime social, na convenção, desejando que a liberdade impossível à gente pudesse se ver pelos olhos do bicho.

Mas o coronel estava só no meio da floresta da Cantareira com vacas, cachorros e um bando basto de guaribas, os macacos da otite, do motor, da péssima relação com o caseiro.

O coronel estava sozinho, e a liberdade não se via nos olhos de nada.

Prolongava-se o duelo,

Os macacos consultavam-se entre os pares vez ou outra quanto ao momento de parar de olhar. Menos um. Cravejado. Tinha juba, macho.

O manda-chuva,

Convenceu-se o coronel:

O caralho está tentando me sacar.

Acabava o tempo.

É a hora.

Pôs-se em posição o mais rápido que pôde, mirou a pistola e atirou.

O corpo despencou do galho,

Os demais, fugiam.

Alguns com menos ânsia, inexplicável!, menos pressa, ainda encaravam o coronel por alguns segundos.

O corpo caiu, não se segurava pelo rabo preênsil como dizia o povo e o escrevera Von Ihering.

Não restou morto, amarrado, de ponta-cabeça, no galho.

Caiu, pronto: bateu na colcha molhada e podre do mato sem nenhuma resistência.

Os três cachorrinhos, arfando, quiseram explorar o alígero estrondo ouvido próximo, poucos metros para fora da trilha, no tapete, e tentaram correr. Diego não podia deixar que o fizessem e os pegou no colo, desajeitados, quase um sobre o outro:

Melhor não, — falava carinhosamente:

Não tem nada lá pra ver.

Arfavam.

Lacta parecia entender e ergueu-se. Esperava. Os outros bois se haviam assustado com o estampido, o disparo, iam longe. Dando alguns pinotes, punham-se a voltar em direção à casa antes. Lacta esperava. O coronel bateu as folhas grudadas na calça e virou-se inteiramente para ela:

Hora de voltar, Lacta.

Passava a poucos centímetros, com os cachorros no colo. A arma descansava no saco com as frutas.

Um santo remédio para os ouvidos do menino.

Agora, pensou, Marcos só não voltava se não valesse um único centavo.

O cadáver vermelho ainda estrebuchava sozinho,

Lento,

Largado,

Os olhos cheios de alma.

11

Noah martelava uma caixa de correspondência no gramado bem verde da casa. A bandeira posta ao lado da porta descansava com a falta de vento, mas reta, apontava para baixo.

O ônibus escolar vinha perto, largavam Liam como ponto final da condução.

A pedido do menino, naquele dia não o deixariam em casa mas em frente ao velho trailer de Joey Blackhand, algumas quadras acima, onde morava um amigo.

Exploravam juntos o terreno, o matagal detrás do trailer. Um córrego miserável guardava alevinos, ou girinos, sei lá, e assistiam-nos crescer para descobrirem se era peixe ou sapo.

Podiam perguntar a alguém!, mas o terreno era deles!, só os dois que passavam por ali.

Inclusive, não havia muitos adultos na rua àquela hora.

Pelo bairro, espalhada, era como uma vila de moleques.

Liam gostava de ser o último a ser deixado, até porque não eram muitos no ônibus e sobrava tempo de conversar, trocar figurinhas, cochilar. Chato não era. Às vezes pedia ao Mister Lewis, um velhinho simpático que morava exatamente na frente de Joey Blackhand, que guardasse a sua bicicleta na garagem antes de pegar o ônibus escolar (já que no trailer não cabia), para que depois da aula ele pudesse voltar de lá pedalando, rápido como um carro, o vento fresco na cara lhe arrepiando os cabelos desde a casa de Lewis até o despontar do jardim deles, quando desacelerava um pouco. Passava o cruzamento. Devagar. Não queria deixar o pai sobressaltado. Costumava vê-lo chegar da janela enquanto ouvia um EP de 1955 — Jo Stafford Sings Red River Valley —, a agulha no disco tropeçava em minúsculos estouros ritmados e aquele delicioso cheiro de purê de batatas com manteiga se espalhava pela casa inteira desde a cozinha. Grace's meatloaf, Noah brincava — ah, se a gente vendesse isso...

Montado naquela bicicleta, rápido como um carro, ele dizia, rápido como um carro!; diversas vezes, alto, para si mesmo; enquanto tomava impulso no pequeno declive da garagem de Lewis, Liam garantia que sempre chegasse em casa dentro do horário combinado.

Se, quando ao chegar, o jantar ainda não estivesse pronto, também não fazia mal. Ao contrário, era como se o menino ganhasse alguns minutos extras para gastar de bicicleta pelas ruas adjacentes, planas e sombreadas, brincava livre e seguro por toda a vaga de tempo.

Bosta!

Ele interrompia o tec tec profuso do teclado.

Jantar, eu lhe disse...é isso mesmo?

Que horas Liam voltava da escola?

Em que horário essa gente costumava comer?, ou estudar?

Tanto faz, cara! O livro é seu, você bota nele o que picas quiser.

Minimizou a página.

Bem quando interrompia a digitação notara um e-mail que apitava na caixa, saltando da barra de tarefas junto a uma bolinha verde que dilatava; um gadget que já se arrependera de instalar. O e-mail era de Gomes, e já no minúsculo preview que aparecia ao se arrastar a flechinha do mouse por sobre o gadget o coronel reparava que o e-mail na verdade era para a ex-esposa, ainda que no remetente constassem todos:

"Nina, querida,

É como você disse antes, mesmo, todo mundo tem que contribuir um pouco com a pre..."

"Querida"?

O menino descia da condução, dava tchau ao motorista e tocava a campainha. Tomava um copo de leite ou suco de laranja e voltava pedalando para casa, na rua quase vazia de carros, cheia de meninos brincando.

O trabalho de Noah, naquela tarde, já estava terminado. — Agora é só esperar as boas notícias! — disse para si mesmo, contente. Liam tocava a campainha de Mister Lewis.

Oh, olá, meu jovem! — Tinha o nariz rosa e os olhos azuis. O velhinho já lhe esticava da porta um copo cheio de achocolatado. — Se você não contar, eu não conto — ele dizia, enquanto piscava desengonçado para Liam, divertia-se.

A casa de Mister Lewis tinha um cheiro gostoso de morangos. Olhou sobre a mesa e os viu, aos montes, imensos, explodindo de caldo — porque assim é que deve ser um morango, pensava o coronel. Assim.

A senhora Lewis gostava de assar tortas de fruta com creme. No dia seguinte, pensou, ia pedir de novo para o amigo guardar-lhe a bicicleta e experimentar um pedaço. O cachorro da família, um Jack Russell filhote, comprado de uma ninhada premiada há poucas semanas na feira do condado, vinha lamber-lhe os pés enquanto atravessava o corredor para a garagem.

Liam, e a sua curiosidade infantil, então, ele virava para o senhor, todo empacotado em uma lã cheia de renas:

Mister Lewis, por que é que as pessoas traem?

Também não sei, filho, é uma bobagem.

Concordando, de longe, a senhora Lewis berrava estridente da edícula aos fundos:

Eu só sei que todos eles realmente mereciam morrer!

Foi quando ouviu o estampido da bomba.

O coronel bateu palmas diversas vezes na porta da casa de Marcos, sem resposta. O que é que esse desgraçado tanto faz aí dentro?, perguntava-se.

Concluiu que dessa vez fizera a pergunta de brincadeira, com humor. Mesmo que ninguém a houvesse escutado.

Era uma tarde morna, sem-graça.

Voltando pra sala, checou o computador. Aquilo não estava bom. Sentia-se um farsante.

A bomba na edícula, um aquecedor a gás que se entupira até arrebentar, despedaçara a Senhora Lewis em ao menos cinco pedaços.

O interior da velha era todo creme patissier, escreveu. E morangos.

Riu sozinho.

Vez ou outra ele mesmo passava ao lado do aquecedor do chuveiro, na lavanderia, pensando o quanto aquilo devia ser — ou claramente era! — perigoso. O rufor das chamas azuis na borda do cano cheio de gás, um cano que ia cortando as costelas da casa de ponta a ponta.

O coronel podia acabar morrendo ali, num acidente. Entre tantos possíveis!

Ouviu as palmas.

Calçando os chinelos, deu com a porta trancada. O que é que deu em você agora, Diego? Vai sair trancando tudo por onde passar?

Abrindo a madeira, lá estava o sumido. O caseiro bem no fim de uma última palmada:

Ô, Seu Lopes, tava lá atrás,

Marcos parecia abatido.

O coronel pôs-se encostado no batente, reto:

Você ouviu o tiro?

Simulou uma arma com os dedos, um gesto infantil.

Não ouvi, não senhor. Que tiro?, agitou-se.

Os macacos não vão mais incomodar o Cacá, Marcos.

Ele olhava, assustado.

Vão berrar lá pro outro lado da montanha. Peguei o chefe deles em cheio. Caiu feito uma batata.

Despreocupou-se. O caseiro coçava a nuca, tranquilo. Os olhos fugiam para um ponto qualquer do assoalho.

Hum,

O cano da caixa d'água principiou uma longa série de rajadas cuspidas na grama. Pequenos baques aquáticos se seguiam ao eco firme e gutural do cano velho.

Ô, Seu Lopes. Não sei não...

Silêncio.

O caseiro não parecia temeroso disso, mas perguntava quase por formalidade:

E se o Ibama passar...?

Costuma?

Vez ou outra até passa. Você não devia ter feito isso não.

Silêncio.

Se passar eu vejo. E o Cacá?

Mandei com a mãe lá pra cidade. Pra casa da tia.

Junto de uma fungada longa, compenetrada, assumia o caseiro o que talvez lhe doesse dizer:

Já tava atrapalhando, Seu Lopes, o menino.

O coronel fez que não. Sacudia a cabeça, desconversando; mas seu rosto todo, com cada músculo cedendo, claramente dizia o contrário. Atrapalhava, sim.

Na cidade tem hospital, que é pra ele ficar bom logo de uma vez.

Repulsivo, o caseiro subia a cinta em sua frente, as calças que lhe caíam, e por um segundo o coronel pôde ver-lhe uma tira fina da barriga, o teto negro dos pelos pubianos.

As roupas do caseiro lhe pareciam limpas — era um detalhe pequeno, sim, mas significativo; porque ontem não se vira ninguém lavando roupas no tanque. Ao menos no varal da frente, também, ninguém as secara. Não foram esticadas ao sol, não sacudiram no vento, não foram espremidas sobre o ralo ao lado do hall. Então, se as tivessem lavado ontem, elas estariam no mínimo encharcadas.

Ou será que é ele que não via quando lavavam?,

O coronel tinha de lidar, ainda que só por um breve instante antes de flexibilizá-la, com a realidade de que não podia, apesar de todo o seu esforço, ver tudo, sempre. As coisas lhe fugiam.

Talvez Nazaré trabalhasse mesmo por horas no tanque, só que em momentos cruzados, quando estivesse longe.

Por um lado, aquilo lhe fazia sentir-se injusto — por ter antes partido do pressuposto de que as razões que Marcos lhe dera para a ausência rotineira de Nazaré fossem mentira —, mas, por outro, via ao menos uma das suas impressões comprovada: a mulher o evitava. Ela não gostaria de ser vista esfregando roupas no tanque, chacoalhando-se toda, com a gordura dos braços à mostra, canelada, os cabelos apinhados de espuma, os pés descalços no cimento queimado, sujo, peitos gordos, caídos, separados por uma vala de quase um palmo inteiro de pele, cheirando a terra e vinagre, a pele estragada, com o descascado de sol sobre o descamado de frio. Surgiu-lhe a ideia, sem aviso algum — a ideia horrível de comer aquela mulher.

E se comesse aquela mulher?

Como reflexo torceu o lábio para baixo, franziu os olhos.

Mas e ontem? Pensando bem, o coronel não esteve nem por cinco minutos longe da casa, esteve?

Tinha um cheiro doce de amaciante que emanava do caseiro, o que era confuso!, é claro, como se algo que por suposição devesse cheirar de uma maneira de repente cheirasse de outra. A quebra de expectativa em si pode dar nojo.

Era como se alguém fosse comer uma banana e ela cheirasse a carne, por exemplo.

No caso, algo que devia feder tinha cheiro de amaciante.

Aquelas roupas podiam até levar consigo um toque de sabão de coco quando acabadas de sair do sol, por meia hora antes do mínimo uso. Mas amaciante?

Tratava-se agora de uma nova suspeita: será que eles — Marcos, Nazaré e o moleque — não vinham usando na maior cara de pau a máquina de lavar e secar da sede?, quando ou se o coronel saía para caminhar? Isso explicaria o amaciante. O cheiro gostoso.

Via o rosto como se imune a tédio do caseiro, impassível.

Por conta do Cacá não se beneficiar de espantarem-se os bugios, o coronel sentia-se um pouco decepcionado:

Tá certo, Marcos.

Não disse mais nada.

A queixa, que viria da suposição de que entravam na sua casa quando ele não olhava, o coronel decidiu guardá-la para si. No lugar disso, quis chamá-lo a dar uma volta ou coisa do tipo. Talvez até pudesse, uma vez que caminhassem lado a lado com uma cerveja na mão, por exemplo, insinuar a questão do amaciante, dar alguma indireta delicada; bastante cuidadosa, porém, porque podiam dali facilmente inaugurar uma nova rodada de desavenças caso ao caseiro parecesse que o patrão o acusava de algo:

E você, meu amigo? Que anda cada dia mais cheiroso?

Só que a resposta dele, a desculpa que lhe pareceu natural que o caseiro arrumasse, "Ah, você sabe como é, Seu Lopes...", ainda que por enquanto estivesse única e exclusivamente em sua cabeça, acabou por lembrá-lo de uma outra possível razão para que Marcos aparecesse tão limpo hoje. Uma razão muito convincente, na verdade, tanto que faria o coronel se esquecer por completo da história da máquina.

Ele, um rufião, como qualquer outro desses homens duros, comemorava que a esposa ia passar um tempo fora e o menino também.

Sentia-se livre, como se de férias da família.

Aproveitava.

Naquela noite, e era por isso a roupa limpa!; o caseiro ia farrear.

Com toda a certeza!, ele caprichava no banho e na vestimenta, dava um tapa na barba, escovava os sapatos, etc, é pra isso mesmo!

Logo ao escurecer, rápido como uma lebre perfumada, Marcos e a sua velha caminhonete iam descer a toda na busca de um daqueles bares de posto onde obviamente se fartaria de pinga, de mulher e, talvez, até arrumasse uma briga!, quebrasse uma garrafa!, aliás, e a imaginação do coronel ia a mil: talvez eles todos saíssem na faca!; o caseiro ia ter de ligar para o patrão no meio da madrugada, da delegacia: "Ô Seu Lopes... Você pode dar um jeito?", ou, quem sabe, melhor ainda!, porque aquela ideia era impagável! — e quem é que vai dizer que não era possível? — e se o caseiro traçasse um travesti?, "por engano"?

Depois, ele ia logicamente se recusar a pagar.

Se dependesse do coronel, o caseiro podia até ser enrabado por um. "Por engano". Até amanhecer o dia. Feliz da vida.

Marcos, sem entender nada, assistia o rosto do patrão relaxar ainda mais, passo a passo, findando num sorriso nervoso sem nenhuma provocação visível. Mas o que caralhos acontecia ali?

Bom, Marcos, preciso voltar para o artigo.

Mentira.

O que era verdade, ao menos, é que não podiam gastar mais tempo vagabundeando juntos pelo sítio agora. Já fazia dias que o empregado não colhia ovos. Não varria folhas. Não trazia salada. Não espalhava a pasta roxa, a mata-bicheira, no gado. Tinha que refazer todo o telhado da casa de ferramentas. Tinha de refazer todo o telhado da capela. E também, era urgente — e praquilo não se podia esperar mais —, o caseiro tinha de ir logo, correndo, enrabar o travesti.

Retardado, o coronel soltava um riso alto bem na cara do homem, uma gargalhada que quase não notava sair,

O caseiro irritou-se por não saber o porquê daquilo, mas pouco.

A risada sem motivo, a cara do coronel retorcendo-se sozinha.

Que a conversa não fluísse, o que poderia ser incômodo a qualquer um e de que facilmente se livraria ele mesmo se virasse as costas, se pusesse a caminhar para casa, não lhe parecia realmente um problema.

Só se deixava ficar ali, à toa, olhando em volta, checava as nuvens que passavam rápido, um ou outro tucano, às vezes.

Fim de tarde eles vinham muito.

Voavam ridículos, como se não devessem.

As asinhas beirando não suportar aquele gigantesco nariz.

Não tem problema nenhum! E como é que teria problema?

Pense o seguinte: se ele postergava o trabalho que o coronel lhe pagava para fazer por conta do próprio coronel que, meio maluco — e se provava isso agora mesmo com ele rindo ali, completamente sozinho — chamava a toda hora o empregado para que matassem trabalho sob o seu aval, cumprindo aquela função muito mais fácil e idiota do que tocar um sítio inteiro, como a função de um poste de luz que, basicamente, consistia em só ficar do seu lado meio quieto enquanto ele falava, um cara esquecido pelo mundo, metido a importante só às vezes, quando no restante do tempo o coronel parecia mesmo era só um senhor de seus quase sessenta anos normal, com nada pela frente, sem filhos, sem netos, e suprir a carência ridícula desse cara por qualquer companhia, visto que, afinal, que mal lhe pergunte, onde estavam todos?, onde é que estava a sua mulher?, onde é que estavam os seus amigos?... O caseiro simplesmente não podia reclamar.

Enquanto isso, já acabando de rir, o coronel, num espaço seguro que não alcançavam quaisquer pensamentos alheios, fossem meus ou, de fato, do caseiro, seguia a lista mental dos trabalhos acumulados pelo empregado durante a doença do filho. O que mais?

O corpo do macaco?

Na raridade do Ibama aparecer, não era bom deixá-lo tão fácil, disponível.

Pedia ao caseiro que sumisse com o corpo?, que o removesse dali, pelo menos, da borda da trilha?

Não.

Ele assobiava olhando para o céu.

Marcos estava completamente disperso.

Deixa.

Abrupto, enfiou-se cozinha adentro. Era a primeira vez que saía ele tão sem despedida assim. Geralmente era Marcos quem não tinha educação, que passava por cima da cerimônia.

Uma borda baixa de cinza sobre o monte anunciava mais e mais chuva.

O caseiro deu de ombros. Foi para casa trancar tudo e descer.

Queria acabar o "romance" para dezembro.

Fora a festa?, marcada afinal para dali a quinze dias.

Tinha de checar o que andavam combinando, aliás, trocavam-se mapas, detalhes. Nina ia longe.

Abria o último e-mail enviado e, começando dali, podia lê-los todos de trás pra frente:

"Nina, querida,

É como você disse antes, mesmo, todo mundo tem que contribuir um pouco com a preparação, se não fica puxado! Se for deixar pra só um pensar... Eu posso levar 4 pessoas no carro comigo e trazer uns uísques que sobraram do freeshop. Eu saio da Paulista, fica o toque pra quem quiser carona.

Ah, e sobre esse papo de acampamento... não tenho mais idade pra isso! rs

Coronel, quantos quartos tem na casa? Quero um do bom, rs

Abraço,

Gomes"

Por instinto, esquecido do plano de partir deste para todos os e-mails anteriores, pôs-se logo a responder:

"Aqui tem 4, mas não está nada ajeitado pra receber, entende?

Quem pode fazer um resumo pra mim do que vocês já decidiram?

Abraço,

Diego"

Abriu o grupo de whatsapp também. Mais de sessenta mensagens. Procurou com os dedos as mais relevantes e não encontrou nada. Basicamente, por ali, só se trocavam memes e outras coisas aleatórias.

Então, como se já caçasse com o que se distrair, o coronel passou ao garimpo das mensagens do sobrinho:

Não,

Nada,

Nem essa,

A maior parte daquelas participações era formular. Quase como se ele se sentisse obrigado.

No entanto, depois de uma tonelada de pequenas mensagens, monossilábicas, imemoráveis, e uma ou outra brincadeira inofensiva — como a foto de um bêbado nu, dormindo, largado pelos amigos no canteiro estreito entre a churrasqueira e um muro, por exemplo, onde o sobrinho marcara "Tio Guto" e um ideograma amarelo com uma caneca de chope — o coronel, enfim, encontrou.

Pronto!

Era uma mensagem em que Dédo substituía artigos por "x", como em "queridxs", "amigxs"

Maravilha.

Diego ria sozinho outra vez.

Ria do quão irrelevantes lhe pareciam as brigas prioritárias daquela geração e de como se mordiam entre si por detalhe.

Ok, está certo! Não ia brigar com Dédo por isso!

Principalmente porque estavam agora a uma centena de quilômetros de distância um do outro.

Limitou-se a escrever:

"Queridxs,

Mandei mensagxns por emailx",

E então gargalhou. Ouvia-se de longe o eco ribombar no corredor vazio.

De resto, conteve-se para não o provocar mais. Bastava.

Ao deparar-se com aquilo, Décio ia revirar os olhos, irritado, começar a digitar, apagar, começar de novo, até cinco, dez mensagens diferentes. Ia querer explicar ao tio a absoluta importância de rever-se as flexões de gênero.

Depois, já com trocentas digitações interrompidas, sentindo-se para lá de exausto, ele ia acabar desistindo, é lógico, deixava pra lá. Não responderia nada.

Consigo, num triunfo um pouco triste — até porque Dédo, na realidade, tinha silenciado o grupo, já de saco cheio das piadas internas, justamente, conservadoras, e sequer chegaria a ler a mensagem besta do tio — o coronel devaneava:

Ainda que aqueles embates linguísticos pudessem ter seu peso, se destrinchados com paciência e, sobretudo, vontade, eles nunca deixariam de tratar só do zumbido da mosca nas costas do leão, enquanto a gazela seguiria se estripando viva; tinham um peso tão pequeno perto dos problemas, realmente...

Porque, e que lhe desculpasse o sobrinho!, ele podia imaginar todos os senadores do mundo despreocupados, atravessando as grandes questões com as suas grandes decisões, desincomodadas, e podia imaginar todos os maridos violentos do país virando tapas de uma tonelada e meia bem na cara de suas esposas, desimpedidos, enquanto aqueles mesmos meninos e meninas acusavam-se entre si do machismo contido no cavalheirismo, por exemplo.

Por aí vai.

Como os veganos brigando com os vegetarianos, ou coisa parecida, por conta do impacto do uso de xampu industrial, e a porcentagem de gordura de boi que continham, enquanto os novos códigos florestais e os concomitantes arquivamentos da reforma agrária comiam, e sempre comeriam!, muito mais hectares de floresta do que o gado — porque o boi, pensou o coronel, é um instrumento de expansão de terra e de lucros, sim, mas ao mesmo tempo não é como se ao tirá-lo dos fazendeiros estes fossem subitamente deixar de buscar outros instrumentos para o mesmo fim. E sempre seriam instrumentos de predação.

Dizia o coronel, que era absolutamente contra a legalização das drogas, que a questão da carne lhe parecia muito com a questão do tráfico — porque um traficante, ele dizia, uma vez que não tivesse mais drogas para vender, não ia simplesmente se tornar uma pessoa boa, reformada, tirar uma carteira de trabalho, por exemplo, se endireitar; da mesma forma que um latifundiário, caso todos no mundo se tornassem vegetarianos, não ia subitamente deixar de desmatar ou expandir a sua fazenda, pois o faziam em nome do máximo lucro, não da crueldade.

O boi precisa de mais terras do que o repolho?, disse alto.

Que pena que não é o boi, ou o repolho, o dono da fazenda, porque ele, o dono, ainda assim, alheio a toda necessidade, vai preferir tirar a floresta, inútil, que lhe cresça perto de casa, ganhar mais uns tantos de propriedade — e nem que esse espaço todo não lhe sirva de merda nenhuma. Vai que um dia serve? Ou, melhor!, sumir com a floresta, invadir uma reserva, por exemplo, já lhe aumenta desde agora o tamanho e o valor da terra em si.

Sorriu.

Do mesmo jeito, um traficante sem drogas pra traficar, e o coronel podia apostá-lo com os amigos, até!, migraria instantaneamente para outro tipo de clandestinidade; isso se ele próprio não fosse, de uma vez só, como era o esgoto conduzido por um canal, assaltar, sequestrar, matar.

Mas nada daquilo tinha a ver com a mensagem de Décio.

O coronel combatia um perfil na cabeça. Já não era ninguém de carne e osso em quem pensava. E parava ali, também, só no começo daqueles assuntos; porque não tinha o contraditório, alguém que discordasse, não tinha nada. No fundo, nem interesse por aqueles debates. Para quê?

Tratava-se de não mais que um passatempo, uma ocupação superficial que o ajudava — a ele, que se via ignorado pela condução das cidades vizinhas, um coronel, ainda?, isolado, que caminhava agora um intervalo de no máximo dez metros contido num ponto minúsculo do mapa do estado de São Paulo, pra não dizer que se encontrava verdadeiramente contido é num ponto minúsculo da sua própria cabeça, e que já não tinha ligação real com o que pensava ou fazia qualquer outra pessoa —; esse fluxo contínuo de ideias pouco encadeadas lhe empurrava amigavelmente (quase que por pena) através de mais uma chegada da noite profunda e terrivelmente solitária.

Achava ridículos os vegetarianos salvacionistas, os antimachistas de gramática, os maconheiros legalistas, é claro. Mas tinha de mudar de tópico rápido, rumar para um outro ridículo. Caso contrário, se embananava, sentia fatigar-se ou, muito pior, lhe doía a sua própria condição de absurda irrelevância e solidão.

Era-lhe como questão de sobrevivência, às vezes.

Mas pense em que direção caminhavam algumas das ideias do coronel, que, talvez, até intencionasse que fossem reacionárias, mas, se seguidas à risca, irremediavelmente flertavam, como ideias sonâmbulas, vira-casacas, com uma espécie tímida de progressismo. Até aí, tudo bem. A massa dos militaristas que se tornaram liberais no Brasil é imensa, e não para de crescer. Mas e se nessa ala de "liberais" de fachada o progressismo é visto constantemente como um problema?

O coronel não podia defender reforma agrária, podia? Mas às vezes chegava quase lá, sem querer. Ou o aumento da fiscalização ambiental e produtiva do campo? Não! Claro que não! Ia defender uma legislação mais rígida quanto à criação de animais como forma mais relevante do que o consumo especializado de rever uma cadeia industrial insustentável? Foi quase nisso que ele chegou!, antes de bloquear-se, rir alto. Não podia, o coronel, citar o combate à desigualdade social e à subsequente economia periférica como maneira definitiva de acabar com o tráfico, podia? E agora?

Ele tinha é de ser astuto, ou ter a destreza camaleônica de um bobo, tinha de desdobrar-se em mil só para não se deixar cair tão fundo em nenhuma das suas próprias ideias.

Quer dizer, suas?

Na verdade esses são detalhes meus. É contra mim, agora, que o coronel se debate. Ou devia. Porque ele, infelizmente, é um idiota. Andava pela casa excitado, caminhando até o fundo do corredor e então voltava, um copo d'água na mão e o celular na outra.

Pensava nas feministas negras que deslegitimavam as brancas. Nas militantes de países árabes que tiravam o crédito das ocidentais. Nas feministas africanas que andavam "pouco convencidas" do sofrimento das ricas asiáticas, e por aí vai.

Pensava nas brigas de consumo, nas brigas de identidade. Em uma geração inteira de pessoas dispostas a fragmentar-se ao mínimo em busca de uma coerência subatômica, e disputá-la entre si, na corrida fatalmente fracassada por um microcosmo identitário perfeito, na busca por uma pessoa irretocável — porque ela sim é que ia, certamente, mudar o mundo.

"Queridxs, amigxs"

Dédo, você é um menino.

Não viu a vida.

Não sabe de nada.

Mas o coronel podia incluir na sua lista dos beneficiários daquele desperdício de raiva e energia os coronéis, largados em paz para envelhecer imersos nas suas próprias e autoimpostas paranoias que, no fundo, não eram lá muito mais graves ou desagradáveis do que a senilidade comum a todos os homens à medida que caminham para a morte.

Podia, por exemplo, dizer que enquanto os trostkistas do movimento estudantil discutiam com os morenistas do movimento estudantil, mesmo que os morenistas do movimento estudantil fossem fundamentalmente trostkistas; enquanto eles discutiam sobre suas diferenças e a importância dessas diferenças serem bem compreendidas antes e durante a revolução, o país, a terra onde tomavam o seu café amargo, sem açúcar, claro, um café antiburguês (ainda que quem tome café com açúcar seja o pobre, ops), e fumavam seus cigarros enrolados à margem do mainstream das cartelas higiênicas que compravam os inimigos, os estudantes de administração, os engenheiros de produção, que essa terra, onde discutiam os anarquistas com os comunistas, os burocratas com os "milicianos" da greve estudantil, e todos cheios de si, porque inquestionavelmente relevantes, todos com ótima impressão de si mesmos, estava a minutos de mergulhar numa onda de (quem sabe) 20 anos de governos de direita.

O coronel podia dizer, ainda, que os morenistas e os trostkistas do movimento estudantil certamente estariam discutindo entre si até mesmo quando as CLTs, e os SUSs, os MinCs fossem demolidos por candidatos bem barbeados, homens técnicos, sem tempo, como alardeariam, inclusive, na televisão, para jogar conversa fora, porque, simples assim — não eram políticos, mas empresários.

Só que não disse.

O coronel queimava por dentro.

Sentia-se alegre.

Podia aproveitar o terremoto de boas ideias e enviar à redação um artigo imenso, sobre as impressões que tinha daquela geração, exatamente. Dorival ia recebê-lo, surpreso, por e-mail, dali a nem uma hora. Ficaria contente, pensou. Na semana seguinte, retomava o estagiário. Quando desse na telha, fazia de novo.

Antes catava alguma coisa que petiscar na cozinha.

Abriu um pacote de amendoins.

Mastigou alguns.

O sabor agudo no crocante das bolinhas de sal foi-lhe aos poucos acalmando os ânimos, os nervos. Não era a intenção, porém.

Pensava no jantar.

Espreguiçou-se até estralar os ossos da coluna.

12

Décio chegou com a namorada.

Entardecia rápido, um feixe de luz laranja ponteava o barro negro desde as copas furadas, a estrada ia adquirindo uma tonalidade ambígua, espremida entre o pôr do sol incendiário da represa e a noite de um escuro sólido e impenetrável que expandia como se da floresta. Uma penca de turistas bêbados assistia ao ocaso na represa, aplaudiam, o volume do sertanejo universitário subindo minuto a minuto; um virava a linguiça no pequeno carvoeiro portátil e outro espirrava a água leitosa dos cantos da barragem nos amigos, as latinhas de cerveja morna de mão em mão.

Décio dirigia pela estrada irregular com certa dificuldade, cruzava vez ou outra um pequeno acumulado de pessoas, quando a borda de mata entre o caminho e a represa tornava-se rasa o suficiente para que se entrevissem do carro uns trechos d'água, granulados de gente às vezes, em outras com só um ou dois.

Virou-se pra ela, que despertava no banco do passageiro, a cara amassada pelo cochilo e os olhos verdes procurando:

Não é nada isolado isso aqui... ou eu que tinha imaginado outra coisa.

A menina endireitou-se no banco, os dreads loiros faziam um ruído raspado no encosto, espiou pela janela:

É que é fim de semana...

Via um senhor maltrapilho sacudir uma lanterna; saltava de uma cadeira de praia em direção aos faróis do carro como se intencionasse pará-lo,

Aquele é o Marcos?, pensou. Ela não o conhecia. Caso não fosse, estavam prestes a ser assaltados, talvez, ou a atropelar alguém para evitá-lo.

Dédo afinou a vista. Era um homem familiar.

A própria camisa que usava, uma camisa do tio.

Tranquilizou-se.

É Marcos, claro.

O patrão lhe pedira que ficasse a postos na entrada do sítio, ao fim da ladeira. Guardava o portão azul escancarado.

Não havendo número algum que demarcasse a propriedade, a estrada seguia ainda por muitos quilômetros sem qualquer indicação de fim. Um convidado podia se perder fácil Zamboni adentro, o caminho ia estreitando e estreitando até uma caminhonete quase já não poder passar. Com sorte, e bem pra frente, podia-se até pegar uma direita acidental pra Armando Barbosa de Almeida, acesso para o centro de Mairiporã, daonde, pronto, se escapava, ou, caso alguém permanecesse reto naquela linha de terra que afunilava para sempre conforme a mata crescendo brotava até mesmo das pequenas ilhas de um cimento inexplicável — isso se via largado em parte ou outra da estrada, como se sobrado de uma tentativa de asfaltá-la, fracassada —, esse aí sim se foderia, não dava em lugar algum; ou atolava cercado de nada, tragado pelo chão molhado, ou entalava, pelos lados mesmo, com cada porta abraçada brusca por um tronco de árvore. A estrada então se tornava como uma trilha para pedestres, onde há muitas décadas se apelidara Porto Suaçu, uma picada ilegal de caça. Labirinto. Nela um convidado podia até tentar desavisadamente seguir a pé, tateando as teias pelo breu da noite, buscava a luz de uma casa, quem sabe, mas daria fácil é numa armadilha posta para pegar cotia. Dentre aqueles turistas que viravam linguiças, aliás, naquele mesmo minuto do fim do laranja, quem sabe houvesse um que virasse o dorso ossudo de um roedor sobre a brasa do carvão.

Era preciso avisar aos carros que passavam cegos do local da festa.

Marcos sentado na beira.

Se ouvia de longe um automóvel, ligava a lanterna, a pilha fraca piscando a lâmpada como um potente, mas relapso, vaga-lume. Apressado, pulava a cadeira, invadia a estrada, acenando. Se o carro acelerasse à revelia da própria suspensão, perigando até furar os pneus num desespero nítido, medo daquele senhor maltrapilho que piscava no escuro, corria com os braços para cima; se o carro que viesse partisse em fuga, não devia estar procurando o sítio nem a festa.

Simples assim.

A lógica era esta e vinha funcionando.

Marcos não cogitava por um segundo sequer que aquela rotina pudesse, ao contrário, assustar algum convidado direto para a ratoeira do Porto Suaçu.

Décio embicou.

Aqui é o sítio do Diego?

A pele azul do caseiro surgia no vidro baixo:

É sim, menino, só subir,

Apontou a ladeira que despontava do portão.

Acompanhando as duas bolas de fogo no traseiro do gol enquanto subiam rumo à casa, Marcos bebeu as últimas gotas da lata de cerveja pensando se haviam se esquecido dele.

Sem a lanterna acesa, já quase não podia ver as mãos.

Lopes descera duas vezes dentro da última hora, apenas, com duas novas latinhas cada vez: toma, Marcos, que ninguém é de ferro; mas já fazia tempo desde a última. Na ocasião, seu peito assoviava como o de um miserável.

Era de se esperar, também, a gentileza acabava logo — aquelas pernas brancas e moles do coronel não aguentavam ladeira.

Os convidados somavam-se.

Dois minutos depois Diego pensava em pedir ao filho do irmão para substituí-lo, dar-lhe umas cervejas para que as levasse até o caseiro; corre lá embaixo, que eu tenho uma missão pra você, mas acabara esquecendo ou, mais fácil, relevando. Era para o seu bem, ainda, pensou, porque Marcos podia acabar realmente atropelado, no escuro, bêbado, a lanterna deixada solta, ligando e desligando uma touceira. Cada par de latas agregava um pouco mais de balanço trôpego ao seu já cambaleado assustador na estrada.

Logo logo o mais são a fazer seria atropelá-lo.

O menino, mesmo se o coronel lhe houvesse pedido para levar as cervejas, teria se encostado fugido no princípio da ladeira, aberto uma. Sentado em uma pedra, abriria outra. Uma lata cheia em cada mão. Provaria aquele gole clandestino com a gana do refrigerante pra tão logo o líquido amargo tocasse a sua língua cuspir tudo. Vazava o resto no mato, fazia caretas:

Isso aqui tem gosto é de mijo gelado.

Marcos sentou-se de novo na cadeira de praia, ouvindo os últimos rumores da represa. Partidas de carro longínquas, algumas afogadas, reverberavam pela linha de terra. O eco do sertanejo vinha aumentando de volume até estourar, literalmente, como se a caixa do microsystem fundisse. As vozes no escuro xingavam, um ou outro grito sem sentido, a batida seca de uma porta velha no ferro do cinto, uma nova e sofrida partida de carro. Então, o silêncio.

A pilha já não segurava a luz da lanterna num brilho mínimo, razoável, como se a vida curta do vaga-lume findasse, de repente, uma piscada morna. Logo estaria ele só, sentado envolto em uma massa negra de ar, invisível.

Só a luz do próprio carro que passasse o veria.

Esperou.

Já não passava mais ninguém.

Filho da puta.

O caseiro deixava cair a quarta lata de cerveja vazia num resmungo metálico ao lado da cadeira.

Levantou-se.

A vista ia acertando no escuro, lentamente, como os olhos do coronel não fariam — tampouco os de qualquer um dos convidados.

O privilégio é que os tornava idiotas.

Ele, ao contrário, já podia diferenciar as formas do monte, o perfil das árvores, os traços da cadeira.

Pôs-se a subir.

Juntavam-se em pouco menos de vinte pessoas no jardim abaixo da escada para a varanda. A maior parte em pé.

A mesa pesada do terraço, feita de pedra branca, rústica, e respiros ovais, jazia arrastada na grama.

Por uns poucos minutos, antes, haviam discutido, entre uns cinco convidados apenas, Nina e mais quatro, se "emprestar" a mesa da casa de Marcos — já que Diego vetara que trouxessem qualquer coisa da sala de estar — para que tivessem, ao menos, como sentar-se em dez no jardim, já que o coronel vetara também que se sentassem na sala, seria ou não um abuso:

Quem comprou a mesa? Não foi o coronel?, perguntava um.

Mas a casa é do caseiro!, dizia outro.

E daí?, já se aproximava um terceiro, interessado.

É só que parece meio errado invadir a casa de alguém e roubar uma mesa,

Riam.

A questão é simples: se o cara fosse mandado embora, hoje, assim, ele levava a casa? Ou a mesa? Porque, afinal!... alguma coisa lá dentro é dele, mesmo?

Nina molhava a boca, intermitente, a taça de espumante quase vazia:

Olha, já tem mais de vinte anos que aquilo tudo é — pra dizer o mínimo! — como se fosse dele!

Praticamente dele.

Sim,

Ela sabia como soava isso.

Dito em voz alta, os queixos arrogantes balançando automáticos, o copo de uísque, as pedras de gelo, as mãos inchadas de Gomes — e o que é que foi que ela disse, cara?, o "praticamente dele" lhes soava a todos completa e absolutamente como faz de conta.

Nina,

Ainda que soubesse que no fundo corroborava com a impressão dos demais de que Marcos não tinha realmente direito a nada — eram poucas as suas garantias oficiais, inflexíveis —; a ela lhe parecia que a intransponibilidade daquela casa era ao menos parte sagrada de uma ficção fundamental, um acordo indispensável à relação de trabalho e, mais importante, algo basilar ao respeito, puro e simples, algo entre os dois: Diego e o caseiro. Tratava-se, então, de um acordo primário, antecedente. Ainda que no fundo se tratasse de um indiscutível faz de conta, tudo bem! — assim mesmo lhe parecia que aquela ficção era a base de tudo, algo de extrema importância. Para Nina, tinha um valor real, como se no fim do dia, depois de todos os abusos possíveis, de toda a sacanagem e extração diárias, fosse aquela ficção o que segurasse o mundo em pé:

A casa *é* dele.

E nem que fosse só porque era para lá que Marcos fugiria a recuperar-se de qualquer humilhação. Nem que só por isso.

Desrespeitar isso era como estapeá-lo no rosto.

Para Gomes, foda-se, repetia-se, turrão:

Escuta o que eu tô te perguntando, Nina: e se o Marcos fosse mandado embora hoje? Ele mal ia poder sair vestindo as cuecas!, o resto, que eu saiba, não é dele!

Os móveis, as panelas, os pratos. As camisas velhas, o boné de capinar.

É tudo tão somente como se fosse, é faz de conta.

Riam.

Ela acreditava defender um amigo:

Eu não sei, gente... parece errado.

Muito escroto.

Chegava o coronel com uma cerveja na mão. Por conta da plateia, botava mais força na batida do martelo. Ouvira pouco, suficiente.

Ô pessoal, chega disso!

Pousava a mão no pescoço de Guto, seu irmão. Sorridente.

Claro que não é roubar se a mesa não é dele. E ponto.

Olhavam-no todos,

Vamos?

Usariam a cópia da chave e em três se resolvia, combinou. Era preciso dois para carregar a mesa e um para vigiar a porta — assim, aquele que ficasse de fora podia alertá-los caso se visse chegando o caseiro. Estaria puto, embaralhado. Porque ele, o que é lógico!, completamente alheio à discussão, tomaria a presença do coronel em sua casa como uma afronta danada. Prefeririam não dar com os olhos dele enquanto carregavam a mesa, desengonçados, na previsível dificuldade de passá-la pelo batente.

Depois buscavam também as cadeiras.

Quando, enfim, o caseiro notasse que porra, aquela era a sua mesa!, ao lado da outra, do terraço, no meio da grama, com pessoas que ele não conhecia sentadas nela; e quando abrisse correndo a porta de casa nem que para assegurar-se de que não se enganava, de que os olhos não lhe estavam confundindo; lá dentro, depois da porta, destrancada, não encontraria nada senão uns poucos sinais do crime e só, um enorme vão marcado pela sombra gravada no piso.

Quando se desse conta da lição de fragilidade, da peça que lhe pregavam hoje, é óbvio que se irritaria. Nem tanto quanto se os pegasse em flagra dentro da casa, no ato.

Planejavam o roubo e desafiavam-se entre si feito adolescentes, tudo não passava de uma brincadeira: Gomes, por exemplo, prometia virar um gole longo de qualquer bebida ruim que encontrassem na cozinha do caseiro, o que previam descansar na pia velha de alumínio manchado. Uma garrafa aberta! Rum, ou mistura pronta para caipirinha.

Sorriria como um criminoso. O coronel, também.

Não iam sequer limpar os pés.

Foram caminhando os três a dar a volta na casa.

Gomes, o coronel e Bruno, o infeliz conduzido pelo braço, quase. Era um conhecido seu da redação, de São Paulo, fizera o favor de aparecer.

Deixaram as cervejas na grama, uma delas se virou.

Lacta sacudia o rabo, mastigando.

As outras vacas pastavam todas num arco próximo aos convidados.

Um mugido grave.

Ao chegarem as primeiras pessoas depararam-se com aqueles armários de couro áspero a arrancar grama do chão, todos no entorno da mesa de pedra, os rasgados sonoros, não entenderam nada. De certa maneira, eram *soldados* do coronel.

Cercavam. Poucos, leais.

Dois deles tinham chifres, pontudos, ameaçadores.

Bufavam.

Nina, quando dera com aquela cena fabulosa, quatro da tarde, gritara:

Xô! Xô!

Desconfiada da reação dos animais, disse ao caseiro:

Você tem que enxotar essas vacas daqui agora, cara, onde é que você tá com a cabeça?

Marcos, nervoso, respondeu à ordem com um soco duro bem na anca de uma vaca, saltava mugindo. Logo aparecia o coronel:

Que é isso, Marcos? Você tá louco? Vai bater na vaca, agora?

Nina olhava-o sem por pouco reconhecê-lo: um senhor sem camisa, os mamilos peludos expostos, a barba crescida, um olhar longínquo e perdido. Os cabelos finos, desgrenhados. Uma escova de dentes na mão. Só pôde pensar que o marido enlouquecera, enfim,

Deixa elas aqui, porra, foi um parto acostumar!

Como é que é?

Custou a fazer-se entender. Era um passatempo dele.

Deixa pra lá, Nina, vai ser até meio engraçado ver essas vacas no meio da festa.

Acabou por dar de ombros, não sem protestar por quinze minutos ou mais:

A casa é sua.

A vida é sua.

Mas pelo amor de Deus, Diego, pelo menos raspa essa barba horrível que você parece louco?

De noite, alguns convidados passaram a divertir-se com aquilo: viravam os copos de vinho ou cerveja cada vez que uma vaca mugisse. Passavam-lhes coxinhas, pão com lombo. A língua áspera e confusa das vacas escapava ondulando no ar quente, baforavam; uma horrenda tromba, meio tricolor, roxa, cinza e rosado, tateava a comida, muscular, estranha.

Terminando de passar a sede, na porta da casa de serviços e não mais às vistas de ninguém, dizia o coronel:

Cara, eu não sei se a gente pode entrar assim na casa do Marcos, não. Sem pedir. Na verdade, me parece mesmo sacanagem.

Gomes, muito seco:

Porra, Lopes, quem foi que pagou essa casa?

Largo e quadrado como uma lavadora de roupas, esperava o seu aval. Tinha um bigode branco e a calvície completa, fora o tufo de padre por cima das orelhas e nuca. Olhava-o, correto.

Ok.

Entraram. A pintura descascando criava bolhas arrebentadas por toda parte, dando à parede interna da cozinha um aspecto triste e inusitado de massa frita. Nem um ladrilho. Só tinta velha, bege, arregaçada. O coronel espantou-se, de imediato, com tamanha a diferença entre aquela e a sua casa, com tamanha a distância. Não que não soubesse que o caseiro vivia em pouco mais do que um caixote pobre de cimento, porque sabia, é claro!, mas o tanto que aquilo lhe pareceu, se possível, mais sub-humano do que imaginara, encheu-lhe de um asco próximo à culpa. Os anos tinham rasgado como se a textura da casa, devorado o forro. O piso era cheio de furos, nítidos, sendo que em alguns deles parecia até caber uma mão inteira. Os cheiros de cigarro e óleo, de alguma forma, coabitavam a casa, sem se misturar, além do outro odor forte, como se de eletricidade, mesmo, curto-circuito.

Enquanto o coronel limitava-se à entrada, reconhecia parte da mobília, Gomes atravessou a porta, decidido. Diego, parado. Todos eram móveis antigos que um dia haviam sido seus móveis.

Entre a cozinha e a sala não havia porta, o espaço também servia de quarto da criança. Uma cama improvisada dobrava-se perto da mesa de jantar.

Ao menos o quarto do casal era separado do resto por uma espécie de biombo, notou.

Pelo menos isso.

Rumou com pressa até a mesa onde aguardava o amigo.

Segurando uma das bordas mais curtas, contaram até três. Levantaram-na. Gomes ia virado de frente, Diego vinha de costas, passo por passo.

"Rex" e "Bone" — os nomes a essa altura arrependidos, pegajosos — moravam dentro da casa e latiam, baixo, nada amedrontadores, acompanhavam perplexos o movimento dos dois: levavam a mesa? Com passos complicados, sempre prestes a esbarrar num furo, uma caixa, algo faltante, imaginado, encostavam o pé no chão, toda vez, como se mal equilibrados na beira de um precipício.

Andavam devagar, fracos como dois velhos urbanos, e, bem por isso, percebiam novos detalhes da casa, um calendário indecente, por exemplo: fotos de mulheres de biquíni, topless, abriam-se sobre o fogão. Porra, quem cozinhava era Nazaré!, ou seja; a coitada tinha de admirar os peitos jovens, sardentos, mamilos rosados, rijos, perfeitamente circulares, enquanto refogava, cozia, engrossava; ela virada para o calendário todo santo dia, o cheiro de feijão, de louro, o arroz, o barulho de fritura, alho, o vapor fervente, que subia, engelhando páginas, torcia os cantos do caderno, encaracolava folha. Aquelas tetas-modelo, universitárias, pontudas, sarreavam com as bisnagas caídas dela, os seus salames, pretos, rachados.

Gomes apontava com o rosto:

Que cara mais tarado, porra!

Nenhuma garrafa na cozinha?

O caseiro tinha bebido é tudo.

Desce o degrau, Diego, toma cuidado!

Sentiu o tênis afundar, tremeu, chegavam na grama.

Sob a sua cabeça o coronel viu passar um vulto, uma suindara.

Coruja-de-igreja.

Achou que era pomba.

Vinha a voz do sobrinho, acabando de estacionar sob a copaíba:

Tio, quer ajuda?, corria.

Bruno, traíra, é que já não estava mais do lado de fora. Fugiu, inconformado, assim que lhe soltaram o braço:

Que ideia imbecil roubar do caseiro,

Dédo, segurando um dos lados mais longos da mesa, acabou por suspendê-la mais do que preciso. Atrapalhava. Por conta da nova engenharia tosca, carregaram o móvel em diagonal. Circundavam a sede ainda mais lentos, agora. A sensação de equilibrar o móvel sobre um precipício aumentou, as pequenas pedras rolavam, dando passos em falso pelos súbitos rombos de terra.

Cadê esse muque aí, Gomes?, brincava.

Dédo erguia mais o seu lado, como se para mostrar força.

Não tinham fôlego sequer para responder.

O coronel e o amigo trocavam olhares fustigantes.

Uma gota de suor escorria-lhe pelas costas.

A suindara voou sobre a cabeça de Marcos também, que trazia a cadeira de praia, cômoda, sobre a cabeça, a lanterna posta num bolso largo, os olhos no escuro. Via de longe os três palhaços que carregavam móveis, claro, não percebeu tão cedo do que se tratava.

Algumas vacas já escorriam dorminhocas em direção ao estábulo, à direita. Quando a noite vinha, não tinha o que as tirasse por completo da rotina, pensou. Como se transportado por uma cisão na distância, algo somente possível durante a noite, quando as leis universais que regem os sons se confundem, parece, ouvia-se da ladeira o balido de uma cabra. Cantava de um sítio vizinho, longe. Metade encoberta pelas conversas no jardim.

Outra vez em direção à sede, o caseiro podia notar como uma luz fria a clarear o ponto-cego da casa, sim, e soube com só mais cinco metros vencidos ladeira acima que aquela beirada, pálida, de luz, aquilo vinha da sua casa.

Só então forçava os olhos para o movimento, os vetores tortos, fraquejava, reconheceu a mesa. Desacelerou.

Sentia a energia das pernas faltar. Finalmente. Meia-volta. Quis arrombar a porta de uma das casas abandonadas da vila dos parentes, logo abaixo, passar a noite ali, não ter de ver nada. Não ter de lidar com aquilo.

Não julgue, porque o que é que um homem pode fazer? Contra uma maré de coronéis?

Segunda meia-volta. Punha-se outra vez a subir. Ia ter de passar próximo à mesa. Contornar a festa, entrar em casa. Afagar os cachorros. Ligar a TV.

Isso ou pescar a arma com que o patrão disparava contra os macacos e meter-lhe duas balas na cabeça, na frente de todos.

Vida de merda.

Decidiu encompridar a volta, atravessava os espantalhos, a horta, o laguinho. Cruzava os poucos eucaliptos. Distraía-se com um balido novo da cabra. Pensava que tudo se pode ignorar — por quê? Se é isso ou o inferno... Pensava que o tempo do coronel no sítio acabaria logo, de um jeito ou de outro. Não tinha nada por que estar ali.

Os espantalhos, ele os amarrara cada membro com barbantes, sacos de batata, desenhava com carvão já lavado pela chuva um sorriso cruel. As cabeças descomunais, como balões de pano. Curvavam-se ao vento como cruzes quebradas que, no escuro, pareciam gente. O laguinho era refeito sempre, as margens cavadas com pá; porque a terra por toda a volta cedia muito, enterrava água. Uma hora dessas, pensou, se não desentupissem o lago, os patos, as garças, os martins já não teriam onde nadar. Ele cavava. Por conta dele é que os patos não desapareciam com o tempo. Amontoavam-se no oco baixo de uma árvore, de noite. Sésseis. O lago mais preto do que o céu, como piche. Era ele.

Quando chegavam à quina com a mesa a tiracolo, receberam uma chuva de aplausos.

Já se improvisaram as cadeiras.

Para que se pudessem sentar todos, aproveitando o descuido do marido, que lhe tinha pedido, como sempre, que guardasse a carteira e as chaves de casa na bolsa, só durante a festa; tinha medo de perdê-las, quando bêbado, difuso, Nina as roubara da sede.

Ela que havia autorizado, porra, até mesmo que trouxessem para o jardim um pufe de couro.

Caralho, o que foi que eu te pedi?

A namorada de Décio, alcançando-lhe uma cerveja, amarrava os dreads com outro dread. Era uma espécie de nó, grosso e alto. Parecia suja. Deus, como era bonita.

Tio, essa é a Cecília.

Abraçaram-se.

Prazer,

Nina descarada, sentava na mesa branca com uma taça de champagne, conversando, animava-se, Gustavo e a esposa sobre cadeiras acolchoadas, suas, das próximas à cristaleira. Alguém ligava música. No som. Da sala. Bee Gees.

Beth, a secretária do editor, da redação, aproximou-se. Com as unhas, longas, sem tinta, e como se adivinhasse o que pensava o coronel, apontava-lhe a varanda:

Lopes, eu entendo os teus ciúmes, juro.

Sorriu, a mancha de batom nos dentes de cima.

É mesmo linda a sua casa.

Remediado, caçava a lata mais gelada no isopor perto da escada.

Eu gosto do contorno nas portas e janelas, amigo. Parece Paraty, parece Ouro Preto.

Sorvia a lata de uma vez. A vista embaçada.

Pois é, isso que eu gosto também.

Amassou o alumínio, pisada, respingara na calça.

Beth, você me dá licença?

Nina distraiu-se no meio de uma gargalhada histérica de Gustavo.

Por acidente, achou os olhos do ex-marido.

Cabelos grisalhos, entradas maiores, a barba feita.

Agora estava bonito, parecia seguro, grande. Visto dali, maior ainda.

Dormiam juntos no quarto antigo, depois. Reconhecia esse desejo claro, físico. Pensou no pau grosso dele, a capinha de chuva. O peso, molhado. Pensava que iam, naturalmente, ajeitar-se juntos, quer ele estivesse bravo ou não.

Conversavam trocando carinhos. Beijavam-se.

Lua gorda.

Gomes se chegava ao coronel:

A casa. Ela fica outra coisa, não é? Depois da gente ver de perto um barraco malcuidado, também. Sorriu. Tudo descascado, fodido.

Concordava.

Olha aqui? Que diferença?

Remorso.

É verdade.

A iluminação da varanda ressaltava os contornos coloniais, a telha grossa.

Eu vou ver é com o Marcos,

Hum,

Gomes tilintava o gelo, segurava um copo seco.

Se ele não pode dar uma ajeitada por lá, também...

Precisa.

Não dá pra viver daquele jeito, não.

Silêncio.

E esse copo? Quer mais uísque?

Sempre!, e apontou a porta da sala.

Irritou-se.

Nina guardara os uísques lá dentro, é claro.

Subindo, sem pressa, o coronel acariciava um dos corrimões da escada para a varanda. Como se nunca a houvesse visto, ele sentia nos dedos tamborilando a madeira polida que emendava na tampa do murinho, baixo, contornava o terraço lá em cima.

A flama de quatro tochas de citronela projetava, tremidas, as sombras de tudo — convidados, mesa, garrafas —, as tornava compridas, disformes, e a parede da casa se movia. Era quase como um cinema de sombras, pensou.

Realmente, aquela casa...

Apaixonou-se à primeira vista, mal desciam do carro, um dia nublado, feio, pediram os papéis, assinaram, pronto. As outras diversas opções?; Bragança, Boituva, Caieiras; desconsideradas.

Orgulhava-se.

Pôde comprá-la em dinheiro.

Os dois, ele e a esposa, na primeira noite passada ali, sentados em uma lona de carro, esticada, na frente da lareira, brigaram, aos gritos, feito dois animais, por qualquer razão esquecida.

Nina combinava mais com o apartamento.

Conheceram-no antes do sítio, ficara satisfeita.

O coronel e aquela casa, colonial, justo, eles casavam bem.

Tio, quer jogar um baralho?,

O filho do irmão tinha doze anos. Gordo. Trouxera consigo um jogo de cartas. Bebia coca e refrigerantes em geral feito um bode, o gordo.

Riu-se que não era bom como Noah. Gostava do menino *apesar* de gordo. Topou.

Diversos convidados tiveram de dormir no sítio.

Marcos, que sentara em sua própria mesa na grama, tomava cerveja atrás de cerveja depois de zapear a televisão em casa, fulo, por um tempo, curto, ansioso, acabando por decidir logo no primeiro comercial do filme que lhe prendera a atenção por mais tempo que a sua presença na festa em si entre os convidados do patrão, elegantes, metidos, eles todos contra a sua roupa velha, batida, o suor de um dia todo, ele sentado ali, à vista de todos, engolindo cerveja cara dos outros com seus olhos vermelhos de pinga, servia ele próprio, presente, como afronta, também, como retaliação. Quando sentiu vontade de mijar, depois, levantou-se sorrateiro, subiu a escada do patrão em saltos de duas pernas e atravessando aquela maldita sala de revista, meteu-se no lavabo, mijou no lixo. Deixou que respingasse na parede, também, na tampa do vaso.

Nazaré não entrava ali.

Estava proibida, certo?

Nem por exceção, nem se ele quisesse.

Ela e o menino continuavam na cidade.

Quem é que teria de secar aquilo? O coronel.

Não o viram sair da casa, veloz, sentava-se na mesa. Mas, logo abria uma nova latinha, escutou o que tramavam:

Se a gente fizer assim, e se ninguém se incomodar!, dá pra caber dez...,

Como é que é?

Isso mesmo — e podia ser abuso à vontade. Ofereciam parte da casa de serviço para que dormissem uns convidados. Ele?, dormia na cama do filho. Os demais?, na "cama grande", de casal, e mais um — até dois!, se fossem jovens!, Dédo e Cecília, por exemplo — no sofá.

O que acontece é que não cabiam todos os que ficavam na sede.

O coronel podia vingar-se de Nina por abrir a porta, ocupar a casa, deixava quem pudesse deixar desconfortável.

Afinal, havia camas vazias!

Mais vinte minutos.

Mais dez cervejas.

Bêbado e desacreditado, incapaz de medir o quanto, pôs-se em pé. Podia varar a noite sentado ali, tanto faz!, ele sequer fora consultado. Cambaleando, erguia-se troncho como uma tábua mole. Pé ante pé, ele aceitava, enfim, sem um espirro de alternativa, o seu estúpido destino. Não era ninguém. Não tinha nada. A grama rodando embaixo de si quase o derrubava, consumia. Demorou como dez minutos escorando-se no que achava em frente, e mesmo o menino, gordo, que caminhava em direção ao carro, estacionado, até chegar no hall da "sua" casa, onde dormia Pérola, ao menos, fiel. Náuseas. Pontadas de febre. Desdobrou o colchão fino do filho. Sem colcha. Atirou-se.

Um sorriso perdido.

Sono.

Pensava no mijo que deixara de lembrança.

Ao contabilizar os convidados que ficariam para dormir além dos que despachara para a conta do caseiro, o coronel tampouco comemorava. Via-os subindo a escada, as sombras aumentando, obscureciam as paredes, os pés provavelmente cheios de terra e grama molhada, todos meio bêbados, imundos, e nada bem-vindos — quis por um segundo que todos escorregassem as solas no ladrilho até desistirem de subir como Lacta fizera.

Mas não.

Alcançaram a varanda,

Entraram.

Sentia um desespero que se viu na obrigação instantânea de sufocar, fechou os olhos. Inspirava fundo.

O que é isso, cara?

Morar sozinho lhe devia estar derretendo os miolos, pensou.

Casa é casa, feita para ser de todo mundo.

Nina, talvez porque captasse algum nervosismo nele, esquisito, sem compreendê-lo, alçava materna a sua mão. Alheia como os dedos de um morto.

Paciente, manteve os olhos caridosos parados no nada até que o coronel se virasse.

Vamos?, perguntou.

Silêncio.

Diego confirmava com a cabeça, meio desanimado.

Não, assim também não!, pensou ela. Teimosia tem limite, cacete, aquilo já era demais!

Ai, porra,

Decidira-se por desmontar a visível chateação do coronel na marra, com uma beliscada, idiota, em cheio, na bunda.

Vitória! Ele sorriu!

Era assim que se desempacavam burros, pensou.

Passando o braço por cima do seu ombro, nu, beijando-lhe a boca, carinhoso, entrava em casa o coronel. Num vislumbre, impreciso, pela fresta da porta, achou que via Lacta. A última restante no pátio entre vacas e pessoas.

13

Despertou com o pescoço duro e bastante dolorido. Sentia arranques musculares terríveis cada vez que ensaiava virar-se para o lado. Nina passara a noite enroscada em suas costas com um dos braços sob o travesseiro, devia tê-lo feito dormir errado.

A ex-mulher parecia bem. Provavelmente por causa da recente agitação dele a testar o pescoço, ela, dormindo, resolveu arrumar-se. Engolindo ar, por instinto, abria e fechava a boca como um peixe, os olhos fechados.

Geralmente aquilo fazia como uma série de estalos confortáveis, trilha sonora remansa dos dias vagabundos, os dias de dormir até tarde.

Hoje?, não.

Lembra dos domingos na Pompéia, sem ruídos?

Lembra do sítio com barulhos de bicho?,

Não. Infelizmente, hoje, a crepitação sossegada nos lábios dela, aqueles estalidos de paz (os que também fazia, involuntários, se tinha fome) lembravam ao coronel da ardente e insuportável vontade de estralar o pescoço. Só isso.

Nina, então, colava os lábios barulhentos na nuca do ex-marido, grudava os seios nus em suas costas, ressonou. O bafo quente dela lhe cutucava os cabelos como pequenos palitinhos de cheiro estragado, os respingos de saliva dura pipocavam. Brancos, pensou. O calor prendia a pele na pele, como se os dois corpos quisessem cicatrizar o ar entre si, um bolo de calor humano, um imenso pão rosa, fervente, suado, peludo.

Chegava a fazer barulho.

Nina, apagada, colocava a porção ainda mais larga do braço exatamente sob a sua cabeça. A dor aumentou. Tinha pena de acordá-la mas já não podia dormir. Desvencilhou-se, devagar, da forma mais sutil que podia.

Assim que o coronel se sentou de lado, olhava o corpo de Nina sem abusar do pescoço. Puxou lentamente o lençol. Daquele ângulo, só lhe seria impossível ver o rosto.

O calor do quarto bastava, pensou. Pelo contrário! Era até demais de calor! A falta do lençol nem seria notada pela mulher dormindo ou, se fosse, só a faria dormir melhor, ainda mais, profundamente!; agora, esparramava-se gostosa pelo espaço livre.

Como seguia deitada de lado, tanto a barriga quanto os seios jogavam-se em direção ao colchão, deixando um curioso vácuo de pele escorrida na porção esquerda do corpo. Era bonita. Os pelos na virilha, assim como no alto interno da coxa, eram fartos, pareciam molhados. Não era o caso, porém.

A mulher estava acima do peso, sim, mas não fazia mal.

Pelo contrário, pensou.

Nas noites mais frias ela ficava mais e mais quente, era ótimo.

Levantou-se da cama, virava o dorso para vê-la toda. Dormia com a boca aberta, não chegava a roncar. O ar entrando e saindo da garganta só um pouco mais barulhento do que o normal, não incomodava. Na verdade, aproximava-se mais do ronronar de um gato do que do ronco de uma pessoa.

A ideia encheu-lhe de carinho por ela, pensou em trazer o café da manhã.

Então, as pessoas espalhadas pela casa. Lembrou-se, amargurado. Devia querer ficar sozinho com Nina. Voltou a vê-la. Sentia-se mal.

Muito mal.

Com os olhos já acostumados e sacudido do torpor, tanto do sono quanto do afeto, repentino, o coronel notava as manchas descuidadas no lençol que circundavam o corpo dela. Olhou-se nu, o pau grudento de porra velha, a mesma cola que costurava a velha por dentro, com certeza. Sentiu o cheiro de suor e bunda. Via alguns rastros e presumia outros, uns líquidos estranhos espalhavam-se pelo quarto. Até então, a casa estivera calma, só, os lençóis sem uma nesguinha sequer. O cheiro do borrifado de maracujá.

Mas, agora?

Sobre a escrivaninha estava o laptop, colocado ali no caminho de dormir para não o deixar solto na sala com os hóspedes. As coisas estavam todas fora do lugar. Pediriam o computador logo acordassem?, para checar o e-mail?

Não.

Já devia ter alguém a fuçar tudo, pensou, como um porco mastigando barro, as revistas da sala, as gavetas, ou naquele exato segundo abria-se a geladeira sem pedir. Talvez roubassem talheres, também; ou emprestassem uns discos, metendo-os para dentro das bolsas, das esposas, das malas de viagem. Os amigos, uns mãos-leves, pensou, podiam abrir uma das latas de viçosa secretas, guardadas no fundo da despensa para os dias de agonia. E se eles tomassem o resto de suco de laranja? Podiam entrar e sair repetidamente de casa sem bater os pés, com os sapatos sujos do orvalho terroso. Caçavam uma toalha para tomar banho, pegariam uma guardada, de casamento. Deixavam nela uma mancha de bosta depois, ou protetor solar.

Marcos devia acordar agora mesmo, inclusive, virado do chão para as costas de Cecília, os dreads caindo da borda do sofá como cipós loiros cheios de um chorume azedo, cigarro e cachaça. Pingavam umidade e mofo. O odor de bebida dormida, talvez vômito. As catarradas.

Os seus amigos encontrariam com bem pouca dificuldade — porque eram homens inteligentes, também — as frigideiras que deixava descansando meio sem lavar, só com água, com o lado amarelo da esponja, dentro do forno desligado — é claro que eles encontrariam essas, as melhores, reservadas, as panelas de regime especial. É claro. Aquelas frigideiras serviam apenas para fritar ovos. Teflon perfeito. Riscado.

O bombril, ainda bêbados, eles o raspariam ferozes no fundo, ia-se junto da comida grudada todo o escalpo negro, precioso.

Deviam agora procurar também os ovos, dividir-se em grupos. Alguns iam até por dentro dos galinheiros, corriam assustadas as galinhas de brinco. Quebravam as cascas sem cuidado, na cozinha, as gotas fedidas de clara sendo deixadas no chão, na pia, espalhavam-se num rastro oleoso por todo o caminho até o jardim, onde se arremessava o lixo todo, sem ordem alguma. Se não achassem as espátulas, eles remexeriam os ovos com garfos, de metal, no teflon, largando riscos histéricos como giz ressecado a pulverizar-se estridente na lousa preta do fundo da panela.

Livrar-se daquilo o mais rápido possível, essa era a prioridade.

O pescoço parava de doer aos poucos. Em breve estava bom.

Diego buscou a calça jogada pelo chão; a cueca torcida confusa entre as dobras do edredom. Não encontrava. O cheiro do quarto era repleto de misturas novas e os sons do sítio estavam irreconhecíveis, era isso. Notou um murmúrio do lado de fora da janela e concluiu que alguns convidados já andavam provavelmente pela horta, falavam entre si aos berros, ao longe, perturbavam tudo. Havia passos, não tinha certeza se eram mesmo das vacas. Pôde então distinguir uma risada. Nina virou-se, agora com a bunda apontada para ele. Viu-se incomodado com o fato de que ela parecia toda um pouco molhada.

Falavam aos berros, lá fora. Aos berros. Falavam?

Por um segundo esqueceu-se do pescoço e torceu a cabeça numa puxada ardida em direção à janela.

Eram os bugios que berravam perto outra vez. Já? Como aquilo era possível?

O pescoço latejava.

Com o coração moído notou que o próprio ronronar de Nina confundia-se com o ronco dos macacos lá fora. Era parecido, Meu Deus. Só muito, muito mais baixo. Era mesmo como se ela própria tivesse uma floresta no estômago, engolida, e de lá rugissem uns minúsculos macacos.

Meu amor?, o coronel tentou sacudi-la com gentileza. Não acordou. Foi gentil demais, decidiu-se por acrescentar ao balanço trancos mais agressivos: Meu amor?, balançava Nina pelo ombro, efusivo. Meu Amor?

A mulher protestava dizendo algo para si, do sono para dentro. O coronel não o pôde compreender. Disse mais alto. Ainda não fazia sentido.

Com o tranco forte, gemia até a cama.

Só então ela abriu os olhos, realmente acordada:

Bom dia...

Eu tenho de escrever, Nina, eu preciso que todo mundo vá embora.

A casa vazia. Ajeitava os móveis arrastados. Só não se livrara ainda dos convidados que dormiam na casa de Marcos. Atrapalhava-se. Não queria acrescentar ao roubo da mesa bater-lhe na porta tão cedo. O pescoço. O homem bebera muito, enchera a lata, devia estar hoje com dor de cabeça da forte.

Lembrou-se de Gomes. Ora, se já não era tão cedo.

Saiu pela porta da cozinha. Assustou-se.

Praticamente, para poder passar, teve de desviar-se de um boi imenso que deitara próximo ao tanque da lavanderia. Não se entendia muito bem com aquilo: simultaneamente reconhecia em si irritação e essa alguma vaidade, pelo boi, o tanque de guerra, ali deitado, queria ficar perto dele?, do coronel? Como um soldado seu, realmente. Está ainda na grama, pelo menos, viu-se ponderar. Outras vacas comiam o capim crescido em torno dos três carros estacionados. A bolsa de água quente que espremia no pescoço esfriava. Voltou-se para jogá-la dentro do tanque, só conseguindo com isso assustar o boi que se ergueu num espasmo e correu dois ou três passos antes de se acalmar, voltava a caminhar tranquilo em direção às outras vacas. A bolsa batera na parede, ficou no chão, perto do ralo. Assim está melhor. Virava-se para chegar à casa de serviço quando notou que Marcos trazia do declive da horta um carrinho transbordado de verduras:

Bom dia!

O caseiro respondeu vago, movia a cabeça, só.

O pessoal, já acordou?

Nada, tá todo mundo lá, dormindo. Chegou a sorrir, mas desistiu.

Acho que eu vou ter é de chutar todo mundo, cara,

É piada isso? A ponta fina e careca das cenouras espiava para fora do carrinho.

Eu posso entrar?, perguntou o coronel. Tá destrancada a sua casa?

Marcos seguia rodando a entrega, tinha a roda ajeitada, ele notou, ia como se direto para a lavanderia da sede, perto de onde o boi deitara. Calado. O coronel tremia. Embora se sentisse melhor, pela ida de Nina, o reboque de quase todos os outros, ainda corava, quase roxo — não de vergonha, mas raiva:

Aonde você vai, Marcos?

Deixar a salada lá dentro, Lopes. Porque com essas vacas aqui...

Sinalizou, mal-humorado, apontou-as com as sobrancelhas. O que era a grama senão uma salada, já, venenosa e pouco abundante, rasteirinha?, então!, aqueles bois, leais um cacete, atacariam a caixa no minuto em que pudessem achegar-se, engoliriam tudo sem preconceitos, folha e raiz, rúcula, almeirão, alface, rabanete, as héderas que viessem por acaso, as lagartas e caramujos, também, esmigalhavam-se pelos molares pedrosos, esfomeados, e para tanto só bastava um descuido. Seguia reto.

Parecia besta, porém, como tinha esquecido do combinado?

Obrigado, Marcos, mas não precisa. Você sabe que ali,

Desengasgou:

Só entro eu.

O caseiro parava, escutando, sem virar-se.

Então, deixa tudo aí pelo chão mesmo!, eu entro com as caixas quando voltar. E, como se acordando da rudeza: Outra vez, obrigado,

Carrinho estacionado na grama, sozinho. Sem protestar — até porque: se as vacas comessem tudo?, foda-se —, lá ia o caseiro a descer despreocupado a ladeira.

O coronel, entrado pela cozinha de serviço, praticamente tropeçava em Galvão e Décio, com a namorada, dormindo. De onde vinham estes outros colchões?, pensou. Os convidados os trouxeram?

O sofá não era ocupado mais. Não estavam divididos pela casa como os havia imaginado. O sobrinho dividia o espaço ínfimo de um colchão com a namorada, parecia maior do que nunca, fina e longa, espremida na parede, sufocada, obviamente, muito pela bola de cabelos. Galvão e um cofrinho aparente, o ronco o triplo do murmúrio de Nina.

Não sabia bem como fazê-lo, mas tinha pressa, então decidiu simular um acidente. Derrubou duas panelas que secavam perto da pia. O estrondo foi alto. Acordavam, sobressaltados. Passou entre os colchões como uma carreta arrastada, batendo as palmas no biombo do quarto:

Desculpa, pessoal, mas tenho que pegar um benjamim aqui, pra ligar... o computador.

Ácido:

Porque alguém nessa casa tem de trabalhar, há há há, mas, vocês?, podem continuar dormindo, sim.

Neste mundo não haverá nunca quem não se sinta ao menos um pouco estranho em seguir dormindo dia adentro com o anúncio claro e em bom som de que os outros em volta trabalham. Se há, está doido, pensava o coronel: isso não falha jamais.

Imaginou que os faria sentir desarranjados, um plano simples. O anúncio da vida correndo normal no sítio, e, pronto, está resolvido. Mas lembrou-se de que na cama de casal de Marcos dormiam seu irmão, a mulher, o menino; logo tinham intimidade suficiente para se fazerem de desentendidos. Começou a abrir as gavetas, buscava o benjamim invisível, por fim, escolheu acender a luz.

Não consigo ver nada, desculpem. Mas podem dormir. Claramente não podiam. Batia as gavetas mais forte. Falava sozinho. Junior já estava sentado, esfregando os olhos. Gustavo despertava Fátima. Deviam ter entendido, não é possível.

Achei!, o coronel segurava o nada com o punho fechado. Saía deixando o biombo do casal recolhido e a luz acesa. Passou pelos outros já em pé. Sorriu-lhes, pedindo desculpas. O silêncio no sítio era maior. Subiu-lhe um alívio imenso. Em breve, pensou, estariam todos fora de casa.

Na lavanderia, os gansos destruíam enervados as folhas recém-colhidas por Marcos, as espalhavam pelo chão. Depois ia ter de pedir que ele catasse mais. O caseiro, automático, seguia suas atividades, ok, sentia-se até que feliz, o que de certa forma era imprevisto, poderia enfim colocar a mesa de volta na sala. Tinha se coberto do orvalho, antes, e depois o sol a ressecara feito couro. Esturricada. Ia acabar. Também, ele preferia ficar sozinho, sem aquelas pessoas. Sem Nazaré, também. Sem Cacá. A casa era sua, afinal. Nem da mulher, nem do filho. Nem de Nina. Nem de Gomes. Nem daquela gente toda. Fazia anos e anos.

A casa era sua e de Lopes, está bem, no máximo.

Às vezes mais sua, às vezes mais dele.

14

Passado algum tempo da festa o coronel sentiu remorso, pediria a Marcos que tirasse alguns dias de folga, podia ir ver como estava o menino. Esquecidos na cidade devia fazer-lhes falta, Nazaré mesma a amolar a família com muxoxos de mulher largada. Quer tirar férias?, vá logo, homem! Ligou para vários amigos. Andava enforcado com o livro, entendam vocês, por isso viam-no retesado, era quase Natal, esperava que tivessem gostado da visita assim mesmo. Apesar da manhã, reconhecia. Alguns o irritaram com pequenos silêncios do outro lado da linha, pausas que lhe deixavam clara a reticência destes espectadores malditamente mais próximos ao exílio forçado quanto à "necessidade" de o coronel acabar aquele "livro", aliás, quanto à necessidade de Diego esconder-se, separar-se dos outros, falar de si como perseguido. Para começo de história, cadê? As pausas embrulhavam a acusação de que Diego inventava desculpas esfarrapadas é por não bancar a vadiagem explícita, pura e simples: pois diga logo, coronel!, admita de uma vez por todas é que são todos vocês uns bons vivants. Qual vai ser a consequência tão temida disso? Falar mal de si já falavam antes, por motivos piores, aliás.

Depois, descobriu que Marcos aceitara a folga subtraída da sugestão de ver Cacá — preferia descansar em casa, ele disse. Caminhando ao lado de fora da sede viu a caminhonete parada como sempre, notava a luz de uma

TV a salpicar — azul, amarelo, vermelho, como uma sirene policial — as basculantes da janela da cozinha dele, em Código Morse visual, soletrava-lhe a pacholice, a sorna. Vagabundagem. Quando um caseiro pôde deixar todas as atividades da terra nas mãos de um terceiro ou melhor, nem família, ninguém, pôde deixá-la para Deus?, assim, quando um caseiro de fato descansa? Para o coronel, porém, tampouco jamais chegaria a saber o duro de um trabalho regular, podia descansar intermitente e o tempo todo, um pouco na terça de tarde, por exemplo, pra depois pagar a soneca surrupiada com um bocado de trabalho, leve, até, no domingo pela manhã; uma troca justa — nunca parasse mas também jamais de fato concentrava-se no trabalho por oito horas corridas, não batia cartão.

Notava logo o coronel que lhe sugerira férias mais para ter uns dias sem se cruzarem, para não lidar com a tensão chata e repetitiva da qual se maçava rápido; mais por isso do que para que ele de fato descansasse de algo, do quê?: detestava imaginá-lo a folgar, de cuecas, na sala de casa, vendo filmes à hora do almoço. Masturbava-se para as meninas sobre o fogão?

Respirou: o que é que ele tinha com isso? Que afagasse os pelos ensebados, o branco dos olhos virado para fora, os tufos de algodão no umbigo, o barulho flapudo, o cimento, o eco.

Andavam cansados os dois um do outro, amargurava-se por detalhes que antes sequer contariam. Embora estranhasse a frieza e a falta de saudades dele, Marcos, tendo o tempo todo gasto (presumido) em estudar cada centímetro gringo daquele dispensável calendário, a falta com que se negara checar a saúde do filho, levou-lhe uma caixa de cerveja: fique à vontade.

Escorregadio e por conveniência histérica o coronel não notava o óbvio, que, com isso, buscava um "desarranjo" como quando à caça do benjamin, mas que, diferente de lá, certamente falharia, conseguindo desarrumar-se só a si próprio. Marcos, que atendeu a porta como um vizinho desempregado, literalmente vestido apenas de cuecas brancas, elas que por pouco não deixavam sair respiradouros afora a caralha, agradeceu a cerveja, contente, seguro do seu espaço. Atrás de si, um cobertor de presídio provavelmente puxado pela canela erguida rápida do sofá para a porta largava-se no centro da cozinha, suja. Mal tendo a caixa em mãos já abria uma cerveja, sonora, o coronel virava-lhe as costas fazendo não, não, com a cabeça. Quente. Puta merda, aquele homem era um animal.

Havia perdido também alguns metros de proximidade das vacas no último mês. Não deviam ter gostado da bagunça toda, pensou. As avarias. Depois, seguiu relapso. Pra reconquistá-las distribuía mangas, agradinhos, escovara um pouco o pelo firme de Lacta mas o som áspero e arredio, desfigurado, lhe enchia de aflição, parou. Queria que se sentissem seguras outra vez para passear em volta da casa, ainda que nos novos tempos de proteção da sede, reforçada, não quisesse que encostassem na parede, por exemplo, ou que se chegassem à escada. Não custaria a consegui-lo. Viriam mais perto, compreendendo com mais facilidade do que as gentes até onde podiam forçar.

Um céu de azul pálido e fresco.

Com as mãos na cintura, da varanda, via as lichias que cobriam o chão sob a árvore ao lado. De dentro das cascas rubras, uma outra explodida revelava o globo ocular de carne doce, o branco pastoso que revestia uma pupila dura, preta, intragável.

O próprio vento assoviava baixo, as folhas mexiam-se lerdas.

Não soube dizer em qual dia da semana estava. Teria de fazer contas com uma agenda?, pensou. Sorria: não, bastava ligar o celular. A bendita tela de descanso o atualizava sempre de tudo, caso tentasse fugir, ainda que quisesse dizer a todos que estava acima do tempo, agora, de tudo quanto era coordenada, não podia. Até no mais radical dos exílios era-lhe impossível se perder da vida dos outros, das ideias dos outros, do tempo dos outros.

Uma, exatamente uma nuvem no céu.

Poucos pássaros, nenhuma roda de carro na estrada.

A garça de concreto, da fonte, seca.

Um zunido, mosquito. Se foi.

Nada.

Sentindo o aroma doce da cama de terra de lichias, lembrou-se, repentino, de que faria o almoço só para si, outra vez, talvez para sempre, mas hoje?, tinha de cozinhar algo especial. Coisa que lhe levantasse o ânimo, revigorasse o espírito — é preciso crescer a vida de vez em quando, pensou, para maior do que está. Então, sentava-se no degrau para largar uns minutos ao celular.

Todas as fotos passadas no feed atiçavam-lhe o desejo, criado, de repente meio ruim, na verdade, pelo "perfeito". Respirou fundo: um almoço "especial", na tela, era sempre como um almoço melhor do que o seu, algo que só acontece longe. Você não estava ali, você perdeu aquilo. Você não podia estar lá. Nunca vai estar ou esteve (na verdade, ninguém esteve, mas isso é o que se deve relevar). Foi algo que já foi, único, ou é, de quem postou, só, o que você não pode ter. Via as fotos. O inalcançável. Achava em si pouco fôlego, então, como se o ar que comia às bolhas, distraído, não lhe fosse um direito seu, não o merecesse.

Aquilo, aliás?, o mundo ao redor justo agora?, parecia esbranquiçado, nada atraente, sem os claros e escuros bem delineados.

Fora, a grama era furada por partes duras de terra, como calos de uma calvície doente; as galinhas tinham as penas reviradas, como se houvessem acabado de sair do banho, ou secado despenteadas, traziam resquícios de titica seca nos redemoinhos de pena, como gambás. A vida real era assim. E tudo um pouco sem cor, sem força, justaposto a uma mágoa da sua própria recriação.

Mesmo que não tivesse um amigo cuja vida de fato invejasse, ele agora decepcionava-se; por quê? A vida dos outros é só a vida, porra, mesmo!, como a que todo mundo tem ou terá!, quer mereça ou não. Nada de mais, ainda quando, ou que, não pareça, quando se disfarça, extraordinária, quando ela aparece por alguém narrada em caixa alta, como se aos berros, apontada por todos os lados por placas de desespero nítido, colorido, contrastivo.

Talvez ele até a encontrasse, o coronel, se procurando com calma, uma vida melhor, realmente, a vida de outra pessoa. Bom, ele a acharia, claro!, porque todo mundo acha, também, porque ninguém pode viver a melhor vida dentre todas as que poderia viver, já que a progressão é frustrante justo porque é infinita, ainda que nos deparemos com essa suposta vida melhor que a nossa com muito menos frequência do que nos enganaremos todos se a procurarmos seguidos no instagram, mas e aí?, sentiria ainda assim, muito mais, é medo de admitir que, em certos aspectos, sentia uma inveja mais ampla, desconectada de exemplos de vida melhor, desconectada até de pessoas, ou mesmo, até, de representações de pessoas na internet, uma inveja artificial, constante, de ninguém ou coisa nenhuma, desmascarada, uma inveja que lhe alcançava do celular como um cheiro, um senso contagiante, algo difícil de não engolir, personificar.

Não. Encontrava uma puxada de alívio em um vídeo de parkour dando errado, por exemplo. Gente estatelada em um muro. Coisas engraçadas.

Via fotos de apartamento, no auge da montagem milimétrica, patológica. Plantas muito bem regadas; muito mais bem regadas do que a chuva (ou alguém, realmente) as poderia regar.

Um desenho de espuma sobre uma xícara de café no centro soletrando o nome de uma cafeteria, óbvio, uma marquise, as luzes riscadas de noite na Avenida Paulista.

É simples assim: o motor das redes é o mesmo motor da cidade, a sensação de impropriedade, o que estava fora do seu controle; vinha-lhe o sentimento de que tudo nele era deslocado, errado, e então, logo depois, chegava-lhe a tiracolo uma esperança triste, a de que sempre podia ser corrigido, caso, por exemplo, se descesse mais um pouco a tela do feed, se tirasse mais uma foto, quem sabe?, se subisse mais um cargo ou pudesse exibir título novo: pelo contrário, do que podiam exibir, a vida era lenta e vazia. Não havia nada o que segurar entre os dedos. A vida não era real, portanto, não estava enlaçada em nenhum tipo de comunidade, mais.

A ilusão de potência e a insatisfação súbita já tornada independente do desejo: estas eram a sístole e a diástole do século, pensou — demorava para formular uma ideia assim, tão bem, reescrevendo tudo, com seu talento tacanho, a frase rodava na cabeça, e diversas vezes ia mudando uma que outra palavra, como se estivesse prestes a escrevê-la, mas não — aquilo bombeava as pessoas para fora de suas casas ou para dentro das redes sociais, para os restaurantes, lojas, escritórios. Merda, este era um pensamento de esquerda.

Levantou os olhos, as lichias prostradas gosmentas, debilitadas. O já nem tão leve cheiro de fermentação, apodrecimento, desengano, as vespas negras furando as cascas no chão, o processo muito mais sério do que o industrial, controlado, o apodrecimento de cheiro bom, era algo do contrário, desgovernado, aquilo tinha o cheiro do desgoverno.

De resto, não havia o que descrever à sua volta. Algo que não existe ou poderá existir na rede. O nada para se descrever ou mostrar.

Não acompanhava o que eram hashtags, direito, olhava-as agora; #livinglifetherightway e um coquetel, uma piscina, alguém de costas, ele as entendia, claro!, não eram complicadas, pelo contrário, se visto a partir delas o mundo era idiotizado — mas lhe faltava compreender o motivo para tanta gente querer "expandir" o acesso das suas postagens, suas coisinhas; iriam elas reconhecer, caso provocadas, que faziam aquilo exatamente pelo simulacro de comunidade? E a ele?, também lhe fazia falta? Expandir não era crescer, no entanto, mas ao contrário, se apequenar, se deixar soterrar pelo tamanho e a indiferença que existe fora da quarta parede. Você explodiu o acesso para milhões?, teve uma centena de comentários ou curtidas?: isso só significa, como um copo meio vazio, que a esmagadora maior parte dos que te viram reagiu com indiferença. Só. Como um rosto que te olha do carro ao lado e não chega a guardar um detalhe. O número de curtidas é como a prova do número dos que não curtiram, não é?, daqueles para os quais você e o seu tempo de vida não importam ou importarão.

Olhava para a tela e para o azul pálido, depois, deprimia-se. Tinha vontade de acertar o contraste da paisagem real, faltava-lhe tempero. Sorriu.

Nenhuma postagem de Nina.

Descendo, encontrou as últimas: uma promoção no mercado, a foto bonita de um pote de palmito.

Sentiu, com isso, algo como calor humano, só por pouco tempo, porém, depois morreu. Entre as penúltimas postagens, um pequeno vídeo; ela gargalhava, conversando com uma rolinha presa ao fio da cortina: como é que você foi parar aí?

Diego guardava o celular no bolso, sentia-se profunda e horrivelmente arrependido. Não pela rede, pelo tempo inútil gasto, largado, jogado, na rede, óbvio que não, mas pelas coisas em que pensara: Deus, como a cabeça não se pode editar!, como a pretensão é uma coisa feia que brota como se do chão, precisa ser contida; e como era bom que não houvesse dito a ninguém nada daquilo! Que não houvesse do que se passa na cabeça qualquer registro. O instagram?, aquele era um álbum de fotos, só isso. As redes sociais, como um tipo de e-mail, ou telefone. Para falarem-se as pessoas entre si. O que as levava a sair de casa?, o desejo, prazer, a necessidade, não a insatisfação e o capitalismo, o tal do seu "pai adotivo" — isso segundo qualquer um desses professores universitários, pedantes, sozinhos, também arquivados em corredores escuros, esperando. Sorria outra vez. A inveja?, só era ela mesma, a inveja, e sempre havia o que invejar. Coisas concretas. Uma cama mais gostosa, por exemplo, ou um emprego com melhor condição, vale-refeição. O mundo, que é um poço sem fundo, sim, mas só para os homens de esquerda, porque a eles lhes devia ser terrível o entorno todo em que viviam, acordavam, existiam, iam dormir, ou não, papavam seus ansiolíticos. De uma capilaridade simbólica interminável, insana. Aquela era a impressão do mundo em que eles viviam, porque eles a haviam criado. Não era verdade, algo que extravasasse, necessariamente, dos seus congressos (tão) irrelevantes. Para ele, o mundo era só o mundo. Pronto.

Levantou-se.

Teve vontade de pedir a caminhonete, fazer compras, encher a caçamba, variar, pensou em pringles verde, massa fresca recheada, um rondelli de presunto e queijo com molho de vidro, dos caros, pesto de manjericão, alho, pensou, ou também a fuga da rotina, algo como descanso das commodities, uma índica, vixnu, IPA, gelada, um medalhão de filé, salmão assado com maracujá, mousse de chocolate belga, importado, até, passatempos, talvez.

E se, pensou, ele engordasse pra cacete? Quando enfim estampasse a capa de um jornal, as algemas, o olhar criminoso; e se o público a comentasse muito mais pelas redes por conta do antes-e-depois do exílio do coronel?, as tetinhas sobressalentes, dois pneus marcando a calça travados ridiculamente pelo pano curto, e se atentassem muito mais pra isso do que para qualquer crime de guerra imaginável? Assim eram as pessoas, abutres, é certo, mas superficiais, como um mergulhão que só catasse peixe que boia, peixe morto, inchado, cheio de gases, mergulhões preguiçosos, distraídos, é o que eram. Entre as notícias aquela seria a menor, é claro, mas, sempre, o que memificava, viralizava, olhem só!: "o coronel é obeso!".

Riu. Melhor respeitar as "férias" de Marcos. As suas, também. Tocar a campainha de novo, ver a mancha amarelada no bico da cueca?, as unhas encardidas e lascadas nos pés descalços a cada minuto mais bêbados? Eca, porra! Quando é que ia ter coragem de demiti-lo? Óbvio que seria, então, o correto a fazer. Quantos patrões, Brasil afora, dos cafundós às cidades grandes, têm ou tiveram alguma vez sequer de assistir seus funcionários de cuecas?, demolidos das suas diárias funções daquela maneira? Diabos, pensou, eram "amigos"? De onde havia tirado ele aquela ideia, enganosa? Do cu. Todo amigo tem seu tempo também de encher o saco. A curva da estrada levava-o de volta para a companhia ou para a demissão?

Teve carinho pelas galinhas estropiadas. Simpáticas.

Faria o almoço com o que tivesse disponível.

De volta à sala, a velha sombra fresca. Na cozinha, quase frio, piso frio. Abria o freezer. Uma bela picanha, congelada crua, esquecera-se dela!,

Admirou-lhe a espessura, a qualidade da gordura, checava-lhe o peso que nunca podia exceder muito um quilo, bingo!

Colocou-a em uma bacia de lavar roupa cheia de água para descongelá-la mais rápido. Não é o ideal, tudo bem, vamos fingir ao fim do dia, com ela bruta e macia entre os dedos, que se descongelara lentamente na prateleira baixa da geladeira, como manda o figurino.

Na bacia de roupa um adesivo rasgado com o Senninha, o corte de cabelo acusava décadas atrás — só podia ter sido o Cacá a colá-lo ali, e bem antes da mudança: o menino que sequer havia nascido no 1º de maio de 94, dia em que o cara se estourara na TV, Ímola, Itália. Como ele estava velho! Isso acontecia mais de vinte anos atrás, mesmo por lá já era adulto; a picanha descongelava sobre a cara decadente e meio esquecida do mascote, a figura risível, cabeçuda, ia terminar de arrancá-lo do plástico. Se não tinha crianças ele próprio?, não tinha nada de dar com esses adesivos por perto.

Carregou a churrasqueira de aço para a grama do outro lado, o da varanda. O dia, tão bonito, não ia chover. Voltava a ter cor, voltava a nascer.

Atrás da tampa virada, descobertou um morcego morto, quase desfeito em duas partes mumificadas, o que limpou rápido com porções generosas de água e sabão.

Perfeito.

Pelas horas do degelo, ajeitava-se no sofá pra dormir.

Enxaguaria algumas folhas de salada, refogou o arroz branco, depois?, deixava aceso o fogo só por uns dez minutos, mais ou menos, ia secar-lhe as duas xícaras de água na panela. Quando já pronto, provou um torrão: o arroz restava um pouco duro. Tapando a panela deixava o vapor preso por mais quinze minutos, pensou, ia chegar.

Ali estavam outra vez os jacus. Já os sabia bem, acabada a época de passar vexame na frente de caipira, de broco. Quando passavam, era por trás dos bambus que os via passar, errados sim como perus, só voavam bonito quando em campo aberto. Entre os galhos?, pareciam mais debater-se como um bicho pescado, não se sabendo entre os trombões como mantinham as penas intactas.

Etapa por etapa ia armar-se o circo ideal. Programava já o que viria depois. O coronel buscaria, então, algum livro na estante da sala, algo que não fosse pesado demais e o pudesse quem sabe fisgar a atenção pela tarde toda, lê-lo escolhido de cabo a rabo na longa e gostosa digestão da carne, nela quando não se podia dormir, de qualquer maneira, ou do contrário acordava como se explodisse por dentro. Envelhecia mesmo, pensou, caminho sem volta. Agatha Christie. Matava as saudades das suas próprias tramas antigas, ou das suas escapadas, antes de, no idílio de Noah, a vida gostosa ganhar. Deletara, por último, do seu romance, os assassinatos, LaPlage e The Second, as menções teimosas a traição e bombas. O que é que fica?

O coronel, que vinha e voltava em delírios até mesmo de sucesso — eram raros, mas vez ou outra se pegava imaginando —, ponderaria dessa vez, mais uma, última, orgulhoso das páginas estúpidas que escrevia: e se ninguém por fim viesse prendê-lo? Saramago era ferreiro, publicou tarde. Isso é normal, até, e podia sê-lo também, quem sabe? De coronel a jornalista, depois a escritor, pronto. Um caminho natural (embora ninguém mais o pareça percorrer).

Ficara apenas para a família americana o dia a dia feliz, em que a "surpresa" da leitura fosse no máximo dos máximos a próxima descrição deliciosa de um novo dia irretocável, parecido, mas nem ligeiramente diferente do anterior.

Pronto.

Só que isso não dá livro, coronel. Não tem espinha dorsal, não tem tutano nenhum.

Aquela tarde maleada, ela também, pedia tão somente que fosse o livro um de mistério. Por isso, escolheu entre os que tinha de Agatha um qualquer, ela que sempre funcionava, no caso, qualquer livro dela, com Hercule Poirot — colocou-o no chão ao lado da rede: é pra ele que eu venho logo-logo.

Ao virar-se só então viu o tucano, pousara sob uma cerca pouco abaixo:

O dia não deixava de melhorar, como se lhe pedisse desculpas,

Colorido, brilhava forte no azul plácido. As costas pretas, o vermelho recôndito

Passado aquele tempo todo, pensou, nunca se vira um pousar tão baixo. Sequer um toco, de bico laranja, a máscara branca, os olhos pretos e azuis, um tucano clássico. O não-dito, concluía o coronel, admirado, era que os de bico verde, papa-vermelha, no fundo, seriam quase feios perto daquele.

Voou.

O coronel decidia-se por tomar um vinho tinto. Dentro da adega, algumas dezenas de garrafas embebiam-se de um cheiro forte de madeira. Escolheu uma presto, a esmo, certamente cara, e abriu-a displicente com o saca-rolhas elétrico. O motor do tubo plástico fazia como se o ruído material da falta de esforço. Como se o próprio som da nobreza, da vantagem. Enchendo a taça, cheirou-a demoradamente. Sentiu como se as narinas ardessem um pouco com o "azedo", provava o "açúcar", também, mas que nome dar aos cheiros?, a essa e às outras nuances às quais tampouco saberia dar nome?

Voltando satisfeito para a churrasqueira, apoiou a taça, farta até a boca, uma gota escorrendo devagar cristal abaixo, na grama seca, passava a arrumar o carvão em forma de torre, casinha, deixava o oxigênio circular à vontade, encher o fogo.

Azeite e Bone se mordiam, brincavam perto de uma cadeira de sol.

Aproximou-se, mimou-os por algum tempo, depois retornou só, trazendo a cadeira. Deixava o fogo pegar. Via as nuvens, agora três, quase não andavam no céu. Materializaram-se do zero, naquele mesmo lugar, durante o cochilo, no sofá? Ou fora o caminhar lento por horas, a persistência do tempo o que as puxara pacientes, já inteiramente feitas, da mata? Tomou outro gole, fundo.

Ouvia o som dos cascos de dois ou três bois. Aproximavam-se. Logo pastavam muito perto dele e, por um segundo que seja, não mais que isso, o coronel preocupou-se, curioso, com a chance de algum machucar-se no fogo, feriam-se com o ferro quente? Tatuavam-se por acaso no aço? Pareciam indiferentes. Tranquilizou-se.

Deitou o encosto da cadeira.

Quis espantar a sensação de que se esquecera de algo — ela que está sempre ali, na verdade, o tempo todo, pensou o coronel. Talvez porque estejamos sempre esquecendo de tudo, ou despedindo-se, pouco a pouco.

Ouvia o carvão estalar.

Voltava,

Lembrava-se brevemente dos periquitos da rua, do apartamento, da Pompéia. Um cumprimento do porteiro bradado alto que se ouvia da sala. Não vira periquitos em Mairiporã, só maitacas, enormes, rabos como cortados ao meio. Não tinha mais ninguém com ele, não podia mais ter. A casa: um cofre dentro do qual se arquivava como um documento antigo, trancado, a quem ninguém tivesse acesso, esperava como se espera um ônibus no ponto o escuro permanente chegar. Quem o estava caçando não era comissão nenhuma mas a morte, pensou. Expulsa daquele jeito, também, enxotada como um cachorro magro, a (ex-)esposa, justificada por todos os parentes e amigos, na bênção mágica dos absurdos coletivos, ia acabar escolhendo para si um namorado, talvez até mesmo Gomes, o judas pregresso. Em breve, o excêntrico ia virar estranho, aquele que abandonava ia sobrar abandonado. Em quanto tempo? Um ano? Menos? Será que já não tinha acontecido àquela altura?

Nada disso teria importância quando ao fim chegassem, pensou. Deus não está lá em cima, nas três nuvens rarefeitas. E ele não está, também, no coração de ninguém.

Cacete.

Disse como se para resgatar-se de um pensamento triste e movediço: Só Noah é mais feliz do que eu.

Larga esses assuntos pra lá, Diego, esquece.

Depois de selar a carne em fogo alto, deixando a gordura derreter, penetrar a peça, marmorizada, úmida, irrigar-lhe o centro inteiro, lentamente, amanteigava a sua já natural maciez, fatiou-a em bifes grossos de como dois dedos ajuntados, espalhou o sal grosso. Ao fatiá-la inteira, já se previa a brandura fruitiva da peça; qual era a facilidade com que a faca separava os bifes!, desde bastante malpassada, tenra e suculenta, as fibras soltavam-se mansas, abrilhantava-se a tábua de sumo grosso e cheiro bom. O vapor que escapava da faca, vinha do miolo vermelho da carne, forçava-lhe ao coronel salivar de olhos fechados. Distribuiu os cortes todos por igual, distantes dez centímetros entre si na grelha, degustando o som chiado do frio úmido do meio dos bifes a chocar-se com o calor agônico do ferro, evitando dali em diante mexê-los mais. O fogo atiçou, o sangue e a gordura mexidos pingavam, depois voltava a abrandar-se, com as brasas rosadas e vivas, pelando, ardidas, mas quase sem chama. Quando notava o sangue como a transpiração de fundo maravilhoso e doce da carne fugir à superfície do corte virado para ele é que era a hora de virar os bifes, finalizando. Entrou na casa, serviu-se de um prato de arroz soltinho, catava do alto da panela de propósito, raspava delicado a parte concentrada de cebola dourada, crocante. Temperou um pouco de alface, encheu outra taça abundante de vinho, retornava ao jardim mais leve. Animou-se. Mal passada mas nem tanto, acetinada.

Pôs um bife graúdo sobre o arroz e o cortou. O rosado perfeito, fervente. Espetou-o no garfo, então, à boca, ansioso. Cerrava os olhos, prestava atenção ao gosto, fantástico, talvez ressaltado também pela leve embriaguez: um gosto de sal, de brasa, ferroso de maneira muito sutil, abraçada por um adocicado natural, como caramelizado pelo fogo, um suco quente das fibras fáceis de passar com o dente, parece manteiga mesmo, o que se come sem esforço, o sabor lhe subia pelo nariz, enchia o céu da boca, a língua, outro pedaço, uma garfada com o arroz molhado no suco carvonado da carne, vez ou outra estourava com os dentes um pequeno grão de sal grosso, com as folhas da alface lisa, outro e também sutil amargo, depois o quase neutro mas fresco, e um pouco mais do forte suco da carne, outra fatia avermelhada e tenra, o crocante dos pepinos colhidos, meio gelados, o calor da picanha, o louro-acastanhado da gordura queimada.

Comeu dois bifes grossos quase inteiros com os olhos fechados. Ouvia os passos dos bois. O vento. Ouvia o líquido da carne na boca, ouvia as próprias mandíbulas.

Teria de parar por ali? Empanturrar-se podia estragar um pouco o restante da tarde?, pensou. O livro que esperava na rede. O segundo cochilo ia exigir-se, mordaz. Vendo o tanto sobrado de carne quase se chateou, mas como? O sabor ainda na língua bloqueava qualquer investida traiçoeira da tristeza. Do vazio. O sabor ainda na língua, pela tarde toda, uma lembrança boa da comida bem feita, era como um abraço de gosto que estapeava a morte no rosto.

Deixou os cachorrinhos comerem a gordura pouca, mais dura, que ficara no prato, preferiu deixar o carvão apagar-se sozinho sem a interferência brusca da água fria. Guardava o restante em tapoueres de vidro e voltou-se à cozinha, ia buscar a goiabada. Maciça. E requeijão.

Baque.

Ainda na sala, a caminho da sobremesa, ouviu o boi que derrubava panelas, estrondosas.

A medula como se eletrocutava. Como uma correção de formigas por dentro das costas.

As pupilas lhe variavam.

Era o mesmo que enxotara da lavanderia, boi desgraçado, entrara pela porta dupla com os chifres, a cara de pau, virava o lixo, raspava o piso, cheirava a couro. Entrado pela porta estava em casa. A saída dos fundos, não da escada, da varanda, a porta virada para a casa do caseiro, trouxera-se o boi para dentro da casa.

Os espasmos na coluna aumentaram, a correção de formigas pinçava os nervos, o oco dos ossos das costas.

O estômago gelava, virava-se, teve vontade de vomitar.

Quando chegava à cozinha, com a neblina nervosa que lhe aleijava o olho, como se todas as coisas se cobrissem de pó, o coronel mal conseguiu distingui-lo da fumaça, do terror: era imenso e cheio de barro. Com todo o músculo profuso do corpo vasto, ocupava o espaço como inteiro de parede a parede, batia com as coxas sólidas no fogão, fazia marcas na tintura com os móveis que prensava quando caminhava afunilado entre a pia e a bancada, ia enfiando a cabeça enorme com os chifres compridos por baixo da mesa, da despensa, da estante, buscava mangas e mascava papel.

O coronel sentiu medo pelos chifres, perigoso, mas o ódio que lhe corria as veias era muito mais forte e pungente.

Por impulso, mal entrara na cozinha, despejou um pontapé firme na costela do boi. Seguido de outro.

Um dos tapoueres com os bifes de carne caiu no chão, abrindo-se, e o coronel, colérico, arremessou o outro, fechado, com força, na nuca dura do animal. Vidro grosso. Assustado e confuso com a falta de espaço para mover-se, o boi virou a mesa da cozinha abrindo uma fenda de madeira mastigada com um dos chifres, entalava. Deu algo semelhante a um coice no fogão, que passou a fazer barulho de gás, um sopro fino e angustiante.

O coronel aterrorizava-se:

Essa casa vai explodir-se, pensou, desferindo outro chute, ainda mais forte, no rosto do filho da puta.

Os olhos do boi também tinham raiva.

Estava preso.

Fazia furos nos móveis com os cascos chutando, uma fagulha de mármore da pia pareceu entrar no olho do coronel como um tiro. Desesperado, concluiu que precisava livrar a mesa para que o boi sequer conseguisse sair pela porta. Empurrou-a. De novo. Livre, o boi virou-se magoado para Diego, que antes de permitir-lhe ao menos pensar em se defender enterrava o bico da bota em seu focinho, abrindo-lhe um talo vermelho de sangue entre as narinas negras. O boi saltou para trás, derrubando pilhas de pratos e quebrando instantaneamente quatro prateleiras, vasos de planta. Corria porta afora, mancava gravemente de uma pata.

O coração do coronel, consternado, batia forte, às porradas, forte o suficiente para que não pudesse respirar direito. Tinha a garganta seca a dobrar-se para dentro. Sentia o sangue a faltar-lhe na cabeça, não pôde conter a tontura, vinda tão imensa e desavisada quanto a queda, derrubou-se sem resistência sobre a lama do chão, sentado, com as duas mãos no rosto. Marcos surgia na porta, agitado. Fechou a mangueira do gás e então saiu. No ínterim, deve ter falado alguma coisa, mas o coronel não podia ouvir nada. Deixou-se chorar.

15

Noah abraçava os filhos, despedindo-se:

Só pelo verão, Daddy Owl, em um mês estaremos todos de volta!, Grace lhe abraçava as costas, as malas todas no carro.

Comportem-se na Tia Jesse, ok? Sabem como ela gosta de tudo arrumadinho. E, por Deus!, não amolem o cachorro!, penteava o chanel de Liam.

Certeza de que você não vem junto, papai?, os filhos em uníssono.

Desta vez não, gente!, segurava as costas da mão de Grace, sedosa pelo leite de amêndoas.

Porque, ele dizia: camarão que dorme a onda leva.

Noah: corretor imobiliário, ficava pra trás, vendia as férias, de plantão. 2009. Era tempo de fazer dinheiro. Eu não acredito em crise e logo crise não há; aprendam essa lição, meninos, é importante.

Entrando em casa sozinho, no fresco da sombra boa, sem família, descalço sobre o tapete bege, Noah e uma prateleira de discos, uma vitrola, escolheu: Aretha Franklin?, não, mais balanço!, Hallelujah I Love Her So, 1962, relançamento do Atlantic 8006 original de Ray Charles, era mais apropriado. Conduzindo a agulha com maestria, lado B, faixa 7, a coautoria de

Renald Richard: weeeell... I got a woman... way over town...

Sentiria falta da mulher e dos filhos?, mas aquela casa era o útero. Como não sabia cozinhar bem pedira a Grace que lhe deixasse umas porções congeladas, uns potes a vácuo, purê, frango; fora que se podia pedir pizza e comida chinesa, os legumes oleosos, o empanado murcho, o quanto lhe desse na telha, ficaria sempre tudo ok. KFC. Wendy's. Arbys. You name it.

Tampouco usavam talheres de ferro na casa — era tudo plástico, cara! É da boca pro lixo —, então não se teria de lavar uma louça. Noah, desacreditando o tal apocalipse do meio ambiente, sabia que o Pacífico, do começo ao fim, continuaria para sempre limpo.

Ia comendo direto nos potes. Jogava no saco. Tudo sumia. Desaparecia. Desintegrava-se na lata logo ao cair.

Aumentou o disco, os pulos do piano. Teve vontade de dançar pela sala. Olha, meu amigo, você pode requebrar à vontade, não tem mais quem te veja! Balançou os ombros. Lá vinha um mês de solteiro,

Não, não corneava Grace nem se pagassem. Isso é coisa de pessoas pequenas. Eram estupidamente felizes os dois, até hoje tratavam-se como os namorados que eram. Um exemplo para o bairro todo, comentava. Também a casa, inclusive; era tanto elogio! Uma beleza! Impecável. Quanto você pagou nisso? Só isso? Que negócio!, pechincha. Todos batiam os pés muito bem antes de entrar na casa. Aliás, pra que entrar? Nós a admiraremos de fora.

Tinha um sistema de captação de energia solar, era a construção mais correta da rua. Noah seguia balançando os ombros ao ritmo da bateria, entrecortada, que segurava a massa-fina de sopros. Ainda por cima, domingo. No dia seguinte tinha uma venda certa, segura, uma mansão; ia garantir à família um cruzeiro. Segredo. Ficariam felicíssimos, os saltos alegres em torno do pai: Daddy Owl! Daddy Owl!

Nesse momento, lembrou-se de Liam e Jules, o coração apequenou. Noah não podia querer filhos melhores. Viajariam todos juntos pelas Bahamas. Seria ótimo.

Só que para si, também secreto, ao mesmo tempo, pensou: Ora, mas férias de verdade para um homem de verdade é ser deixado só com a sua casa. Dentro de casa, curtindo as suas coisas, salvando seu dinheiro. Nada pode ser melhor do que isso! Dançava. A banda ia chegando ao salto. Fim do disco.

Lama. O coronel preferira limpar a cozinha sozinho. Quando oferecida alguma ajuda, disse a Marcos: vá curtir as suas férias, homem! Volta pra casa! Que não se preocupasse. Com um rodo da área, puxava a sujeira do chão até a grama, respingou água suja em Azeite, assustou-se como se levasse uma picada em cheio. Com o pensamento longe, o turquesa dum all-inclusive no Caribe, a trilha também escolhida, mesmo que com as mãos tremendo de trauma, Surrender, 1961, Elvis Presley, Torna a Surriento, Diego, um pouco cansado, despejava o balde d'água quente na parede manchada. Recolhendo os cacos, largou a mesa quebrada na área, tinha de respirar ar puro. Levava consigo o tapouer, a carne recolhida:

Azeite! Vem cá, rapaz!, gritava para o cãozinho, que choramingava embaixo de uma árvore. Esquecido do susto, veio correndo, reprisado;

Você sabe que sempre foi meu favorito, não sabe?,

"all the stars will tell the story, of our love and all its glory",

O cachorro já não era tão novo, afinal não cresceria muito. Tentava mastigar os pedaços enormes de bife e os acabava deixando cair. Devia chupar o miolo da carne, pensou. Como mastigasse uma esponja. O cachorro fechava um pouco os olhos, como ele próprio o teria feito antes, idêntico. Pensava no sabor? (Se pensasse, veria quão terrivelmente salgado aquilo estava, coronel) Massageou suas orelhas, compridas, enquanto comia, viu a festa que fazia o rabo curto:

Bom menino, Azeite! Bom menino!,

Virou-se para entrar na cozinha. O cãozinho, abobado, ia perseguindo-lhe as botas, deixava o bife de lado a preferenciar companhia. Quando notou, que Azeite viesse junto, advertiu-o. Apontava para a carne: se você deixar isso daí na grama logo vão vir uns certos, outros, ladrõezinhos de quatro patas, você vai ficar sem nada.

Frustrado, o cãozinho baixou as orelhas. Voltava a mastigar.

Considerariam, depois, o Cruzeiro, um bom toque? Não podia esquecer-se de descrevê-lo, porém. Como o leitor ia saber?, o quão feliz era Noah?, se o coronel não o descrevesse, infinitamente, detalhe por detalhe? A proa, os golfinhos seguindo o barco, o sorvete de casquinha. Os recifes coloridos, fragmentos como quebra-cabeça no fundo do mar, o snorkel. Uma caipirinha. Muitos e às vezes desnecessários adjetivos (para bem, para mal: adjetivos) Daddy Owl!, Daddy Owl!

Último teste.

Retirou as espigas de milho que pulavam divertidas, já prontas, macias, lá dentro, na panela, e serviu dois pratos. O seu e o de Lacta.

Se ao menos ela pudesse entrar, deixaria de preocupar-se. Evitava reconhecer a derrota.

Porém, só de pensar no assunto se torcia em antever os cascos no tapete da sala. A madeira lixada envergando com o peso.

Visto por outro ângulo, aliás, aquilo também não era prova de nada. Verdade, coronel? Por quê?, não era errado incomodar-se com vacas andando por dentro da casa, isso era absurdo!, do que qualquer outro sujeito em sã consciência desgostaria, não?

O corpo maçudo, os chifres na mesa.

Vinha de antes. O coronel, chateado, andava pensando que de uns tempos para cá não se sentia confortável com ninguém, nem pessoas, nem Marcos, nem Azeite, nem Nina, dentro da casa. Reconhecia que mesmo ela, em sua cama, fora-lhe difícil aceitar. Não se desculpava com a esposa, não se falavam. Sabia que algo ali se quebrava e provavelmente muito além do remendo.

Do pen drive, Jo Stafford, I'll Be Seeing You, gravação de 44. Aquilo acalmaria sem dificuldade alguma até um exército inteiro, quanto mais uma vaca, pensou, melancolia gostosa, quase um sonífero natural:

"I'll be looking at the moon but I'll be seeing you..."

Pôs um prato frente à cadeira em que sentava sempre.

No outro extremo da mesa, o prato de Lacta.

Gritou-lhe o nome.

Vaca não se chama pelo nome assim, cara, seu débil mental!, falou como se para mais do que para si e em voz alta,

Caminhava até a porta da cozinha, ia esperançoso ao menos de que estaria ela nem que por acaso lá por perto.

Passeava próxima à jabuticabeira, sozinha. Assoviou. Não funcionava. Ia percebendo que precisava comprar a atenção dela de maneira bastante mais apelativa. Trouxe um abacate. Agitou-o, gritando. Jogava para cima, pegava. A vaca pastava indiferente. Aproximou-se. Lacta enfim o notou, levantava a cabeça; passava a andar em sua direção.

O coronel dava passos para trás, lentamente, e fê-lo até sentir o piso da lavanderia. Lacta parecia em dúvida. Vinha e não vinha. Parava, mugia, tornava a andar.

O coronel desapareceu para dentro da cozinha, a vaca demorava. Largou o abacate já dentro da casa, onde se podia ver de fora. Decidiu se sentar com sua espiga de milho.

Mordeu um lado. Talvez o cheiro ficasse mais intenso, não sei. Ouviu os cascos. Reconheceu dentro de si a mesma aflição, anterior.

Os dentes da vaca arrebentavam o caroço do abacate em estouros de ossos a quebrar-se, já dentro de casa. Ouvia. Sentiu o frio na espinha outra vez. Viu a cabeça enorme — quase do tamanho da televisão vista dali — dobrava o batente da porta a procurar o cheiro. Estancou. Duvidava da própria sorte, pensou.

Mugiu com profundidade, ecoando pelos corredores da casa.

Chegou a machucar-lhe os ouvidos.

Com um dos olhos meio torto de uma cegueira precoce, Lacta espiou o milho.

Entrava na madeira da sala passo por passo.

Jogou a língua roxa e áspera em direção ao prato.

O coronel apertava um guardanapo, incontrolável, movimento de ira, autônomo. O som da porcelana arrastando-se na mesa com a caça desajeitada de Lacta à espiga... Já havia falhado. Sentia-se burro. Aquilo não provava nada, coronel. Meu Deus, mas pra que é que foi fazer isso?

Manteve-se imóvel até que Lacta parou de comer.

A baba lhe escorria da boca.

Tinha afeto por aquela vaca e não queria dar-lhe um pontapé.

Só que era hora dela sair de casa, rápida.

Fitava o dono, esperando. A espiga em sua mão seguia praticamente intacta senão pela primeira mordida. Olhava para ele. Confiava. O que é que você quer?, pensou. Viu a espiga em sua mão. Tremia. Lacta deu outro passo. O coronel arrastava a cadeira para trás. Alcançando a pequena pá de mexer o fogo na lareira. Era pequena, mas embastida, pesada. Outro passo. Vinha caminhando. Era a gota d'água.

O coronel, a pá em riste, avançou.

16

Ao telefone, o sobrinho queria vir ao sítio passar um fim de semana de férias com Ciça. Dizia que a ideia era visitá-lo outra vez, com mais calma, ressaltava que não haviam tido os dois a oportunidade de conversar, realmente, em paz. Trazia ótimas novidades. Será que o menino ia se casar? Ria-se: com aquela hippie?, pensou. O coronel, infelizmente, não tinha tempo. Chegava enfim ao "deadline da editora e confundira-se com o prazo da coluna de Natal". Dédo, ele tinha muito o que fazer.

Fica pra janeiro, tio!, quem sabe?

Clic.

Terminada a conversa, desafogou. Com a cadeira de sol ia descendo rápido, corria aos barrancos o caminho sempre íngreme para a entrada do sítio. A estrada, quieta para os dois lados. Domingo.

Sentou-se na cadeira só para logo ao agachar-se sentir o traseiro afundar no polietileno rasgado instantaneamente, como a memória física de uma criança engolida pelo vaso sanitário, há há há. Levantou-se difícil, assustado, olhou para baixo: a cadeira se tinha rasgado por completo. Porra. Um chute bem dado no alumínio e a tralha chocava-se com o azul do portão.

Tinha de esperar em pé. Em volta, algumas pedras demarcavam o delta da entrada, todas brancas, o pó do caminho as revestia, era certo. Se por ali se sentasse precisava depois bater o jeans por meia hora.

Nada para a esquerda,

Nada à direita.

Sentia um oco insuportável, então, por dentro e por fora.

Ele hoje, desde cedo, esvaziava. Com o quê?

Era estranho. Quinze minutos, dezesseis, dezoito.

Por hoje os assuntos parece que não mais lhe viriam naturalmente à cabeça, só isso. Como se estivesse perdido, pensou: e se a intenção de tanta gente era limpar-se dos pensamentos?, agora precisava é do contrário. No que pensar? Em que assunto? Não podia dar-se conta dos bois machucados que capengavam tristes pelo sítio? Consumir-se-ia então de realismo fantástico. Inútil, os simbolificava. Por quê?: como estavam eles? Como gente. Ligar para alguém?, não!, dera graças ao desligar com Décio — e mesmo se pudesse?: tinha medo de que já não o atendessem. O coronel reconhecia-se sem forças para olharem-se nos olhos ele e o caseiro até, e, tampouco, pra quê?, e se ele, afinal, encontrasse forças?, bem sabia que os olhos dele fitariam-no de volta ambos furados, vazados, distantes. A cabeça, em salva tela, como se o protegesse do que por fim não fosse mais do que uma masmorra crescente e ameaçadora de tédio, se apagava.

Coisas boas, por favor, aconteçam?, agora? Por favor? Exatamente agora, enquanto eu espero esta van?,

Dezenove minutos, vinte.

Quisera eu estar ficando louco, pensou, não só como se criasse um mundo todo do zero. Porque é isso que um homem tem de fazer quando está com tédio. Esse mato sem vida.

Naqueles dias esquisitos, horríveis, o coronel apenas conseguia, e esforçando-se muito, interagir com a casca do mundo, responder à superfície com o que estivesse diretamente à sua volta; forçava-se a enumerar os nomes de árvores que conhecia, por exemplo, mas apenas caso se visse entre as árvores que conhecesse. Quantas?, quase nenhuma. Ou devia abrir as notícias na web?, caso as notícias se oferecessem sob o buscador?; faria isso, então, para quê?, para "conversar" com o mundo?, quem sabe com outros anônimos que também encontrassem na provocação, por si, o tal do útero da casa? Hoje?, ele não saberia nem mais do que reclamar.

Deixando-se minguado, ali, em pé, como se o metabolismo desacelerasse à batida de uma tartaruga, a cabeça lisa, de tudo, abandonou-se por alguns minutos. O tempo que passou como se estivesse morto. Não tentaria! A estrada era a mesma de sempre; nem os seus olhos mais — furados ou não — a descreviam, depondo sobre a realidade uma metarrealidade; a ideia anterior, a lembrança teórica, o que já sabiam, os olhos, da estrada, o de sempre — por isso mesmo é que era como se hoje não a visse, simplesmente. Ainda que arregalasse bem os olhos.

Trinta minutos.

Trinta e um.

O mesmo?, para o portão, a ladeira, os recortes da represa entre os troncos do lado leste da estrada. Como sem aviso, o respiro automático de um suicida, alguém que tentasse se afogar mas não pudesse, sendo interrompido pelo corpo, a máquina, que emergisse contra a sua vontade, o coronel pensou — e peço desculpas, sinceramente —, tendo a imagem claríssima bem em frente de si, nos grãos de milho notados a sair pela manhã, a porcelana transpassada por uma merda prolongada, pintada como se de bolinhas amarelas, pequenos ovos. Teve medo de que estivesse com vermes. Esses não eram pensamentos para um coronel!, eu sei,

Trinta e dois.

Só os olhos de Diego realmente perdiam contato instantâneo até mesmo com a superfície, e a imagem absurda dos grãos de milho lhe vinha, estampada, pra protegê-lo, como se para dar-lhe vontade de rir, como citado, exatamente, o respiro final de um suicida. Não riu.

O coronel nem sequer podia interagir com os pombos ou carcarás, não conseguia entender os ramos, o sol que fritava as copas das árvores cada dia mais quentes, a floresta inteira uma lareira, um coronel enfiado nela. Se antes os olhos sobrepunham o mundo com o que já pensavam do mundo, hoje eles não só não o podiam descrever ou substituir como se não lhe reconheciam, absolutamente, via-se no lugar de um homem que escrevesse à mão uma palavra qualquer, mas a escrevesse perfeitamente, sem erros, em sua língua materna, ainda assim a estranhasse, discordando da forma, das dobras, das curvas, e não pudesse apreender delas a substância, e por um segundo que fosse já não lhe conseguisse compreender as linhas, as letras, o alfabeto, a ortografia, como se tivesse à frente de si um desenho sem nexo.

Sem drama?

Talvez no fundo a versão correta?

O coronel agora adormecia em pé, lamentável, ridículo, bem no meio da estrada.

Foi quando ouviu o motor da kombi, à distância,

Chegava, finalmente.

A quantidade de buracos abertos pela chuva da madrugada sacudia a suspensão do carro a ponto de fazê-lo jogar-se alto, de metro em metro, demorava quase cinco minutos para andar os últimos vinte; como dissera o uber? Um sapo. Estava ali o motivo da demora, pensou. Buzinavam.

O coronel tomava a carteira, ia desde antes separando o dinheiro:

São duas latas, uma escova, a misturadeira, o pincel de rolo,

Um nordestino carrancudo, um segundo homem pardo, adormecido, com a testa no painel, sentava-se ao seu lado no carro com a cara de gente perigosa;

Passou as notas dobradas; será que o ajudavam a tirar o carregamento? Não desceram do banco, ou se mexeram. Não responderam. O segundo homem, por exemplo, nem sequer se acordou. As latas pesavam muito, os litros de tinta como ouro líquido, as beiradas finas lhe machucavam as mãos.

E a *gênia?*, dessa vez ela cai?, sorriu. Referia-se à presidenta, é claro.

Bocejava:

Uma hora dessas ela cai, respondeu o coronel. Não tem jeito.

Espero que sim, eu espero,

Silêncio.

Tá tudo certo, amigos, a gorjeta é o troco.

Dois tapas no capô, arrependeu-se no meio.

Só não pensara antes era em como subir tudo aquilo, a maldita ladeira, sozinho. A kombi voltava aos saltos. Uma linha de sol e poeira veio bater-lhe direto na cara. Olhava para cima, à vertigem.

Melhor teria sido descer o carrinho de mão, pensou. Paciência.

Réstia de otimismo: um problema serve, também, para passar o tempo. Enquanto houver etapas...

A longa subida empapou-lhe a camisa de suor, salgado, quente.

Demorava já quase nova meia hora, ia parando com as latas caídas no chão cada vez que o peso se tornava insuportável. Isso era, a bem dizer, quase o tempo todo.

Olhava as palmas das mãos, esperava os vergões rosados sumirem. Rodovias de pele amassada pelo peso.

Começava de novo.

Reclamando da vida, ao menos, lembrava-se insistente que o destino da subida era uma culpa a menos, e se Marcos ia ficar satisfeito ou não?, logo assim que voltasse?, uma outra história, desinteressante, visto dali, ou ao menos por enquanto. Com o tempo corrido, o homem por final entenderia aquele gesto?, como nova oferta de paz?: novas paredes, recém-pintadas, no lugar do pardieiro caindo aos pedaços?

Certificou-se de que o caseiro não estava em casa.

Certo.

O suor lhe escorria do rosto em abundância.

Partira de caminhonete no dia anterior, quando a ideia lhe surgia, na sala: e se fizessem, os dois, mesmo, uma bela reforma na casa de serviços? Não quis perguntar-lhe, decidiu-se sozinho. O caseiro já estava como no fim de suas férias, passadas o tempo todo na televisão, bebendo cerveja, de cuecas, enfiado, desaparecido, naquele buraco dos diabos, enfim. Que lhe constasse, aliás?, Marcos sequer ligara ao telefone para a família? Não quisera saber, desenganar-se, se Cacá morria?, se o moleque se gritava de dor e desesperança feito um megafone?, se agitava a todos os passantes pelo centro de Franco? Não, restava é sozinho, mofado naquele buraco dos diabos. De cuecas. Saía para esticar as pernas e no máximo catar ovo no galinheiro, para si, é lógico. Quando o coronel ele mesmo foi-se a procurar algum, outro dia, não achou necas. Teve então a certeza, a revelação, de que a cozinha dele é que estaria toda atochada de ovos. Vencendo, de tantos roubados.

Por isso, um tempo largo assim com a casa de serviços desabitada, por essas semanas, era raro; o coronel decidira-se por aproveitar a vaga, até fazer-lhe uma surpresa. Ia chiar? Ia. Depois? Porra, quem é que não quer uma casa bem cuidada?

Marcos fora a um churrasco ou coisa parecida, talvez, na laje de um amigo da cidade?, não se lembrava detalhes, avisara-lhe apressado que pretendia dormir por lá, voltar ao batente é só domingo pela tarde. Pensou nas chuletas, ossobucos, na farofa pronta glutomática. Numa senhora redonda como uma almôndega, sem cintura, dançando perto de uma lata funda servida de churrasqueira. Tinha, assim, algumas horas pra pintar a casa por dentro, resolver aquele desleixo no que deixara o caseiro morar. Antes, claro, do retorno de Marcos, já teria voltado o coronel para suas coisas, não daria bobeira. Podia então assistir-lhe à reação pela janela, o que seria muito mais discreto, correto. A queda de ombros, o resmungo — mas, também, uma pitada de sorriso, quem sabe? Colocava as latas e equipamento na entrada da casa de serviço, separando uma porção de folhas velhas de jornal para forrar o piso onde pintar.

Também não era sua mãe, pensou, e não comprara massa, só tinta. Uma demão rápida. Já fazia milagres, certamente.

Tentou usar a chave, abrir a porta dos outros.

Negativo.

Só assim que notou o cadeadão perto da soleira.

Nunca vira aquilo antes, pensou, o cadeado, maciço, do tamanho de um punho. A própria tranca onde se dependurava, quando Marcos a parafusara?

Tratava-se de uma mensagem simples: o caseiro anunciava-lhe um usucapião. Oficial. Tentava confirmar a sua propriedade indivisível: a casa era o espaço dele.

Não é preciso dizer o quanto aquilo tudo enraivecia o coronel, e com justiça. Onde é que esse cara está com a cabeça?, pensou. É louco? Boto ele na rua antes mesmo do cara dizer *minha casa*.

Parou por dois segundos um pouco ressabiado, olhava as latas no chão. Mais essa vez: um problema serve para passar tempo. Onde é que o idiota teria guardado uma cópia da chave do cadeado? Ninguém leva todas as cópias consigo, é arriscado. Devia escondê-las por ali mesmo, pensou. Onde?

No hall quase tudo era lixo. Coisa jogada, plástico podre. Logo, não precisou de muito tempo para encontrar o pequeno molho de chaves semienterrado no vaso da samambaia, cheia, também, de bitucas de cigarro. Reconheceu o chaveiro, não lembrava de tê-lo dado ao caseiro: uma canoinha de Brotas. Bem podia estar enganado, também. Marcos era até que um sujeito honesto, embora estúpido. Destrancou a casa, entrou.

O cheiro de suor incomodava-o bastante. Puxou as latas para dentro e começou a afastar os móveis. Ajoelhou-se, ajeitando as folhas de jornal o mais rente à parede possível.

Então, ouviu a caminhonete estacionar.

Levantou-se.

Peço desculpas e alguma paciência, promessa, pela narração entrecortada: sei que os saltos a partir da manhã em que acordou o coronel em sua casa na aflição dos convidados a infestar-lhe o sítio têm dificultado que se acompanhe direito, com a mesma tridimensionalidade e temperamento, a história, que se siga importando. Esses saltos, esses momentuns malconduzidos, passaram a marcar pequenos cortes no tempo, eu sei, e eventos importantes, ou fenomenais, como a vaca a servir-se de uma espiga em um prato na sala lhes pareceram certamente negligenciados por mim, inexplicavelmente narrados com preguiça. Não é bem este o caso, embora lhes possa parecer, está certo, eu posso assegurar. Há efeitos que procuro com isso.

Digamos que da pororoca anunciada no tema da fuga um dos lados chegou, o outro não, o que a rigor desfaz a "pororoca", é verdade, ruma o rio para bem mais simples correnteza, o que é pior!, e os eventos em highlight assemelham-se mais a bumps no percurso, como pedras em que o coronel se tentasse segurar.

O medo de Diego é da falta de eventos.

O que, na realidade, está a acontecer, ainda que tenhamos a história salpicada de pequenos eventos. Entendem?

Peço, igual, que não entendam nada disso como loucura dele, mas como tédio, só. Difícil, eu sei, imaginá-lo como uma correnteza e não um lago morto, travado, parado, mas tente: ou faça você mesmo a experiência. A ausência de tudo cria espasmos musculares, até, os olhos sacodem como em sono rem mas não estamos dormindo.

Expliquemos assim:

O trabalho existe na vida não só pelo dinheiro, mas não esperem que com isso eu queira dizer, também, algo como que deva ele preencher o coração.

Não somos mais tão novos, nenhum de nós. O que o trabalho preenche, no fundo, é a vaga de tempo entre nascer e morrer — porque estamos conscientes dela, sempre que estamos acordados, quando não trabalhamos, do começo ao fim. O trabalho, ele, deve nos fazer dormir, só isso — é possível a vocês entender algo tão assustador?

O trabalho, sim, é quando dormimos de fato, não o sono, quando fechamos os olhos das coisas do dia, das distrações: nele estamos mais conscientes ainda, afundados justamente naquela uma consciência, mais cruel e mal-vinda de todas, a que as quaisquer preocupações até certo ponto ficcionais do dia a dia tentam manter calada: vamos morrer!, vamos morrer! Nada significa nada ou importa. O horror. Por isso os bumps lhe estão substituindo o trabalho. Uma dona de casa tem filhos também para ter problemas. Porque não quer pensar em morrer, em deixar de estar aqui. Um homem sem casa, morando sozinho nos becos da cidade, junto ao lixo, ele que anda gritando sozinho com desafetos imaginários também faz isso para ter problemas. Ensaiar problemas. Porque esse homem não tem nem mais, a peste, a distração regrada do relógio, está à deriva no colo da morte. O trabalho, por fim, é só outra palavra pra isso: o problema. Sem ele? Convidamos o horror no lugar. É isso o que está a fazer o coronel nestes dias perto do Natal.

Está, agora, neste momento, como se esperando o problema chegar. Desesperado. Agora, ouve a caminhonete, um trago ríspido do motor, ouve o próprio coração bater nas orelhas. Um problema destrava a porta, salta com as botas sujas na grama barrenta, caminha. Aquilo que chamavam no batalhão de "o bicho". Caminhando, o barulho de uma sacola de supermercado.

O vento empurrando as cortinas.

O novo e velho zumbido de um besouro.

Um vácuo de meio segundo,

O caseiro não parecia seu amigo quando entrou na cozinha. Estava nervoso, acelerado, como se flagrasse um ladrão a saquear-lhe a casa. Notou que não se tratava de ladrão, lógico, mas do coronel, com um pincel na mão, nem por isso acalmou-se, demorando a entender o que ocorria. Aceitar, então? Olhou para a porta como se buscasse sinal de arrombamento. Viu o cadeado, aberto. Sério? O patrão abria-lhe um sorriso nervoso, tampouco entendendo por completo a reação daquele homem, acelerado. Via as latas. Baixou os ombros. Pareceu remediar-se, mesmo que se contorcesse por dentro. Virando-se de costas, batia um pouco as botas para livrá-las da terra.

Eu pensei em dar um jeito nessas paredes, disse o coronel.

O que é que tem as paredes?, respondeu.

Tá tudo descascado e velho, acho que vai ficar outra coisa pintado.

Marcos pareceu concentrar-se em arfar o mais alto que podia:

Olha, Seu Lopes, o senhor vai me desculpar...

As sílabas tremiam, gaguejava. Não era cômico, mas medonho. Pela primeira vez o coronel considerava a sério que um homem daquele podia matá-lo, simplesmente, como se não fosse grande coisa. Dava-se conta de que não teria qualquer dificuldade em dar-lhe cabo, ali mesmo, segurando um pincel. Desferir-lhe-ia uma cacetada na cabeça com qualquer coisa, um tijolo, o botijão, e depois teria, e passava a sabê-lo só por aquela gaguejada de ódio, sangue-frio suficiente para esquartejá-lo ali mesmo, sobre as folhas de jornal, livrava-se do corpo no sítio, desvisitado, ou talvez lhe fosse comendo a carne velha, aos pedaços, semanas a fio.

Mas você ia chegar mais tarde, não?

Respiro,

Achei que ia ser uma boa surpresa, que te ia animar! Você parece meio pra baixo,

Ergueu-se, tentando em frente a um predador parecer-lhe o maior possível. O mais difícil de matar possível. Deixava que o cálculo instintivo do bicho se desse ao trabalho de poupá-lo.

É só que eu não entro assim na sua casa, Seu Lopes.

Naquele tempo, via-se afinal: Marcos entrava bêbado. Não seria perigoso, então. De repente, os ombros mais murchos, parecia-lhe outra vez um banana.

Eu sei que a casa é sua também, Lopes, mas preferia que o senhor pedisse.

E de que é que lhe valeria pedir? Se o caseiro, obviamente, não podia dizer não? — é claro que o homem soube-o desde mesmo antes de nascer.

Havia pensado nisso, claro, convencia-se de que a surpresa valia a invasão. Sim, seguia afrontando-o, quase como hobbie. Não gostara de ouvir a reprimenda do caseiro, tampouco se sentia confortável em desautorizá-lo completamente, estando ele na posição em que se via agora. Um pouco envergonhado, deixou o pincel ainda limpo sobre a misturadeira, remontava-se:

Bom, Marcos, sabe que antes de teu patrão sou teu amigo, não sabe?, como é que isso não soaria pior? Ainda martelava essa tecla, coronel?

Toma aqui as tuas tintas de presente,

Obrigado, Seu Lopes. E espero que não tenha me levado a mal.

Não, você tá no seu direito. A casa é sua.

Tá certo,

Se você precisar de ajuda quando resolver pintar, é só bater em casa. Você sabe que por lá é sempre bem-vindo,

Pediu licença, saiu. Já no hall, lembrou-se de devolver o molho de chaves, preso ao cadeado. Marcos tirava as botas. O coronel não tinha vontade de ficar sozinho àquela hora. Parecia que teriam chuva. O cheiro de terra subia, encharcava o terreno, essa poderia ter sido uma tarde gostosa, pensou, se quisessem.

A possibilidade havia se partido há muito. Não soube o que dizer:

Marcos, você trouxe cigarros?

Ainda sem sorrir direito, o coronel apontava para um saco plástico, a novidade, perto da samambaia. Sem sequer ouvir a resposta já seguia a abrir os pacotes, a cartela, puxou dois. Oferecia um dos cigarros de Marcos a Marcos, que o colocava, apagado, na boca, sem dizer nada. O coronel incomodou-se.

E fogo, tem?

Marcos acendeu um isqueiro gasto, aproximando-o descuidado da labareda do cigarro à sua boca. Tragou demorado, queimava a ponta até mais do que o necessário. Então, passava esse mesmo cigarro, já aceso, para o patrão. Assim que o coronel o tivesse em mãos fez sinal para que em troca ele lhe passasse outro, o apagado, o que o coronel ainda guardava na mão. Era um movimento cênico, uma coreografia pesada, uma dança mórbida e cumprida em silêncio. Passou. Marcos colocando-o na boca, acendeu-o outra vez, tragou. Fumavam.

O coronel sobrava ainda em pé do lado de fora. Queria sentar-se com o amigo, de repente, sentia-se estranho. Era um homem-menino, regredido. Do mesmo jeito, achou que simplesmente ir embora fosse deixar a tal estranheza ganhar. Continuava ali, mais um pouco. Marcos, descalço, pegando o saco, tragava outra vez o cigarro, virou-se para entrar, definitivo:

Bom, se precisar de mais alguma coisa, tô lá dentro.

Pensava um instante,

Eu não preciso de nada não, Marcos, pode ficar tranquilo.

E ele?, fecharia a porta a poucos centímetros do seu nariz? Faria isso?

Amanhã se acabou a moleza, não é?, sorriu. Disse-lhe com a intenção de brincar, o riso forçado. Arrependeu-se no ato, quis desdizê-lo, não dava. Tragou.

Pode deixar, Seu Lopes.

Escondia-se.

Ah, e Marcos, uma última coisa.

Tenso, lógico:

Quando você passar na cidade, a próxima vez?, Quando tiver a oportunidade,

Porra...:

Vê se faz, pra mim, uma cópia dessa chave do cadeado?

Começava a chuviscar. O coronel molhava-se um pouco. Ainda, vinha suado de carregar as latas de tinta — só se lembrou disso agora porque sentia frio. Os mamilos endureciam num átimo, teve vergonha. O melhor que faria a seguir era tomar um bom banho, pensou. Deixava tudo pra lá.

Era preciso mesmo que se entendessem? Completou, ao ver o caseiro sumir, a porta aberta, por trás do biombo:

Nunca se sabe...

Virava-se.

Vai que acontece alguma coisa e eu preciso entrar?

Caminhando pra fugir da garoa, dizia o coronel como se conversasse só, com a própria autoridade, traduzida, meandrada, já sem qualquer chance de Marcos ouvi-lo.

17

E aí? O que você acha?

(Coisa de louco)

Melhor não mandar o Junior agora, cara, a gente tá com uns problemas aqui,

Silêncio noutro lado da linha,

Problemas? E eu posso ajudar?

Brigado, Guto, mas são os macacos;

Respiro,

...aqui anda tudo uma bagunça, meu velho. Vêm de manhã, derrubam os vasos, sobem e rompem a telha, assustam as vacas, se penduram nos rabos, roubam comida da cozinha pela janela, não se pode matar de jeito nenhum.

Silêncio, descrédito:

Ô rapaz, matar macaco não dá cadeia não,

Um inferno. Era evidente que chegavam as férias escolares. Era Décio ontem, Gustavo hoje:

Diego, ninguém liga pra isso! Eu não posso mesmo te ajudar?

Silêncio,

O caso é sério, Guto, vou ter de ligar para o centro de controle de zoonoses, ou Teixeira, nos bombeiros, não sei,

Junior tá precisando tomar um ar puro daqui e não para de falar de você, cara. O moleque é doido pelo tio. Só dizer que eu desço e ajudo. Envenena, pronto.

Os cadáveres espalhados pela grama, bordas da mata, uma chuva de corpos, ele e o irmão a recolhê-los com ajuda do carrinho.

O coronel imaginava um lote interminável de pessoas, conhecidos, parentes, até um ou outro amigo, vez ou outra, que se deviam estar pensando igual; onde passavam este fim de ano?, que chegava?, a galope?. Não em casa!, em São Paulo? Sem-graça!; teria de virar o mês a inventar desculpas, ao telefone, pendurado, pensou, o dia todo. Certo que tinha mesmo coisas com que se preocupar — disparara a maldizer os macacos, eles que não faziam nada, porra!, mas porque os ouvia agora, ao mesmo tempo de Guto, o ronco vivo pela orelha esquerda, a resmungada chocha do irmão pela direita; aquela desculpa, até que crível!, não é?, praticamente se impunha. Bom, era grande a concorrência.

Se o caso fosse simples, Guto...

Afinal, o que faria ele mesmo no réveillon? O coronel? Que não queria receber ninguém de novo tão cedo, sabia. Podiam ele e o caseiro quem sabe assistir ao estouro de fogos na cidade?, pensou, ou em Jandira? Devia ser deprimente, apenas, um coreto com velhos e bêbados, talvez um carro de pipocas, queimado, moçoilas analfabetas com maquilagem francesa, de palhaço, na evidente razão de fisgar um citadino rico, moleques com tubos de espuma a atirar nos turistas e fugindo as orelhas dos dedos magros, ardidos, das velhas, as cadeiras de balanço no passeio central.

Diego?, desconcentrara-se ao telefone, não ouvia o irmão despedir-se: Bom, fica pra outra hora, então. Precisou, liga! Boa sorte.

O quê?

Diego?, ô meu Jesus, você tá dormindo aí, cara?, riu, tá ficando louco?

Desculpa.

Silêncio.

Desculpa, é que os macacos estão lá fora agora mesmo, é uma porra, tô escutando,

Teve vontade de desconectar o aparelho de vez. Achou que Nina ia acabar aparecendo com a polícia, porém, se tudo desconectado. Deixa.

Pensava na angústia velada com que Gustavo pusera-se a querer sumir com o filho, provavelmente desde o instante em que se vira terminar o semestre escolar. Quando o menino irrompeu porta adentro no primeiro dia de férias, a mala lançada sobre o sofá, quando corria no encalço de uma maratona de Ben 10 ou qualquer outra dessas merdas; uma chatice. Os pais, todos, têm filhos, porque têm de ter filhos, e depois não os querem perto — isso não é exceção, é regra. Junior tinha tempo livre agora, e isso o tornava insuportável aos olhos do pai. Gustavo não podia tê-lo solto pela casa, zanzando. É quando precisava de mais atenção. É quando precisava de alguma. Perguntava-se o coronel, e devia um dia questioná-lo ao irmão: para que caralhos serve um filho?, se no instante em que nos ficam disponíveis para serem de alguma maneira curtidos, conhecidos, fosse aos pais tão terrivelmente insuportável com eles conviver, por algumas horas estendidas que fosse, sendo isso as férias, que se tornava tamanha urgência desertá-los para o tio?

Levantou-se. Queria uma fatia de bolo. Seguia aéreo para a cozinha, sentia-se justo. Não podia deixar também de concluir que não saberia ter um filho. Ele, o coronel, jamais poderia ter um filho. Vindo do pai português fracassado de merda que teve Diego, a tia retardada, o padrinho barqueiro, trambiqueiro. Ainda, da maneira com que atualmente se via, feliz, tendo a casa toda e absolutamente toda só para si, não seria nem perto de possível pensar num filho (porra, nem que emprestado). Afinal, entendia Guto, sim. Estava era fazendo-se de besta ao julgá-lo daquele jeito. *Junior de repente era um intruso*. Competiam pela casa. Esse era o motivo, por exemplo, para que em tantos outros países, mais civilizados que este, já virara costume expulsar os filhos assim que a mínima idade permitisse (16, 18); era o natural. Se os pudessem expulsar mais cedo expulsavam.

Como se bem sabe, existe até algo de ciência que o comprove, mesmo as mulheres só são boas de se ter por uns anos, e os filhos?, só prestam por cinco, descontados os primeiros dois. Ria sozinho. Chegava cedo, então, a hora de o menino ir conquistar a sua própria casa, enchê-la de tralhas, o que lhe desse na telha; espalhava lá as suas coisas como se por todo lado, foda-se. Dava à sua casa uma única personalidade. Deixava, então, por premeditada consequência, o pai livre para que voltasse a curtir a sua. As coisas conquistadas, o trabalho duro. Era assim que se havia de fazer hoje, é como, com certeza, pensou, sempre o fizeram.

Abrindo a geladeira, teve que dar um passo para trás. Alguma coisa estragara omitida por outras na prateleira. A ausência de Nazaré o acometia. A esposa de Marcos, quando ali ainda podia entrar, antes, quando não enchia, também, o pobre coitado do caseiro de chifres de pobre em Franco, ajeitava-lhe a geladeira toda semana — eram tempos idos, abandonados, ele e Nina vinham juntos, apareciam, brigavam, iam embora. Agora? Nazaré parecia que nem voltava tão cedo ao sítio, de qualquer jeito, e mesmo que Cacá já estivesse novo, bonzinho, pensou, ainda que ela pudesse entrar na sede. Aliás, é evidente que o menino já estaria, tanto tempo depois, inteiramente recuperado da otite (ou morto).

Por isso que lhe era mais do que certo: Nazaré e Marcos se haviam separado.

Ok, pensou; sou eu quem vai ter de resolver essas coisas. Era a sua única cozinha no mundo. Naquele dia, porém, não podia sequer lavar o tapouer embolorado, mas jogá-lo inteiro no lixo. Encontrou-o, livrou-se, fatiou o bolo. Chocolate, com casquinhas em cima. Gelado ficava melhor. Trouxera do mercado há meses, descongelava hoje.

Lembrou-se da ex-mulher. Nina gostava mesmo é de floresta-negra.

Por isso, também, que os casamentos fracassavam. É que desenvolver aquela relação egoísta com o espaço era inevitável, pois a casa era o único lugar onde se ficava livre, solto, afinal. Para ter suas coisas, descansar, vomitar as obrigações de fora, viver uma identidade, toda, própria, sem barreira. A mulher, nesse momento, não era diferente do mundo, aliás, ela soterrava o marido, proibia essa absoluta e deliciosa identidade, e, claro, vice-versa. Por isso eram tantas as mulheres solteiras em capa de revista, morando sozinhas, elas mesmas sem querer casar, ter filhos.

No meio disso tudo, Gustavo. Queria evitar a intrusão de Junior, mandá-lo via correio, para que ali no sítio desempenhasse o seu papel de sem-teto, afinal, de quem ainda não tem casa só para si, no fundo sequer uma identidade, e justamente por isso põe-se a habitar e consumir a dos outros. No fim, pensou, devia querer livrar-se também da mulher.

Sabia, logo ao terminar o raciocínio, que voltava a sentir algum tipo de remorso. Até porque ele e Nina não disputavam espaço na boa época do apartamento. Conviviam bem, eram amigos. Antes. Só que com os anos passados foram sentindo-se menores, pequenos, fechados. Pareciam simplesmente deixar de fazer bem um ao outro.

Tratava-se de uma nova situação, desagradável, que só se podia resolver por completo deixando-se seguir sozinhos. Dali o divórcio.

Fora a perseguição, claro.

Não esconderia saber que era aquela a razão mais determinante: a perseguição.

Quando chegava a hora, por fim, tivera de fazer o que era certo, sacrificá-los.

Sei bem que o tempo segue passando, e ela, a comissão, não vem. Pensava: já parece, a esta altura, que não me vem mais buscar ninguém. Aparentava ser tudo pura e absoluta paranoia. Mas não. Aprontam o caso. É lento. Trata-se de um processo complicado — e é bem por isso que há demora! Considere o prazo desde autenticar os papéis, e só se pode fazer em dias úteis, abrir os arquivos, que ninguém quer abrir, gavetas, que ninguém sabe onde estão, escrever estratégias, convencer pessoas, levantar dinheiro, angariar apoio, até, enfim, o dia fatídico, chegado, em que embicam os carros, as câmeras, no portão azul.

18

Rumava para a trilha da bica. Vinha atrás de si a coluna de bois. Lacta, entre eles, já não andava na frente, parecia menos interessada. O coronel, humilhado, perguntava-se se era possível que a vaca sentisse de fato rancor. Fizesse manha. Preferia não admitir, mas fazia-lhe falta aquela vaidade. Esperava mais um pouco. Aproximavam-se. Lacta, que se misturava aos demais. Paciência. Viu o boi sofrido dos pontapés. Recuperara-se bem e recebia hoje as frutas na boca. Era uma prova. Reconquistavam-se, sempre. Qualquer hora, em pouco tempo, a vaca branca lhe perdoava também. Era a ordem das massas, e riu.

Tinha a impressão de que os macacos gritavam dali outra vez. Na realidade, não incomodavam tanto agora, mas o coronel levava o orgulho, levemente machucado, junto à arma, pronta, a pesar-lhe o saco de frutas. A floresta era enorme, aqueles eram animais bonitos, poderosos. Por isso, o lugar de gritarem era outro, pensava, deviam aparecer, tudo bem, mas só até o primeiro tiro. Simultaneamente, admirava-os. O coração mesmo lhe batera forte e emocionado quando os vira antes; só tinham de parar com a gritaria, zombeteira. Soava-lhe bem como se caçoassem ou o repreendessem pelo tiro no capelão. Nem todo disco do mundo, tocado da casa de Noah, cobria a insistência dos rugidos; e desde que se impusera parcialmente como adversário — oficial, pelo aviso que lhes dera — lhe parecia que o barulho se tornara ainda menos passível de ser ignorado. Era uma lembrança fresca e persistente de uma presença proibida, questionada. A sua autoridade no chão. Marcos, mesmo, fizera pouco caso daquela história.

O intuito da caminhada, a ronda, era por ora apenas confirmar se haviam de fato montado pouso fixo entre as goiabeiras da bica. Pesquisara de manhã que os bugios eram nômades, mas duvidava. Mesmo que o som ecoasse por todos os lados, tinha a impressão forte era de que vinham principalmente dali. Perto de onde tombara o chefe, o lamarca do bando. Choravam. Estava seguro de que sim. Caminhava tentando romper o mais delicado possível as folhas secas, evitando a atenção para si. Entrava, enfim, na floresta.

Notou o silêncio maior do que antes já quinze metros para dentro da trilha. Olhou para trás e surpreendeu-se com a ausência da coluna de bois. Estavam longe. Descansavam como a vigiar-lhe à distância onde engrossavam as primeiras árvores, no fim da grama descampada. Instantaneamente pensou que já reconheciam aquela parte da floresta como a casa deles, os bugios. Não entravam. Tinha mais razão ainda para crer que os veria em breve. Voltou a andar. No silêncio profundo, então, alçou a pistola de dentro do saco, encaixava o dedo no gatilho.

Mantinha a arma escondida, junto à mão, entre as frutas.

O coronel sentia medo. Notou-se corroer em calafrios. Talvez os bois não o acompanhassem por outro motivo, pensou, e estivesse naquele mesmo segundo em risco de morte. Onça. Não fazia ideia de quais outros animais habitavam a Cantareira, sentiu-se bastante idiota por isso. Quem comeria os macacos?, pensou. Certamente havia quem os comesse.

Não conseguiria tampouco correr.

A figura do enorme animal, pintado de preto e amarelo, passou a ocupar-lhe a imaginação, fazendo com que deixasse de se preocupar com o barulho que fazia pisando. Pelo contrário, decidiu-se que precisava era assustar os animais. Pisava forte. Chutava terra. Acabou por retirar a arma do saco e apontá-la para cima.

O estampido ecoou.

Algum resquício do tiro parecia cair sobre seu rosto em migalhas de pólvora. Tossiu como se fosse pó, ou chuva. Ouvia algo correr ao longe, virou-se a tempo de vê-los, os bois, na entrada da mata, dispersando-se, assustados. Eram eles que corriam, mesmo que sem muita convicção.

Acalmou-se. Cinco ou seis passos depois do pinote os bois já pareciam esquecer-se do barulho, seguindo a direção para onde estouravam apenas por inércia, numa caminhada vagarosa, acéfala. Nenhum som para dentro da mata.

Acalme-se, homem, disse para si, em voz alta. Se vier a onça, meto-lhe logo um tiro na cara.

Prosseguia mesmo que desesperançoso. Se houvera macacos antes, sabia, agora os havia assustado. Também, já andava por inércia, só, era seu direito — divertiu-se —, seguia para dentro da trilha. Continuava a falar consigo mesmo, e até desnecessariamente alto, talvez também por um resto de medo que não pudesse reconhecer:

Ah, agora já estamos aqui, Inês é morta. Não me custa nada seguir a bica até o fim. Apertou o passo.

Dez minutos depois, novamente pintado de pequenas gotas de luz escapadas do tufo de árvores, alcançava o princípio das goiabeiras.

Ouvia um novo barulho. Despreocupado, grosseiro demais para que viesse de animal, bastante desajeitado — não seria aquele som oriundo da floresta.

Era gente.

Dentro do sítio?

Dentro.

Só então soltou a pistola por completo, deixando-a acomodar-se no saco. Ato reflexo, escondia a arma. Por quê? Havia dois; via-se pela conversa. Deviam beber a água da bica, o que não se pode fazer, claro; aquela era a fonte de uma propriedade particular. O coronel teria de enxotá-los imediatamente, pensou. Mas é óbvio que não o faria apontando-lhes uma arma, não era para tanto. Pois toda aquela região; cheia de sítios e mato. Só. Assumia-se um tanto confuso, não podia encontrar um bom motivo que fosse para um homem qualquer, quão vagabundo ele fosse, atravessá-la a pé, descaradamente, a casa de outro homem, e ainda por cima de um coronel!, ali, daquela maneira — e mais, não o poderia compreender é que eles depois parassem, no caminho, e para beber água. Que dessem tamanha bandeira, de graça.

O coronel conseguia vê-los logo dobrou a trilha. Não eram típicos matutos, mas andavam desleixados, largadões. Traziam varas de pesca nas costas, um isopor roxo encostado aos pés, bebiam água com a concha das mãos. Ao menos passava a entendê-los: achavam onde pescar dentro do terreno?, pensou, sabe-se lá onde, mas algum lugar havia, certamente. Se não, por que não andavam lá pra longe, na estrada, cara? Para o outro lado?, onde água e peixe, isso é óbvio, não lhes faltava? Por que é que não pescavam na represa?, como todos os outros turistas? Haveria mais córregos lá para cima?

Boa tarde!, o coronel acenou-lhes o braço esticado.

Ô!, arruidava um. Boa tarde!, disse-lhe o que limpava água do queixo.

Aproximando-se alguns metros, quase a arrepender-se de saudá-los, o coronel deixou-se enrijecer, foi direto ao ponto:

Essa bica é particular, amigos, vocês não deviam estar aqui.

Entreolharam-se:

Desculpa o senhor, é que é só de passagem.

E essa agora?

Não importa se é de passagem, meus amigos, vocês deviam atravessar pela estrada. Eu não invado a casa de vocês, invado?, e vocês não invadam a minha. Gostaria que os dois voltassem por onde entraram agora, faz favor,

O segundo homem deixou a água que represara nas mãos cair. Curvou-se para pegar o isopor pela alça, olhou o amigo, ajeitava a vara de pesca nas costas, distribuindo o peso confortavelmente a cruzar-lhe o corpo. Ajeitavam-se para ir embora.

O senhor é bem mal-educado, respondeu,

Por favor, retirem-se.

Tá certo.

Andavam mais devagar do que deviam. Provocavam-no. Queriam ver o que é que aquele velho frango faria, pensou, e porque não podiam prever a pistola, preparada, carregada, a arma que os poria a correr num minuto caso resgatada do saco de mercado. Não. O coronel, em resposta, caminhava tão devagar quanto os dois, seguindo-os lento, pois queria assegurar-se de que sairiam mesmo da propriedade.

Davam todos passo a passo em silêncio. Demorariam longos minutos até a cerca do sítio, pensou. O coronel, pouco depois, ouvia o cochicho, baixo.

O que é que vocês estão dizendo aí? Fala alto, fala na minha cara,

Não é nada não senhor.

Tô ouvindo daqui os dois cochicharem. Pode repetir, faz favor?

Virou-se:

Tava falando do tiro, cara. Aqui não pode caçar não.

Silêncio.

Soava como um tipo de ameaça. Realmente, o estavam provocando. O coronel, cansado, queria terminar a caminhada, voltar para casa. Deitar-se um pouco no sofá. Assistir um filme, talvez.

Ninguém tá caçando aqui não. Pausa, fungada: e que eu saiba é vocês que andavam pescando. Cadê a licença?

Não responderam.

A casa é minha: se eu quiser eu atiro.

Licença. Não sabia se era mesmo necessário. Estava dito.

E pode apertar bastante esse passo aí que eu tenho mais o que fazer fora tocar vagabundo.

19

Desce que a polícia ambiental taí.

Marcos olhava-o estranho. Sentiu o peito apertar.

Vou só jogar uma água no rosto e descer. Você desce comigo?

E pra quê? Não sei falar com essa gente não.

Ué, e eu sei? Mas você acha que eles querem o quê?, conversar? Essa turma é toda igual, todinha, eles querem dinheiro.

Conseguiu arrancar dele um sorriso:

Pior que é, Seu Lopes.

Me espera aqui?

Espero.

O coronel entrava em casa esbaforido, buscava os chinelos, a carteira. Ao encontrá-la, retirou-lhe do forro todo o dinheiro vivo, tudo o que encontrou — duzentos, trezentos reais?, guardava-os na gaveta do telefone. É claro que ele não lhes pagaria nada. Recusava-se. Já lhe custava abastecer-se em um caixa eletrônico na cidade; além de que, sabia, dissera aquilo da grana mais pela felicidade de Marcos do que pelos fins: essa gente quer é suborno. Alegre, colocou-a, a carteira vazia senão dos documentos, no bolso da calça. Sentia-se bem. Correu para fora, animado.

Vamos?

Desceram o morro em direção à caminhonete estacionada no portão. Três homens fardados aguardavam-nos do lado de dentro; um deles a virar páginas de papel como se as consultasse. Não conhecia bem aquela farda, era coisa da região. Duvidava é que o policial estivesse realmente lendo as folhas que virava. Ao notá-lo descer, esticava-lhe a mão:

Boa tarde.

Boa tarde a vocês.

Desculpa incomodar o senhor, mas recebemos uma denúncia de uso de arma de fogo.

Afirmativo, disse pouco convincente. Foi disparada para cima — nem em ninguém, nem em nada —, eu queria assustar, só. Faço com frequência algumas trilhas bastante lá pra dentro, no mato alto, na Cantareira, essas picadas daqui mesmo, de dentro da propriedade. Achei que tivesse onça no mato, comigo, e atirei. Pra cima.

Não tem onças por aqui, não senhor, intervinha um segundo policial. Quando tem, e é muito raro de ver; daquela marronzinha que não ataca. Além disso, eu imagino que o senhor esteja avisado: é crime atirar em animais silvestres, e olhe, pra qualquer pessoa é igual; crime passível de multa e cadeia.

O primeiro policial parecia repreendê-lo com a vista, apressado. Entendeu, afinal. Ficava claro que sabiam de quem se tratava. Aquela era uma visita pro forma, estéril. Calou-se; deixou que o companheiro mais simpático falasse. O policial dos papéis virava-se novamente:

Senhor — recomeçou —, é melhor que o senhor deixe a arma em casa da próxima vez, só isso. Não há necessidade. Não há perigo nenhum.

Chatice. Marcos não sabia bem por que estava ali, de novo, naquela situação, a de guarda-costas numa terra sem inimigos. Tinha ele de dar de comer aos cachorros no canil logo, haviam matado e engolido duas ou três galinhas recentemente, passavam agora parte do dia presos, por castigo. Tornavam-se, com isso, mais nervosos, latiam para a grade, atacavam-

-na jogando-se contra ela, o xadrez do metal estrondeando, caso passasse badernista por perto uma galinha. Lembrava-se de que já perdera, com aquela lenga-lenga toda, a hora certa de alimentá-los, deviam ter fome. Os três homens mais ou menos em duelo que não se demorassem, assim. Os policiais podiam já ter ido embora, pensou, se viessem só dizer o que já tinham dito. Estavam mesmo atrás de dinheiro.

O coronel, finalmente, passou a carteira para o primeiro policial, que fez parecer que não compreendia. Entreolharam-se, vagarosamente. Tomando o couro nas mãos, ele punha-se a virar os compartimentos plásticos do meio da carteira bem como fizera com os papéis, sem atenção alguma. Muitas vezes tornava o policial a fitar Diego com evidente curiosidade, distraindo-se da burocracia como se quisesse perguntar-lhe coisas, proibidas, virava um plástico atrás do outro evitando estudar os documentos, quase sem baixar os olhos. Sabia.

Marcos excitava-se: o que havia de errado com aquele policial imbecil que não abria logo o espaço reservado ao dinheiro? Não enganavam a ninguém com aquela demora, ensaiada, típica.

Os outros agentes já pareciam recolher-se para dentro da viatura, aos poucos; dois deles entretidos repentinamente com algo no banco de trás. Pareciam apontar, também espetaculares, para coisa nenhuma. Nervoso, o coronel notava: do policial com a carteira vazia nas mãos nunca lhe havia sido pretensão checar informações suas; então? Pra que demorar? Podiam apressar-se de uma vez em concluir a entrevista inútil? Gastavam só o tempo valioso dele, e para quê? Para simular um trabalho bem feito? Enrolavam pelo que demoraria normalmente, aos civis, o atendimento de uma ocorrência. Todos sabiam por ali que para um coronel não existe a lei.

Esvaía-se, desde então, também, a certeza de Marcos, de antes, de que a tropa ia correr em pegar o dinheiro disponível ali mesmo, talvez até pedissem para ir todos juntos ao banco, caixa eletrônico, se extorquiam mais. Uns bandidos: é o que eram. Mas não. O coronel acertava a coluna. Notava uma tontura a tomar-lhe os olhos, tremer as pálpebras, soube cedo que era a gripe que chegava, bem no meio de tudo. Pôs a mão, direita, na testa, como a checar a própria temperatura. Estava quente, o sol vinha alto. Os olhos — o policial fechando a carteira, já não era sem tempo — não os desviava. Enchia-se, enfim, de cansaço:

Os senhores podem, por favor, sair da minha casa?

Marcos não disfarçara um sorriso maior. O agente checou os demais; dois deles já sentados na viatura. Aquilo podia complicar as coisas, pensou. Não sabiam com quem lidavam?, talvez.

Procedimento padrão, senhor, sabe como é.

Altivo, o coronel crescia:

Soldado, eu não conheço o procedimento padrão de vocês. Na verdade, isso tudo parece pra mim, com todo o respeito, uma enrolação de merda, e disse mais alto, pausando sílaba por sílaba: Uma puta enrolação.

E aquela conversa?, continuava? Precisavam gastar esse tempo? A paciência lhe faltava. Claro que sabiam dele: aquele agente ambiental podia até não ser um soldado, era?, mas tanto lhe faz!, sabia. Independentemente do que fossem, pensava, passava o tempo de expulsá-los; tratava-se agora de bastar-lhe o mais rápido possível. Qualquer coisa, dita ou não, desde que não precisasse mais esticar aquela conversa, valia. E a gripe?, anunciando-se, dava mais do que pressa a mais. Em breve ia precisar deitar-se um pouco.

Olha, amigo, vocês estão me enchendo o saco.

O policial suspirou, amigável, profundo. Entregava-lhe a carteira, e notando desde já, com a cara abatida à sua frente, tentasse ou não lhes ameaçar, que o coronel não se sentia bem. Lembrou-se, então, sem alarme nenhum, de que tinha algumas aspirinas no carro. Surpreendeu-se pela própria preocupação até certo ponto sincera, mas sentia vergonha de oferecer. Não ofereceu. Afinal, também queria ele próprio ir embora dali, rápido, já passava mesmo da hora:

E o senhor precisa de algo?

Simplesmente?, o coronel virou as costas, pôs-se a subir a ladeira. Marcos continuava a olhar o policial, atônito, deixado para trás no meio da frase, desafiador. O agente ambiental soltava outro longo suspiro. Paciência, pensou. Paciência. Virou as costas para o caseiro, assumiu o volante.

Peça só ao coronel que seja mais discreto, por favor? A gente vai ter de voltar se os vizinhos reclamarem de novo. Só isso. Ninguém aqui acha nada dessa história divertido, ou engraçado.

Marcos virou-se também a subir de volta para casa sem dar qualquer resposta ao pedido. Sentia-se bem. Um céu azul e calmo deitado de barriga por sobre o sítio, lá em cima. Ouvia o uivo contínuo de um poste; a chave ganindo na ignição do carro. Partiam. Ainda subindo, porém, ganhando a barriga do céu, falava para si mesmo, baixinho, como se respondesse ao policial:

Escuta aqui, seu merda.

20

Noah amarrara-se a uma colcha como um casulo, doente também, deitava no sofá, as janelas deixadas entreabertas para trocar o hálito gripado pelo puro de fora; um ar gelado de leve que se batia contra o vapor quente da canja a borbulhar na cozinha, a panela grossa chacoalhando-se — certeira, salvava-lhe dos dias mais difíceis de nariz entupido, os primeiros, carregados, aquilo que lhe cairia bem como remédio porque marinara um peito de frango no gengibre e, depois de comer, ia respirar melhor, muito melhor, mais aberto. Pausada, a tampa pula, vibra, bate, um barulhinho toco e agradável. A voz de Grace, ao celular, como um outro e potente remédio, um sinal de colo, distante: meu querido...

Pela ausência forçada, não tinha ele por agora, mas só por agora, também — pois tudo que é bom logo mais lhe voltaria, as coisas importantes impossíveis de mudar —, os dedos da esposa nos cabelos rareando, o cheiro do xampu dos seus fartos, longos fios macios, a disputar com o senso da canja na sala, a substituir muito bem-vinda o vento sem cheiro de um outono frio.

Este senso das ervas, salsa, cebolinha, o misto de batata e frango cozido, sem pressa, lembravam-lhe a casa de sua antiga mãe. Uma mãe sem nome, que se dane: a mãe, como um coronel, uma entidade, não uma pessoa; o carinho de Grace também. Noah, amortecido, afundado no recente buraco bom que lhe ficara do fim de uma dor de cabeça noturna, chata, não sentia nada senão a moleza: seria culpa do remédio?, o que já dava a hora mais do que suficiente de surtir efeito? Ou a enxaqueca só murchava mesmo é com as condições perfeitas de descanso?, inalcançáveis por alguém que não estivesse, agora, naquela espécie de rat pack de Bruce K. Alexander montada pelo autor, moribundo, que, ao contrário, enfiado no mal-estar comum, não tivera forças sequer para cortar legumes ou marinar frango, não lembrara antes de capotar no duro de abrir as janelas, ventilar a gripe, apenas largara-se torto num sofá primeiro que se ofereceu, nada do mais confortável, sem coberta, sentia as têmporas ardidas, respirava com a boca escancarada em um chiado ruim, difícil. O alter ego no bem-bom.

Fabricava, semiacordado, o rosto da mãe de Noah à imagem da sua, óbvio, Dona Vitorina, a capixaba. Morreu jovem. Tinha dificuldades de remontar-lhe o rosto, infelizmente, pelo tanto tempo passado. O coronel fora menino demais reconhecê-la no necrotério, então, à época, sob protestos, escândalos, tivera ele de quedar-se esperando na sala adjacente, tomada pelo formol, os cartazes motivadores lamentáveis a convencer ninguém de nada, e então só ouvia, sonoro, em crise nervosa, o velho Tavares, o seu pai, desse cujo rosto lembrava com ódio, a dizer-lhe a um patologista qualquer no puxado sotaque português: sim, é ela, minha Dona Vivi, minha Vivi. A cara esmagada pelo bonde. Fora ela bonita, antes? Na memória, todas as mães têm de ser bonitas. Tavares a olhava com a tremedeira velha quadruplicada, os ossos da face da esposa dobrados pra dentro, tinha ele de reconhecê-la mais pelo instinto, pelo luto, assim, pois o médico lhe postara um pequeno pano encardido sobre onde deveriam estar os dois olhos, dizendo, caridoso: eu mesmo só retiro esse pano se muito necessário. Não recomendo. Mais uns quatro ou cinco outros lhe cobriam as partes do corpo íntimas e/ou muito quebradas, onde o pudor e a violência se guardavam por igual. Esticava-se no sofá, ainda mais para dentro do edredom macio, reconfortante. Pensava em espremer um bom limão, bem gordo, na canja, ainda fervendo alto. No sonho, acordado, só, enquanto em sua casa abraçada quente pelo cheiro de gripe e os papéis higiênicos acumulados na borda do sofá só se podia ouvir o turno indiferente do micro-ondas, a voz distante da mãe: meu gambazinho, meu gambazinho, meu Diego...

Noah, sonolento, desligava o telefone. Concentrava-se em sentir o corpo recém-saído do banho a deixar-se acariciar pelos panos. Alcançava o controle remoto, sempre perto, a televisão dele, prestativa, que se ligava, pegava no tranco, sempre, sem qualquer dificuldade. O coronel?, via, simultaneamente, em sua casa, o controle remoto?, não via, nem rastro dele, sequer sabendo como ligá-la no botão — devia ter-se largado o controle no banheiro, ou na cozinha, numa outra hora, saudável, paciência: ele, hoje, não tinha poder sobre os músculos da perna nem o tanto necessário para arrastar-se até lá, procurava o controle ou os botões? Fechava os olhos.

Estar aqui já não compensa nada, pensou.

O primeiro canal que lhe interessava a Noah:

Começara do zero um desses programas "reais" sobre casos interessantes de tipos raros de pessoa: como gente que acumula jornais em casa, ou colecionadores de pets, gastadores compulsivos; era como se um programa que servisse de ímã aos anormais de todo tipo — e como é que podiam, por exemplo, sentir desejo de amputar, arrancar fora, às vezes com a aparelhagem tosca que encontrassem na garagem puxadinha à casa, comprassem em um Walmart de bairro, alguma parte fundamental do próprio corpo, uma perna, um braço, e só porque "não a reconhecessem como sua"? Deitado, com os olhos se tentando fechar, divertia-se Noah, solitário, com a outra, história mal narrada da mulher, por exemplo, que se pretendeu, certa vez, tornar a pessoa mais gorda do mundo, sob imensos esforços, aliás, e com o apoio incondicional do marido, um louco varrido, que se entristecia bastante e tão somente é quando ela se via obrigada, pela ânsia de vômito, os refluxos, a parar de comer, num drive-thru, ou escondida em um armário, despensa, com ele ao lado, aplaudindo forte, tresloucado, num thanksgiving eterno familiar. Acelerando as mordidas, ela intencionava chegar "atrasada" àquele espasmo, dizia. A família, razoavelmente, interveio.

Tudo terminava bem, sempre, caso por caso. Repetidos, no fundo, como bananas temáticas numa penca *nhé*, tão pouco imaginosa.

O mais perigoso ali, concluía o capítulo, um favorito nacional!, a saga da gorda, no derradeiro relato, era, claro, o marido, por certo! — ele se matou enforcado numa imensa calcinha velha, aposentada justo pelo emagrecimento dela, da ex-esposa, após uma cirurgia bariátrica seguida da recomendação: tenha uma vida fit e, de preferência, a milhas e milhas de Adam, um completo maluco.

O coronel não gostaria jamais de ver um programa onde as coisas não se resolvessem de alguma maneira, dessem certo. Mas quem eram aquelas pessoas? Daonde elas vinham? Compreendia-as pouco. Pegava-se duvidando do que houvesse de realidade nisso, e gastaria horas a conversar com a esposa a respeito, como faziam antes, na Pompéia, num dia de televisão e correnteza:

Não pode existir coisa assim, Grace.

Claro que não! Tudo que é estranho pra nós?, é inventado, meu amor. Agora, divertido é, ou não é?

Muito!, concordaria, sorrindo, Bom pra ver o tempo passar.

Nina, satisfeita, buscava uma pipoca.

O coronel, dali, rastejando no tecido bosta do sofá, se perguntava se contaria como conflito algo que acontecesse na televisão de Noah. Caso fosse, depois escrever da gripe, uma gripe tão gostosa que lhe parecesse a quem lia uma sorte. Seria então (parte de uma outra penca) como se uma história dentro da história?, pensou; algo que se acabava descrevendo obscuro para dentro do romance de Noah? De alguma maneira, o conflito, ainda, queria entrar, teimoso, insistente, enfiar-se na vida do corretor, a seu total e completo contragosto. Não. Aquilo desvirtuava a primeiríssima intenção do coronel. Precisavam assistir, afinal, a uma série sem problemas, nada que precisasse ser resolvido. Mesmo na televisão. O que fariam?

Realmente gostava ele próprio de pensar naqueles programas absurdos, divertia-se junto — aquilo era entretenimento. E bom entretenimento, diga-se logo; limpo.

Noah sentava-se a estralar os ossos das costas, cascas de ovo; gostava da sensação do que era um tipo de automassagem. Colocadas as pantufas, foi logo servir-se, aproveitava o intervalo, o comercial, enchia até quase vazar uma cumbuca, imensa, abundante também de limão, cortava os pãezinhos franceses ainda quentes. No coronel, a barriga roncava. Tinha a língua seca, desejosa. Pôde ouvir, já quando brincava com os dedos na pantufa, lá da panela, o anúncio, enfim, do próximo episódio na televisão, pois tratava-se de uma maratona de horas! Ainda bem!: aquele próximo era um episódio de assunto mais pacífico, parece. Pôs-se a voltar, curioso: contariam, e o mais luminosamente possível, a divertida relação amorosa de um homem comum com a sua escrivaninha.

Morava em uma cidade pequena no Missouri, não era visto como um esquisito pelos demais — muito pelo contrário. O resto da cidade, compadecida do seu namoro, o que para muitos, de outras localidades menos perfeitas, de outros condados piores, podia até soar como agressivo miolo mole, enchia-se de compaixão pelo vizinho e, no fim das contas, todos acabariam, por via dele, tomando coragem para desvendar as suas estranhezas boas e inofensivas (que todos temos), as de si mesmos. Passariam a compartilhá-las, inclusive, em reuniões comunitárias que mais pareciam festas.

O centro do enredo podia até ser o amor do cara pela escrivaninha, pensou, mas citar-se-ia o padre que gostava de dar cambalhotas no corredor da paróquia, por exemplo, nu (claro, somente quando sozinho, além de sempre recém-banhado). Bom, você podia pensar em coisa melhor, coronel. Dentre outras histórias inofensivas há melhores.

Posso mudar isso depois. O padre. Uma invenção um pouco infantil, afinal, ponderou ele próprio, Diego. Resolvia-se depois, não estivesse tão gripado.

Jack Wisseltown, o protagonista, era um solteirão convicto, de quarenta e cinco anos. Sempre tivera escrivaninhas e nunca se apaixonara por elas até que deixara, em um inverno espetacularmente gelado, a vista recair sobre aquela beleza rara: a madeira de reflorestamento, maciça, as gavetas fechadas a chave como três ou quatro cinturões de castidade. Entrara na loja já sentindo um calor impossível. Passava os dedos sobre a madeira polida, lisa como a testa de um neném. O cheiro da cera recente suportando a tora tratada agradava-lhe tanto como não achava que se podia. Viu o preço sem ver, por costume, a vista lhe faltando, não seria mais capaz de separar um número de outro. Comprou.

Diego tinha febre.

Wisseltown descreveria seu primeiro encontro com o móvel na entrevista que abria o programa, sentava perto *dela,* dividia sua atenção entre a câmera do repórter e as carícias que despejava atencioso por sobre a escrivaninha, com um ar de honestidade imperturbável. Usara exatamente aqueles termos. Até, falando-se daquela maneira, a escrivaninha poderia parecer desagradavelmente semelhante a uma pessoa, em especial a quem ouvisse o namorado descrevê-la pela primeira vez, na televisão. Só que não era o caso. Virava-se agora para a tela, compenetrado, fazia o apontamento necessário:

Nada disso aqui é simbólico. Nem estou projetando nada nela; eu amo a escrivaninha exatamente como é, um móvel, mesmo, uma escrivaninha. Não preciso de terapia nenhuma, porque sei disso bem, tenho completo controle do que eu estou fazendo.

De fato, o coronel, adormecendo, achou divertido incluir entre os moradores que se falavam por entre as risadas e aplausos, numa roda de cadeiras improvisada na praça central da cidadezinha, um militar patriota que beijava todos os dias, até com um pouco de língua, saliva, as suas dezenas e dezenas de bandeiras do país, e um intelectual, professor universitário, que admitia sentir desejo sexual, tesão pela sua própria biblioteca:

Já transei com praticamente todo livro que tenho,

Gargalhavam. Jack Wisseltown sentia-se extremamente contente, integrado. Noah, sugando os últimos goles do caldo da canja, passava a ouvir o som da televisão cada vez mais aplainado pelo sono, tornando-se lentamente um murmurinho longo, de companhia, como o barulho do mar, até que sumisse quase por completo para dentro do escuro das pálpebras, fechava-se. Quando acordasse, já muito melhor da gripe, sentiria vontade de sentar-se um pouco no jardim, sob a sombra terna da tarde em uma árvore que servia aos filhos de balanço. O verão andava ameno. O edredom não lhe fervia as pernas. Vida, vida, vida.

Juntava forças o coronel para deitar-se na cama, e quando a tontura do corredor lhe pendulava: anda!, só mais um pouco, Diego!; um pé, dois pés — porque é isso ou arregaçar as costas no sofá.

Passaram-se dias assim, até a gripe curar-se.

Comia restinhos de torrada, maçãs. Macarrão sem molho, sem sal, cozido demais, o ponto errado, melado. Lata de sardinha. Ameixas. Chá fibroso. O papel higiênico lhe faltava. Papel-toalha, guardanapo. Tomava duchas para limpar-se. A dor nos olhos bem do lado de trás. Um novo resto de torradas, de bolachas, alguns pacotes vencidos, coisa recente, pensou. Mastigava massa crua, sazon. Descongelara o sorvete, via naquilo tão pouco atraente um raso do poço, ao acordar, o estranho fundinho de pote, esquecera-o a noite toda na pia, porra. Fervia a gordura sobrada, tingida, numa leiteira, tomava isso como um shot de caldo doce, quente. Uma que outra formiga ia junto, acidente: não mata! Outra lata de sardinha, a última. Também as últimas folhagens pra chá. Via-se tudo acabar, por fim incluía-se a neosaldina.

Nina nunca telefonou.

Marcos não bateu em sua porta uma única vez.

Noah saudável há dias, ele dançava outra vez pela sala ao som dos discos, selecionados. A melodia de sopros.

21

No último dia gripado, ou o quanto se pode saber?, encarou o telefone por cinco minutos cravados. O aparelho, mudo, ele às vezes tomava nas mãos, dava linha. A nota contínua, o túúú sem fim, marcava o começo de um alívio conhecido, era como o prefácio de uma conversa. Não vinha. Desligava. Restabelecido, tinha de ir à cidade o mais rápido possível comprar uma tonelada de mantimentos. Cada vez que caminhava em frente ao telefone travava mais um tanto, porém. Quando discou, sentia algo que havia décadas não sentia, como borboletas na barriga, ligava para Nina exatamente como se para convidá-la a primeira vez a tomarem juntos uma cerveja. Coisa idiota.

Alô?

Oi amor,

Diego?

Que ela reconhecesse ainda como a sua a única voz de homem que pudesse chamá-la por "amor" ao telefone o enchia de felicidade, lógico, embora se pensasse nisso por mais algum tempo pudesse facilmente concluir que pelo tão curto intervalo que se passara em São Paulo desde a festa — no muito diferente dali, quando é verdade que os anos se espremiam em minutos, quase — era esperado:

Faz tempo que a gente não se fala?, perguntava, retórico, sem-querer, o coronel. Como um filho.

Nem tanto,

Parece muito mais, a gente se falava todo dia!,

Não respondeu, fazia ruídos de respiração, distraía-se?

Nina...

E como é que vão as coisas por aí?, desconversava. Respondeu com esforço, segurava-se para não perguntar logo à esposa se havia alguma novidade na vida dela que não quisesse lhe contar (mas devesse):

Tudo certo, dentro do possível. Muita coisa aconteceu por aqui, amor, pra te falar a verdade. Peguei uns caras perambulando no sítio.

Sério?

É, e Diego tentou rir, lhe doeu a cabeça: botei os dois pra correr.

Olha só!,

Nina, claramente magoada. A sua voz transbordando pouco-caso. O coronel não tinha jeito pra essas situações, pensou: muito menos sem poder interagir com o que ela via, com as coisas em volta. Olhava para uma parede branca agora, e um quadro velho de moldura barroca. O que é que se pode tirar disso?

Amor, eu sinto saudades suas, disse. Como namorado, não como um coronel o diria. Sentia-se novamente deslocado, como outro.

Eu também, Diego, mas da última vez...

Desculpa, naquele dia, Nina, acordei de mau humor...

Sabia que essa versão não colava: não se expulsa a esposa de casa depois de um tempão sem se ver por conta de indisposição:

Eu sei que não justifica...

A respiração, outra vez, será que chorava?

Deixa pra lá, Diego, mas não faz isso de novo. Você sabe que tudo nesta terra tem limite,

Não chorava.

Eu própria tenho o meu,

Talvez a única pessoa e condição em que se permitia desafiar sem troco algum. Ouvia calado.

Cada semana que passa, cara, me parece mais e mais que neste tempo todo, e desde sempre, no fundo você só queria era ficar sozinho. Entende?

Sim,

Porque por aqui nada anda diferente. Teus amigos seguem vivendo o normal, Gomes tá por aí, aliás: e noutro dia eu cruzei até com o Jonas, o Jonas!, outro dia, no mercado (fazia tanto tempo que eu não via esse daí), e são coronéis, também. Igual. Ninguém bateu à minha porta, ninguém me parou na rua, você entende?

Um segundo.

Daqui me parece que você só quis separar de mim, Diego,

Calma, amor, acho que tem alguém batendo na porta aqui.

Leseira, ninguém batia na porta, coronel.

Não sei por que a gente não segue a vida, então, cada um na sua?, disse o que ele não queria ouvir.

Nina, para com isso?, retomava as rédeas da conversa, forçado, via que a manha dela ia perdendo a proporção, irrazoável. Olha só, dos outros eu não sei, mas com o Gomes mesmo conversei bastante antes de vir. Ele *sabe.* Cada um vai ter o seu jeito de lidar, é normal, mas o que está acontecendo conosco é *real.* Eles, Nina, eles só ainda não emergiram,

O quê? O que é que está acontecendo, cara?

A senha para o nervosismo dela.

Amor, não se fala disso ao telefone,

E se fala disso onde? No jornal não se fala, na internet não se fala, quando eu te vejo ao vivo não se fala, e quando é que se fala? Tá fácil pra você, não tá? Tem como uma desculpa infalível, permanente, pra agir feito um moleque comigo, assim mesmo eu queria também! Tá fácil!

Uma série de outras vozes se ouvia no fundo da linha como uma trupe. Interferência.

Você tá ouvindo isso, Nina?

O quê?

Essa gente na linha, junto, a interferência? Você tá ouvindo isso?

Como assim, cara?

Nina, esses barulhos junto da linha!, você não ouve isso também?

Suspiro longo, dela. Os murmúrios paravam.

Claro que eu ouvi, sim. É interferência, cara. Você já ouviu falar de interferência, Diego? Tá achando o quê, seu idiota, que te grampearam? Pra que é que iam grampear um velho inútil enfiado sozinho na porra de um sítio?

Clic.

O silêncio do outro lado também engolira a voz de Nina junto; desligou?

Um tempo embasbacado, perdido, de frente para a moldura barroca e, então, ligava de novo:

Você desligou na minha cara, Nina?

Desliguei.

O sangue fervia, agora nos dois:

Porque você tá agindo como um idiota, Diego. Cansei. Pronto. Cheguei no meu limite.

O que é que significa isso, Nina? O teu limite?

Ué? Você que me diz, cara, para de fugir de mim, seu babaca,

Segurou-se para não a mandar tomar no cu.

Escuta, amor, não tem pra que você falar comigo assim. Você tem de manter a civilidade.

Clic.

Puta que o pariu!, vadia filha da puta, discou de novo.

Alô?

Nina, mas que porra é essa? Não dá pra falar comigo que nem uma adulta, caralho?

Clic.

Ele tocava, sem resposta, Nina já não atendia mais. O coronel, caminhando a bater os pés, outra vez feito um menino. Precisava acalmar-se, pensou, estavam a quilômetros de distância. Tinha vontade de esmurrar a porta da casa dela, óbvio, mas pelo longo percurso esquece.

Aquele devia ter sido o pior pedido de desculpas de todos os tempos, pensou.

Abriu a porta larga da varanda pela primeira vez em dias. A luz forte inundou a sala, o coronel foi forçado a fechar os olhos e encher a vista cerrada, empretada, de pequenas minhocas de luz vermelha.

Mas o que é que deu na sua cabeça, seu imbecil?, falava sozinho. Culpava-se, certo de que tinha cagado, e feio. Ela tem razão, você tem de parar de jogar esse monte de coisa pesada em cima dela — seja ou não verdade, paranoia. Vocês estão separados, cara. Separados. Se seguem presos um ao outro é por uma linha muito tênue.

Abrindo os olhos, o sítio era gigante. Bonito. Quis ligar de novo, culpava por todo o seu comportamento a gripe, acabando, é verdade, mas vivera dias terríveis. Onde estava ela? Senhora Lopes, onde estava você?

Tocou e tocou, nada de resposta.

Caralho.

Saiu para andar. Naquele minuto torcia para que os dois intrusos passeassem no monte. Quis se distrair, arranjar uma briga, mas não estavam. O seu aviso de antes lhes fora suficiente, que pena. Andava mais rápido, na direção leste, para onde nunca iam. Não havia trilhas ali, mas uma barreira de mato. Uma pequena campina, também, ao longe, um Cristo Redentor da altura de um homem adulto posto por lá, isso ou uma Virgem Maria, foda-se, pensou: quem o pusera ali? Ele? Quando?

Não, aquele Cristo já acabara esquecido na campina desde antes de comprarem o sítio, o musgo lhe cobrindo hoje da testa às sandálias, como um largado maia, úmido.

Talvez, quando visto de perto, o santo já não tivesse mais nariz, ou dedos, como a esfinge de Gizé.

Não caminhava em direção à campina, pouco lhe interessava o santo largado, mas bater com o muro de mato, sim. Via pontinhos, ainda longe, perto da estátua, vacas? Ali? Deu de ombros, as passadas nervosas, mirava contínuo na parede de mato, xingando ninguém. Até que, desavisado, inesperado, um dos pontinhos, escuro, saltou, como uma pulga, seguido dos demais, saltavam. Parou. Arfava. Veados: retornavam da campina para o forte de árvores.

Tirou o celular do bolso: meio-dia, essa não era uma hora comum de ver veados, pensou. Forçando a vista, notava o pescoço avantajado de um, sem chifres. Último a saltar para o mato.

Que churrasco não davam?, mundo estúpido: na Noruega, por exemplo, podia ele mesmo agora descontar à vontade toda a raiva acumulando-se nele às espingardadas, comia bem!, comia melhor!, hoje mesmo abateria uns. Deviam manter-se perto, no começo do mato, devia ser fácil encontrá-los. Mas a caça?, num país corrupto e desregrado?, sofreria o mesmo porém da pena de morte, pensou, em um ano se extinguiriam os veados. Riu. Quem liga, também? O mundo caindo aos pedaços e é isso que te preocupa, cara?, sorriu. Os ecochatos fossem todos pra puta.

Seguia a caminho. Se estivessem ainda na campina os veados, esse era o ângulo perfeito para vê-los direito, uma pena. A grama ia crescendo mais alta aqui, os cupinzeiros também. Sentiu o fofo da terra de repente espirrar água para cima, encharcar os tênis, puxa, então não se tratava, aquele espaço todo, e por todo o tempo que aquele espaço fora deles, de uma campina, mas um charco?, um alagado? Ou lá para a estátua, metros adiante, já parava tudo seco? Os veados afinal gostavam de água? Teve aflição da molhadeira, pensou em cobras. Na sorte impagável de até então não ter cruzado com uma, nem que uma única vez.

Via a barreira de mato. Faria o que ali? Não se tratava de arbóreo europeu, espaçado, os cipós enforcavam-se uns aos outros como constritores, não podia passar. Chega de caminhada.

Talvez ligasse outra vez? Para Nina?

Ao pousar os sapatos na escada, viu-os barrentos, descalçou. Subia para a varanda de meias. Em casa alguns moscões voavam atravessando o espaço entre os sofás, iam e vinham. Catou o telefone com ânimo:

Tocou. Nada. De novo. Tocou,

Alô?

Graças a Deus!, ele gritou.

Não escondia a risada.

Pois é, da próxima vez não atendo. Não atendo! Isso é mesmo um milagre, Diego. Tenta pedir desculpa direito, agora?, seu babaca. Ou isso ou tiro o fio da parede, mando o Zé não te deixar subir mais em casa.

Não esperava:

Desculpa, Nina. Por tudo.

Ela riu, também, foi fácil.

A tua sorte, cara, é que eu tenho o saco do tamanho do planeta.

Ainda bem! E eu com meu pavio curto. De nada. Não é?

Riu.

Quando é que eu posso ir aí, amor?

Hoje! Agora! Faz favor!, eu não aguento mais ficar sozinho aqui,

Porra, como era verdade.

Só que quando eu for, Diego, é pra deixar a toalha molhada na cama, desarrumar a sala inteira, encher o sofá de terra. Tá bem? Sem falar baixo, sem telefone grampeado, sem frescura, etc?

Do jeito que você quiser.

Aleluia!,

O riso dela, que som gostoso.

Amor, eu fui caminhar agora, nervoso porque você não atendia, e sabe o que eu vi?

Hum?

Veados. Acredita?

Caramba! Que maravilha, Diego! Eu nunca vi um!,

Completava, achando-se o máximo: quando quiser, só pegar um uber até a Frei Caneca, amor, pois lá tá cheio de veado, e gargalhou feito um tio bobo. Nina não dizia nada, quase: ai, ai.

Havia ainda o que incomodasse o coronel, respirou fundo. Tomava coragem, ouvindo os resmungos da esposa na linha:

Nina,

Fala, — e ela esperava outra idiotice, uma nova brincadeira. Conhecia de muito tempo o seu *humor especial,* como chamava aquilo, um eventual vexaminoso; acontecia sempre que o marido sentia urgência em forçar "normalidade" logo após uma briga séria, tanto porque não era capaz de lidar com o resquício que sobrava, e devia sobrar, toda aquela mágoa,

Tenho uma coisa pra te perguntar, amor, mas você me promete que não vai se irritar outra vez?

Lá vem!:

Tá bom,

Quis dizer rápido, arrancar o band-aid:

Você tá me traindo, Nina?

Clic.

22

Despertou aflito com o barulho de Lacta a raspar o couro pela parede de fora da casa outra vez. Olhava o relógio, sonâmbulo, duas da manhã. Não sabia bem qual o *turno* de sono das vacas (ou que nome dar pruma vaca dormindo?, não; para a hora em que as vacas dormem?), sentia que se vingava ainda do dia da espiga, de propósito. Podia bem ser que os outros bois dormissem — era isso que deviam fazer — enquanto Lacta prestava invulgar atenção à força com que deixava a gordura pender contra a casa bem quando vinham as frágeis janelas, de madeira, as que faziam mais e mais barulho. Fechou os olhos. Tentava dormir. O couro raspando se aproximava da janela mais próxima à cama. O monstro mugiu, quase tremendo o vidro. O coronel desistia, chutava o lençol. Caralho.

Buscava um copo de água na cozinha. Lá fora se ouvia o chiado do vento, fechava os olhos, voltava a querer dormir. Sabia, no entanto, que lhe seria difícil. Sentou-se na cadeira de balanço, perto da lareira. Acomodava as pernas sobre um pufe quadrado, passou a olhar o teto. Deixou, enfim, chegar-lhe o pavor. Meu Deus, será que aquilo era um problema sério? Se poderia resolver? O que diabos acontecia em São Paulo?

Pelado?

Sou eu, chefe! Mas quem é vivo sempre aparece!

Pois é, como é que tá por aí?

Tudo bem, recebeu?

A coluna? Sim, já li, tá ótima. Um belíssimo apanhado de fim de ano.

Bom que gostou.

Daí que é uma pena que eu vou ter que lhe falar...

Dorival, o que é que foi?

Silêncio.

Ainda se ouvia o bater de teclados, telefones tocando, por trás da voz dele — a redação trabalhava indiferente às oito ou nove da noite, tudo. No sítio, pensou, já estava o mundo todo dormindo. Era tempo de seriado, de barriga cheia, de banho quentinho.

E aí, desembucha?

Ah, nem me peça pra explicar, *rapaz* (disse comprido), não sei direito, tá rolando uma pressão aqui, meu caro, coisa chata. Vou ter que te pedir pra segurar qualquer coluna por um tempo, até as coisas se acertarem, só. Segue o combinado do moleque?

O coronel via-se confuso.

Quanto tempo, Dóri?

Indefinido, não vou mentir pra você. A gente teve até de *subtrair* teu nome da ficha, sabe? De pagamento. Por fora, tá ok. Mas você fique tranquilo, nada disso dura muito, nunca. Daqui a pouco é outra a história, você volta.

Certo, então, fazer o quê?...

Exatamente.

Lembranças aí pra Nina, pra todo mundo.

Pode deixar, um abração nos meninos.

Desligou. E agora, meu cacete? Precisava seguir a vida, isso sim, já não publicava antes, qual a novidade?, qual a diferença?, pensou. Que antes podia voltar à redação se quisesse, que quem decidia, tanto ir quanto não ir, antes deste telefonema, porra, era ele. Devia ser o cerco. Agora até o banho foi difícil. Pensou em concentrar-se e escrever alguns e-mails, tomar providências, precaver-se mais. Será que precisava? Dobrou-se definitivamente ao pensar que distrair-se era melhor do que ficar triste — água caindo, sabão, xampu. Difícil, não. Fácil. Simples assim. Afinal, a vida dele era aquela, era outra, São Paulo, nunca mais. Que lhe fossem cortando os cordões era inevitável. Era bom, na verdade. Pensou alto. Devia mesmo era comemorar. Um aposentado. Vestiu pijamas ainda de cabelo molhado e penteou-se, era isso o que aquilo tudo significava, apenas: estava aposentado. Deu boa noite a Nina sem mencionar nada pelo telefone, foi-se com o livro da Agatha Christie para o quarto. Era, era, era. Tudo estava diferente agora. Ia dormir de papo para o ar, pensando em nada.

Até que a vaca raspasse o couro na parede. Até sentar-se na cadeira de balanço e lembrar-se da conversa e de Dorival, da preocupação. Até as duas. Não tinha tanto controle assim. O que é que acontecia em São Paulo? A cadeira indo e vindo, impulsionada por um dos pés, ele tomava fracos e breves impulsos no pufe, ia tentando embalar a preguiça e distrair o desespero que vinha ao tentar prever aquela resposta. Sem imediatos e imensos resultados. Tentaria mais e mais, ia acabar conseguindo, pensava. Pegava mais impulso. Depois menos. Olhava o teto. Acalmaria, mesmo que muito devagar; sentia que sim. Eficientemente. Precisava afastar todo e qualquer pensamento, sentir-se vazio. O balanço e o teto, o chiado do vento. Lacta podia raspar-se no quarto à vontade e sem obter um mínimo sucesso, concluía, porque quase não se ouvia nada além dali, da cadeira de balanço. Estava seguro. Mesmo que boa parte da manhã seguinte se tivesse de passar a esfregar buchas pela parede de fora da casa, para tentar escorrer as manchas arrastadas de barro que praticamente contornariam tudo além da varanda da casa, quando o desnível do terreno e o piso de azulejo impediriam sempre que Lacta subisse as escadas. Deixava tudo sumir. E que se danasse o Dorival. Da cadeira, o pensamento sossegava mais e mais, pouco a pouco.

Meia hora depois e terminava o coronel por cair no sono, o indo e vindo da cadeira parando num último estalo, embora não pudesse ele sentado de forma nenhuma segurar-se no descanso leve até a claridade, longe disso. Nem pelas frestas da janela vinha luz, aquela opaca do começo, a aurora, quando ele voltava a ter os olhos abertos, metidos no teto.

Convencia-se de que o que o despertava desta vez era o silêncio, o contrário. A própria sala vazia. Olhou no relógio, três e quarenta e cinco: estava ele, então, na borda do horário a partir do qual se podia arrastar desperto para a manhã de um dia sonolento, sim, mas funcional. Só que ainda não, ainda era cedo demais. Ergueu-se. Tinha de se entregar, abria o laptop, o buscador do google, a barra piscando. Bastava para inteirar-se dos motivos do afastamento definitivo, talvez, digitar o seu próprio nome, a patente, usar o filtro de notícias.

A barra piscando, não tinha coragem. Vamos, Diego, é você não saber o que é pior. Nada. Vamos logo, porra, que eu quero é voltar a dormir. Uma letra do google dançava com um sorrisinho, devia ser data comemorativa de qualquer merda, pensou, foi letra por letra: C, O, parava, prosseguia, parava.

De repente o computador reiniciou sozinho, um número na tela subia, desinteressado: tanto-por-cento de atualizações concluídas, não desligue. Alguma coisa agendada?, agora?, é sério isso? Não pedira nada ao computador que reiniciasse, não lhe dera comando nenhum praquilo. Portanto, era o laptop, mesmo, pelo seu próprio capricho, programação mau-caráter de fábrica, que lhe interrompia agressivo o uso urgente, o para que fora comprado, ia encher-se de atualizações e programas ignorados sozinho. Cacete. Os objetos não precisavam mais de comando!, é assim esta bosta de mundo novo. Internet das coisas. Atualizava até morrer, pensou, quando a "atualização" necessária seria, qual?, comprar um novo. Caralho. Sentia-se impotente, desacreditado. A porcentagem que subia tão devagar! O cansaço e o corpo moído não lhe permitiam levantar, distrair-se, talvez, passar um tempo com qualquer outra coisa, pensou, insuportável; e a sacanagem maior é esta: com o atraso da peça, não se podia aliviar tão rápido quanto pretendesse — havia nele, era ao encontro do que ia, a esperança de no buscador não haver nada a seu respeito, que antes do sono lhe escapar de vez por entre os dedos pudesse voltar a dormir, por mais umas quatro horas pelo menos; as melhores horas de sono da vida seriam, a seguir, uma vez provado: tudo o que havia nos rumorinhos da redação era movimento interno, sei lá; foi quando se ligou do mais óbvio: porra, o celular!

Sem moleza, Diego! Caminhava corredor adentro no escuro acostumando-se, já, embora um pouco atrapalhado pelo anterior clarão do laptop. Teve o celular em mãos logo, quase, após uma curta busca, irritante, aos palavrões; pois o coronel deixara-o perder-se enrolado nas cobertas noite passada, em algum lugar próximo aos pés, adormecera vadiando ao Facebook. Aqui. Parece impossível. Errava a senha, o desenho da senha, duas vezes — notou que os dedos tremiam independentes. O buscador, outra vez. Agora escrevia rápido, sem medo, via as páginas de baixo da caixa, atualizavam-se, antecipavam a cada letra. Então, desligou. Também.

Não pôde acreditar. Soltava agora um berro, acordava Marcos, o mundo todo, claro, um urro de dor e frustração, compreensível. Onde é que estava o carregador?, não é possível! Simplesmente não é possível! Gargalhou. Puxava uma gaveta com tanta força que se soltava do criado-mudo, caiu no chão, espalhando camisinhas, lenço de papel, notinhas antigas, um rolo de barbante, cinco pilhas usadas, nada do carregador. Encontrou-o numa tomada do banheiro. Plugado, o celular não se deixava ligar antes de uma carga mínima. Restava em pé, inútil. De volta ao laptop, a mensagem abusada se mudara, estava nela uma segunda porcentagem, já no fim. Largou-se na cadeira. Ria de nervoso. Batucou.

Buscador:

Coronel Diego Lopes de Miranda, digitava: uma série de páginas encontradas, fragmentavam os termos da busca; umas encontravam-se pelo "coronel", outras por algum dos sobrenomes isolados, Lopes, Miranda, nomes de outras pessoas. Lembrou-se de colocar as aspas, claro: "Coronel Diego Lopes de Miranda".

Apertou o enter com um tapa pesado,

Nada.

Nenhum resultado novo.

Nada.

Mantinha-se um fantasma, só.

23

Ainda um pouco triste e descuidado, chegou o tempo em que faltavam três dias para o Natal.

Quebrara o "deadline" autoimposto do "romance" por mais de uma vez. Enfim, naquela tarde emburrada de terça, sentado sozinho na varanda, foi saber que também chegava o término, sem volta, da já bastante longa relação de amizade que mantivera com a editora, perdia o vínculo do nome fantasia, tudo. Demitiam-no, oficialmente, no combinado por telefone, porque só assim receberia a compensação devida. O fim de uma era, afinal.

Não tenho certeza, o contrato que mantinha, e bem sabia o coronel, geralmente não tornava tão simples que o contratado simplesmente se decidisse por descumprir com as suas obrigações. Certo? Errado. Recebia em sua conta pessoal mais um dinheiro antecipado, pelo quê? Dentro daquela amizade específica era como se tudo sempre se ajeitasse. Pronto. Acabou levando para casa uma ajuda de custo a mais, a verdadeira bolada ia ser transferida, por precaução, direto para a conta bancária de Nina.

Noah, uma personagem boa demais para quaisquer leitores, ele sabia, ia desenvolvendo a sua vida, gostosa, por mais e mais meses, até que realmente se cansasse dele. Não era mais do que isso.

Um dia, você volta, volta — dissera-lhe o Dorival: — sabe como essas coisas são. O tempo passa. É só isso: o tempo passa.

Assim eu espero. Não tá *simples* por aqui e por agora.

Quero que a gente possa se ajudar, ele respondeu.

Via-se impelido a chorar ainda na linha. Vera, comovida, tentava que não se sentisse abandonado:

Qualquer dia desses, eu prometo, vou até aí te ver, tá bem? Eu, o André, o Biel, a turma toda.

Tá certo, desculpa aqui, eu ando meio doente.

Força, Lopes. Força! Vera desligava o telefone.

Será que Nina realmente apareceria com a polícia, preocupada, caso ele puxasse aquela merda de fio do telefone, condutor de más notícias, permanentemente?, e não voltasse a plugá-lo mais?, desligasse também o celular?, cancelasse o plano?, ou será que só dizia isso para si mesmo pelo senso de humor, ou quase, como um conforto, um carinho, como se sublinhasse o amor da ex-esposa pendurando-o na entrada da casa para lembrar-se de que não estava sozinho, nunca? Puxou o fio. Alguém ainda se lembra dele?

Olha, foi por isso mesmo que eu tanto comemorei me mudar pra cá. De que é que adianta sair da cidade e trazê-la junto consigo?, pensou.

O fio pendurado escorria molenga da palma da sua mão. Um longo e anacrônico rabinho de porco, preto. Na varanda, o monte parado. Muito ao longe, Marcos e o carrinho. Um bezerro passou. O máximo de emoção de um dia inteiro.

Daqui é só ladeira abaixo, pensou.

O coronel, decidido, escreveu avisos: um e-mail coletivo, outro pra Nina. Da internet não se livrava, porque ela, ao contrário, não lhe gritaria dentro de casa as más notícias como o telefone. O toque, assustador. A internet era como uma invasão discreta, pensou. Mesmo as boas notícias o assustavam, atualmente, se quando o telefone tocava interrompia qualquer que fosse o seu temperamento, o prazer, jogava-lhe como se no chão, com o joelho no pescoço, imobilizado. A internet?, não entrava berrando. O telefone era invasivo como um filho, uma presença súbita e indesejada que enchia de outras identidades aquela sala, aquele corredor. O e-mail?, uma porta de saída, onde havia, está bem, uma pequena casinha de correio, pela qual se podia receber mensagens do mundo, ok, do lado de fora, mas sob o seu controle. Ele que ia e buscava essas correspondências. Respondia-as quando queria. Do lado de fora. Não era como um grito metálico que de repente ocupasse a casa, exigindo que o coronel o deixasse entrar, de vez, disfarçada da voz de pessoa qualquer, numa parte do seu espaço, do seu canto, no meio das suas coisas, batia-se pelas paredes feito uma abelha aferroando ar. O coronel, então, escreveu em ambos os e-mails, de vocabulários distintos, simplesmente, que decidira isolar-se um pouquinho mais para dar atenção ao "livro". Bastava-se.

Logo depois, abriu o documento de word: Noah.

Aquela era uma preocupação: precisava sinceramente que não o compreendessem como um homem obsessivo, com o acumulado de uma crescente relação estranha com as pessoas e coisas a seu redor. Que o isolassem, que não se identificassem com ele. Meândrico e, pior ainda, criada uma relação extraordinária com objetos cotidianos? Entende o que digo por extraordinária?

Como o telefone, afinal, um aparelho tão normal, tão comum!; que todo mundo tem dentro de casa sem incomodar-se, pensou. Um vilão. Sabia que aquela era uma saída muito fácil: que a protagonista fosse se perdendo, afogando na própria cabeça, e, pior ainda, que na sua "loucura", de certa maneira, se pudesse entrever algo de sábio ou metafórico. Não. Pensava que o telefone invadia, realmente invadia, incomodava, qualquer um, presumia que seria idêntico em qualquer lugar. Usava-se tão mais o whatsapp hoje por quê? Todos concordavam com isso, um ponto pacífico de Franco a São Petersburgo, e por tudo o que há no meio entre os dois lugares. O grito metálico, a presença súbita. Ela incomoda. Quem ligasse não podia saber se você queria ou não atendê-lo, percebe?, um telefonema?, no momento da chamada? Se estava vendo um filme, por exemplo. Se tinha sono. Se simplesmente não se sentia muito sociável naquele instante particular. A chamada. Nada daquilo estava ou deveria ser fechado dentro da personalidade, per se, de uma figura *estranha*, e sim ser passível de reconhecimento geral — tratava-se de uma reação razoável, natural, medíocre: a casa como o bastião, o espaço privado de um homem. Medíocre, como o amor de Wisseltown.

Todo mundo ria, no fundo, é de como sabemos impressionantemente bem o que se passa na cabeça uns dos outros, isso na reunião da comunidade.

Noah pensava no assunto, justamente, quando arrancou também o plugue do *seu* telefone. Depois do verão, depois das Bahamas, quem sabe?

Da varanda, tudo congelado até onde a vista alcançava. A cuca fina do Juquery lá longe, era isso que ele podia ver apertando os olhos? O bezerro descera sozinho, parecia perdido. Não o veria mais. Nem uma aragem de vento, nada.

No celular encontrou umas menos barrinhas do que sempre, talvez o sinal se sobrecarregasse na caminhada até o Natal? Descia os degraus com a mão o mais alto que pôde, o celular quase a cair dos dedos esticados, procurava sinal. Clicou no uber assim que a rede se estabilizou, esperando que o aparelho pensasse por um minuto dada a lerdeza de tudo, mas não, carregou rápido. Buscava carros pela redondeza, nada. Qual acaso raro teria de persegui-lo hoje para que um carro disponível ligado ao aplicativo passasse aleatório pela Zamboni justo agora a buscar clientes? Para sair dali tinha de chamar um rádio táxi, portanto, tinha mais preguiça de taxistas, ainda que tampouco desse sorte com os motoristas de uber. Espiava o relógio, mais de dez minutos desde que Marcos passara longe com o carrinho: o que fazia ele a caminhar contra a horta, o pomar? Desconfiava, e com certa razão, de que às vezes o caseiro puxava consigo o carrinho para fingir que trabalhava, apenas, passeando as rodas de ferro como se caminhasse um cachorro, prestava atenção nas frutas do caminho mas só para mordê-las um pouco, deixá-las furadas pela grama, não carregava de volta com nada, lá se ia a passear mais e, talvez até, quando assegurado de que o vento soprasse para a estrada, para a represa, ligava o radinho, ouvia um comentarista, ou música, deixava-se dormir no baixo de um cajueiro, na caverninha de braços onde o coronel não o visse.

Calçou de volta os tênis enlameados, a essa altura secos rodeados de calombos de terra. Deu a volta na casa, bateu palmas, entrou com a cabeça na cozinha dele, procurava as chaves da caminhonete. Nada. Aproximou-se dela, as sementes voadoras lhe cobriam a carroceria. A porta estava aberta, a chave na ignição. Pensou duas vezes, fechou a porta. Na descida lateral, gritou seguido, vezes e vezes, alto até sentir como dor de cabeça, Marcos!, Marcos! Muito no fundo se ouvia uma resposta. Sentou-se na mureta, esperando. O vulto foi tomando forma, vindo de lado nenhum. Chegou suado, o carrinho vazio. Não, tinha uma engrenagem, parece, como parte de um motor.

Ô, disse ele.

Marcos, meu amigo, é que preciso ir até a cidade,

Entendia.

Andou sumido, Seu Lopes,

Sorria.

Ando muito ocupado, disse-lhe o coronel. Fora que a gripe não ajudou,

Pois é,

Não se mexia, olhava parado, só, outra vez deixando-lhe evidente que não prestava atenção alguma.

Tentei chamar um uber, um táxi, cara, não consegui. Será que você pode me levar? Até a cidade?

Nada. Olhou a turbina.

Quer pegar o carro?,

Bom, chegava o dia, finalmente:

Posso?

Assim, pra coisa rápida,

Não gostou do comentário, decidiu-se por relevar daquela vez, variar. O caseiro suava nas pernas mas não no resto do corpo, se mijou?

É rápido, vou e volto num pulo,

A chave tá lá, disse e sorriu, seguindo seu rumo em direção ao oeste, sem rumo. O motor era de quê? Trator? Turbina de quê? Do cortador de grama? Ou recolhera ele a porra de um treco qualquer da estrada pra simular ainda melhor uma atividade? Estava fingindo que trabalhava, agora? E por que só suava nas pernas, cacete?

Caminhou de volta até o carro, entrou, acertava os espelhos. O vidro da janela fez longo rangido até descer pela metade, parou. Uma leve brisa atravessava o carro de janela a janela, o coronel fechou os olhos. Nem sinal das vacas, o calor incendiava o gramado. Já era sem tempo. Deu partida, falhou. Foi de novo, pegou. A suspensão fazia nhec-nhec e a lataria pulava, mas por que é que eles não cimentavam logo tudo de uma vez?, justo, terra não é bom nem como areia na praia, a ladeira esburacada tentava acelerar o carro, o freio ruim. Passou o portão azul, abriu, fechou, dobrou à direita. O vento era maior perto da água, a velocidade tornando a brisa uma ventania. Tentou molhar, varrer o vidro, o limpador de para-brisa tinha a borracha comida, careca. O barulho riscado lhe deu agonia. Quis apoiar o cotovelo esquerdo na porta, compensar o peso, mas acabou trombando ardido, numa bomba de eletricidade repentina, pentelha, com o vidro só aberto até a metade; ele que se havia esquecido! — será que o defeito era do modelo, comum a todos os fordinhas?, ou será que... não!, aquilo tinha sido provocado por Marcos, pelo mau uso! Gemeu. Tentava equilibrar o cotovelo no vidro assim mesmo, extremamente desconfortável. Voltou as duas mãos para o volante. Olhava o cenário pular e pular pelos buracos da Zamboni. Calor. Nenhum pássaro, nada que se mexesse ou fizesse ruídos fora o próprio cenário. Calor. O vento que brotava do asfalto era pavoroso, quente, pior do que na terra, muito pior. Ligando a ventilação, o carro espirrou folhas secas para dentro, sujando o ar com o pó da terra, algumas atingindo-lhe a cara, de dentro da grade um peido morno, desligou. Chegava a entrada da cidade, uma entrada escondida para um mercado de periferia, estava bom pra hoje. Se não fosse o calor, pensou, esticava até a estação de trem, parava num *híper*. Virando à direita ia vendo as casas mais arrebentadas que o chão, na frente de uma ou outra um velho triste, um cachorro morto de calor. Mais acima, um adolescente ouvia fones espetados no celular, encostado no portão, sacudia a cabeça. Um futuro sem-graça à sua frente. Mais outro quarteirão, igual. Uma igrejinha ridícula, sem qualquer atrativo. Onde deveria haver um sino, para a igreja levar-se a sério, até, via-se o *desenho* de um sino, valha-me Deus!, o telefone de contato de quem desenhara aquele sino de merda. Na frente da igreja, um outro jovem de olhos fundos, drogadictos, talvez esperasse o padre para confessar-se. Uma criança magrela num triciclo de plástico com as cores soltando, os pés pretos de andar descalços, provavelmente já encapados por calo onipresente e infurável aos cinco anos de idade, não sentia mais queimar a pele nos pedais sem pedal, só o cano nu e enferrujado. Saía da bicicleta, em pé como se não queimassem também no asfalto. Via passar a caminhonete, a vista enrugada, impertinente. Alguns homens moles sentados em uma mesa de plástico bebendo cerveja, marcavam a loja, procurou estacionar. Uma estreita murada com cinco vagas. Parou com atenção, talvez travasse uma moto. Desceu, trancou, circundou a murada, deu de cara com os homens que lhe faziam curto aceno de cabeça, o mais novo levantando o copo disse saúde!, virou. Obesos. O coronel mostrou-lhe a mão espalmada, enrubesceu. Encheu o peito, entrou no mercado. Algumas pessoas na fila, um caixa apenas aberto. O lado de dentro todo coberto de luzes de Natal acesas, um pouco ofuscadas pela concorrente luz do sol, vazava das claraboias.

Puxou um carrinho preso, percorreu os corredores. Muitas marcas desconhecidas, locais, provavelmente a mirar gente de baixa renda. Não achou pringles, por exemplo. Quase todos os pacotes tinham mascotes desenhados, mascotes sofríveis, não mais do que o desenho de fosse lá o que tivesse no pacote, milho, bombril, escova de dente, com bracinhos e mãozinhas brancas como as luvas do Mickey e um sorriso pedófilo sob dois olhos inchados, sem pupilas. Pegou latas, mas onde estiveram aquelas marcas durante toda a sua vida? Massa, pacotes de pão de forma, muitas torradas (porque elas não estragam, dizia, substituem o pão diário logo o pão acaba), copos e mais copos de requeijão, blocos de queijo para congelar, um bloco de presunto, muitos sacos de legume congelado, brócolis, salada russa, espinafre, sacos de molho de tomate (que, irrazoavelmente, tinham na capa, como mascote, uma formiga —?), potes de preparado de alho e cebola com conservantes eternos, para refogar, cubinhos de caldos solidificados, sopas em pó, salsichas, sobrecoxas congeladas, peito congelado, patinho moído congelado, polaca do Alasca congelada, kani kamas, lombo e pernil fatiados, peixinho, contra, polpa de frutas para suco congelados, pote de champignon, palmito. Olhou a feira com desgosto. Nada fresco te salva quando você fica gripado, ou está no exílio e não pode sair, as coisas se estragam na pia, mofam. Pegou algumas: cebola, alho, bananas, mamão, maçãs — orgulhou-se de que folhas, tempero, abóboras, abobrinhas, berinjelas, nada disso ele precisava. Bastava pedir ao caseiro ou interceptar uma caixa.

Na embalagem de filé mignon, qualquer coisa menos filé mignon. Seguindo a lista, encontrou o corte de salmão esquecido, solitário, num isopor azul ao lado dos cremes de leite, sim, teve esperanças, mas a consistência, quase moída nos lados, a carne laranja cedendo, fazia parecer que alguma coisa a mastigara, cuspira, ou, mais realista, aliás o que provavelmente acontecia de fato, que o peixe se filetara com uma faca de pão, serrada, ou apenas sem o fio, quem sabe. Uma mancha marrom imensa na metade quase toda. Entre os sanduíches pré-prontos, um inseto decomposto tinha sido embalado junto a um cupcake ressecado. Na seção de papéis higiênicos havia muitos sacos abertos, o que indicava roubo — muita gente surrupiava um rolo daqui, um rolo dali, talvez uns próprios funcionários. Acabou pegando dois gigantescos tamanho-família de tipo raspa-cu, porque ao menos tinham o plástico intacto. Outra vez, as mãozinhas brancas, o sorriso duvidoso, um mascote sorridente para se esfregar no cu da gente. Sorriu. Nada daquilo podia ser verdade.

Um papai noel dependurado por uma corda no pescoço tremia no teto empurrado pelo ventilador. Outros papais noéis de baixa qualidade sentavam no topo de prateleiras, escalavam escadas de brinquedo pregadas à parede (e escalavam pra onde? Quem os pendurara ali não pensara nisso? Não tinha nada no teto! Simulavam uma escalada inútil do nada para lugar nenhum!). Um deles, o queixo caído sobre o peito de algodão cocento, expunha-se ao lado de uma Nossa Senhora com as perninhas murchas arregaladas. Todos os demais deviam invejar o enforcado, pensou, até porque aquele um morria de frente para o ventilador, ele sorria de novo.

O calor dentro do mercado era gigantesco, descomunal, sentia-se dentro de um umbigo; até porque os ventiladores pregados nas paredes não eram bem ventiladores de parede, tinham a base no pé, ou se viravam para baixo, refrescando quase que só as últimas prateleiras de produtos, onde pessoas não vão, ou virados quase que para cima, atrapalhando as aranhas.

Que desastre.

Entre os panetones, apenas um de marca conhecida. Apenas um em uma caixa de papelão. Os outros, em saquinhos plásticos semiabertos, uma amarra de arame, só; por dentro as pequenas gotículas de suor na farinha acumulavam-se, e era certeza: vários dali já estariam mofados ou, se não, certamente mofariam muito antes de chegar em casa, pelo forno do carro, no caminho. Pegou rápido o conhecido. Frutas secas, paciência. Os de chocolate, sem marca, teriam gosto de gordura e adoçante químico.

Na fila, pensou na bolha em que se metera; ou na bolha em que vivia, tanto faz.

Talvez um pobre coitado dali do bairro pudesse sair enganado (mas não ele, o coronel), quando afinal se visse chegar o único dia em sua vida no qual, por ocasião maravilhosa, por exemplo, decidisse cozinhar um "filé mignon". Listava motivos imaginários, chacoteiros, mas de raiz altruísta, simultaneamente — ou ao menos pensava-os assim —: o filho da empregada?, depois de quase afogar-se de vez em trabalho semiescravo por uma década, aos trinta e cinco, quase, por fim de muito esforço (também de cocaína, fiada) ingressava, velho, acabado, já irreversível e obviamente marginalizado, numa faculdade de terceira, o puxadinho de uma estação de metrô, lugar onde ninguém que presta quer estudar, ou pior, de onde não se contratará ninguém que lá tenha estudado? Toma "filé", é dia especial. Deram os dois, marido e mulher, "autônomos" (desempregados), juntos, uma entrada sem meios, via agiotagem, endividando-se até as bicas numa casa de frente para o esgoto, queriam festejar a vista "do córrego", a proximidade da "natureza", a maravilha da casa "própria", enfim (já que a propriedade seria tomada pelo banco ou frustrada pela descoberta do documento falsificado em cerca de um ano)? Festejem com "filé mignon". Toma músculo, e quase desfiado tenso, mas vendemos como se fosse filé. Vai ser, você, na fila da previdência, avô, de novo?, de uma criança esquecida pela cidade inteira?, futura assaltante ocasional, ou não, de carteiras, no sinal, no passageiro da moto, a arma cutucando o vidro, ou, com sorte, uma moleca de doze anos que acaba amarrando marido uns quarenta mais velho numa parada de caminhão? "Filé", é o que está escrito na embalagem, mas tudo que se pode ver é um tendão maiúsculo. Carne de mentira para uma vida de mentira. Esse pobre coitado, pensou, ele traria sorridente, os dentes faltando, orgulhoso, aquele pedaço sujo de cadáver duro, e se gabava para os vizinhos por nada: hoje, pessoal, vai ter festa aqui. E aquela merda. Estragada. Pensou que não se surpreenderia caso encontrasse no caixa dvds piratas — e não só de gravação pirata, entendam, mas com filmes-imitação de blockbusters dentro de caixas esmigalhadas da 25 de março, especialmente desenhos animados. Nesse mesmo dia feliz, o coitado sem-dentes trazendo o filé mignon de mentira pra casa, ora, ele se lembrará do sobrinho que adorava Disney, verá anunciado "João, o Rei Leão", ou "Pocarroupas, a índia da floresta", ou "Meu inimigo favorito 3", "ProcurandoLemos", coisas assim, os desenhos terríveis, a feição rabiscada nas coxas em um estúdio F fazendo com que todas as personagens parecessem ter estrabismo sério ou Síndrome de Down. O coronel gargalhava na fila, descontroladamente. Sentiu-se mal.

Quando começara, imaginava uma reflexão solidária, em que pensasse mal do mercado, mas bem dos humildes. Não foi a que veio. Estava podre por dentro, é isso? Já não se importava, também, no fundo, e foda-se o que é certo pensar, também, no fundo, como é que podia importar?

PARTE 2

24

Dei-lhe as páginas escritas numa terça, esperava resposta em, sei lá, um mês. Não veio. Quando chegava em casa, bem, isso na época em que eu ainda saía, na volta de não sei onde sempre dava com ela no sofá assistindo ao jornal, Déia torcendo como se torce pra futebol, etc., eu sentia tanta raiva. O que é que te custa sentar o rabo na cadeira e ler a droga do manuscrito, Déia?

Comíamos todas as refeições juntos, eu me segurava pra não perguntar: e aí, cara, o que é que você está achando? Pelo menos do argumento, assim? Eu não a via ler nunca, e como é que posso perguntar?, aquelas deviam ser páginas chatas demais como o Decamerão.

A verdade é que eu tinha em Andressa uma espécie de guia. Não só eu, aliás. Pra não dizer que a menina fosse brilhante, bom, talvez até pudesse, não fosse a raiva, a pequena humilhação de passar o tempo, passar o tempo, e ela seguir no foda-se, não ler a merda do que eu já lhe tinha dado pra ler, mas, digamos que, compreendia as coisas tão, mas tão melhor e mais rápido do que eu, geralmente, que Andressa pode já ter superado e muito a necessidade de falar a respeito (disso, de qualquer outro assunto). É? Bobagem. Às vezes acho que pensava nela tão grande por paixão, só, ou exagero. Desgraçada.

Esta manhã, quando escovava os dentes em pé no corredor, eu me sentia um fracasso total e por absoluta culpa de Andressa, ela me disse: *acabei*. Disse-lhe: acabou o quê, criatura? Ela me disse: acabei de ler a primeira parte do teu livro, acho o seguinte:

Onde é que estão os fatos?

Fatos?

Não sei dizer se isto é um romance, ou não entendi. Diego, afinal, ele é um cara de verdade, não é?, bem por ser de verdade é que ele está lá fora, agora, hoje, enfiado no sítio, então, onde é que estão os fatos?

Ué, os fatos estão lá com ele.

Quê? Há há há. Cospe antes! Cuspi. Ué, os fatos estão lá com ele, eu disse.

Pois é. Se estão com ele não estão com você. O que eu quero dizer? Como é que você sabe qualquer coisa a respeito desse cara fora o que todo mundo já sabia, entende? Você me entende? Daonde você pegou o que você pegou? Pensava que a ideia era escrever até *com jeito* de ficção, mas os fatos. Com liberdade,

Déia, o que vale mais, no fim? Me diz: o olhar *distraído* sobre os "fatos", ou o uso *rigoroso* da imaginação?, e ri. Rigoroso, o que escrevi não é improvável, pelo contrário, possível, possível.

Ela devolvia o sorriso, desgraçada, penteava o cabelo, captou a armadilha no ato. Ó, não estou dizendo que *não gosto* do seu livro, não, mas até aqui o que não entendo é por que você tem de provocar uma pessoa de verdade, você, *imaginando* a vida *dele*. Afinal, é a vida dele. Afinal, mesmo que ele seja preso (como, claro, devia), vai ter direito de te processar. Afinal, se ele *não for* preso, bom, você vai ter provocado um coronel. Por nada. Ou seja, se é pra provocar, vejo bastante mais sentido em apurar direito, montar um caso, é por isso que te pergunto de novo, velho: onde é que estão os fatos? Então, por que é que você não vai pegá-los?

Porra,

Olha, vou te dar um puta biscoito, e é pra te consolar, tá bem?, gosto do título. Quando ouvi primeiro, não gostei, achei metido. Depois, pensei assim: cara, isso é na verdade só um joguinho de palavras inocente, porra, não foi difícil perceber, sabe por quê? O título *não é seu*, ou melhor, ele é intertextual, você mudou duas palavrinhas e um artigo, só, pronto, porque o título do seu romance é, na verdade, "A chegada da prostituta no céu". Ela riu de vez, me senti contente, eu mesmo não havia notado.

25

O Natal chegou e ninguém ia visitá-lo; evitara até que a (ex-)mulher aparecesse no sítio. Bom, para ela nem precisara pedir nada. Decidiu por si só passar a festa com a mãe, ainda em São Paulo, e resolvido — a senilidade, a invalidez de Dona Orestes cresciam, arrastava-se semimorta com o andador, as bolinhas de tênis em cada ponta, sempre muito cansada, é como se diz: no bico do corvo. Mas, passado o Natal você é quem sabe, é outra a história, ela disse: de repente eu podia te fazer uma surpresa.

Se você quiser.

Três pontinhos, negrito:

Você quer?

Caso a mulher lhe propusesse, com o apelo da mãe velhinha etc., trá lá lá, lhe dizendo que precisava de consolo, etc, e *pelo telefone*, assim, o coronel não lhe conseguiria negar; mas, que maravilha!, aquela pergunta ela fizera por e-mail. Lhe dava tempo de pensar e repensar, quero-ou-não-quero, tranquilo. Por que, a esta altura do campeonato, seria ou não uma boa ideia a visita dela? Não sei. O e-mail acabou arquivado em uma pasta na inbox fechada a senha, ainda sem resposta, isso desde a véspera da véspera. Agora, às quatro da tarde do dia 24 de dezembro, Diego minimizava a página, lida pela quarta ou quinta vez, ia ferver ovos, pensativo, justamente. Desta vez, para comê-los frios — tal era o calor que fazia.

Galhos desprendiam-se de tão secos das árvores, um ruído comum.

As galinhas não entravam na lagoa, viviam sem o alívio dos patos, que mergulhavam até além da necessidade, galinhas barradas pela sua natureza absurda e terrestre, burra, quem sabe, mas ciscavam a superfície da água atrás das larvas de mosca?, como se buscando refrescar-se pelo bico.

Um palmo de terra descoberta com o sol forte circundava o lago todo, erodia.

Os socós não voavam, você poderia aproximar-se e enfiar-lhes um dedo no olho, se quisesse, poupavam toda e qualquer energia para também dar seus mergulhos. As garças caminhavam insistentes para o protegido das sombras de árvore como nunca se via.

Diego passou a elaborar como lhe dizer: Nina, você não devia vir, mas sem magoá-la muito, como dizer? Exagerava: quem sabe pudesse inventar um truque para deixá-la feliz? Talvez, afinal, isso sequer fosse preciso; ele pudesse arriscar a explicação curta e direta:

Amor, o que acontece é que eu não quero mais ninguém dentro de casa. Só eu.

Diego, eu te entendo, que alívio!, respiraria alto, eufórica, digitando a mensagem, usando apenas os indicadores, ao contrário, lenta, mas persistente, feliz, para que o coronel a lesse depois dos ovos: — eu também tenho sentido a mesma coisa, amor, aqui no apartamento. Quando você quiser me visitar, aliás, nem suba. Te encontro na padaria.

Sorriu,

Você quer que, então, o que é muito melhor!, eu te encontre na estrada, ou na represa? Podemos nós dois tomar um pouco de sol.

Imaginou-se numa pedra redonda, os pés num oval de água mexida, o gelo da represa, os dois a conversar. Não tinham idade.

Sem que pudesse prever, algo naquela ideia lhe acabou desagradando, arrancando o coronel do meio do sorriso. Sentia um novo frio no estômago. Deparou-se com uma solidão imensa, percebia que imaginava um fim encerrado naquela casa. Não, não, aquilo tudo, um exagero. Nada de padaria.

Por isso, acabou duvidando deste próprio pensamento. No fundo a ideia de isolar-se daquela maneira não lhe parecia perpétua. Era uma fase. Pensou que se recuperava do afastamento da revista e da editora, apenas isso. Sorriu.

Viu-se andando com Nina por um calçadão de lojinhas. Encontrando Noah e Grace no subúrbio, passeando em um parque, batendo papo. Visitariam juntos a América. Sem irritações. Até porque, pensou; hotéis são casas de ninguém. As camas neles não têm dono. As pequenas garrafas no frigobar, a persiana, o ar condicionado, ou calefação, a neve polvilhando lá fora. Não entrariam na casa de Noah porque, sabia, ele gostava muito era de, da porta pra dentro, ficar a sós com os seus discos de folk, canção popular americana. Compreendiam-se. Como é que ia ser quando a família dele voltasse da casa da tia? Quando fizessem o furo no campo de força invisível do mundo para dentro? Precisava era arrumar um amigo como Noah?, pensou, alguém de verdade, claro. Dividiriam histórias como a de Wisseltown — aquele doido inofensivo. Bem, certamente podia arriscar ser honesto com todos os amigos que já tinha, dizer-lhes na cara: Fora, safados. Era um começo. Noah que se danasse sozinho dentro da ficção. Logo iam acabar as férias. Podia descobrir, entre os amigos que já tinha; nunca estivera sozinho; concordariam com ele. Estava, talvez, é escondendo todas aquelas ideias de graça, como uma menina que acha que estão a olhar sua espinha no rosto. Gomes, Décio, nunca fora visitá-los dentro de casa, e então?

Até considerava, de repente, com grande estranheza, que tinham mesmo uma parte de razão as pessoas que diziam que a cidade e as praças precisavam voltar a ser mais frequentadas. Não havia mal naquilo. Colocar bancos, criar calçadões, fazer novos parques.

Mas nada disso, cara! — logo pensou nos mendigos.

Havia óbvios problemas naquilo; problemas bem fáceis de admitir. Para alguns tipos de gente a rua ser confortável servia-lhes como um convite final para a vida à toa, pra não fazer nada. Como trabalhar olhando pela janela todos os banquinhos, as conversas esperando, os sorveteiros e os homens maduros secando no sol em cochilos ilegais às duas e meia da tarde, com o cheiro de roupa sem lavar limpando-se no ar, empapando o oxigênio como se fosse um pano branco recém-saído de uma secadora de roupas? Quem é que ia querer? Era raro quem tivesse a disciplina.

Para a maior parte das pessoas, o prazer tinha de estar esperando só no fim do dia. Aquilo é que mantinha a roda girando. O contraste. Trabalho e prazer. Mas em casa? Receber os amigos? Tanta a louça que se lavava, a mancha de cerveja no sofá, O coronel querendo dormir e o convidado não, tudo parecia fadado à ruína. Um outro amigo, bêbado, sentia preguiça de mijar no vaso, aliviando-se no jardim ou dentro da pia, rodando o líquido amarelo no lixo, indiferente porque a casa não era dele — sabia que coisas assim eram comuns. Qual, então, era o "meio-termo"?, entre a rua, que era do trabalho, e a casa, do homem? Onde ficavam os outros, quando queriam estar juntos? No bar? No cinema? Nos museus?

Nova cigarra, piiii, ela trocava de roupa.

Por isso é que se faziam os condomínios com áreas comuns, pensou. Era um jeito de criar a tal da cidade para pessoas sem quebrar a roda do mundo. Dentro de casa, assim, todos teriam o seu universo particular e inviolável — tudo isso que se podia conduzir às últimas consequências. Vide Wisseltown, de novo. O natural. E a saudade dos amigos, da família, de conversar, de namorar, se resolveria na piscina, na quadra de vôlei, sei lá. Das portas para dentro, não. Entre os espaços é que era perfeito. Tratava-se, inclusive, de uma ideia conciliatória. Concluía, por fim, que deviam ter falado daquilo antes, décadas antes.

Só que o caso do sítio era outro e a porta abria direto para a estrada.

Parou a cigarra. As calças ocas deixadas num tronco como um largado.

O coronel cansara-se daquilo.

Tirava os ovos da água fervente com a pressa da fome. Jogava-os para dentro de uma travessa de água fria. Barulho gostoso da água furando. Abriu uma lata de atum, misturava com a gema que destacaria logo esfriasse com uma colher de sobremesa, certo, colocaria a mistura de volta dentro da clara já cozida, um pouco de maionese, cebolinha, perfeito, deixava descansar na geladeira, pegava gosto, comia no jantar.

Lembrou-se de Grace, nunca se dera ao trabalho de descrevê-la.

26

Nina parou o carro, a chuva torrencial enlameando o caminho. Calçava botas apropriadas, de borracha, mesmo que não tivesse previsto o temporal. Orgulhando-se ao menos daquela coincidência, achou a porteira destrancada, sorriu. Era 25 de dezembro, desenlaçava-se a surpresa para gozo de ambos, claro. Voltou para o carro.

Os cachorros latiam para as rodas que giravam em falso na ameaça de travar a cada poucos metros de subida, ladeira demais, o barulho era abafado pela água caindo aos baldes. Ia acabar atolando, pensou, tendo de terminar de encharcar o cabelo, estragar o cabelo. Ficara bonita, usava perfume, arrumara-se toda para o almoço de Natal com o ex-marido; mas perigava, por conta da chuva, chegar a pé, arfando, numa crise incontrolável de espirros. O coronel, desavisado de tudo, e ainda guardando em suspenso a resposta para o e-mail de Nina, cochilava largado sobre a cama desarrumada.

Tanto tempo levava agora para o carro voltar a mover-se, e a situação tão pouco variava, que dois dos cachorros simplesmente se deitaram de barriga na lama, entediados. No banco de trás, um isopor raspava, ganindo no couro, com os solavancos inúteis do carro, recheado de sobras da ceia que Nina cozinhara — e comera — com a mãe. Vendo, enfim, que já não sairia mesmo dali, atolava, Nina acabou decidindo resignar-se ao destino. Ai, Deus,

Saiu a pé. A chuva apertava e podiam-se ouvir os petelecos do granizo estalar no metal. Sentia-os também, ardendo um a um no couro cabeludo, entre as outras gotas de chuva. No coco. Fechou a porta, prendendo uma beira da saia. Merda. Abriu de novo, irritada. Teve então de enxotar um dos cachorros que se deitara na frente da porta de trás, barrando o acesso ao isopor. Estava pesado. Sentia a bota afundar na lama enquanto se arqueava puxando o almoço. Pensara, antes, em contar com Diego para levá-lo — agora não havia mais remédio. Pôs-se a caminhar ladeira acima, escorregando (quase caindo) a cada poucos passos.

Quando, uns dez minutos depois, alcançou as escadas da varanda, Nina tinha a roupa toda colada no corpo e fios de cabelo encharcado querendo entrar na sua boca. O ladrilho frio fugia da aderência da bota cheia de lama e o isopor estava prestes a cair. Sentiu a presença de Lacta que andava, manchada de barro, logo atrás de suas costas. Virou-se. A vaca também olhava para ela.

Sentiu ternura pela vista mansa do animal:

Eu e você, nós duas, nós já estivemos muito melhor, não é mesmo?

Tornou a virar-se para o caminho da sede. Voltava a subir a escada até chegar à proteção do telhado da varanda. Molhada, descansou do peso todo apoiando o isopor em um murinho. A porta da sala, trancada. Por um lado, achou aquilo um último e grave desafio à sua paciência; enquanto por outro pensou que se a encontrasse aberta teria de repreender o ex-marido. É perigoso. Olhou para si mesma — os respingos de lama até o alto das coxas, com a saia e a camiseta de alça grudados como pele de bexiga no corpo —, e sacudiu os cabelos. Descalçou as botas, olhando em volta. Para todos os lados, pensou, ela e o marido estariam sozinhos. Tirou com esforço a camisa e o sutiã.

Ao contrário de sentir frio, ao livrar-se da roupa molhada lembrou do ar morno e constante daquele verão. Sacudiu mais os cabelos, apertando porções que coubessem nas mãos para fazer vazar o que pudesse de água. Tirara as meias e livrou-se da saia. Mesmo a calcinha estava encharcada e, afinal, já estava ela de qualquer forma praticamente nua. Tchau. Amontoou a roupa ao lado do isopor, sentia prazer em ver-se pelada na varanda, de frente para o sítio aberto e descampado, tomado de chuva.

Abriu o isopor, retirando os tapoueres. Colocou-os sobre a mesa ao lado da rede posta e então bateu palma atrás de palma, o mais alto que pôde. Era a campainha disponível. Bateu de novo. Seguiu com o chamado por longos minutos, dando pequenas pausas de decepção sentada na rede a admirar Lacta que mascava a grama, também nua. Até ouvir algum movimento, finalmente, tomavam forma os passos do lado de dentro da sala.

Quem é?, a voz de homem, sonolenta, vinda do outro lado da porta. O coronel não aparentava sentir-se bem.

Sou eu, amor!, abre logo que tá caindo o mundo!

A chave virou, Diego saía para a varanda. Viu a mulher nua e encharcada estender-lhe um tapouer — visivelmente, Nina não sabia bem o que fazer da situação. O coronel, semelhantemente desconcertado, podia ver através da tampa de plástico do pote o tender cortado coberto por molho de maracujá e pimenta-do-reino; era um prato de sempre. Salivou. Mesmo que estivesse um pouco ansioso e irritado por não ter interceptado a visita, não pôde conter a gargalhada que escalaram juntos, no que começou como um sorriso envergonhado de Nina até chegar no lacrimejo involuntário do sossego do rosto a rir com soluços. Também, e aquilo o divertia ainda mais, ria ao mesmo tempo que tinha uma igualmente incontrolável ereção. Os seios da mulher balançavam na risada, com os mamilões enrijecidos ainda pela roupa molhada de antes.

Beijaram-se. Nina gostava de sentir o pau dele através do pijama. Empurrou-o delicadamente e com o corpo inteiro em direção à sala. Notou, então, que o coronel, travado, não contribuía com o movimento para trás. Tampouco compreendeu. Diego se punha como uma parede, em que a pressão do corpo de Nina só servia para espremerem-se mais um no outro. O coronel logo deixou de beijá-la, ainda assim cheinho de desejo. Segurando os braços da mulher com cuidado, puxou-a em direção à escada. Iriam para a chuva, para o barro, de volta. Nina com tesão, sentindo o granizo voltar, acreditava que Lopes a comeria deitada na grama, rolando no molhado, enlameados. Reconheceu-se imensamente confusa quando, em lugar disso, o cara sugeriu:

Vamos para a casa do Marcos, amor, ele não tá em casa.

Quando tocou a campainha, os fios explícitos subindo a muralha de tijolos irregulares parecido que catados de uma sarjeta, sobra de construção, é disso que se faz uma favela, Marcos explodia da vontade de mijar acumulada ardendo desde o passeio lá embaixo, lá de onde deixara o carro estacionado, por onde dava mesmo, é feriado, já que vaga não tinha nenhuma, na calçada sem gente mas cheia de automóveis e improvisos do morro, a suspensão gritava-lhe pulando o meio-fio como se dissesse: pelo amor de Cristo, seu corno!, pare de descontar em mim, filho de uma puta. Viviane é que não abria a maldita porta e o vento trazia as mesmas nuvens do sítio para o centro de Franco, em breve se ensoparia dos pés à cabeça, igual. Uma porta de alumínio vazado riscou o chão sobre outros riscos sobrepostos, abrindo-se lá dentro, depois do muro, um cachorro latiu, as vozes de bronca, retaliação, porque o vira-latas negligenciado por nunca ninguém lhe caminhar pulava doido, é claro, sobre a senhora, as veias roxas na perna, as sandálias toradas. Sai, seu diabo. Então foi a segunda porta que se destrancava, difícil, aparecia em frente do caseiro o rosto pouco amigável:

Ah, é você,

Quase prensou a senhora gorda contra a parede, tampouco a cumprimentou, queria ver o menino e a mulher, passava bruto para o corredor fino e pelo cachorro mala, carente. A má-vontade dela era clara, assim como não vieram recebê-lo nem a mulher nem o menino:

Não sei para que veio, família você já não é.

Vadia,

Como é?

A senhora queria agarrar o abusado pelas costas mas não podia, acelerar os músculos das pernas?, faleciam ainda antes do resto:

Eu vim passar o Natal, juntos.

Na cozinha dele, as latas de tinta no chão. O barro pisado ia atravessando o cimento queimado. Nina na frente, a lama lhe entrara entre os dedos, a bunda um pouco caída, mas farta — ao descrevê-la, quando e se lhe desse na telha fazê-lo, como um bem educado presente à Grace o coronel lhe tiraria uma parte dos furinhos, das estrias, mas não tudo, pensou. Algo na forma natural daquele corpo maduro, a maneira como as carnes mexiam-

-se, nada impenetrável como em um boneco de borracha, moles e macias a tremerem com os passos lhe enchia de gosto. Via entre as bandas daquela bunda que se abriam um pouco nas passadas abertas de Nina, que andava assim quase como um caranguejo enganando-se de que se espaçava os pés sujava menos o caminho, como uma taturana mais escura, uns poucos de pelos que algumas morenas têm quase desde o umbigo até embaixo das costas, adensando-se ou rareando aqui e ali. Quando era jovem, tinha nojo disso. Hoje, não. Dali vinha o cheiro da mulher, naquele ponto como um vinagre. Ela claramente se excitava mais pela transgressão: porra, iam transar enfiados na pobreza alheia.

Onde é que está o moleque?

Nazaré parecia não compartilhar da braveza da outra, Viviane seguia espumando na beira da sala, encostada como um torrão de pedra perto da mesinha e de uma nova estátua de santo e um carneiro, umas velas. Ao contrário, a esposa fitava Marcos como se não visse nada, como se; não tinha mais o que esbravejar, afinal:

Ele tá lá dentro, no banheiro,

Sobre a mesa um frango assado, cheiro de sazon e margarina. Marcos deixou-se acalmar pela calma de Nazaré. Sentou-se numa cadeira meio de canto. O tempo passava. Viviane buscou-lhe uma brahma de 600 e um copo com uns adesivos do filme Carros. Lá fora começava a chuva, o granizo. O moleque virava-se ao avesso no banheiro.

Depois de alguns goles automáticos, ergueu-se e foi nervoso ter com a porta trancada no pequeno corredor. Essa porta era uma sanfona branca de plástico, que se você socasse envergava. Dentro do banheiro um chorinho baixo. Nazaré bebia cerveja, também, num copo estrelado, curto. Ao ouvir o choro, Marcos encheu-se de raiva.

Viu a sanfona envergar, os socos podiam trazê-la abaixo muito rápido, modulou a força para que não acontecesse, a raiva não era tamanha, assim, também, aquela não era raiva de derrubar portas:

Filho, deixa de ser veado,

Quando passaram o biombo, Diego empurrou-a na cama com força. Antes de cair, bateu por acidente a canela na madeira e gritou: ai! O coronel gargalhava, Nina também. Baixando a bermuda do pijama, colocava as costas pra trás como a mostrar a ereção, orgulhoso. O cheiro de mofo e chuva, via-se pó sobre todos os móveis. Para que tê-los doados se pra deixar a casa naquele estado? Que verdades horrendas! Nina sentia-se como adolescente de novo, olhando em volta com o rosto alegre — tudo aquilo lhe parecia errado sob tantos ângulos!; e da excitação comum que vaza sempre do erro, do antissocial, passava os dedos sobre os próprios mamilos, juntava os peitos escorridos juntos, ficavam enormes, depois descendo uma das mãos até a boceta, mexeu, falava para si mesma "bocetinha", abria o canal molhado para o marido, mostrava-lhe o buraco, dizia, o buraquinho, escuro, os lábios abertos, depois virou-se de costas matreira, não-não, ele apertava a pele sobre o pau ainda antes de deitar-se junto dela pra deixá-lo mais erguido e maior ainda: sua putinha, ela riu. Vem que eu sou tua putinha. Via os pés cheios de lama a manchar os lençóis rasgados, bateu uma punheta rápida, ela gemeu olhando. O que é que estava a acontecer? O sexo novo, parece, havia entre eles uma energia inédita, agressiva. O coronel olhava de novo ao redor, a lata descompensada da janela, os veios e infiltrações das paredes meio tortas, levantadas com pressa, os canos aparentes e as teias de bicho. A cabeça do pau pulsou. Nina enfiava o dedo em si mesma, gemendo. A punheta lenta servia de manutenção do pau duro, e se ia melando daquele líquido pré-coito. A mulher ainda com os dedos, agora dois, metendo-se e saindo da xoxota, o barulho de molhado alto no quarto apesar das gotas duras de granizo a metralhar a telha vermelha, pôs-se de joelhos na cama, o barulho da madeira podre estalou, iam quebrar o estrado?, caso se mexessem com o viço que anunciavam um para o outro. Fez o que nunca quis fazer, o que já tinha sido briga, inclusive, engoliu o pau até a base, engasgou, riu, passava a chupá-lo sem conter o milhão de gemidos. O coronel por um segundo desgostou-se do gesto realmente de piranha, não se transava assim uma esposa, pensou, depois largava-se sentindo tremedeiras longas nas pernas, e ela deixava a saliva pingar, quase, ia passando o oco dos lábios no pau inteiro e lambia a cabeça, depois, mais um pouco de punheta. Envergado para trás como estava podia ver a cozinha, também, virando-se para a esquerda, a porta deixada aberta para o gramado chuvoso, o hall cheio de lixo. Pensou na súbita chegada do caseiro e o barro no chão, o boquete da patroa ali sendo visto da entrada, ia irritar-se e dar as costas, o que podia fazer? Talvez pedisse desculpas por chegar de repente. A mão de Nina que não se masturbava coçava-lhe o saco carinhosamente, ele então quis tirar-lhe os cabelos molhados da frente, queria ver o rosto o mais possível, os olhos fechados e o pau entrando e saindo da boca. Nina suspendeu o boquete e gargalhou: meus joelhos tão doendo, riu mais, já não tenho dezoito anos, cara, jogou-se pra trás em um segundo sofrido do estrado. O coronel subiu na cama, também, e sentiu a parte em que postou o primeiro joelho afundar, a superfície da cama, o colchão velho, todo encalombado, formava vales sob si, rumava de quatro para a esposa que se espremera na parede, como se fugisse dele, rindo; naquela posição, sentiu vento no cu e não gostou, pôs-se reto de joelhos, fechava as bundas. Ela deixou as pálpebras caírem, parecia bêbada, virou-se ela de quatro, arreganhou a xoxota, os pelos antes adivinhados apareciam em torno do cu, enrolados e negros. Um ou outro pedacinho de papel higiênico de talvez quando fizesse xixi. No cu, ela disse. Eu quero que você coma o meu cu, ela disse. Nunca tinham feito isso. Sentiu a base do pescoço tremer, chegou com o pau na entrada da xoxota, úmida demais, e enterrou devagar, porque queria ver o pau sumir lá dentro, os lábios arreganharem, disse alto: arrombada. Ela: ai. Ali estava a alegria de que a esposa tinha carnes, assim que o pau terminou de entrar, a bunda e as coxas dela tremeram numa onda flácida, uma delícia. Começou a estocada, primeiro lenta, depois nem tanto. Geralmente, ela lhe pedia que não entrasse e saísse tudo, doía, mas dessa vez o silêncio dela era aceite. A mulher gargalhava de novo, agora porque tentou segurar a ponta da cama e acertou um copo, que se virou sobre o banquinho colorido, servia de criado-mudo. A foto recortada de um jornal, talvez, uma revista, uma maclaren, fórmula 1, ocupava o lugar que numa casa normal, razoável, seria o da foto da família, mal posta num porta-retratos também sobre esse banquinho, caiu, Nina gargalhava muito: que tipo de casa tem um carrão num porta-retratos? O coronel não se percebeu, e ela dizia, de novo: me arromba. Depois, no cu, Diego, bota no meu cu. Ele seguia os movimentos sentindo um princípio de cansaço nas costas, e pronto, cada vez que ela pedia aquilo, arrodeava o cu com o dedão, massageava a entrada. Procurou um espelho que os refletisse, gostaria de ver-se comendo a esposa de quatro, coisa tão rara, posição em que os seios pendiam elásticos, chocando-se um contra o outro num tap-tap, quase, se acelerava a metida. Não havia um espelho nenhum. Lembrava que tampouco no banheiro, é isso? Marcos não podia nunca ver o próprio rosto? Foi torcer-se um pouco pra frente para enlaçar com a mão que não enfiava agora dois dedos no cu apertado dela um dos peitões, disse para si: peitões, depois "tetas", mas sentiu a dor nas costas chegar de vez e disse: ai. Tirou o pau de dentro dela, saiu molhado como se tivesse rodeado todo de lubrificante farmacêutico e deitou-se de costas súbito ao lado dela. Disse:

também não tenho mais dezoito anos, há há. Ela deu-lhe um beijo rápido na testa e foi logo sobre ele montar, como isso às vezes fazia, ele ergueu o pau que já estava mais pra chocho, agora, porque cinquenta e nove, também, caralho, ela riu, tentou dançar um pouco, sentiu-se ridícula, começou a sacudir as tetas como num filme pornô e sentiu-se mais ainda, riu mais, ele também, mas deu certo, parece, o pau cresceu, ela esfregava-se nele, espremendo-o contra a barriga do coronel, que ia feliz. Então, úmidos até o talo, ela segurou o pau ereto com um braço para as costas e tentou metê-lo no cu. Diego arregalou os olhos, e sentiu o pau dobrar como se fosse partir, mas não, aos poucos o começo entrava, ela disse: ai, ai, mas prosseguiu. Cuspiu na sua outra mão, feito uma puta, tirou o pau de novo e, se possível, deixou ainda mais molhado, começou a meter de novo, entrou mais um pouco: assim não vai, olhou uma gaveta na mesinha do outro lado, qual era a chance de ter ali um lubrificante? Nenhuma. Espera. Ela saiu, desmontou dele, e correu para trás do biombo, até o banheiro. No teto, uma lacraia, é isso, a ponta do rabo com o tridente de marinheiro, de dois dentes, atravessando devagar. Que esse bicho infernal não me caia na barriga, pensou. Nina voltava com um sabão de coco na mão: isso funciona? Não, isso vai mais é te secar, ele disse, ela correu de volta para trás do biombo. A lacraia escondia-se atrás do armário, a porta entreaberta e as roupas amarfanhadas, umas poucas, com emblemas de propaganda: shell, mercadinho xis. Havia todo um comércio (ou doação?) de roupas que faziam propaganda para coisas tão aleatórias quanto uma mecânica, um parque aquático. De onde vinham essas roupas? Onde os pobretões desse mundo as encontravam? Nina voltou com um xampu, marca desconhecida por ele. Ainda que depois secasse, funciona. O coronel impressionava-se com o tamanho tesão da mulher, porque, agora, é óbvio!, o xampu ia lhe arder os fiofós ainda mais do que já arderia só de arreganhado!, ela riu: apontou para o pau dele quase mole. O coronel teve vergonha: a velhice é uma canalha. Ela pôs bem-humorada o xampu de lado e uma segunda vez meteu o pinto na boca e o chupou; nem medo do gosto do próprio cu ela tinha hoje. Isso serviu, depois xampu nele todo, uma rápida punheta e ia-se pro cu de novo. Entrou mais, ela deu um grito rápido, tapou com a mão, depois notou-se que tinha nada o que tapar. Outro grito, cada centímetro que entrava. Já no meio. Onde engrossava mais. Sentiu ardor forte por conta do xampu. Tremia as coxas, mais pau. Ela montada sobre ele e já era isso: estavam comendo-lhe o cu. As entradas e saídas, dali, eram bastante mais difíceis, sentia mesmo como se os músculos dela fossem algo como uma mão que lhe apertava o pau lá dentro, e na saída como se quisessem cuspi-lo pra fora. Nina gritava talvez animada por poder gritar, uma ou outra lagriminha escapava — não parecia gostoso pra ela, pensou, mas que vontade era essa! O coronel esqueceu. Estocava violento, ela pulava como se querendo fugir, mas depois se deixava sentar pesada, os peitos chacoalhando para cima e para baixo, a barriga também, todas as gorduras também: vai, come o meu cuzinho, arromba o meu cu, ela dizia, ele também: vou meter no seu cu, como se já não estivesse fazendo isso, enfim a vontade de gozar: vou gozar, Nina, goza dentro da minha bunda, amor, ele: eu vou encher o seu cu de porra, ela: vem, enche o meu cuzinho de porra, ele: ah, ah, ela: come esse cuzinho que é só seu, vem, ele: ah, ah, ela se masturbando com a outra mão, também "ah, ah", vamos gozar juntos — porra, isso nunca acontece! —, ele metendo no cu, ela se masturbando, as mãos dele buscaram os peitos, apertavam os mamilos mais forte do que ela normalmente gostava, e então gozou, sentia o jato que lá dentro não conseguiu ser como um jato mas sim um aperto melado dentro de uma caverna, um funil, ela demorava um tanto mais, não conseguiram ir juntos, talvez a dor no cu atrapalhasse, ela saiu de cima dele, deitou-se arregalada ao seu lado, dando tapas na xoxota e metendo os dedos, então esfregando, dando outros tapas, ele ergueu-se já querendo se limpar e viu o espetáculo final do gozo dela, as pernas abertas, sacudindo, as costas encostando e desencostando da cama, as carnes largas e brancas, a lama que se espalhara pelos lençóis, e então ela urrava grave, os olhos bem abertos, os cabelos grudados na testa, as narinas arfando como as de uma vaca, e foi quando pôde o coronel vislumbrar aquela gota espessa de porra e sangue, cagada, que descia debaixo dela, ia dar com a cama, lenta, Nina amolecia com o sorriso secreto largando-se dentes afora.

Tímido, o menino abriu a sanfona do banheiro. Via o pai, os olhos melancólicos, os dentes trincados, tortos, lhe dava um pequeno sorriso, perdoável. Cacá ria de volta, contente, porque, afinal, que filho não quer passar Natal com os dois pais, separados ou não?

Feliz Natal, filho.

27

A ducha da casa de serviços era horrível. As paredes descascadas faziam morros de água, praticamente tomava-se um banho frio com as aranhas. O coronel, na sala da casa, estudava novamente uma lata fechada de tinta:

O folgado nem para pintar essa merda, nunca. Porra, paguei,

Sentou-se nu no sofá, a escutar o banho de Nina, agoniado com o seu pau marrom e vermelho, cagado. Marcos não dava valor ao que tinha nas mãos. O emprego era praticamente vitalício, e boa parte dos afazeres vinha-lhe tremendamente suavizado pela amizade que podiam ter. Sempre. Quase como viver com a promessa intermitente, ao menos, de um amigo, caso ele jogasse as cartas direito. Isso. O tecido do sofá coçava a bunda suada do patrão. Quem tinha de esforçar-se para a amizade?, no fim, era ele, o caseiro, fazia parte do emprego — ninguém diz isso abertamente, mas é, faz. Se aquilo não se fosse estragando dia após dia de quanta birra.

Não, o coronel não estava se enganando. Compreendia a parte complicada daquilo sim, vocês já sabem disso e bem!, porque Diego a se repetir nas ideias percebia o quão estranho é ser e não ser o dono da segunda casinha, blá blá blá. Já vamos cansados deste conflito?, postos à espera do clímax: vão ou não vão se matar um ao outro? Não, jamais, não será *este* o evento que dá sentido à segunda parte (ou aquilo que fez Diego conhecido): o cerco, afinal, chegou. Na realidade, tem o tempo contado de uma semana e meia desde ali para chegar. O cerco, ou o que se convencionou chamar de "o acidente" — até porque foi realmente iniciado por um acidente, verão, é mesmo, um descuido, taí o fato —, chegava. Marcos, abusado como vinha, não tem nada com isso, e devia querer ter o seu lugar completamente seu, sim, mas vai fazer o que a respeito?, nada, agora quando fechou o alumínio atrás de si aliviado e foi descendo o morro de casinhas para a picape estacionada: fodam-se todos os homens da Terra. Era nítido que só queria qualquer tipo de paz. Se fosse ele, na verdade também se incomodaria. Mas aquilo não era culpa dele, era? Que Marcos não tivesse uma casa? Havia caseiros que juntavam dinheiro e depois saíam dos empregos para montar os seus próprios sítios?, ou negócios, sempre se ouvia, Marcos, atrasado, é quem não se mexia pra conquistá-lo. Dentro do possível, podiam sim ter se aproximado lá atrás, ser companheiros de cerveja. O caseiro é que segurava aquela mágoa como um carrapato, não se punha no seu lugar. Era um temperamental, há há há.

Puta que o pariu. Não conseguia concordar com tudo o que pensava, também, mas quem consegue? O pau marrom tocava o tecido raspado, ele sentindo-se profundamente estranho em notar que se vingava da suposta ingratidão do caseiro também ao sentar-se nu no sofá que lhe dera de presente. Vinganças intermináveis para birras repetitivas. Aquilo era um jogo de poder cansado, e estava cumprindo um papel lamentável. Ergueu-se, na verdade porque a bunda coçava, como quando se seca de sunga com areia por dentro e senta-se em algum lugar, sabe, é como impossível parar-se ali sentado, confortável. Ao erguer-se, porém, deu outra razão ao movimento: tratava-se do mais recente, duvidoso?, *arrependimento.* Nina fechava a ducha, sobrava uma reclamação do chuveiro como um atravancado gargarejo. O coronel imediatamente sentia a realidade do absurdo naquilo, pensou, enganava-se por ter epifanias!, olha isso!, era ele um sensível agora: porque ele e Nina?, foram antes intrusos e sujos na casa de Marcos, ainda mais sendo que quase não se conheciam no fundo os três. Que patrão vai conhecer o empregado? Ele precisava vestir-se. Na outra ocasião, invadira por pura e boa vontade. Ainda da outra, precisava da colaboração do amigo para abrigar os convidados, não é? Mas e agora? Qual a sua desculpa, afinal? Não tinha um sequer amortecedor para o fato de que estava ali prostrado como o ditador da Coreia, sentado nu sobre os privilégios que tinha, ridículo. Esquerda, de novo? Ai caralho. Estava ele simplesmente poupando a sua casa e desrespeitando a paciência alheia. Como um filho. Mas que merda, de quem é que era aquele buraco? Pois se fosse sua, mesmo, a casa, também não quereria a esposa lá dentro. Devia tê-la comido na grama como Nina parece que quis.

Meu amor, acho que a gente tem de ir embora.

Quê?

Ela surgia a secar-se com uma toalha com o nome de Cacá bordado na ponta. Meu Deus. E enrolava a toalha feito um homem, no umbigo, os seios molhados e as pelancas tomando vento que entrava da chuva, isso mesmo depois da chuva parar.

Aqui da casa do Marcos, a gente tem que ir embora, amor. Onde é que eu tava com a cabeça? Olha o estado em que isso ficou!,

Nina primeiro sorriu, depois finalmente (aleluia) irritou-se. Por que é que o marido não simplesmente conversava com ela a respeito daquela teimosia estranha de não querer ninguém dentro de casa? Caceta. Acabe logo com isso, animal! Não era estúpida, o assunto já estava ficando falado por aí e, afinal, nem era tão mal assim: cada um com as suas manias, foda-se. Ela bem soube que a casa de Marcos lhe aparecera como sugestão é só para que evitassem a outra, só, instantaneamente, não foi por vontade de quebrar a rotina. Aliás, qual rotina? Estavam separados! A graça inesperada da transgressão não foi, por inesperada, intencional.

E eu é que sei?, deixou que ele notasse que se frustrava. Mas agora já foi, Diego, deixa eu me vestir?

A chuva parou, Nina, se veste lá fora. Vem.

Porra, amor!

Vem, Nina, vem!

Ia empurrando a esposa como arrastaria uma cadeira. "Se veste lá fora?" ele se ouvia dizer e de novo de novo em um eco infinito dentro do cérebro, cada centímetro que a empurrava, de novo. Senhor coronel, o senhor está me saindo um descontrolado, eu devia lhe dizer.

Por que é que você não fala comigo direito, cara?

Puxou-a pelo braço até perto da samambaia das chaves. Realmente parara de chover. Réxa vinha cheirar-lhe o corpo nu, avançando, com a sua costumeira cabecinha de amendoim, o focinho gelado pelos lugares proibidos. Azeite, mais molecão ainda, aparecia também, mas só querendo brincar, girava atrás do próprio rabinho feito um retardado. Nina riu dessa terceira vez, mas de nervoso:

Por que é que você não diz só: eu não quero ninguém dentro da minha casa, Diego?

Enlatado, encheu-se de medo. Mas chegava a hora de falar daquilo?, ela puxava. Arrefecia. Subitamente não foi capaz de sentir nada, tinha o peito vazio, O sorriso vitorioso dela, por quê?, ele estranhou a reação da esposa, demais:

Nina...

Amor, para de guardar tudo dentro, dentro, sempre dentro, se você tá com um problema?, tem que dividir o problema. E se não é um problema o que você tem?, ora. É pra isso que eu tô aqui, não é?,

Porra, eu não sei o que te dizer.

Bom, é isso ou não?, ela gesticulava. Você virou daqueles doidos que não saem mais de casa, é isso?, e gargalhou. A toalha desprendeu-se do umbigo numa queda de cortina, os pelos úmidos inspecionados logo por um dos cachorros, ela dobrou-se pra trás: sai, sua peste! Rindo, não se pode entender! Sempre rindo! Surtava, afinal,

O coronel lhe acariciando o braço por onde antes a apertara. Gordurinha. Os dois permaneciam nus no hall de Marcos, os cachorros encostando os narizes como dedos que lhes chamassem, atenção!, atenção!, em suas pernas, os golpes das caudas balançando faziam sentir na altura das coxas alguns grãos de areia, de terra, pulando. Já na porteira do sítio, o caseiro encostava a caminhonete. Descia um pouco embriagado, do barril de plástico, pinga merda, para abrir a trava cega que Nina deixara, disfarçando como se a porta estivesse trancada. Marcos reconheceu o costume: é Nina que está aí. Destravou. Voltou para o carro. Subia a ladeira em direção à casa.

Você acha isso louco, amor? Isso que eu tô sentindo?

Ela olhava-o como se olhasse uma criança, e quantas vezes uma mulher era capaz de ver um menino no marido e não desamá-lo de vez? Quantas vezes um coronel pode ainda ser um menino? Desprezível!! Aproximou-se mais, puxando o rosto para perto de si, sentia sua respiração covarde. Respondeu-lhe, com a mais profunda certeza:

Não.

28

Noah encontrou o número de Jack Wisseltown nas páginas amarelas e escolheu passar os últimos dias de férias no Missouri. Afinal, precisava ver aquilo com os próprios olhos. Dirigia agora ansioso pela estrada muda, vendo surgir à frente ondas e ondas de pinheiros a sacolejar-se sobre os montes, não podia pensar em outra coisa. Jack e a escrivaninha. O ar carregava um cheiro doce de folhas e milho e enganava-o a fazê-lo pensar que se aproximava de uma porção de fazendas. Nada. Sabia como era a vila, a mesma do documentário, mas se deixava distrair. Talvez chegasse; e a animação lhe fazia acertar-se no banco do carro repetidamente, a buscar uma nova posição e uma nova posição e uma nova posição no assento. Aquilo, enfim, era uma loucura — sequer mencionara a jornada a Grace.

Com efeito, pouquíssimos minutos depois, Noah reconheceu as entradas que previra pelo mapa da internet. Usando as fotos de satélite, pensou, não se podia errar. Virava o câmbio, notando os buracos da pista de terra a jogar com o carro, e passava a esperar que aparecesse alguma placa a indicar onde principiava a cidade. Por fim, nada havia de muito oficial — como um outdoor que lhe desejasse boas-vindas com um brasão de condado — mas tampouco se faria preciso; em algo como trinta segundos lá estava Wisseltown dentro de um macacão jeans — exatamente como tinha imaginado quando se falaram ao telefone — a acenar-lhe do portão de uma das primeiras casas surgidas do nada entre os pinheiros. Aquela era a placa de boas-vindas, divertiu-se; e era das boas.

As casas vistas dali não eram grandes ou espetaculares. Tinham — e Noah já as media bem com os olhos — jardins só uns dez ou vinte metros mais amplos do que o seu e estavam tremendamente atravancados de árvores. O espaço útil era o mesmo, no fim. Alguns cachorros de pelagem mais espessa como lobos a correr soltos vinham latir alegremente aos pneus; e era nitidamente ele, Wisseltown, como o vira na televisão. Meu Deus, era Wisseltown!, que acenava para ele com um sorriso caloroso no rosto, indicando onde podia, se quisesse, estacionar o carro. Obedecia com pressa e sem poder parar de sorrir.

Após se cumprimentarem demoradamente, mesmo que com certa cerimônia a mais do que se fossem amigos, Noah deixou de resistir à ansiedade:

Eu quero ver a menina, Wisseltown. Onde é que você guarda a menina?

Lhe sorria, satisfeito. Jack não ligava de exibir a namorada e bem lhe confirmara isso ao telefone. Limpou as botas no capacho e fez sinal para que Noah o seguisse. Dentro da casa era um breu de madeira. Uma cabeça de cervo descansava sobre a lareira junto a uma porção de fotos — coisas daqui, pensou; Grace jogaria esse bicho morto no lixo no minuto em que ele saísse para trabalhar. Passavam só brevemente pelas fotos e quase não as podia entender, mas Noah já tinha parte do desejo satisfeito: Sim, eram todas fotos de Jack com o móvel.

Tá aqui, Noah, não é uma beleza?

Com toda a frente encostada ao lado esquerdo da cama de casal, com a cadeira de rodinhas para o lado da porta, era mesmo a escrivaninha mais bem cuidada que Noah vira em sua vida. Provavelmente, pensou, Jack dorme ao lado direito da cama — e aquilo curiosamente não lhe soava tão estranho quanto esperado, pois isso devia ser bem dividido e seguido religiosamente como com qualquer casal. Percebeu outras cadeiras de rodinha esperando inúteis a travar as portas de um armário — aquilo sim era um mistério. Wisseltown notou que Noah parecia curioso:

A sua mulher não troca os brincos ou o vestido?, brincou. Pois sim, é a mesma coisa. Ela precisa variar às vezes, você sabe como são as mulheres.

E você troca a cadeira?

Sim, sim. Aí me sento aqui e passamos um bom tempo juntos.

Noah esperou que ele se sentasse para mostrar como, mas logo sentiu vergonha de desejar vê-lo. Era a intimidade dos dois, ele concluiu; estranho como pudesse parecer. Ninguém apresentaria a esposa a um visitante para logo depois demonstrar o que fazem em intimidade, pensava. Não perguntou. Wisseltown passava uma mão delicadamente no lombo da mesa enquanto olhava Noah, como se acariciasse as costas da mulher parada ao seu lado.

Vai um copo d'água? — ele apontou o corredor com a cabeça.

Claro, tô morto de sede. Onde é a cozinha?

Uísque?

Prefiro água mesmo, Jack, que eu não tenho bebido muito. Se você quiser, pode beber teu uísque à vontade.

Teve dificuldade de virar de costas para a escrivaninha. Sabia que o amor estava inteiro e solitariamente em Wisseltown, mas a olhava como se isso também e objetivamente a afetasse, a fizesse diferente, de maneira concreta, dos outros móveis da casa. Como se o amor de Wisseltown lhe desse alguma porção de vida. Envergonhou-se mais quando percebeu que naquele último vislumbre tentava discernir o que no objeto corresponderia às partes secretas do corpo feminino. Procurava o sexo da mulher de Wisseltown e aquilo não lhe deixava confortável.

Nunca demos um nome para ela, afinal, é uma escrivaninha, Noah!

Jack servia-lhe água de uma garrafa de barro, rindo barulhentamente e sozinho. Vai ter gosto de terra, pensou, mas aquele gosto de terra de chuva, de criança. Sentou-se e tentou testar os limites que teria de respeitar ao saciar a própria curiosidade:

Jack, mas como é que é a sua rotina com ela?

Cruzes, que pergunta!

Chateou-se, quis consertar:

Espero que eu não te incomode perguntando essas coisas e, se quiser, nem responda.

Deixa! Não incomoda em nada, Noah, mas acho que isso você podia perguntar de mim para o resto do povo da cidade. — punha os gelos no copinho para o seu uísque: Eles que me veem de fora e vão saber mesmo dizer, porque, aqui, *meu caro*, esqueço do mundo. É tão difícil descrever, me vejo de um outro lugar, de outra perspectiva, quando eu ando com a menina. É como se eu me visse de cima.

Confuso.

E como é que você anda com ela?

Não mostrei? Vou puxando aqui na rodinha.

Bebeu o uísque. Talvez, como tantos namorados, quando ficasse bastante bêbado, passasse a partilhar sacanagens dele com a mulher — e mesmo que para arrepender-se depois — contando a Noah o que ele realmente havia ido descobrir: *Como* alguém podia transar com uma escrivaninha? Onde é que — ora! — Wisseltown *entrava nela?* O documentário só não falara diretamente disso ou, se falara, Noah não sabia por que pegara no sono antes do fim. Não achara tampouco onde baixar o episódio. Onde afinal ficava o sexo da mesa?

Mas Noah era um homem justo. Não podia deixar Wisseltown dizer algo se fosse para arrepender-se logo depois.

Escuta, Jack...

Repetiu. Queria ter a certeza de que tinha toda a sua atenção.

Se você vai começar a beber, já me avisa antes, desde já, até onde você fica mesmo confortável em falar...

Jack entendeu e deu de ombros.

Eu sei o que estou fazendo, acho a sua curiosidade normal.

Seguiu:

Fui na televisão, não fui? Fiz o capítulo lá? Recebo os e-mails mais estranhos, Noah, você pode imaginar. Agora, deixa eu te falar o que você já deve ter me ouvido dizer: só não quero é daquelas interpretações imensas sobre o que faço. Estou funcionando normalmente, tenho a cabeça toda no lugar. Pior: o cara vem me dizer que isso é simbólico, que o homem ficou sozinho e deu cada vez mais valor para as suas coisas, para os objetos, blá

blá. Eu viro — eu! —, Wisseltown, aos meus quarenta e cinco anos de vida, viro uma metáfora. Como é que pode? Eu nasci cresci, como todo mundo — gente! Cresci gente! Isso aqui é desejo, independe de consumismo, de ismo, independe do século em que a gente tá; é de outra natureza. Você quer mesmo, com o pinto, não com a cabeça, e só porque você quer. A coisa começa e acaba aí, tudo bem? Até porque havia índios que transavam com árvores como há cachorros que transam com pernas e fazendeiros que metem em cabras e não são metáforas todos eles. Já ouviu dizer?

Noah confirmou com a cabeça, agora assustado com Wisseltown. Com a clareza de Wisseltown. Seu coração estava quente e batia melhor do que nunca.

Eu tranco as gavetas porque é ali que eu uso. É um espaço só meu.

Como?

Parou para pensar um pouco. Prosseguiu:

A coisa não vai direto na madeira, não, Noah, porque machuca. Coloco algum tipo de pano em volta dele, abro um pouco só da gaveta e me coloco ali. A gaveta tem que estar bem pouco aberta, senão não funciona. Se apertar demais, dói pra mim, e machuca também a madeira.

Noah não sabia mais o que dizer.

Me diz, por que é que você veio aqui?

Não sabia.

É casado?

Sou sim. Mas acho que não quero mais ser. Você entende?

Quase ao mesmo tempo:

Ok. E você quer ver?

A ideia lhe pareceu extremamente constrangedora. Negou:

Não, Jack, é que eu posso estar sentindo uma coisa parecida.

Wisseltown ergueu-se. Com pressa, tomou uma faca nas mãos:

Sai da minha casa, filho da puta.

A velocidade daquilo não fazia sentido, pensava Noah, como a conversa saltara para Jack mandando-o embora ameaçando matá-lo. De repente?

E menos sentido ainda fazia o quanto o seu próprio corpo não parecia responder corretamente à surpresa. E agora, Diego, você está escrevendo isso errado? No fundo, Noah percebia que talvez entendesse aquela raiva repentina. Certo. Meu Deus — seja lá qual o motivo imediato disso —, este homem está morrendo de ciúmes!

Você tá certo.

Noah pegou o casaco que jogara sobre a mesa. Pensava agora, e finalmente, apenas na faca, no perigo de morrer, e sentia o corpo finalmente respondendo com algum tipo estranho de medo em câmera lenta. Virou o resto da água na garganta sem conseguir apressar-se, concluindo que podia era entrar em choque a qualquer momento. Era isso: estava para entrar em choque. Por isso a câmera lenta, tudo demorando. Achou o homem armado e pronto para lhe furar a barriga — também de súbito — arrogante. A faca de cozinha ele bem podia usar para cortar o próprio nariz empinado e engoli-lo, pensou. De alguma maneira, eram homens como ele que dariam o passo que Noah estava prestes a dar, mas o estavam lamentavelmente protegendo, cercando, concedendo a permissão para que programas de televisão como o do qual participara Jack os fizessem parte de um circo. Os isolassem dos outros como algo curioso. Não era.

Quantos impulsos deslocados e escondidos como aquele tornavam pior a vida de alguém? Wisseltown lhe parecera feliz. E, também, quanto daquele tipo de desejo não era mesmo comum a todas as pessoas? Pelo cheiro do livro novo, uma vez, pelo amaciante de roupas e o sopro de um ventilador, ainda em outra. Grace pelo cheiro da maquilagem ou pelo próprio cabelo aquecido com o sol, jogando o herbal do condicionador por sobre o jardim. Tantra — era o que os orientais diziam. Tudo era sexual? Freud? A cabeça não faz dessas distinções: pinto, pais, mãos, tapetes. A casa era mesmo um útero enorme? Diego detestou pensar em sexo com a própria mãe. Sentia ódio de Noah e aquilo tudo que era tão degenerado. Mas a casa vazia, sozinha, o excitava. Excitava. Sentia-se estranho talvez só porque pensava que aquilo o fazia de fato uma pessoa estranha. Para os outros. Sozinha. O que Décio, Gomes iam pensar? Mas não queria ser expulso daquilo. Jack e a cidade inteira, aquela pequena cidade do Missouri, estavam se deixando seguir. Eram, de novo, os anos sessenta. Mas pensou que aquele era um pensamento incompleto e não sabia bem como completá-lo, também. Noah estava fazendo sentido? E por que é que Wisseltown carregava uma faca? Aquilo, certamente, era o começo do choque. Estava vindo. Sentia os músculos. Oh não. Oh Deus. O sangue parecia bombear asmático dentro das veias. O choque. Perdeu a força dos joelhos e caiu.

Sacudia-se jogado no chão e Jack, largando a faca, tentava segurar sua língua para que não a mordesse ou engolisse. O coronel sentia-se, então (como era), uma péssima pessoa, um absoluto fracasso, e tinha uma autêntica pena de si mesmo porque não conseguia fazer o desejo de Noah pela própria casa não lhe parecer uma metáfora. Nem de Wisseltown pela escrivaninha. Era uma ideia engraçada, só isso, e será que não podiam deixá-la assim? Era só engraçado, é só isso. E, afinal, ninguém podia negar, era algo que realmente existia — havia casos e casos de pessoas que se apaixonavam desde por objetos inanimados até por animais selvagens ou figuras imaginárias, duendes, não sei — mas afinal aquilo lhe parecia é pretensioso quando se via escrito. A literatura era maldita porque metida como Jack a mandar-lhe embora com a ameaça de uma faca (e por ciúmes). Podia, também, aprender comendo o próprio nariz. Homens que transavam com as próprias casas. Que Noah descobrisse que todos os homens sempre transaram com as suas próprias casas, com projeções de si mesmos. Desde sempre. Napoleão Bonaparte. Mahatma Gandhi. Ele. Mas iam dizer do capitalismo, do fetiche da mercadoria — é claro, outra vez, que o coronel não era burro; sabia que essas coisas sempre estavam sendo ditas por alguém em algum lugar e não nascera ontem — mas *ele* não queria assim.

Então, para vingar-se de si mesmo, continuou escrevendo o que bem sabia que logo depois ia apagar, substituindo a confissão de Noah por um capítulo que narrasse o feliz retorno de Grace, Jules e Liam. Ia deixar a filosofia — aquela merda toda — para os outros, pensou, porque tinha a certeza de que até os fatos mais extraordinários na vida real aconteciam mais do que as metáforas. Estava proibindo Noah. E o que ele mesmo, o coronel, faria da vida dele — dependia disso? Não subiam ladeira, não abriam as portas. Não batiam palmas em frente à sua casa para interpretar os seus próprios fatos extraordinários; e se o procuravam era apenas para visitá-lo, para saber se andava feliz, se andava bem. Porra, o que é isso? A *paranoia* é o que estava lhe dando tesão? Por isso ninguém? Nina o deixara calmo, assegurara-lhe de que nenhum deles o veria mal. Ninguém. Ele estava era proibindo Noah. E não se sentia em posição para não o fazer.

Mas, como soubesse que dali para a frente a história outra vez já não contava, permitiu que Noah deixasse de convulsionar e olhasse bem nos olhos de Wisseltown para dizer-lhe:

Eu acho que quero transar com a minha casa.

Jack erguia-se. Com alguma compaixão, que deixava transparecer ao abdicar do semblante ameaçador por um pequeno e disfarçado sorriso, fez que sim com a cabeça. Compreendia. Então, sem dizer mais nada, andou até a pia onde largara a faca e a pegou de volta nas mãos para, lentamente, olhando nos olhos bastante calmos e aliviados de Noah, passar a fazê-lo como a personagem antes desejara: Wisseltown enterrou a faca na cartilagem do seu próprio rosto, fatiando com um raro vestígio de delicadeza o nariz para fora da cara. O sangue escuro que lhe empapava os lábios engrossava mais e mais, e visto do chão parecia denso como petróleo. Logo, ainda olhando com imensa simpatia para Noah deitado no chão da cozinha, Jack tinha o próprio nariz amputado na palma da mão. Após puxar uma cadeira e sentar-se, redimido de sua absoluta e irritante arrogância, Wisseltown passou enfim a comê-lo.

Noah, tranquilizado, deixou-se adormecer ali mesmo, enquanto ouvia o amigo mastigar.

(*What the fuck?*, ela me disse.

Calma!)

29

Azeite já estava meio grande para o colo, mas o coronel o equilibrava mal e mal numa perna. Mesmo um pouco desgostoso, conseguia que o cachorro ainda ficasse ali, pelo menos — não chegava a ser tão grande desconforto que o animal quisesse saltar para o chão — ele arranhando as pernas nuas do coronel, que a bermuda oferecia aos machucados sem qualquer tipo de barra. Aquilo arranhava?, doía, mas mantinham-se juntos.

É, carinha, lá vem a cambada de novo.

Sentara-se com ele na mureta da varanda, pensando que se de lá o cachorro caísse, rebelde, arrebentava. Não? Bichos são fortes.

Desta vez, Marcos mesmo lhe sugerira emprestar a mesa. Antecipou o desastre e fez-se agente ativo do abuso, como se tivesse mais força do que tem para decidir. Emprestar. Notou a lama, sangue, bosta na casa, percebeu os cabelos de mulher na ducha. Guardou tudo no coração, tudo, e caminhava cada dia mais pesado. Para compensar, bebia mais. O coronel pensando em como perguntar-lhe, pedir aquele favor, ainda sentia um medo não bem reconhecido, talvez de que o caseiro houvesse calado sobre o banheiro molhado, as coisas mexidas, ligando os pontinhos, claro, a assinar a última e pior das invasões do patrão à sua casa: sexo dos outros; ninguém quer o sexo dos outros na cama em que dorme, e com isso, agora, ele espreitasse, porque o silêncio que lhe veio depois não foi ajuizado ou verossímil. Algo vinha dele, e logo (mas já sabemos que não, encerrada esta dúvida, ao menos).

Pensava-se esquartejado e tremia.

Até por isso, degustou animadamente o alívio que lhe subiu como sabor, foi como de fato um gosto bom na língua o que sentiu quando Marcos veio e disse:

Boa tarde! É pra botar as mesas na grama, Lopes? A do jardim e a *lá de casa?* Virou-se meio de lado, dobrava uma grade de alumínio, coisa do galinheiro. Se você me ajudar a puxar, tudo se resolve numa gota.

Foram juntos, puxaram. No entanto, quando chegava a vez de trazer a mesa de pedra, branca, a do jardim, afinal, a sua, mas... não?, ele arrumou outra coisa para Marcos fazer — deixava a porteira lá embaixo já aberta, por exemplo, faz favor? —, demorando o dobro a arrastá-la sozinho, o segundo móvel era bastante mais pesado, e para fora do encostado, da parede leste da casa, proibida, ela sequer do lado de dentro estava, porra!, não conseguia mais, aquilo se vinha piorando, porque aos pouquinhos até a beira da escada... Com a terceira mesa, do terraço mesmo, já na grama faz tempo, Marcos podia ajudar. Da grama para fora é o cílio da casa, pensou, não mais que isso, aquela parte, o gramado, era para que todo mundo visse e ocupasse também. Pelo menos *ainda,* ponderou. Vá saber para onde se ia desde ali?

Nina agiu perfeita, certeira, sugeria o que melhor desviasse a atenção dos convidados de que o marido detestaria recebê-los *em casa.* Acharam-no ríspido antes? Ah, se não viram nada. Todos, inclusive o coronel (vá lá), dormiriam em barracas, sabe?, dessas de acampamento?

Houve longo processo até o ok, conversas de um-a-um, reclamações, piadinhas. O plugue de volta é tirar férias do silêncio, coronel!

Não tem cabimento, tudo senhor de idade,

E vai fazer como?

A respiração sossegada ao telefone:

Você acha que eles topam, Nina?

Gomes na linha:

É que Diego pensou em acampar, Gomes.

Acampar? Você tá maluca?, ria calvo do outro lado.

Só de farra, assim,

Gomes matraqueava:

Farra? O pobre tá com a cara no chão. Ficou tantã mesmo, Diego.

Nina rindo:

Pode ser, até, mas a gente também não precisa ficar velho de uma vez só, precisa?,

Ponto delicado.

Tá bom, sei lá, tem gente aí com problema nas costas, por exemplo (eu),

Foram, então, devagar, paciência, o dedo descendo lista abaixo, um, depois outro, depois outro, Nina e a agendinha telefônica, ora, este é um hábito antigo:

O que você acha? Não vai ser divertido?

Mas é óbvio que não!, só acampa quem não tem dinheiro (ou amigos com casa, quartos, banheiro, há há há).

Outros de mau humor,

Ok, mas vocês é que vão pagar os colchões infláveis? Onde é que vou arrumar prata extra *para uma barraca*, por Deus? Porque, bem, vou usá-la uma só vez,

Claro!

E aí, Nina? Deu? Funcionou? Como é que foi a *tua caça?*

Olha, pior de todos foi com o Biel, realmente ficou brabo, disse que não vem, acabou-se. Quem liga, Nina? O Biel que vá pra casa do caralho. Há há há. Outra que furou, disse que não, jamais, não virá, não vai "emprestar" o ar de sua graça (nem se amarrada), quer dizer, se for pra dormir no chão, foi Tieta, mas cara, se essa daí eu já convidei por educação, só? É uma chata de galochas,

Dito e feito.

Dédo arrumou umas cinco barracas só ele, foi-se ajeitando. Claro, tem seus contatos de jovem. Há há há. Constrangimento. Aquilo soava absurdo se falado em voz alta. Um monte de adulto deitado no chão. Diego via Lacta passando perdoada, coisa linda essa vaca, porra, é minha amiga. Os fogos de réveillon iluminando o teto sem teto. Fio de lona. Como é que pode?

Para começar um ano novo dormindo "o mais perto possível das estrelas" (oh não)!, disse Nina a todos, sentia-se fajuta, claro, mais para perto da floresta, da natureza, eram seus votos que começassem todos um ano mais *puro.* Porque essas pessoas de meia-idade, brincava, voltavam a adorar coisas de adolescente, também, como a natureza. Eterno retorno. Entre elas, imagens mais ou menos poéticas e forçadas como essa tosca das estrelas ajudavam.

É preciso ver beleza nas coisas simples, disse.

Ah, vá chupar um limão, Nina!, francamente,

Gomes, divertido:

Só depois de senhora é que virou pé-suja, ela, dois malas do cacete,

O e-mail final tivera repercussão engraçada. Entes da família e amigos que não eram militares, especialmente, divertiam-se com a frouxidão (molecagem) dos que se sabia que eram e mesmo assim, ó, tavam lá, gostando publicamente da ideia, porra, uns até davam sugestões e sugestões: pronto, então é isso mesmo, um acampamento *hippie,* ora meu Deus. Décio, moleque, forçara o limite (ai), escrevendo que a erva, o sossega-leão bem verdinho era por conta dele. Tio Diego, fazendo que não lera nada daquilo, mas genuinamente curioso, deixava a bagunça toda para Nina governar. Pensava que aquela era uma desculpa tão idiota, mas tão idiota, que talvez fosse idiota o suficiente para a esposa ter razão e funcionar, distrair — a tal estranheza seria, assim, uma história, só, e das muito comentadas, claro; mas não palpitariam exatamente sobre a *sua* história, percebem? Não falariam propriamente *dele.* Nina se deixava atingir até mais (véia louca), tal era o nível da sua fidelidade. A ideia, dizia por e-mail, era dela. Dela. A sugestão plenamente imbecil de dormirem todos em barracas sendo que havia uma casa ao lado cheia de quartos. Televisão de tela plana. Chuveiro novinho. Wi-fi. Colchões extremamente confortáveis. Tudo que uma casa realmente maravilhosa podia ter.

Fio de lona. As costas no duro.

Gomes não dissera mais nada. Talvez chegasse o dia e ele simplesmente entrasse porta adentro, negligentemente, ó, que se dane. Diego precisava certificar-se de que manteria as portas trancadas, então. O amigo era teimoso, como sempre, não havia dúvidas de que tentaria uma das suas.

Diego e o relógio, tantos e tantos minutos.

Pronto, Lopes. Palmas lá fora. Porteira sem cadeado, lhe disse Marcos.

Não o chamara de senhor. Ficou, por conta disso, contente e incomodado ao mesmo tempo. O coronel, como um pêndulo.

Obrigado, *Senhor* Marcos, brincou, notando que soara, a variar, mais agressivo do que pretendia: E, olha, você sabe que essa noite vamos *todos* dormir lá fora, não é? Nisso eu incluo você.

O coronel sentiu-se um bosta: é óbvio que o caseiro não tinha sido copiado entre os e-mails de antes, portanto não soubera disso até de repente, estranhou.

É que vai ser como um réveillon hippie (ai), nas barracas, Marcos, foi ideia da Nina, lá perto dos macacos. Todo mundo, cara, vai ser divertido, meio diferente,

Ô, Seu Lopes, eu preferia não,

O rosto magro não queria entender. Sim, isso o incluía.

Vem aí tua família?

Não, não, vão passar na cidade. Eu até ia pra lá, Seu Lopes, mas acho que você precisa de ajuda por aqui. Ele mentia, óbvio, não queria ir à cidade não, preferia, se pudesse escolher, ficar com a tevê, com Teleton, Criança Esperança, foda-se, só, e sem patrão, sem esposa, sem filho, de cuecas.

Preciso, cara, acho que por hoje é melhor mesmo você ficar a postos.

Importante é que Marcos entendesse que não era uma opção dormir em casa. Afinal, se *ele* pudesse escolher, haveria quem batesse o pé. Será que precisava pedir todas as cópias de todas as chaves e guardá-las num lugar seguro (longe da bolsa de Nina, também, da sua maldita mão-furada)?

Temos até uma barraca pra você, Marcos (devia ser uma bosta de barraca), acho que a Nina vai trazê-la desde São Paulo. Você vai ver, vai ser diferente, divertido,

Seu Lopes,

Bem, a Nina já tá trazendo a barraca de qualquer jeito, meu amigo, e carregou sozinha, deve estar o maior peso, uma tralha danada. Disse tremendo um pouco a voz: e, vê só, ela tá te trazendo essa a mais por puro favor. Ideia dela. Vai ficar chateada se chegar aqui e você recusar. Melhor aceitar, não é, não?, que a mulher é brava, você conhece, sorriu. Sabe como são as mulheres.

Marcos deixou-se vencer. Sentia a ameaça nas entrelinhas e teve vontade de afundar aquele sorriso. Lopes, aceitou, era um homem sem o menor caráter. Nutria-se visivelmente da sua falta de liberdade e extirpava-lhe vez ou outra um pouquinho mais de orgulho próprio. A paciência ia acabar se esgotando, reconhecia, e agradeceu a si mesmo instantaneamente por aquele pensamento — punha-se, através dele, ao menos por um tempo, a sentir-se menos passivo. Mas não durava muito. Precisava de Lopes, afinal. Era assim que as coisas eram, e seriam — tinha que topá-lo e calar a boca. Qual um bom jeito de viver com isso se não meter a cara na cachaça duma vez?

Tá bem, então, Lopes. Tá bem. Tá bem. Tá bem. Imitava-se com o queixo a subir e descer. A cabeça longe.

Cadê o "senhor" mais essa vez. Marcos engolira a própria educação? O coronel virou-se e foi pegar a prataria. Jantariam perto da varanda como antes — aquilo inclusive já se tinha combinado, fora o mínimo exigido pelos e-mails dos outros, tal havia sido o divertimento de boa parte dos amigos ao verem-se sentados entre o passeio faminto das vacas, que, bem, todos se lembravam delas, porra, foi tão divertido, Diego!, eles lhe cobravam um repeteco — depois, subiriam bêbados e cansados só algumas dezenas de metros de montanha até a entrada da trilha da Bica, só. Ali, já estariam as barracas montadas (faz favor, Marcos?) Sempre ela. Não era a trilha da Bica a única trilha do sítio, pensou, mas realmente lhe parecia. Dava de ombros pro resto. As outras, ignorava, todas, justo porque Diego continuava era atraído pela(s) rivalidade(s) que mantinha virtualmente com os bugios (ou demais invasores). Pensou então neles. Fazia algum tempo que haviam sumido. Eles iam, vinham. Bagunçavam, roubavam goiabas, zoavam na bica, depois chiu. Devia haver épocas do ano em que todos desapareciam, berrando por outros motivos para outros ouvidos doentes em outro lugar, roubavam outras frutas, longe, já de tudo esquecidos, dali em diante como problema é para outros sítios de outros exilados, às vezes, não é? Talvez fosse o caso. Migravam pra cá, migravam pra lá, às vezes um deles acabava eletrocutado ou baleado, ficava pra trás, churrasquinho de macaco.

Lacta mugiu alto, Diego concordou: é isso mesmo, minha amiga. Riu. Assim é a vida.

Com isso, acabou pensando que as goiabeiras deviam ser como a casa de verão, de inverno, sei lá, desses bugios. Parecia ainda mais irritante que tivessem várias, acesso a tanto, ele sentia por isso mais ódio dos animais. Respirou fundo. Deixa para lá, coronel. Cansado de Azeite no colo, deixou que o mascote fosse para o chão, mas não que se distanciasse. Sentavam-se na varanda. Olhou-o. Cheirava o chão, o ladrilho do terraço. Sentiu desconforto. Via o seu nariz úmido. O ladrilho. O terraço. Também era parte da casa, o cachorro também era vivo, um intruso. Levantou-se para, com ele, descer a escada até onde as mesas vazias já esperavam chegar as pessoas.

Pensando bem — concluía o coronel: — a varanda é parte da casa como uma sala sem paredes, ok.

30

Onde é que estão os copos?

Pega lá em cima!

Não precisa, pus toda a louça ali, tem um pano cobrindo.

Obrigada!

E os macacos, coronel, têm te importunado?

Décio, sobe aqui! Olha o tamanho dessa porra!

A vaca sentada sobre os próprios joelhos ao lado de uma mesa. Uma risada explode.

Sumiram, nada-nada.

Você é que fez?

Pelado, não achei. Tinha frango.

A Nina é quem trouxe. Nina?

Três, dois, um.

A festa passou. Com sono, o coronel trazia umas lanternas.

Vamos subir? Já tá tudo pronto lá pra cima.

Um muxoxo.

Lacta.

Uia.

As outras dormiam faz tempo; haviam descido todas uma a uma logo escureceu, primeiro desviaram a fome mais pra dentro das árvores lá embaixo e depois, chega: zzz.

Cada convidado (ai) uma mala, entregaram na mão do caseiro, cabendo então a Marcos ajeitar mesmo os colchões infláveis e as lamparinas de bateria por dentro das barracas. Ele, agora, sentado em uma pedra alta de onde via o acampamento de cima, tomava da boca de uma garrafa de pinga a tentar assistir também os fogos retardatários que estouravam por cima da represa do outro lado da estrada. Começava logo a fechar os olhos, exausto, pescando um sono que ia e voltava cada vez mais forte, quando uma luz tornava a lembrá-lo de que era ano novo. Assustava-se com um ou outro fogo abrindo uma alcachofra de luz vermelha, depois outra azul; mesmo que de todos os rojões vistos dali não se pudesse ouvir o barulho. Estouravam em silêncio, estouravam longe. Notou que lá debaixo do monte os vultos, os convidados, subiam. Esticou os braços, sentiu os músculos tremerem, espreguiçava longamente. Bom, lá vem, ia começar o festival de erros.

Convivas trombando-se no escuro.

Essa é a minha,

Cara, vou deitar em qualquer lugar, dá licença, boa noite.

Ouvia-se só a confusão de vozes roucas daqueles homens que já passavam para velhos. As mulheres, não — elas vinham caladas, frustradas. Vencido algum tempo, uma ou outra lamparina era acesa nas barracas, o que fazia com que uma silhueta completa de gente surgisse por dentro do balão translúcido. Os formatos das diferentes tendas então se acendendo formavam um inventário de possibilidades com que uma criança se esbaldaria. Os tetos arredondados e de cores claras, por exemplo, lembravam imensas águas-vivas no chão verde muito escuro do monte, tremendo com o vento os seus músculos feitos de água. Marcos, no entanto, nunca vira ele próprio uma água-viva e do sono, sentado na pedra, deixava-se encantar só por formatos e cores. Simples. Via outro fogo de artifício ainda mais longe chover devagar por sobre a massa escura da floresta e voltava a deixar os olhos descansarem.

Você vai entrar já?

Acho que sim, não queria levantar muito tarde amanhã.

Nina, bêbada, ah não, ia perder a paciência:

Diego, tenta se divertir um pouquinho, de nada, ao menos? Por favor? Pelo amor de Deus?, Sacudia o velho, cenicamente, como se tentasse acordá-lo para sempre. Se precisar, eu bebo e bebo junto com você até de madrugada, cara, mas vê se finge...?

Amor...

Promessa de ano novo?

Diz, Nina.

Ela aproximou a cara escondida pelo breu até tão perto que incomodava:

Vai se ajeitar tudo em São Paulo, você vai voltar eu prometo.

Marcos deitava as costas na pedra. Sentia os pernilongos e a sua quase falta de corpo a tocar muito muito de leve os pelos das pernas, irritante, cavavam espaço até a pele escura onde enterrariam a agulha. Tinha preguiça de espantá-los e ia revogando o incômodo até que finalmente adormeceu. A mão dele sobrou aberta e esticada, virada de barriga para a lua, era atravessada por nuvens quase transparentes, arroxeadas pelo contraste do escuro imenso contra o branco dela. Ia, tão logo se deixou adormecer, começar a sonhar. Estava então exatamente no mesmo lugar: deitado na pedra, mas já não tinha sono algum. Sentou-se. O zumbido dos mosquitos sumira. Nenhuma luz restava lá embaixo e a fogueira apagada expelia um nada provavelmente morno de fumaça — antes nem havia fogueira, pensou, estou sonhando.

Via uma silhueta, um animal imenso que saía da trilha da bica — é onça —, esgueirava-se abaixada sobre as quatro patas por trás das rochas cheias de musgo. Escondia-se na grama, esperava, a luz dos olhos variando. Marcos continuava sentado a assistir, como se tivesse as pernas bem amarradas, a onça arrastava-se entre as barracas. Olhou para as próprias pernas, mexam-se, voltou a poder mexê-las como Beatrix Kiddo. Levantou, notava que a onça (tamanho de sonho, tão comprida, um dragão) seguia entre as barracas apesar de vê-lo. Desceu da pedra, lhe deu a volta até chegar no acampamento; caminhava obstinado em direção à onça, ela cheirava mochilas abertas em torno da fogueira. Aproximando-se, conseguiu notar as manchas, as pintas, elas contradiziam o agente ambiental, o idiota, aquela não era suçuarana, das que não atacam. Sem ter medo do bicho, porém, encostou os dedos no pelo do rabo infinito, aproximou-os depois ao nariz. Que cheiro que tinha uma onça? Pouca gente no mundo sabe. Um perfume leve de sol, de carniça, de barro seco. Acariciava suas costas enquanto ela comia o resto de um sanduíche jogado. Passava a língua dura sobre o pão, a maionese. Uma língua bipartida. A onça só então que o notava por completo, parece, ou só então que agia de acordo. Melhor: *não* agiu de acordo. Virou-se lentamente, colocava a imensa cabeça entre as mãos de Marcos, ele procurava as suas bochechas, lembrou; os gatos gostam de carinho por aqui, pelas bochechas. Foi disso para um cafuné atrás de suas gigantescas orelhas girando, onde achou carrapatos do tamanho de caranguejeiras. O bicho parecia contente com o esforço. Os seus olhos amarelos e negros fechavam-se de prazer, sua barrigona, agora deitada na grama, rilhava como um imenso motor. Marcos e o medo de parar o carinho, coçou, coçou, coçou.

Boa menina,

Apesar disso, quando quase já não podia dobrar os dedos (cansado) tornou a erguer-se. A onça lhe seguia o movimento, punha-se em pé, alta, menos amigável. Teve medo, seu corpo largado de cara pra lua, seu corpo dormindo a liberar ticos de urina na bermuda, na pedra. Marcos fez que sim com a cabeça, olhava o rosto indecifrável do animal, como se a dizer que estava certa e que ela fizesse o que podia fazer.

Menina, menina, você devia é matar todos eles de uma vez,

O coronel deixou-se dobrar. Nina insistira muito, e tanto, que topou, ok, que fossem os dois beber mais um pouco, então, pronto, aqui estamos, mulher, tá satisfeita?, iam os dois pra junto de um grupo que se largara na grama, um último sexteto de insones, tinham depositado algumas lamparinas tiradas de dentro de suas respectivas barracas para criar uma fogueira artificial — algo que iluminasse apenas o suficiente que se vissem uns aos outros. Entre eles, via o rosto da tia de Nina, Dona Carminha, drasticamente amassado pela bebida como nunca a vira antes. A namorada de Décio, os dreads, logo ao lado, falava ininterruptamente com o seu irmão, Gustavo. Bêbado ainda mais. Nada do sobrinho. Alguém comemorou a chegada de Diego, ele de mãos dadas com Nina, e ela, ridícula, respondia à comemoração num exagerado "uhú". Como a voz lembrasse a de Gomes (só um pouco; não era Gomes), o coronel sentiu abrupta e intensa queimação imaginando que o desgraçado já estaria no mínimo deitando-se naquele mesmo segundo na rede da varanda. Podia forçar as janelas. Conseguir entrar.

Uhúú, ela se repetiu, sentando, ridícula.

Prometera a Nina parar de decepcioná-la.

Toma, vai, dá um gole, esquece a vida.

Vai, vai, vai!

Virou a garrafa e era vinagre, lhe tinham passado de sacanagem.

Porra! Que bosta é essa? Quantos anos vocês têm?

Riam escandalosamente. Gustavo lhe passou uma cerveja um pouco morna.

Vai, lava essa boca aí com sabão.

Obrigado.

E aí, seu vagabundo, como é que vai aquele livro?

Agora eu não tenho mais pressa, fui pro olho da rua.

Riram de novo.

O que é que você tanto fala aí? — era Vera, na máxima (e ainda assim nada incrível) coincidência. Quem podia imaginar?

Ué, que você me mandou ficar em casa mofando.

As risadas se seguindo uma a uma, um som monótono como o de um cabo desencapado de eletricidade amplificado em cinco ou seis vezes. Vera sentou-se, forçando uma intimidade que na verdade não tinha. Pouco depois, bêbado, Diego lhe trocava o nome:

Grace, ó Grace, por que você não me dá um beijo?

Receberia o forte tapa de Nina no rosto, ainda que de brincadeira. Ela gargalhava junto, olhando Vera com um nojo forçado que intencionava fazer-se perceber. Puta de esquina. A moça achava que já lhe bastava por uma vida toda daquilo e decidiu retirar-se.

Cadê os meninos, Grace? Eles me abandonaram? Eles me abandonaram aqui?

Numa outra vez virão, Lopes. Não quer ir dormir?

O nojo de Nina ainda encarava Vera, ela desistia até de despedir-se.

Quatro e meia, Gustavo dormia jogado para trás da grama.

É pai de família, esse cara. O coronel dizia torto: O Junior tá dormindo agora e nem sabe o merdas que o pai dele é.

Desvencilhou-se do abraço de Nina, que ela mesma estivera prestes a dormir encostada. Logo a pôr-se de pé sentiu a tontura e a falta de oxigênio lhe empurrar para o lado, quase o derrubava. Tentou lembrar o nome da namorada de Décio para dar-lhe boa noite, mas a menina ainda falava sem parar, agora com outra pessoa e Dona Carminha se fora para a barraca já fazia uma hora. Aquele era o fim do fim da noite. Nina terminava por dormir quase no ar, depois de um protesto sem muita energia pela ausência do ex-marido.

Viam-se uns aos outros, e sabiam, mas não comentavam entre si: tinham o esforço decadente de uma matrona que manda encher a cara de botox pra sentir-se jovem. No dia primeiro de janeiro, eram todos velhos que ao se verem num contexto tão mas tão juvenil até tentavam falar diferente. E na réstia de vergonha na cara, não havia um que não se deitasse no chão, na sua escolhida barraca, sentindo-se um palhaço. Os jovens de verdade, os poucos que ali restavam, deviam olhá-los com pena e ter toda a razão para isso.

Cambaleando, descia o caminho de volta para casa. Alguns pássaros já saudavam o dia nascendo, ecoavam assovios na madrugada — entre eles, esganiçava aquele sempre chatíssimo galo. O coronel pensou, difícil, que tudo no rosto de um galo se parece parte de um escroto vermelho. Riu. Tropeçava em raízes, arbustos, basicamente qualquer coisa minimamente sólida que encontrasse em frente aos pés que arrastava já praticamente adormecidos. Tentava esforçar-se mais um pouco; via o telhado da casa de

Marcos. Passava a parede descascando. Via a sua. Lá estava a belezinha. A luz deixada acesa da entrada da lavanderia e uma outra coroa de luz fraca que parecia vir do lado da varanda. Tinha a certeza de que lhe daria um murro assim que o visse. Gomes. Dormia na rede.

Marcos via-se de frente para o mar, no fundo um barco de pescadores afundava cheio de gaivotas que não desistiam de roubar o bucho dos peixes a sacudir-se na proa durante o naufrágio. Parasitas. Uma ou outra gaivota mergulhava pelo lado já submerso do barco e nunca mais voltava, entre as ferragens. Morriam bicando os buchos dos peixes que retornavam a tentar nadar, entre o tempo da morte anunciada por um anzol e a deliciosa impressão de salvação do tranco da rocha. Agora os bicos. Os pescadores já haviam pulado do desastre e da orgia das gaivotas, nadavam pesadamente para a areia, criando jatos de espuma para cima contra o céu amanhecendo. A espuma arroxeava — um pouco mais clara — como as nuvens da lua, e o caseiro podia ouvir entre as braçadas da natação aborrecida uma briga entre os dois pescadores; um culpava o outro pelo engano babaca que terminara no naufrágio. Marcos sentia sono dentro do sonho.

Ao virar-se, entreviu a casa de Lopes, que ficava na areia da praia. Uma belezinha. A varanda confortável e a brisa do mar batendo os canudos de bambu pendurados no telhado para anunciar o vento. Marcos, no sonho, sabia que Lopes nunca mais ia voltar, então a casa podia ser sua. Tampouco havia estado muitas vezes em uma praia, sonhava com isso porque sabia como eram. O mar revolto. O barulho das ondas. Subia os ladrilhos da escada salpicados agora pela areia, sentindo desejo. Aquilo dava mais vida à casa, como uma mulher que rolasse na terra; o corpo nu resfriado pelo mar contra a areia quente. Forçou a porta da sala, e o barulho da dobradiça, fraco, seco, mas perfeitamente macio, como se agradecesse. Via a televisão, o som, o modem piscando, a lareira, as almofadas, os quadros, a tinta sem um risco sequer, e o cheiro de pão fresco vindo da cozinha, aquele fogão trocado o tempo todo, ia sentindo raiva. Encostou a bochecha ressecada pela brisa do mar na tela plana do plasma da televisão, esfregando-se contra ela. Sentia ao mesmo tempo o frio da parede, limpa, que atordoava a pele que lhe fervia nas mãos, fechando os olhos para prestar atenção aos sentidos. Com a língua, sentiu o gosto do pano de uma almofada, que lembrava o cheiro do rabo do monstro. Abriu os olhos. Estava nu. Deitou-se no sofá, encobrindo-se de um edredom macio. A raiva aumentava. Enrijecia. Mas o prazer ia deixando-lhe calmo e ainda mais pacificado. Afinal, precisava de Lopes. Aquele sofá era incrivelmente macio. Incrivelmente macio. Não havia ódio que restasse a quão macio era aquele sofá, onde nunca mais havia estado desde que Lopes se mudara de São Paulo.

Viu Gomes dormindo bêbado na rede e tentou afastar a vontade de acordá-lo. Afinal, haviam passado por muitas coisas juntos. Tinha, inclusive, a impressão de que em breve deixariam de se ver com tanta frequência. Era inevitável. Lembrava das últimas horas e concluiu que realmente se divertira. Precisava daquilo. Mas não podia, ao mesmo tempo, distrair-se do horror que crescia no estômago, independente, a cada segundo que o via ali, na varanda, dentro da sua própria casa. Queria enxotá-lo aos pontapés, mas era Gomes — seu velho amigo Gomes. Pra começo de história? Devia a ele e somente a ele a sua precoce aposentadoria. Desviava a vista para não se irritar, mas acabava olhando de novo. Precisavam vencer aquele absurdo.

A vontade de acordá-lo ia crescer sim e até o insuportável, mas se continuasse olhando. Não podia controlar o ciúme. Sentia os músculos dos braços contraírem — e era como se estivesse traído: tinha uma estranha impaciência repentina até mesmo com a casa. Desatou a chorar, até que entre os soluços sentiu a ânsia de vômito crescer. Beberam demais. Todos. Gomes não acordava. Passaram por tudo juntos. Como é que podia terminar daquele jeito? Destrancou a porta e segurou a ânsia. Fechou-se. Tentou ignorar a luz da varanda. Sentia-se exausto por tudo. Deixou-se deitar no sofá, abraçando os joelhos para não vomitar. Tinha de fazê-lo sentado, pensou, assim só espremia o estômago. Deixa. Que o sono era mais forte que a ânsia, ia acabar adormecendo assim mesmo. Conhecia o cheiro da casa. Vinha de um tubo mecânico que lançava jato de gotículas de perfume de flor de maracujá, ou lavanda, de uma em uma hora de cima de uma estante sobre a lareira. O próprio barulho amortecia a ânsia. O barulho da geladeira. O barulho do modem. O barulho do micro-ondas reiniciando numa queda de luz. Você lembra? E a casa, que o tentava consolar da violência, ninava Diego, dormiam.

Nina, num instante quase desperto, minúsculo, esticava o braço ao máximo que conseguia por dentro da barraca, nada, chegou a tocar a lona do outro lado. Nada. O sol entrava por todos os lados, a vedação não bastava, jogava o lençol por sobre a cabeça, não bastava. Não chegou a estar consciente, no sonho, ainda, como uma bolha que quase estourasse mas não, porque nem chegara a interromper o sonho enquanto já tateando a barraca em busca do marido, olhou para o espelho, via a cara bêbada e envelhecida, disse: seu filho de uma puta. Então, duas asas verdes como musgo brotaram das suas costas, voou alto por sobre um desfiladeiro profundo cheio de corpos.

31

Estacionava a caminhonete emprestada de Marcos na rua do apartamento. Desceram Dona Carminha, Décio e Cecília. Dali pegariam um táxi cada um para seu destino. Nina e o ex-marido, juntos, decidiam esticar, tomavam o café da manhã os dois na padaria. Despediram-se dos demais, o casal encontrou fácil uma boa mesa, dessa vez do lado de fora. Desconfiados um com o outro: ei, olha, você pode me pedir um pão de queijo? Acho que se eu me mexer demais vou passar mal, disse ela por trás dos óculos escuros de madame.

O coronel deixou as chaves, a carteira e o celular sobre a mesa com Nina, vendo-se convencido pela fome de tudo a fazer os pedidos direto no balcão. Quem atendia era o dono, Horácio, um japonês pequeno e bem-humorado. Depois de pedir algumas notícias, entregou os pedidos em uma bandeja azul, apertando a mão de Diego com sincero e longo sentimento de solidariedade. A seguir, pediu licença para concentrar-se de volta no trabalho e prometeu-lhe que ajudaria no que precisasse.

O Seu Horácio acha que é quem, Nina?

Ele é bonzinho, amor, tá preocupado.

E por que é que você foi falar com o cara dessas coisas?

Não falei, disse ela já mordendo um pão de queijo. Deve ter lido algo no jornal.

No jornal?

Ela riu, piscando-lhe um olho. Noutro dia qualquer enfurecia. Hoje, tinha sono.

Depois, conversavam de coisas boas para retomar o clima bom:

Você consegue ver daí? Olha lá os seus periquitos, Diego! Voavam alto em debandada barulhenta de uma janela para a copa de outra árvore no fim da rua.

O dia estava fresco e a cidade ainda bastante silenciosa. A ganância daquele japonês, pensava o coronel, faria abrir a padaria até no dia do enterro da mãe. Ria sozinho. Sentia sono ainda, e mordida após mordida da massa adocicada pelo polvilho, recheando a mandíbula preguiceira com o queijo mozarela derretido, crescia-lhe a vontade de cochilar. Sugeriu para Nina que subissem e fossem logo para o quarto. Podiam dormir até muito mais tarde do que aquilo, depois, só muito depois, ele voltava para o sítio. Ela que pareceu um pouco nervosa com a sugestão, de repente, desproporcionalmente reticente; como se tentasse arrumar uma desculpa. O coronel, divertido, mesmo com a perspectiva de pegar a estrada antes do cochilo, sentiu-se como Wisseltown em um dos encontros na prefeitura. Eram todos parte de algo.

Tá bem, amor, então eu vou pro sítio.

Só hoje, amor, ela disse. Acho melhor mesmo.

Pagou e beijou-lhe a boca. Abraçaram-se. Acenou para o porteiro enquanto via Nina sumir no hall do elevador. Ela também queria a casa para ela, pensou. Virou-se. Um homem no volante de um carro caríssimo enterrava a palma da mão na buzina enquanto passava, mostrando-lhe, com a mão direita, livre, o dedo do meio. Nunca o havia visto antes, pensou. Tem gente que não tem mais o que fazer.

32

Recobrou a consciência com a caminhonete já batida, esfumaçando.

Mesmo que estivesse morrendo de sono, ninguém poderia dizer que o acidente fora culpa sua. Um imbecil vinha costurando carro atrás de carro, passava o limite de velocidade — e não se sabia para que tanta pressa. Diego não o havia cortado, mas o motorista nervoso sentia que sim. Desde então, já não tentara mais ultrapassá-lo, mas infernizar-lhe a vida. Colocava o bico do carro importado quase a colar as placas com a traseira da caminhonete em alta velocidade (o coronel era obrigado a acelerar), acendendo e apagando a luz alta a lhe atrapalhar seriamente a vista. O coronel fazia sinal para que ele ultrapassasse, mudava de faixa para a direita, mas o homem nervoso o seguia. Até que, ao cansar-se de importuná-lo por trás, o tal do imbecil finalmente ultrapassou, cortando a frente de Diego e, com certeza esperando uma reação mais rápida e defensiva do motorista com que sabe-se lá por que rivalizava, deu uma breve pisada no breque, para assustá-lo e fazê-lo frear. Só que, distraindo-se, aliviado porque pensara que ao ultrapassá-lo o motorista infernal lhe deixaria em paz, também tornado lento pelo sono, pela ressaca, o coronel não apertou o freio a tempo, chocando o bico do carro na bunda da Mercedes. Saíram os dois patinando até o gramado da esquerda onde, por um bocado de sorte, estacionaram sem grandes ferimentos em ninguém. Apagou. Acordou. Durou muito pouco. Tocando o próprio corpo para ver se não havia sangue, pôde ouvir a porta do carro da frente bater — o motorista tinha a cara de pau de vir tirar satisfação:

Você é retardado, sua bicha louca?

Era um homem de terno e gravata, mais velho que ele, na realidade parecendo à beira de um ataque cardíaco. Tinha o rosto muito vermelho e chutava inexplicavelmente a frente da caminhonete já bastante amassada enquanto gritava:

Vai tomar no seu cu! Sai dessa bosta de carro!

A campina verde do Rodoanel lhe doía os olhos, os outdoors vazios, tempo de troca de anúncio, isso não podia estar acontecendo.

Ele sentia-se um pouco tonto, é verdade, mas não gostava de ser chamado de bicha. Talvez como herança da caserna o entendia como a máxima de todas as ofensas:

Caralho, dois babacas num mesmo dia!, disse para si mesmo, sentindo-se descontrolar. Saiu colérico do carro, também, foi seu erro: Você sabe com quem você tá falando, seu velho bosta? Bicha é você, que dá o cu pro seu pai aquele outro veado.

O homem não se intimidou, empurrando o coronel contra a lataria da caminhonete; mas tão fraco e despreparado ele era, visivelmente, que Lopes praticamente sentiu pena antes de inverter posições com o engravatado, tomando impulso no carro, a imobilizá-lo em um veloz mata-leão que tomou o agressor de imensa surpresa, jogando-se com o peso do próprio corpo de volta contra a lataria da caminhonete praticamente deitando-se sobre o rosto do homem projetado para a frente. Estourou na lataria. O velho caiu meio desacordado no chão, com o nariz empapado de sangue, depois de ver seu próprio rosto vindo maior, maior e maior na lataria espelhada do carro até sentir queimar a cara como bala e então escuro. O coronel, pensando em Jack a mastigar enquanto Noah ainda dormia no chão da cozinha, pegou a carteira no bolso de trás da calça e jogou tremendo muito sua identificação militar no homem caído que tentava entender o que ocorrera. O coronel, então, pegou-o pela gravata e aplicou mais dois socos violentos em sua testa, um outro na garganta, onde sentiu um traque, na boca, ele sabendo que faltaria pouco para que aquilo se tornasse muito grave.

Os dedos da mão pulsavam, sentia o coração espalhar agitado pelo corpo todo. A orelha pulsava, as pálpebras sacudiam, as mãos e a roupa molhadas do sangue preto que não era dele.

O velho voltou a cair, desfalecido. Tentava dizer alguma coisa e o coronel instantaneamente sentiu um choque a percorrer-lhe a espinha por quê?, pensou. Alguma razão lhe voltava pelo murmúrio engasgado daquele homem — engravatado, de terno, extremamente rico, em um dia primeiro de janeiro. Feriado para quase todo mundo. Quem é que está de gravata em um feriado? Era uma papa de sangue e baba e muco na cara arroxeando do homem no chão, ele tentava respirar, engasgava, um dos murros com a aliança lhe abrira uma fenda talvez funda entre o lábio de baixo e o queixo. Uma solução, rápido veio, rápido foi: quis pisar no seu rosto até abri-lo. Descontar, descontar. Se pisasse, o homem não diria nada a ninguém nunca. Pisava no seu rosto até abri-lo em algumas partes, afundar, afundar, vômer, etimoide, osso lascado, osso enterrado entre os olhos sumindo, dobrando, os zigomáticos fechando como um livro de dobra lambada de sangue no vão do que era nariz, fechando, fechando, o seu rosto dobrando nos golpes da sola para o meio, sua cara ficando pequena até somente um buraco, em outros lugares expandindo, achatando, esticando, a grama pingada, as partes separando outras fundindo. A dor nos calcanhares.

Assaltou-lhe um agudo pavor, sim. Não pisou, congelava. Recolheu o documento da grama ensanguentada com uma nova humildade deprimente, ridiculamente avessa aos socos que dera, e guardou o mais rápido que pôde de volta na carteira. O homem estava ali, tentando erguer-se, depois de parecer desmaiar por alguns microssegundos mais. O coronel pôs-se a ajeitar a situação, um novo plano: ele pulou o homem e arrancou a placa da caminhonete com uma série de chutes precisos. Segurou-a em sua mão. Olhou de relance a Mercedes e viu o adesivo com o anúncio de uma empresa. Claro que ele a conhecia, de nome, embora nem fosse mesmo capaz de dizer o que faziam, donos de quais marcas múltiplas eram. Coisas da vida. O desgraçado podia ser o presidente daquilo, o presidente — e provavelmente era —, podia acabar com a sua vida. A própria Mercedes devia custar mais do que já conseguira juntar — era um modelo que talvez fosse exclusivo, único, e o coronel não entendia bem de carros. Correu para trás da caçamba, derrubando a outra placa da caminhonete. Jogou as duas para dentro, pela janela do passageiro, em menos de um minuto já podia dar partida.

O homem ainda revezava pequenos desmaios. Ao menos o corte do queixo não era fundo, não. O carro afogava. Um micro-ônibus estacionava no início do canteiro — e era uma questão de segundos até que não desse mais para sumir. Viu a mão do velho tomar apoio na janela, colocava os dedos para dentro pelo vidro aberto. O coronel pensou ainda outra vez no nariz amputado de Jack. Viu o rosto do homem surgir, irascível. Até que não era frouxo, pensou, do fundo do desespero. Abriu a porta. O coronel sentiu-se quase dormir com tanto medo. Não medo dele, talvez, das consequências. O velho puxou-o para fora. Caiu de joelhos. Olhava para cima e via o dedo indicador dele aumentar e diminuir, enquanto não conseguia bem discernir o que falava pelos gritos esganiçados e cheios de ameaças do homem. Na mão que não espetava com o dedo indicador o espaço de pele entre os seus olhos, discava um celular. Sabia como funcionavam aquelas coisas. Sabia. Ouvia o sermão, agora completamente justificado, de repente o justificava, tomava forma:

Soldadinho de merda. Bichinha louca — catarrou sangue e muco no seu rosto, propósito — você vai lamber meu cu até se for o presidente da república.

Gado.

Este mesmo já lambeu.

Tá certo,

Precaução.

Fazer o quê?

Vai, cabo.

Babaca,

Fica em paz; te dou um sinal.

Falou.

Até.

Clic.

Os homens da minivan olhavam de longe e decidiam não interferir. Ele discava o telefone, devagar.

Seu filho de uma puta. Filho de uma puta.

Homens como aquele eram intocáveis e ele sabia muito bem disso. No alto da raiva o tinha quase amassado na base do soco. Eis os fatos. Vamos aos fatos. Os espectadores voltavam para o micro-ônibus. Davam a partida. Iam embora. Diego juntou uma mão na outra, implorando, implorando. Nunca chegara a tanto, não parecera tão preciso.

Vai ou não vai?

Olhava-o como se esperasse a resposta para apertar um último número ao celular.

Eu vou, vou, ele disse, acabado.

Entregaria ao velho, depois, praticamente em transe, a chave da caminhonete de Marcos, sob gritos. Não é minha, não é minha.

Os documentos estão aí, tá tudo em ordem, disse.

Pode enfiar no seu cu os documentos, desafiava-lhe com o segundo dedo do meio do dia, lhe botava no nariz. O único documento que eu quero que você deixe é a sua carteirinha militar. Você vai ouvir de mim, da gente. Vou limpar a minha bunda com ela, deixar esse carrinho aqui mesmo, seu bosta; que é pra quem quiser levar, desmanchar, que se foda, não ligo. Só quero é te ver indo embora a pé. A-pé.

O coronel abria a carteira.

Via o rosto cheio de sangue do empresário, do rei, mas estava tudo no lugar, não batera tão forte, há trechos do rosto que sangram e sangram.

Aliás, deixa o documento todo aí na caçamba. Deixo avisado que não é pra ninguém pegar, não. Aí, quando você tiver passando de ônibus, com aquele povinho fedido e fuleiro lá do teu bairro, você se lembra. Esse carro apodrece aqui, junto do seu documento. Eu tenho o teu nome, Tenente-Coronel Diego Lopes. Você vai ouvir de mim ainda, da gente. De mim e do teu capitão.

Ia embora. Estavam no fim.

Caminhava na margem da estrada, tinha raiva de não ter um celular consigo ele. Sentia a carne em torno dos dois olhos incharem pelas porradas, com a terra do sapato a arder-lhe os olhos que mal conseguiam abrir-se. Talvez houvesse quebrado um dos braços — ele sentia a inconfundível dor óssea latejando por baixo da pele de perto do cotovelo. Precisava achar um posto de gasolina com um telefone público. Não sabia ao certo para quem ligar, não, só sabia que tinha mesmo de se proteger. Tentava rir ao menos do fato de que aquilo não estaria no jornal. Óbvio que não. Não havia ninguém em volta. Mas a tristeza lhe tomava os músculos firmes, soltos, firmes, frouxos, se arrependia de não ter simplesmente calado a boca.

O acidente, na verdade, pensou, fora abrir a boca. Foi jogar a carteirinha.

Ao telefone, acordava a mulher:

Nina...?

Vinham silenciosos os dois dentro do carro. Ela emprestara-lhe um moletom branco de frio para que Diego limpasse o sangue a escorrer da narina direita. O som do carro tocava um folk americano recente, baixo demais para se entender a letra, via-se um princípio de chuva cair sobre a estrada de terra. Estavam quase chegando.

Tinha plena e absoluta ciência de que aquilo tudo complicara (ou finalmente ou ainda mais) a situação. Nina, inclusive, tinha os olhos vidrados como se já sofresse por isso, como se pela primeira vez invariavelmente fosse e para sempre acreditar no exílio. Era provável que o mandassem não sair mais do sítio, de vez — pensava —, talvez por muitos meses. A separação se tornava mais real e obrigatória, afinal. Esse tempo todo achando que era ele o peixe grande, era uma sardinha. Tampouco sabia prever o resultado da carteira largada no meio da estrada. Estava em choque, em pânico, como fizera deixá-la lá? Queria voltar, resgatá-la, mas e aquele homem?, tinha o seu nome, podia muito bem persegui-lo, destruir o que tinha sobrado da sua vida, o que no fundo vinha reconquistando, já que com os meses passados o ano não tivesse sido tão mal assim. Extremamente temeroso disso, o coronel pegava-se torcendo humilhantemente para que o velho já se sentisse satisfeito por saber que lhe decretara prisão domiciliar, de certa forma, sem qualquer necessidade real de uma ligação pelo celular que a oficializasse. Que o velho estivesse agora chegando em casa, colocando gelo nos machucados e se deliciando com a certeza de que o coronel se mijava de medo, que talvez houvesse de passar um ano até que lhe voltasse a coragem para tirar o nariz para fora de casa. E que isso bastasse àquele homem, e que fosse cuidar da sua empresa, o deixasse em paz. Que, outra vez, ninguém se desse ao trabalho de alertar o jornal.

Amor...

O tom de voz de Nina o assustava. Parecia afogar:

Como é que vai ser agora?

Ele suspirava com esforço, sentindo os músculos do rosto doerem.

Eu não posso mais sair de casa, Nina. Nem até a estrada.

Ela emendava, comendo a pausa razoável entre os dois:

É, só que ninguém mais pode entrar, também. Pode?

Silêncio.

E a gente?

Silêncio.

Como faz?

Não sabia. Realmente não se podia imaginar uma solução para o caso. Naquele momento, o coronel segurava o cotovelo direito pensando na torção e em um longo e quase congelado gole de cerveja. Apesar da ressaca. Nina, em um princípio de choro, estacionava o carro. Ainda havia um tanto de estrada de terra até a porta do sítio, então Diego presumiu que a tristeza ia ganhar. Ano novo. A ex-mulher deitava a testa no volante, silenciosamente, deixava o corpo espasmar aos soluços do choro. Era terrível como não podia ouvi-la, mas reconhecia que chorava pelo quanto seu corpo inteiro saltava ritmicamente, e podia ver-lhe a barriga contrair e relaxar junto dos ombros. Chorava, com força, mas só com os músculos do corpo, em completo e abandonado silêncio. Sem conseguir dizer nada melhor, ele esticou-se para abraçar Nina com o braço esquerdo, beijando-lhe a nuca. Reconhecia o perfume doce e gostoso dela, de que logo sentiria saudade:

Me desculpa, Nina. Por tudo.

Abriu a porta do carro, sentindo o joelho esticar e arder. Recebia as gotas de chuva a melar-lhe os cabelos sujos de sangue e de terra. Não queria pensar em quanto tempo ela continuaria ali, sem poder dirigir. O carro estacionado. Ela fragilizada, disponível. Tentou lembrar daquele perfume, reconhecer do lado de fora um vestígio dele, querendo ouvir a voz dela de quando Nina era feliz a ecoar da memória entre as pontadas da dor de cabeça, mas já não podia. Mancando um pouco, a sentir as batidas do próprio coração a palpitar através do cotovelo machucado, pôs-se a completar o caminho andando.

33

Ouviu a gritaria ainda aos pés da ladeira. Duas vozes de homem, uma de mulher, o choro histérico e constrangedor de um menino. A lama da subida voava pelo rebote dos passos a sujar-lhe a traseira das calças, enquanto ele notava que algumas dores iam e vinham, fazendo-se esquecer e depois não, então tentava — sem sucesso — controlar o medo que sentia pelo que talvez o esperasse lá em cima. Já?

Foi quando dentre as vozes de homem destacou-se a de Marcos. De imediato, curiosamente, o coronel sentiu-se *protegido.* Andava mais calmo e já quase parava. Nunca presenciara o caseiro tão nervoso; ouvia-se que era agressivo como um monstro, expulsaria certamente quem mais estivesse a invadir aquele já péssimo dia primeiro.

Preguiçoso de incluir-se na gritaria — seja lá o que fosse —, o coronel caiu deitado no chão pastoso de um canto da via de terra da ladeira, longe das casas. Entre as dores que amplificara ao se deitar, no que se deixara cair com mais desatenção do que necessário, sentia o barro tentar escorrer para dentro dos ouvidos enquanto o chão cedia a desmanchar o travesseiro de terra onde decidira postar a cabeça. Tentaria entender a briga de longe, pensou. Ou deixaria a cabeça fugir. Pensava em Nina. Mesmo — e talvez até por isso — sabendo que aquilo era o fim, que as coisas passariam a desmontar-se todas de vez e rápido, pensava em Nina. Havia algum conforto no âmago daquilo, da tristeza imensa que lhe comia os órgãos. Ela oferecendo-lhe a comida de Natal. Obedecendo a dica de colocar as bananas no parapeito para os periquitos acostumarem-se a acordá-la esperneando diretamente em sua janela. Só daí é que Nina reclamava, não antes. Pensava em seus seios bonitos, em um fim de semana perfeito que passaram anos atrás em São Sebastião. Pensou na primeira vez que se viram. Nela com um bolo na mão desanimada a assistir ao sobrinho matraquear. Pensava no casamento. Na banca de jornal. E estava tudo obviamente morrendo.

Viu um pássaro imenso atravessar a chuva quase por sobre a sua cabeça, o vale de corpos, sendo depois seguido por mais dois. Jacus. Tomavam banho, esticavam as asas, chacoalhavam-se agora nos galhos duros de um eucalipto.

Havia burocracia naquilo. Ele e Nina. Falariam um com o outro ainda que a distância apertasse; porque mesmo a bolada de dinheiro estava na conta dela. A aposentadoria, não. Ainda estava bem. Mas quem sabe o que podia acontecer com o dinheiro? Enlouqueceriam em São Paulo, agora. Se tivessem de escolher um para cair, era ele. Por sua única e exclusiva culpa, como podia ser tão burro? Agora, cacete, como ia sacar o dinheiro no banco? Deviam vigiá-lo. Parte importante da sua velhice estava com ela, Nina. De maneira concreta, na sua conta bancária. E a amava, Meu Deus, a amava. Será que levaria o divórcio às últimas consequências? Pensou em Nina com um novo namorado. Não poderia deixar, só que a situação ia ficar incontrolável. Estava preso ali, agora. Nina talvez não quisesse voltar. O telefone desplugado da parede, e agora mais do que nunca. Tinha que ser. Queria é que só ela tivesse o número. Que o aparelho estivesse na varanda e fosse mudo. Ele olhasse na bina. Deitasse na rede. Retornasse. Como um e-mail. No mesmo minuto, Nina ainda chorava com o rosto no volante.

O menino já nem tanto. O outro homem calara-se também, ouvia-se apenas a voz de Marcos e Nazaré, enfim, reconheceu a mulher, ainda aos berros. O coronel alarmou-se. Respirava baixo.

Só os notou quando já passavam ao seu lado, bem ao centro da estrada, lentamente, como se evitassem escorregar. Cacá, afastado da briga, era confortado pela mão do desconhecido que lhe afagava os cabelos molhados, um homem gordo e alto que se parecia muito com Nazaré. Não o pareciam notar, nem um nem outro, seguindo o caminho com atenção e cuidado. Viu que o homem tremia também, provavelmente recuperando-se da raiva também, e acovardou-se com a possibilidade de que o acabassem notando ali. Devia ser parente. Cacá devia estar curado. Aliás, isso já devia fazer tanto tempo! Passavam. Lentamente. Nazaré e Marcos seguiam aos berros.

Ouviu o estatelar de um tapa e o agônico e seguinte intervalo na discussão, seco e frio. Outro tapa. Quis acreditar que quem batia era Nazaré, negando a si mesmo que Marcos fosse capaz de bater na mulher. Mas sabia. O desconhecido largou o ombro de Cacá e disparou a subir aos coices. O menino ficou sozinho, amiudado, mesmo que já não fosse tão novo. Não caminhava mais. Diego soltou a respiração. A compaixão vencia o medo e tinha vontade de chamá-lo para sentar-se consigo. Só que não o chamou. Seguiu vendo o menino chorar baixinho como Nina, em pé, sozinho, no meio do barro. Era às vezes como o guincho de um porco.

O desconhecido ia arrebentar a cara de Marcos, tinha aquela certeza. Naquele segundo, inclusive, achou justo. Olhando o menino chorar, ainda pensava mais nos próprios problemas. Nina entediando-se com ele em uma cadeira de praia, lia revistas e lhe soltava pequenos comentários. Servia-lhe um pratinho de café da manhã de hotel. Ela ia sempre com ele ao cinema. Quando comiam mais em restaurantes. Antes de tudo. Sentiu-se um verme por não ter podido ficar para vê-la chorar. Mas que diferença ia fazer? Os dois sabiam o que significava a burrada que ele havia feito. O episódio-relâmpago prescindia de explicações ou conversas longas. Era o absoluto pior momento possível para arrumar uma briga daquelas. Então se calava-se ainda mais do que o silêncio, prendia a respiração; via Nina chorar por aquele menino, os músculos da barriga contraindo igual.

Nova gritaria. Conseguia distinguir dos barulhos alguma mínima sonoplastia de surra, gemidos e batidas de mão, mas lembrou que os socos não estalavam como os tapas. Eram menos sonoros e mais eficientes. Mas não sabia, dali, o que era o quê. Nem se de fato era, por fim, o contrário de uma surra; uma briga equilibrada. De um jeito ou de outro, iam acabar se matando bem ali. Seria um segundo e chatíssimo escândalo. Marcos precisava resolver as suas coisas fora do sítio, pensou, aquilo não estava certo. Cacá seguia chorando. Começava um fino ganido, novamente constrangedor. O coronel sentia pouca vontade de mexer-se. A lama em que afundara parcialmente estava quente e beirava o confortável. Mexer-se era misturá-la com a lama mais fria dos lados. Deixava-se ficar.

Nazaré voltava a surgir entre os sons:

Para!, para, pelo amor de Deus!

O ganido de Cacá aumentou, virando um lamento de menina insuportável. No desespero que ele devia sentir, pôs-se outra vez a andar, mais rápido, costurando um tombo atrás do outro em direção à estrada lá embaixo. O coronel aliviava-se com a distância que se formava entre os dois, e finalmente se ergueu, voltando a sentir o ardido de esticar os joelhos. Ia mandar todo mundo embora. Precisava dormir, descansar, aquela era a casa *dele*. Marcos, na verdade, devia estar no trabalho. Não havia por onde ver aquela situação sem assumir que se tratava de uma folgadela. Voltou a subir.

Ao vê-los, já estavam separados. O desconhecido segurava a própria nuca provavelmente doendo, e Marcos mantinha a cabeça entre os joelhos, sentado na entrada da lavanderia da casa maior. Nazaré pedia para ver a nuca do desconhecido, tomada do desejo de retribuição, enquanto ele o negava ainda se devorando de raiva. Marcos não o podia notar, pois olhava o chão, cuspia sangue, bastante sangue. Mais um. Nazaré foi a primeira que o viu subir. Baixou a mão com o pano com que pretendia limpar o ferimento do irmão, mantendo-o pendurado entre os dedos tronchos ao lado da coxa. Todo mundo sujo: o patrão, o empregado, a inútil, o desconhecido.

Contra o que esperava, Nazaré não esboçou nenhuma grande reação ao vê-lo; fitava-o com um inexplicável olhar de desprezo ou indiferença, só. Seu irmão virou-se também, notando que o coronel se aproximava; e postou-lhe os olhos com ódio. Desconhecido. Nunca haviam visto um ao outro. Percebendo que já não podia voltar atrás, continuou caminhando, mesmo que as pernas sacudissem com o terror que parecia ameaçar-lhe através do invasor. Estou todo sujo, pensou. Não posso. Nazaré suspirou, então, e sem dizer nada se virou de costas. Punha as mãos no rosto, provavelmente também a chorar. Marcos dizia alguma coisa e parecia bêbado. O homem deu passos para a frente, em sua direção.

Sai daqui, cara!, ele lhe disse. Senão eu juro que te mato aqui mesmo.

Mas quem era aquele homem para falar com ele assim e em sua própria casa? Sentia muito cansaço, irresoluto. Não diria nada, mas também não tinha forças pra parar. Caminhou em direção à lavanderia. Não tinha forças. Subiu o degrau em que Marcos sentava-se. Só então pensou, ao ver o barro que lhe escorria sujar o piso, que se encontrava imundo demais até para a casa de serviços, até pra ela, irreconhecível. Pensou na mangueira, estava guardada do lado de dentro, esquece.

Olhou o caseiro, ainda com a cabeça baixa. Esperou uma reclamação. O irmão de Nazaré, ofegante, parecia ver no desânimo de Diego a última prova de que ele nem sequer tentaria defender o empregado e, mesmo que ainda ameaçador, deixava-se descansar da ameaça. Estava ganho. Via-se que também preferiria não brigar mais. O coronel viu o homem segurar o braço de Nazaré e puxá-la num tranco, como a conduzi-la para junto de si. Quedou-se parado ao lado de Marcos e, sem conseguir entender se ainda falava aquilo para Nina, murmurou de maneira a ser quase inaudível:

Desculpa.

Nazaré e o irmão seguiram pelo caminho por que subira o coronel. Marcos parecia desacordado entre os próprios joelhos. Sentia-se doer mais e mais e tinha nojo das próprias costas ainda aquecidas pela lama velha. Sequer notara qualquer carro estranho parado próximo à entrada do sítio. Lembrou que teria de contar ao empregado que a sua picape havia sido roubada, depois. Iam todos embora como? A chuva apertava. O coronel na entrada da casa de Marcos decidiu que estava cansado demais para tentar ser um homem justo. Entrou.

Os passos de lama e sangue iam-se deixando marcar pelo piso descompensado da cozinha e da sala do caseiro, de novo. Diego ligou o chuveiro, vendo as tais das aranhas reacomodarem-se no forro. Marcos talvez estivesse dormindo ali sentado, pensou. E com certeza tinha coisas mais sérias com que se preocupar.

34

Toma, quer uma?

Lopes passava-lhe uma cerveja.

Marcos, agachado, fazia um montinho de terra para replantar a base de uma alface arrancada do canteiro pela chuva de ontem. Olhou-o esquisito e aceitou a bebida. Não tinha coragem ou motivos pra negá-la.

Obrigado.

Marcos, a gente precisa conversar. Deixa tuas coisas aí e vem comigo.

O coronel seguia para fora da horta, uma tipoia improvisada acomodando-lhe o braço, sabia; dessa vez o caseiro o acompanharia até o inferno. Sentou-se em uma raiz proeminente de uma árvore gigantesca da qual não sabia o nome. Deixara as cervejas no freezer até quase empedrar, exatamente como pensara antes, e agora sentia os goles descerem pela garganta o mais perfeitamente possível. Talvez fosse a melhor cerveja que já bebera em sua vida, pensou. Tinha o braço ferido imobilizado com aquele pano de prato imundo, contra o próprio peito, e uma porção de ataduras ajeitadas em volta dos olhos. Um deles, inclusive, praticamente não conseguia abri-lo. Marcos ainda não o tinha visto assim, não podia entender:

Foi o Dalton?

Não, Marcos, foi um assalto. É disso que eu quero falar.

O caseiro também vinha bastante machucado. Só que as suas feridas ninguém tratara nem cobrira, estavam jogadas a secar ao sol como carcaças. Apesar da resposta de Lopes, sentiu um pouco de gratidão a misturar-se com o tal rancor crescente e sufocado, hoje tinha passado a manhã a limpar pegadas pela casa enquanto juntava a fibra necessária para confrontá-lo, pela milionésima vez já sabendo que não o faria nunca. Não podia ainda — e talvez fosse isso o que mais o segurava — juntar as palavras corretas; as que lhe dariam total e inquestionável razão quanto àquilo: Lopes invadia a sua casa. A sua casa. A sua casa. A sua casa. Juntava a coragem para dizer-lhe isso mesmo sabendo que o patrão podia responder, com alguma razão, que Marcos também fizera os seus absurdos, agora, como a briga que começara com Dalton, aquela putaria toda aos gritos e murros. Durante ela, inclusive, pensou que podia atracar-se aos golpes também com Lopes, sentado sem conseguir mover-se pelas pancadas ao vê-lo passar ao seu lado para a casa de serviços. Um dia. Mas não. Sentia a derrota definitiva e lógica a anunciar-se; ele podia ser expulso dali, não podendo defender oficialmente o direito que tentaria proteger ao enfrentar o patrão quanto ao uso da casa de serviço. A casa de serviço. A casa de serviço.

Roubaram a caminhonete, Marcos.

Desesperando-se instantaneamente pela notícia, franziu a testa como se o sol só o irritasse agora. A caminhonete era sua, caralho, não era nem metade dele. Emprestava. Como era estúpido, o que é que ganhava com isso?, isso já não podia ser, não podia ser, simples assim:

Como é que é?

É isso mesmo, cara. Ajeitou-se. E é óbvio que eu vou te pagar o prejuízo.

Caralho, é claro que vai pagar!

Daquela vez não se arrependeu da petulância palavroada com que falou com o patrão. Pelo contrário:

E vai comprar uma nova pra mim. Novinha, zero quilômetro. Ridículo. *Quero a chave aqui* — apontou para a própria mão. Falava com um sotaque forte, armado, e o patrão nunca havia notado que aquilo lhe tomava tanto. Sotaque. Mal português. Zéo-quilomêtro. Achou graça em como cantou aquela parte e escondeu. Tentava também não se irritar com a raiva do empregado. Sabia que ele estava certo. Aquela vontade de rir, no fundo, devia ter aparecido é para, ao menos dentro de si, sentir Marcos ainda abaixo, do lado de baixo. No seu lugar. Era um pequeno triunfo, apesar de toda razão que tinha Marcos. O coronel não se podia deixar pensar mais naquilo, até porque se considerava um progressista, naquele límpido dia de verão — entendia até que sotaque não era português errado. Tanto estava na moda que alcançava até os coronéis. Mas não podia deixar nada elaborar-se: era — e pronto — um pequeno triunfo. Sentiu outro gole gelado da long neck.

Fica calmo, Marcos, falou duro: E eu não quis ser assaltado, quis? Resisti, você não tá vendo?, apontou para o próprio olho, fechado. Podia estar morto. Já disse que eu vou te comprar uma. Marcos terminava de beber da garrafinha. Nova não, cara, que aquela já tinha mais de quinze anos, ok? Você vai querer lucrar em cima de mim?

Não podia. Não podia ser. Largava a garrafa no chão de terra dura, num baque.

Seu Lopes, agora você já...

Abusando o quê, cara? Olha, acabou-se o papo, já estamos conversados. Preciso descansar. Desculpa pela caminhonete, mas eu vou te pagar o prejuízo, prometo. Vejo o valor correspondente na tabela Fipe, desconto alguma coisa do mau uso, e,

Você devia me pagar tudo. Tinha vontade de sentar com as mãos no rosto outra vez: *não é certo uma coisa dessas, não.*

Soava de novo aquilo tudo como ameaça. A paciência de Diego esgotou:

Escuta aqui, Marcos, não sou tua neguinha pra você falar assim comigo, escapou.

Um segundo só. Que a paciência de Marcos também sumia:

"Olha aqui" você!, Seu Lopes!, se não me pagar!, agora!, esse carro!, porra, eu vou no Fórum.

"Seu Lopes".

Era sim uma ameaça, mesmo que nela não houvesse sentido nenhum. O carro havia sido emprestado a ele por vontade própria, e Marcos não tinha direito legal a nada. O coronel, ainda assim, ia pagar-lhe uma outra caminhonete porque sabia que era o certo a fazer. Marcos, que o olhava com o ar de quem tinha dado uma boa cartada, sem saber o quanto o que ele dizia era estúpido. Não havia chão nenhum para aquela ameaça e isso lhe parecia passar completamente despercebido.

Apoiando-se no cansaço daqueles tempos, o coronel decidiu acabar ele mesmo a conversa de uma vez, gritando potente, ralado, a voz grossa e ecoada no vale como já não achou que poderia:

Ou você cala a tua boca agora ou pede as suas contas.

Silêncio.

Dois dos cachorros, anônimos, vinham correndo.

Marcos viu-se confuso, mas obedeceu. O recado já estava dado. O seu e o dele.

Não deixa essa merda aí no chão.

A garrafa na terra.

O coronel virou-se de costas. Antes de andar, porém, exausto também, repensou aquilo, em partes, o que dissera, saco.

Queria descansar de tudo.

De tudo.

Os dias vinham passando, não era possível viver desse jeito. Precisava haver um porto seguro em algum lugar. De repente, sentia tanta solidão que quis enforcar-se numa viga da varanda, a vista para as vacas e o tempo perdido, desperdiçado, reconhecia a velha hostilidade, intensa, entre todas as pessoas. Tudo aquilo era antigo e insuperável. Não era simplesmente natural, também, porque não fosse invariável. Queria que Marcos e ele se parassem de peitar. Sabia que podiam. Aquela também era a vida do caseiro, afinal. A única que tinham.

Pensou numa conciliação:

Zero quilômetro, ele disse, depois de uma curta pausa em que permaneceu estático. O coração ainda batendo forte com o alarme de outra briga que não vinha.

Marcos sentia medo de responder, ainda. Nisso, sua própria fidelidade o enojava ao mesmo tempo que se convencia de que aquela última frase de Lopes havia acabado com qualquer vestígio de respeito que pudessem um dia ter tido um pelo outro. Não tinha caráter, nem perigo. Na verdade, não conseguia lembrar.

Você tem razão, Marcos. Te dou a vitória, *cê ganhou.* Zero quilômetro. Você sempre foi um bom funcionário e não é justo.

Aceitava?

Não se resolveria tudo, é claro, mas, porra, já era uma iniciativa — assim Diego antevia. Talvez uma relação fria de empregado e patrão, ok, mas já sem tanto solavanco se pudesse alcançar a partir dali, aos poucos, com alguma paciência. A frieza, ao menos, de repente lhe parecia perfeita.

Sério?

Marcos parecia incrédulo. Justificado. Não havia visto muitos homens voltarem atrás na sua frente, também. Aquilo, do meio da mágoa, era o máximo do elogio que poderia permitir-se dar a Lopes por enquanto. Guardou-o, logicamente, para si. Lopes não tinha caráter. Ou tinha. Pouco. De alguma maneira quis combatê-lo, para não deixar amortecer a raiva.

Sério. Mas eu não vou poder ir comprar. Não posso mais sair do sítio por uns tempos.

Tá.

O coronel estava outra vez inteiramente virado para o caseiro.

Desculpa, Marcos. Esses dias têm sido bem ruins pra mim.

Vendo as feridas dele abertas, secando no sol, Diego sentia-se outra vez um imbecil. Completou, falando baixo:

Sei que pra você também.

É.

Aliás, você quer tirar o dia? Descansar? *Você quer alguma coisa?*

Não, Seu Lopes. Ele passava a mão no próprio rosto, ferido. Alguém aqui tem de trabalhar.

Olhavam-se. O coronel agachou-se e tomou a garrafa que o caseiro largara no chão com a ponta dos dedos. Tentou sorrir.

Cumprimentava Marcos com um aceno de cabeça um pouco envergonhado quando se virou de vez para voltar para casa. Ao mesmo tempo, o caseiro tomava nas mãos um ancinho, pretendendo retomar o replantio das folhas. Lopes dobrara-se um pouco. Devia, no fim das contas, era ter medo dele. Olhou a ferramenta em sua mão como se confirmasse para si que havia razão. E havia mesmo. Lopes estava isolado agora, sozinho no mundo, e Marcos tinha uma picape nova. Conquistada no grito.

Um grito raro, curto, mas grito.

Um começo.

35

O cachorro surgiu do nada atravessando a rua e o motorista do táxi que vinha do aeroporto se assustou, jogando o carro para a direita a tentar desviar-se. Foi assim que, enquanto Noah dormia, o carro que transportava a sua família capotou. Liam, Jules e o motorista morreram na hora.

Grace, arrastando-se para fora do carro, sentiu-se estranhamente em paz, pensando, como pôde, que todo homem, no fundo, era sozinho. Que nenhuma pessoa conhecia outra de verdade, todos isolados e intocáveis. Então fechou os olhos e sentiu, feliz, o gosto do asfalto, porque era o último gosto disponível para experimentar antes de ir para o absoluto nada. Estava apagando. Não queria sentir-se triste e por isso não o fez, já que era a última chance de sentir qualquer coisa. O asfalto. O gosto das pedrinhas. Era bom. Pensou que Noah merecia ser feliz também e deveria não se deixar abater.

Grace, Liam e Jules não voltariam. Nunca mais. Noah desligava o telefone com que falava com a polícia. Disseram-lhe:

Coronel Noah, você pode ficar descansado. Estamos todos do seu lado sempre.

Lembrava dos olhos meio verdes e azuis de Grace, do dia do seu casamento. Como haviam se conhecido. Como segurava em sua mão fazendo carinhos sonâmbulos enquanto viam filmes. Encaixavam-se para dormir; como se buscavam um ao outro se por acaso se desvencilhassem no sono. Como se amaram, como se amaram por todos aqueles anos. O carro virado, largado com a morte embaixo de si, Grace tombada com o gosto das pedrinhas esquecido para sempre junto de tudo — algo absolutamente inevitável.

Era preciso deixá-la ir, agora. Ele sabia.

Então deixou.

Permitira, na história de Noah, um só conflito, rápido, e não para ter de ser solucionado no clímax, nunca um desvio desagradável de curso, mas algo que justamente corrigisse a (in)felicidade dele. Depois só voltaria a descrever a vida perfeita, boa, melhor. Era um conflito que representava por si uma solução, um relaxamento, e não a tensão. Queria convencer-se disso. Mentia. Portanto, pensou, não era realmente um conflito. Ficar sozinho no sítio, para sempre. De vez. Nunca voltar. Morrer ali. Isolado, *intocável.* A volta deles é que significava tensão na vida de Noah — concluía. Isso sim. Algo que precisava ser arrumado.

Os olhos de Nina eram quase quase pretos, ainda deviam estar parados na beira da estrada. Semanas depois. Ela se ia, mas os olhos ficavam, marejados. Aquela ideia já não fazia sentido há tempos, pensou, parte não juntava com parte. Ainda por cima tinha a casa. Como ele. Já não esperavam, também, há muito tempo, que Diego escrevesse nada — podia parar aquela história, todas, ali, caso quisesse, talvez devesse. Só gostava de Noah. Sentia com ele um pouco de companhia. Então, justo porque não haveria ninguém que o lesse, e nem a ideia de mantê-lo realmente coerente lhe parecesse mais tão necessária — nem fosse aquilo realmente possível —, o coronel decidiu-se por mantê-lo vivo, sozinho, diferente, também para sempre. Morreriam juntos um dia, lado a lado. Frequentá-lo, só que com pequenas alterações permanentes que finalmente poderia fazer sem remorso algum.

Noah acordava de um cochilo. Pôde escutar ao longe que Grace os mandava fazer silêncio, pois queriam surpreendê-lo, indefeso. Assim, decidiu, antes de ser atacado, dar o troco.

Noah acordava de um cochilo. A casa vazia, para sempre. Estavam todos mortos, para sempre.

36

Dias depois, concluía o coronel que Marcos havia expulsado a mulher e o filho de casa. Depois, sob protestos, não os deixara voltar, no que se findara a história com a chegada de Dalton e o combate que se seguiu à virada do ano. Não sei se foi bem isso o que aconteceu, visto daqui, mas quem se importa? Talvez o caseiro também se houvesse acostumado a viver sozinho desde o tempo da otite de Cacá, pensou. Como ele. O que apenas amplificava a inconveniência do patrão a constantemente invadir-lhe a casa.

Pausa.

Imagino que de certa forma a ciclicidade na vida medíocre do coronel já os estivesse enfadando (irritando). Houve sacudidas?, sim, uma grande, até, mas lá vai ele pensar de novo as mesmas coisas. Ora, como pode o coronel visitar tantas vezes e as mesmíssimas idiotices?, cometer os mesmos enganos? Travar tanto, falemos assim. Bom, por isso mesmo que há bilhões de gentes a precisar de análise: a cabeça de todos se trava aqui e ali, são as manias, não?, mesmo a própria personalidade, uma ideia fixa, um tipo de distúrbio de eterno retorno ela própria, motivo pelo qual nos deve ser a todos, me parece, tão cansativo acordar as manhãs infinitas pra ser de novo a mesma pessoa. Travada. Mas, tudo bem, então para que este narrador, em caso específico, sem ânimo algum, nos faz visitá-las, essas ideias repetidas dele, mesmo quando outras coisas se podia narrar melhor, coisas mais interessantes, as ligações telefônicas que se faz agora mesmo fora do sítio, por exemplo, no lugar delas se dispõe essas repetições chatas como novidade, cada vez, repetido demais, que essas babaquices se enunciam na cabeça da protagonista, etc? Bem, acho que respondi. Não? Que me critiquem, com alguma correção, verdade: nos foi meio prometido (sugerido) que a chegada do cerco reorganizaria tudo; já não haveria repetições, fossem elas na cabeça de Diego ou fora, nos eventos, vocês pensam. Nisso, é preciso explicar que apesar do acidente (o fato) e o "cerco" serem muito relacionados, não são exatamente a mesma coisa, nem vêm exatamente do mesmo lugar, quero dizer (a mesma coisa não seriam) — não são simples causa e consequência num circuito fechado, quero dizer: é complicado. Os mais atentos perceberam, lógico, na vida tudo é complicado. Também, como não nos fará mal ressaltar, o acidente de carro, como concluiu corretamente o próprio coronel, aliás, cumpre menos o papel d'O "acidente" do que Aquilo que a berserker de Diego pôs em movimento (outra vez: nada é simples, porque um tanto em movimento sempre esteve Aquilo). Já não nos interessa se antes, na sua intensa paranoia, o estavam mesmo seguindo (ou quanto). Desde que surrou um capitão, claro: da indústria, outro tipo de capitão, um tipo muito mais sério e poderoso de capitão, porém, estão (bastante). O cerco é o que ele não pode ver, mas se montou já e, da mesma forma frustrante com que estraguei tudo ao mencionar que Marcos não vai chegar jamais à vingança (fato que me chateia também, mas a vida simplesmente não é assim, e eu te sinto informar disso: tipos como Marcos tornaram-se mansos com as tralhinhas e, nas palavras de Lô Borges e Milton, pra não deixar tudo nas minhas mãos, também; os tantos gases "lacrimogênios"), é preciso igualmente anunciar que o "cerco", desta vez, *não é uma hipótese.*

O coronel Diego Lopes de Miranda tem hoje os dias contados.

Fim da pausa.

Aquilo passara — prometia a si mesmo. Precisava de alguém que o conectasse com o lado de fora do sítio, mais do que antes, visto que não sairia mais dali, que Nina deixara-se derrotar. Marcos, ele bem sabia disso, sempre fora a sua melhor opção. Deixaria de usar a casa de serviços. Havia, enfim, aceitado o acordo.

Chegou, naquele dia, a ter vontade de ir avisá-lo disso, bater palmas pra que desse as caras no hall, impediu-se imediatamente ao dar conta do quanto a ideia toda era ruim. Explicitava?:

Ok, a partir daqui vou respeitar você. Não.

Sobre a caminhonete, bem, seria difícil cumprir o prometido. Aí sim ia precisar ganhar algum tempo. Ele e Nina não se falavam desde a estrada e o dinheiro suficiente para comprar o carro só se podia alcançar através da mulher. Marcos o pressionava em breve, ia precisar ganhar tempo. Explicar a situação. Da mesma forma, não lhe viera qualquer ordem de cima. Qualquer superior, entocado ou não, andava calado. Não se ouvia um pio de ninguém havia mais de uma semana.

Enquanto isso, os dias iam e vinham com certa normalidade, todos os machucados pareciam sarar. Não quebrara o braço, afinal, apenas uma torção besta. O telefone seguia fora da parede e muito poucos e-mails chegavam. O pessoal da editora e da revista, todos, seguiam assustadoramente desaparecidos, sequer lhe passando os comprovantes de transferência prometidos. Convencia-se pouco a pouco de que o homem da Mercedes de fato satisfizera-se com o susto e o cárcere privado que acabara por induzir. Deixava-se voltar a passar a tarde revezando prazeres. Começou a assistir a um seriado novo, desde o primeiro capítulo. Voltou a cozinhar por horas. Cortar as ervas, caramelizar cebolas. Aos poucos, voltava a gostar da solidão.

Um dia tornou a ouvir os macacos. Já fazia tempo que haviam intervalado os seus rugidos antes quase diários deixando o sítio em semanas longas e estranhas de paz. Chegou a xingá-los para si mesmo logo os escutou, dentro de um exercício declaradamente encenado, mas acabou deixando-se relaxar, rindo alto, a sentir-se finalmente em casa. Voltavam, os filhos da puta. Em breve voltaria a odiá-los. No momento em que os reconheceu, porém, declarou uma momentânea trégua, respirando o cheiro do molho de tomate e manjericão que fervia em uma panela da cozinha. Contou o tempo, viu que tinha mais do que suficiente para dar uma curta volta no jardim antes de comer.

Saiu pela escada da varanda. Logo alcançou a grama, viu Pérola, Bone e Azeite, vieram lamber-lhe a mão. Os convidava para acompanhá-lo, com pequenos tapas amigáveis distribuídos pelos três, no finzinho das costas, perto dos rabos que balançavam alegremente. Passou a andar. Via alguns bois no lado leste da casa, bem perto da parede, mas sem encostarem-se à tinta. Notificava outra pequena vitória. Lacta estava sozinha, entre a sua casa e a de Marcos, na grama, pastando. Não ergueu a cabeça, indiferente, mas sentiu-se seguro o suficiente para acariciar-lhe o couro. A vaca, então, parecia gostar, sacudia as orelhas em um movimento redondo, bovino, que já lhe era familiar como tudo no sítio. Pensava, enquanto sentia o pelo seco das costas de Lacta entre os dedos, que fazia muito tempo que a negligenciara um pouco. Pêndulo. Pêndulo. Queria-os perto. Ao menos, agradava-se por perceber que eles não se haviam afastado tanto quanto seria o esperado.

Os cães atrapalhavam as pernas da vaca, ela parecia um pouco chateada com aquilo. O coronel beijou-lhe o couro, carinhoso, prosseguiu a caminhada. Via o céu ainda nublado, os trovões distantes e o rugido dos bugios, só. As fêmeas negras e os machos vermelhos, quase laranja, pensou. Gritavam. Sentiu-se mal porque pensava na ironia, através de um preconceito antigo: aquela era uma imagem pobre. Por isso não gostava das metáforas — já nos teria dito isso por Noah — mas das coisas extraordinárias. Ainda assim: era tremendamente irônico. As mulheres negras e os homens vermelhos. Macacos. Tentara matar-lhes o líder para que parassem de gritar. Nunca funcionava. Sorriu. Uma libélula pousara sobre a estaca de uma cerca abandonada perto das mangueiras. O barulho vinha de todos os lados, notou. Fechando os olhos, prestou atenção. Os cachorros haviam deixado de segui-lo, mas Lacta, cativada, vagarosamente aproximava-se.

Sentindo-a perto, o coronel abriu os olhos. Era outra imensa e batida ironia — com a qual voltava a sentir-se um homem pequeno e violento — que lembrasse da ex-mulher olhando Lacta, tantas e repetidas vezes, irremediavelmente. Ela parava exatamente ao seu lado. Teve, então, vergonha de rever a vida e os elementos do sítio que pairavam tal qual os distribuíra em volta de si mesmo sob aquele prisma — que se tratassem de símbolos e, ainda, símbolos pobres que estivesse armando sobre si mesmo. Pensava que contra si voltar-se-iam todos os intelectuais que transavam com as próprias bibliotecas. Sorriu de novo, ao desbancá-los, sim, e Noah sorriria também do lado de lá, espelhado, só que durava pouco. Os homens miseráveis e os que tinham o que protestar eram macacos — negros ou vermelhos —, e as mulheres dos coronéis, quietinhas, eram vacas. Era aquilo mesmo o que ele pensava? Teve vergonha de imaginar que isso fosse mais do que uma coincidência infeliz. Nada criativa.

Afastava o pensamento num empurrão atrapalhado; símbolos existem no papel, não andam livremente em volta da casa. Aqueles macacos, os bugios, eram somente macacos — os animais em si, graúdos e misteriosos, foram, sozinhos, os acontecimentos extraordinários —, rugiam de uma cavidade óssea. Ao mesmo tempo, todos os sítios guardavam as suas vacas, não é?, aquela só se tratava de uma que, por força do destino e por convite do vácuo da casa, acabara por amigar-se dele. Nunca chamara um homem de macaco; nunca chamara uma mulher de vaca. Mas e se aquilo estivesse dentro da cabeça dele apesar disso, escondido em algum lugar?, pensou. E se estar sozinho no sítio fosse exatamente como ter-se dentro da própria cabeça, quer ele gostasse ou não do que via? Qualquer que fosse o centro do cérebro, a sua massa fundamental, a casa, a sede, por isso não a deixavam tocar?, para que tivesse total controle sobre ela?, e ele, hoje, por exemplo, e se estivesse, ao menos ele de carne e osso, em coma, num hospital na Pompéia, talvez, todos os movimentos, animais, pessoas, eventos, não fossem mais do que ideias e opiniões suas percorrendo o coma, o bico do corvo, sem ordens conscientes que as produzissem ou controlassem? O canto trans-estacional das cigarras, nesse contexto, era o apito de uma máquina lhe avisando o liso dos sinais vitais? Estava morrendo numa cama? Era aquilo que ele tinha se tornado? Durante meses de enrolação via-se do lado de fora o que tinha do lado de dentro?

Não.

Riu.

Você está ouvindo isso, Lacta? São eles de novo.

Ela mascava a grama, deixando a baba cair pela língua áspera.

Eu cheguei a pensar que eles não voltavam.

37

Dirigindo em direção ao sítio, uns dez quilômetros antes de sair da rodovia, Gomes notou a caminhonete estacionada sem os pneus, as portas, as placas, no meio do gramado central. Saqueada. Estacionou o palio, pisca-alerta e, deixando-o trancado no acostamento, pôs-se numa breve e hilária corrida até o automóvel abandonado. Lá, em um dos bancos esfolados, encontrou a identificação de Lopes. Guardou-a. Voltando para o carro, sentou-se a asmar pelo pequeno mas anômalo exercício, ligou o rádio com as notícias.

Ao chegar, encontrou a porteira do sítio realmente trancada. Começando a irritar-se, não viu outra saída senão pulá-la. Também não estando em forma para aquilo, sentiu-se engraçado. Sem qualquer precisão, demorando o dobro do que esperava demorar, acabou que ralava toda a mão ao cair do outro lado, já dentro do terreno, feito uma jaca. Ajeitou a camisa, sacudiu a bainha da calça. Arrependia-se um pouco da decisão de visitá-lo, mas ok, o mal já estava feito. Seguiu para a sede.

O coronel enfim ouviu as palmas vindas da varanda, instantaneamente lembrou de Nina nua, deixando-se demorar um pouco mais largado no sofá. Como não surtissem efeito, as palmas trocaram-se por gritos, no que reconheceu a voz do outro, batendo-se com força em pausas irregulares pelas paredes da sala. O coronel apareceu na porta a abrir-se e, antes de qualquer coisa, deu a ordem:

Gomes, cara, você desce a escada?

Quê?

Você já sabe, desce a escada,

Gomes lembrou-se e aceitou. Chegando na grama, ouvia os passos de Lopes a segui-lo pelos ladrilhos. Deram-se um rápido abraço, buscaram onde sentar-se. A mesa branca e pesada da varanda nunca voltara a subir os degraus e se colocava ao deus-dará, sob chuva e sol, perto da nova reserva de madeira. Perto da escada. As cadeiras de pedra estavam um tanto molhadas e havia flores de cerejeira apodrecendo sobre toda a superfície da mesa, então Diego, sem cerimônia alguma, passou o braço a varrer tudo para a grama, depois sacudiu as cadeiras a pingar delas o excesso de água da chuva.

Acabei de ver o seu e-mail, Gomes. Vi e você chegou. Como é que tão as coisas?

Desgraçado, podia responder um, de vez em quando?, não é? Ia te matar?, riu o amigo, segurava uma das mãos de Lopes como se fosse seu pai.

Estranhava. Gomes nunca foi dessas coisas.

O quê que é isso agora, vai ficar emocionado?

O amigo riu mais, ficou um tanto em silêncio, olhando a casa.

Bem, eu quero é saber como é que vai você, o prisioneiro.

Assustou-se.

Se você tá sabendo disso ou é porque a Nina te falou e sou um babaca, ou eu tenho mesmo razão para não sair do sítio mais.

Gomes fez que sim com a cabeça, com os olhos vagos:

É, Diego. O melhor que você faz é ficar por aqui um tempo. Desanimou-se. Talvez até ir a um lugar mais longe.

Desconversando:

Bom, onde é que você deixou o carro?

Lá embaixo.

Quer uma cerveja? Tem na geladeira.

Hoje não dá, eu vou seguir viagem. Daqui pra Minas.

Pra onde?

Olha, cê não deixou fácil pra nenhum dos nossos agora, Diego.

Parou. Olhava-o diretamente nos olhos.

Olha, eu te aconselho a tirar o dinheiro que você tem na conta logo. E guardar.

O coronel suspirou. Então tinha mesmo começado.

Foi o cara lá, o do acidente? Eles vão usar isso?

Certeza que não ajudou o seu caso, cara, por isso que eu te falei do dinheiro. Bom, é melhor jogar as cartas limpas mesmo: foi, foi o cara do acidente. Os outros só precisam tomar um ar. Logo passa. Mas você... com essa história, talvez tenha mesmo se fodido. Vão colocar o seu nome em evidência. Vão acabar te dando de migalha para o povo comer, sim. Você sabe disso,

Eu devia ir embora também? Daqui?

Diego, não sei, sinceramente. Ajeitava a barra da calça, mecânico, para ter com o quê usar as mãos. Ainda tinha terras da queda. Acho que talvez eles estejam te esperando fugir para te pegar, sim. Você vai dar motivos se sair daqui. Será? Ponderou por mais alguns instantes. Fica. Mas fica quieto. E em que pé está a sua arma?

Estranhou, não respondeu.

Gomes pegou do bolso a identificação de Lopes, colocou-a sobre a mesa.

Guarda isso, pelo amor de Deus. Eu peguei lá no corpo do carro.

E pode?

Foda-se aquele cara, também. Não vai deixar a sua foto jogada no meio da estrada, vai?

Tá certo.

Dizendo claramente, Lopes, você já entendeu que isso tudo é uma ordem, certo?

Assentiu.

Menos a arma. Isso foi conselho de amigo, aliás, um conselho irresponsável.

Sorriu.

Também, você complica... Nem tem mais telefone. Pensou, desmanchando a barra da calça: Bom, eu nem acho que iam te ligar de qualquer jeito. Só eu que ainda te vejo.

Tá bem.

E, no fundo, a gente que se foda, não é?, parecia refletir consigo mesmo, Gomes já sem os ouvidos ou a participação de Diego. Claramente preocupava-se também com o próprio destino. A história os botava lado a lado, pensou. Até demais.

O coronel bastava desconfortável, riu. Não sabia dizer ao certo como haviam chegado ali. As copas das árvores balançavam com uma calma adversa ao assunto. "À-terra-toda-tudo-tanto-fazia", pensou. Uma frase difícil de dizer sem se enrolar. Às vezes, sentia-se bem com a própria capacidade de fugir. Naquela hora, porém, não funcionava. Hoje, à terra nada "tanto fazia": diferenças sensíveis do que podia ou não acontecer contavam, e muito. Amanhã, no sítio, quando esquecesse por fim desta conversa, até; seriam as coisas de novo mais simples?

São eles que estão sempre lá, Diego, que nem o cara que te bateu. Marchando junto antes e contra depois, o que for melhor para os negócios, só. Sinceramente, eu não sei nem se eles mesmos sabem o que estão fazendo a maior parte do tempo. Acho que nem pensam na História. Aliás, ninguém.

Raramente vira Gomes falar daqueles assuntos. Sentia que o seu caso era sério, agora, tremia como se tivesse frio, não conseguia parar.

Pensam nos amigos, nos vizinhos, na família, no plano menor. Eles não são nada bons, Diego, mas nem são totalmente maus, também. A gente tem que perdoar um pouco. É complicado. Convencem-se de que são ótimos, isso sim, que têm valor. Mais valor que a gente. Mas não têm rosto. Não estão organizados, não acham que estão combinando nada. Não acham que têm culpa alguma. Mas quando chega a hora, marcham junto. Sim. Acham realmente que estão fora da História. Ela mesma, que também é irritante e contada como se fosse para criança, não é? Você não se lembra do ginásio? Ninguém acredita mesmo naquilo.

Talvez Gomes estivesse prestes a despedir-se de vez.

É tudo simples, mastigado — eu acho que de algum jeito ficou assim aqui também, o jeito que a gente vê o mundo —; tem os certos e os errados, cada um vive separado do outro, estando sempre muito claro quem é quem. Só que não. Os demônios. No caso, nós é que fomos, Diego, o diabo, e todo o resto lavou as mãos. Ninguém participou? Os pais dessas crianças revolucionárias de hoje? Não. Você sabe disso tanto quanto eu. A gente também ia atrás deles, só que pra nós eram outros, os diabos. Mas quando-sim era tudo mastigado de onde e como a gente via. Você me diga; se sentia parte da História?

Fungou.

Eu não. Agora coube de você ser o pior de todos nós.

Gomes sentia a noite começar a chegar. Tinha de voltar para o carro.

Estamos totalmente sozinhos, Diego, daqui pra frente, ele disse.

O coronel concordou, logo voltava a pensar no imbecil da Mercedes que provocara o acidente para depois acabar de vez com a sua vida. O dedo que lhe apontava. Tudo era conveniência. Simulação.

Gomes, tomado de pressa, despediu-se como se fosse um dia comum, dando-lhe a mão. Desejou-lhe sorte, correu contra a chuva que vinha. O coronel permaneceu sentado na mesa branca do jardim a esperá-la. Havia um lado bom — a quebra daquela espera de anos. De décadas. A suspensão do tempo. Finalmente, pensou, ia tudo começar. Finalmente. E ele podia até concordar com Gomes que tudo era complicado — realmente era —, mas ele mesmo achava que as leis precisavam ser simples. Precisavam didatizar um pouco aquela culpa, afinal, não podiam reparti-la toda por igual. Mas não conseguia, também, condenar-se a si mesmo como o diabo. Era ele, afinal. Ele mesmo. Voltava a pensar que as coisas eram complicadas fora daquele portão. Ali dentro, não. E as leis, lá, eram-lhe favoráveis sempre. O ar estava fresco. Podia ferver uma sopa com os legumes novos, pensou. Aproveitar os últimos gostos que tinha à disposição. Como Grace, enquanto as coisas apagavam-se, escureciam para sempre. O gosto do chão, das pedrinhas, da morte.

Aquela vida ia mesmo acabar, era só uma questão de tempo. Dias, pensou. Talvez até horas.

Pelado?

Gomes gritava de longe e o vento carregava a sua voz como se estivesse perto. Era bonito estar ali àquela hora, pensou, o vento foi o primeiro telefone.

Que foi?, berrou de volta.

E você vai ter que deixar aqueles caras pescarem em paz, tá bem?

Não entendeu o porquê, mas concluiu que, de alguma maneira, se enganara de novo. Como é que aquela história tinha qualquer relevância?

Confuso, gritou, sentiu a voz quase falhar, já acenando:

Tá bem!

Gomes, apressado, voltou a correr.

No princípio da chuva, o coronel levantava da cadeira no jardim.

Já que ia mesmo acabar preso, pensou, devia levar a cabo a seguir a bastante reprimida experiência de Wisseltown — a ver se era o que queria com todo aquele ciúme. Sentiu os pensamentos embaralhar. O tempo nulo. Um último gosto. As pedrinhas. Era o que tinha.

No começo da noite, a sala soterrada pela chuva, o coronel com quase todas as portas trancadas:

É assim que eles fazem na América, divertiu-se.

38

Antes que pudesse passar a culpar-se daquilo sentir-se estranho e voltar a proibir-se por Noah o coronel livrava-se de suas roupas um pouco úmidas do princípio da garoa como se estivesse no banheiro prestes a banhar-se buscar a distração de todas as más notícias de Gomes com o morno o sabão e a espuma. Concentrava-se somente em reconhecer a textura e o frio da madeira na planta dos pés que logo previa no fundo rindo de si mesmo o quanto presumia ser saudável o ajudariam a desejar a casa. Experimentaria como com a espiga com Lacta o acampamento. Era um avanço. Sentia nisso orgulho por poder desculpar-se do sentimento conservador e covarde que provavelmente julgavam lá fora que ele tinha. Fechou os olhos e escutou outra vez os sons da casa entre as gotas firmes de chuva que palpitavam as telhas tentando organizá-los em algo próximo a um ou vários padrões simultâneos uma batida cardíaca com sístole e diástole um maxilar mastigando o motor da geladeira um pequeno estalo do micro-ondas algum ruído diminuto do encanamento da caixa. As veias cheias de água sanitária talvez terra e infelizmente os dejetos da casa da pia do vaso. Afinal mesmo tomado de um leve desânimo por pensar naquilo era-lhe vinda a ciência dos canos como a nota final de vida de realidade conjugal sobre os sons mecânicos que o empurravam a sentir-se outra vez estranho era aquele o som que lhe dizia que a casa ela tinha algo de realmente vivo orgânico e até pudor entre as paredes. Lembrava-se de Nina deixando de fechar a porta ao toalete e que a amava por anos apesar disso. Realidade conjugal. Mas o padrão de sons derrubava-se e era impossível mesmo porque o mais raro cuspidor de cheiro sobre a lareira espirrava quando queria praticamente sobre os outros sons em uma batida de pratos fora da percussão do ritmo do corpo. Imprevisível. Era como uma expiração repentina pensou que desorganizava os sons como uma espécie de temperamento. Vida. Sentia tomar-se da consciência enfim de que estava realmente acompanhado de alguém. Voltou a sentir a madeira. Mexeu os dedos dos pés fechando-os e abrindo-os raspando suas pontas no liso. O som um ganido baixo e travado era tão minúsculo sumido quase inaudível que não chegava a dar-lhe o efeito que antevia a aflição na espinha. Ao contrário o ganido surpreendia-o sendo mais grave e menos agônico do que imaginava. Doce e baixo. Deu alguns passos e segurou o tecido do sofá com força desta vez encontrando conforto na previsibilidade na memória confirmada de como era tremendamente macio. Desceu a mão entre duas almofadas encontrando a sombra permanente do pano em um reflexo infantil recordava de dormir quando criança com o braço exatamente ali num sofá e no sonho mole de depois do almoço achar a sensação parecida com enterrar o corpo na areia fresca da praia isolar-se do ar carregado da brasa do meio-dia no corpo feito rosa-camarão por semanas de férias e pouco protetor solar. Retirando o braço voltando a achar um pouco de graça da situação mas tentando não se deixar dominar por ela dava a volta no móvel, deitando-se de barriga para o tapete. As cócegas tomaram-lhe o peito as coxas e a bochecha esquerda. Ajeitava-se. Cócegas vinham também na superfície sensível do pênis ainda troncho e desinteressado. Via as manchas escuras deixadas na pedra pela lenha da lareira e via o silêncio do cuspidor. Fechando os olhos outra vez tinha o desejo de dormir. Virou-se de bruços. O forro do teto. Tentava focar-se de novo na sístole e diástole na casa mastigando. Segurou o próprio pau. Pensou em Wisseltown. Assim porém ao pensar diretamente no homem com sua escrivaninha não conseguiu conter a risada de antes e soltou-se ainda amolecido. Sentou-se. Os pelos do tapete então eram confortáveis no corpo sentado surpreendentemente e muito mas o coronel estranhava-se a gostar das cócegas arriscava-se a inclusive sentir nojo de si mesmo em racionalizar aquilo que sentia a tocarem-lhe levemente o ânus. O cu. Precisava desmanchar a cabeça. E como funcionara antes jogava-se uma segunda vez a pensar em si criança quando sentir as coisas por todo o corpo era normal e forçou-se a sossegar. Segurou o pau nas mãos outra vez com a mão esquerda enquanto acariciava o sofá com a direita. O homem do Missouri abria as gavetas duras de madeira. Aquilo seria sem qualquer sinal de dúvida muito melhor. Acomodou-se ajoelhado no tapete encaixando-se entre os dois assentos do sofá como se sentisse o sexo feminino. Macio e gelado como o tecido e a sombra. Viu-se intumescer com pressa. Prensou pondo os braços esticados a então fechar-se em direção ao centro de encontro um ao outro as duas almofadas apertando o pau entre elas como a tornar estreito o orifício excitando-se inclusive com o próprio tônus muscular que sentia enrijecer de fora para dentro dos braços ao abdômen e as nádegas. Entre os dedos sentia as coxas dela e respirava mais forte. Passou a entrar e sair primeiro devagar e depois com força fazendo o chão pelos pés do sofá ganir mais alto do que conseguira com os dedos a acariciar a madeira. A chuva palpitando as telhas fio a fio escorrendo a água pelas paredes de fora da casa pingando na grama faziam-no pensar em quando comia Nina ao chuveiro com as duas mãos espalmadas na parede e a xoxota aberta com força. Nina. Tirava e colocava o pau inteiro do espaço entre os assentos primeiro um pouco acima depois acertado um pouco abaixo pensando em tirar o pau do cu de Nina e depois colocá-lo em uma só bombeada firme na boceta. Ouvia a mulher gemer como a madeira apertava suas nádegas como agora as almofadas mas geralmente as abria e não apertava porque na delícia alta do tesão que apagava tudo um pouco antes de gozar quando o fazia apertava as nádegas de Nina para dentro ela reclamava e estapeava seus braços pressionando a cara nos ladrilhos da parede da ducha era apertada o suficiente dizia mas havia vez ou outra que se deixava comer daquele jeito rebolando dominada por Diego como uma puta com a cara na parede gelada. A casa e dizia-lhe por aquele gemido persistente não reclamava nunca gostava como de fato uma puta de verdade gostaria uma prostituta de rua comprada com dinheiro na mão os cabelos ruivos como as telhas e o corpo miúdo no oposto do tamanho da casa os quartos a cozinha o longo corredor e será que ao visualizar as mulheres distraía-se dela? Deitada de costas no chão com as pernas abertas a ser empurrada por dentro para fora do tapete. O coronel sentia nos joelhos que realmente estava jogando o sofá para trás a ponto de já ajoelhar-se sobre a madeira. Continuava. O incômodo nas pernas ia distraí-lo pensou então de súbito interrompeu o movimento erguendo-se. Ainda a segurar o pau duro saiu para a cozinha no caminho esfregando a cabeça do pinto levemente pelas superfícies frias do caminho sentindo-se assar tendo a pele frágil mais e mais sensível deliciosamente dando ao sexo a realidade do corpo. Aquilo aumentava o prazer do toque e enfim o calafrio o choque na espinha chegava. A cozinha. Pegava um pano de prato e enrolando-o no pênis punha-se a entrar e sair do tecido posto e segurado por cima da pia. Estava prestes a gozar e tentava deixar de ocupar-se com a imagem de mulheres à força queria como Wisseltown saber que transava com a casa e que aquilo não era a solidão da falta de sua esposa mas notava que automaticamente passara da ruiva que viera depois de Nina para uma mulher negra que lhe trabalhava agora na cozinha com as auréolas pretas dos peitos duros e lindos a apontar para o teto. Tirou o pau do pano e olhou em volta. O mármore verde da pia. Voltava a esfregar a cabeça do pinto direto sobre a superfície esta um pouco áspera da pedra tremendo todos os músculos do corpo em um espasmo de prazer e dor. Abandonou então a copa a caminhar com pressa pelo corredor. Sentia-se mais excitado do que jamais lembrara de estar entre as portas dos quartos como se ele mesmo estivesse inteiro dentro dela em um tubo. Abria uma porta e o rangido o fez de novo tremer agora adentrava uma trompa da casa como se estivesse a enfiar um braço todo dentro dela o absurdo o corpo e ela berrasse de gozo. Meteu entre o colchão e armação da cama sentindo-se novamente e sem nenhum aviso ridículo impressionado com o quanto podia estar de fato excitado e a julgar-se com todo o cérebro ao mesmo tempo. A culpa. Entrou e saiu um pouco mais colocando o peso do peito sobre o colchão para apertar-se. Já não teria pena de si mesmo e a razão ia dissolver-se mais essa vez. O gozo. O cheiro do próprio suor no colchão. A casa gemendo junto dele alto.

Então ouviu um barulho diferente, contrário.

Arrancava-o do gozo, com ódio.

O ciúme apertava-lhe o coração. A casa era dele. As paredes daquela casa eram dele. Inteira.

Lacta. Na pior hora possível. Raspava o couro na tinta do lado de fora, aproximando-se da madeira da janela, como sempre, o som aumentando, o mugido, com o barro da chuva; e não tinha entendido da outra vez, nem podia, estava chamando-o para fora do centro da sua cabeça, para fora, e naquilo tudo havia limites; as vacas não devem se esfregar na parede, e a casa era dele, inteira, tinha medo, raiva, com aquele som do couro na tinta e ela passava, ia contornando o quarto, mugindo, raspando-se e coçava o lombo; Lacta, estourando os carrapatos na casa, limpava-se da chuva, e o coronel se via pelado de joelhos machucados pelo atrito, doía, com o pau enterrado entre a armação e o colchão de uma cama, a culpa, e havia outros homens que amavam tanto as suas coisas quanto ele; era complicado e lhe parecia agora que o fora desde sempre, menino, mas estava, e era esperto demais pra não saber que o fazia, barganhando com a culpa que vinha com Lacta que raspava o couro repetidamente em um mesmo ponto logo sob a segunda janela; filha da puta, que sabe que ele está lá, de joelhos, pelado, o pau dentro da cama, a casa toda cheirando a pinto, as gotas de chuva martelando a telha, feita de barro laranja, e o sítio não era ele, nem Lacta era Nina, e que eles — tendo razão ou não, como Marcos — viessem tentar prendê-lo, esfregando-se na parede para puxá-lo do centro da sua cabeça, rugindo, Lacta contornando o quarto, e Marcos, seu amigo que devia odiá-lo agora e tinha completa razão pra isso, perguntara por que é que caralhos alguém quereria que os bois vivessem perto da casa, e raspava e raspava, mas era só perto que ele quisera, pra ter o controle, pra ter essas coisas — e não uma vaca que esfregasse o couro pelas paredes — os bois também sendo uma parte do que ele tinha, e o ódio, o ódio, os dedos daquele velho da Mercedes na sua cara e o cuspe e o sangue, a culpa, os socos em sua testa que ele devia tê-la amassado, Lacta que raspava o couro repetidamente em um mesmo ponto logo sob a segunda janela e ele com o pau enfiado em uma cama com a casa inteira cheirando a culpa. Ergueu-se. Tropeçando. Abriu a gaveta. Tomou a arma. Acertou o pente. Tirou a trava. Apoiou-se na parede. Atravessou o corredor. As mãos tremiam. Saiu pela porta da cozinha. A chuva forte. Os pés na lama. O ódio maior. O chão molhado. Os bois escuros. Outros. Dedo no gatilho. Lacta, sua filha da puta. Eu te avisei. O vulto grande. A mancha de barro. Longa. Ela perto da janela. Dedo no gatilho. Lacta. Ela levanta. A cabeça imensa. Atira. Duas vezes. Na barriga. Nas tetas. Os joelhos afrouxam. Ela. Tenta fugir para a frente. Desesperada. Muge. Lopes atira. No pescoço. Couro duro. Nos ombros. No lombo. Atira. Seguidas vezes. De novo. No escuro. Não se sabe o que é o quê. Na parede. Sangue. Terra. Preto. Marcos acende a luz. Marcos apaga a luz. Lopes esvazia o pente em Lacta, que anda desacreditada, lenta, no resto da força, jogada contra a casa, morta, as pernas afastando, o cadáver descendo, os olhos abertos, esbugalhados recebendo direto na retina as gotas grossas da chuva que escorre do telhado.

Lacta estava morta e Wisseltown era um homem comum. Havia muitos como ele no mundo. O coronel, inclusive, afinal; um progressista. Gomes não ligara. Nina não ligara. Marcos não ligara. Noah não ligara. Nina, aliás, também estava fazendo isso no apartamento, naquele próprio e exato segundo. E Gomes, quando chegasse em Minas Gerais, faria. O homem da Mercedes, na sua fábrica de eletrodomésticos, faria.

Fechava os olhos pra sentir a chuva. Lembrou, um pouco antes do desespero do que fizera chegar, que ainda estava nu. Precisava pensar em si criança. Quando matava um mosquito que zumbia de noite em seu ouvido. Teve a impressão de que o cadáver da vaca expelia o resto apagado de um último mugido, muito baixo, como se as cordas vocais dela vibrassem uma involuntária e última vez ao deixar a vida. E o gosto das pedrinhas no asfalto. Grace. Vera. Olhou a arma fervendo em sua mão.

Alguma hora, entre aqueles dias difíceis, Diego voltaria a sentir orgulho de si mesmo.

39

De manhã, tomando café de uma xícara de metal, Marcos olhava o cadáver da vaca largada encostada na parede de Lopes pensando em amolar um facão. Traçando a trajetória do animal, marcada na tinta da casa, desde antes de ser alvejado a primeira vez até cair morto com a cara na chuva, via-se de sua janela uma tira de barro seco, que cortava a cor da parede da sede ao meio, passando, metro por metro, enquanto Lacta esfregara-se e tentara fugir, do marrom da terra pura a uma mistura de vermelho escuro e preto que se tornava pontualmente dominante e mais espesso onde o sangue havia estourado das balas. Ontem. Acima da linha, o branco estéril da parede brilhava no sol novo e ainda morno das oito da manhã, que terminava de comer as nuvens sobradas da chuva.

Marcos empunhava a faca, dando rápidos e precavidos golpes no ar. Sabia do impacto do osso no ferro do facão, jogado para o pulso, depois ao braço; e estava aquecendo. Pronto, e com pressa, antes dos urubus que já pousavam com alguns metros de distância pretenderem aproximar-se aos saltos, dois em dois, Marcos puxou as mangas, largando a xícara no murinho da saída para a grama. O corte da faca agora lhe parecia bom o suficiente e no fim não precisara pegar a pedra. Ponderava, tocando o bico da bota na perna endurecida de Lacta, se haveria espaço entre as moscas e os prováveis ovos já prestes a eclodir, enterrados entre os pelos do couro, para decepar uma boa porção e reservá-la ao freezer, é como se deve fazer com bicho morto.

Ouviu a porta e era Lopes saindo pela lavanderia, onde uma mangueira largada no chão vazara a noite inteira sobre a terra. A caixa devia estar seca. Ele ajustava os olhos à luz, fechando-os como um japonês. Marcos, suspendendo a pressa de cortar o bicho enquanto o acompanhava sair, divertia-se com a fragilidade do patrão, descansando a faca ao lado do corpo onde Lopes não o via. Em outros tempos, antes de tudo, lhe diria: Seu Lopes, você tá parecendo um japonês. Agora, ainda com a reticência, a esperar o dinheiro do carro, não o faria jamais, agradando-lhe ao menos a imagem risível do patrão, medroso da luz como um morcego, prestes a enfiar o pé vestido de meias em uma poça d'água que ele mesmo criara ao se limpar depois dos tiros. O coronel, de lá, reconhecia o caseiro embaçado, de pé em frente à Lacta, e sofria um princípio de náusea com a mancha de barro e sangue na parede da casa.

Dá pra comer? O que você acha?, Diego perguntava para a figura desfocada de Marcos: uma silhueta curvada.

Olhando o facão, que deixava de esconder, o caseiro lhe respondia:

Vamos ver, Lopes. Acho que a carcaça já está dura e cheia de bicho.

Disse: Quer que eu tente cortar?

Lopes descalçou as meias e aproximou-se descalço.

Ué, tenta. Já tá com a espada na mão mesmo.

Segurando o pé de Lacta a intencionar levantá-lo pelo casco sujo de terra, Marcos sentiu o peso do defunto que tanto já endurecera que se tornara como uma unidade sólida e inchada de peso; não aceitando mais, de maneira alguma, a flexibilidade mínima necessária para que se pudesse mexer a perna sem erguer o conjunto do dorso. Com o pouco que conseguiu virar o cadáver, pôde ver que os ovos da varejeira já haviam eclodido pelas quatro patas do boi — as larvas estragavam a carne e parecia cedo demais para aquilo. Soltando o pé, e tomando distância a erguer o facão para cima, Marcos garantiu o golpe mais forte que pôde a acertá-la na altura da barriga, um balão encouraçado de carne e gás; criando uma fenda seca de onde depois brotou sangue vinho e bolhas rosadas — sangue que parecia ferver — enquanto as tripas expandiam-se para fora do corpo. Por dentro parecia mais viva do que por fora. Decompunha-se de maneira irregular, pensou. Ergueu-se, deixando o facão enterrado, tomado de súbita e agressiva superstição:

Ô, Seu Lopes, isso aqui tá estranho.

Que é que foi?

Sei lá, e segurava o cabo do facão para desprendê-lo de Lacta.

Tá bem.

Deixa?

Deixa.

A náusea aumentara, tornava-se vertigem. Diego não gostava de ver Lacta ali morta. Decidiu pegar a mangueira e tentar tirar parte da mancha da parede com o jato mais forte que pudesse criar obstruindo uma parte da saída de borracha com o dedão, etc. Devia ter feito isso logo depois de matá-la, pensou. Marcos, limpando o facão sujo com um pano, olhou os outros bois que pastavam perto da casa. Disse:

Ó, Seu Lopes, vamos logo ter de arrastar ela pra longe da casa. A catinga vai ser pesada, já devia estar pesada.

Sei, vou só tentar tirar a mancha antes de endurecer.

Já foi. Quando a gente voltar, escova. Tudo bem?

Pensou. A mancha estava mesmo visivelmente dura, a mangueira não ia ser de muita utilidade. Burrice? Confuso. Talvez tivesse se posto àquele serviço para distanciar-se do defunto em si.

Tá certo.

Segurou, tentando agir naturalmente, os dois pés da frente de Lacta enquanto Marcos tomava os de trás. O peso era muito.

Não dá, Marcos. Você vai ter de cortar. Corta assim e assim e a gente leva ela aos pedaços.

Vertigem.

O coronel nunca cortara os ossos de uma vaca. Seria como cortar uma pessoa, semelhante. Estranhava que o caseiro não adivinhasse, por exemplo, que ela pesava demais. Nunca matara um boi. Que Diego nunca o tivesse feito antes era razoável, claro, porque não seria normal que alguém esquartejasse gado na Pompéia, na rua, na calçada — dentro de um porão, na cozinha, no jardim, na área da piscina do prédio, onde fosse —, mas imaginava que aquilo deveria ser normal de onde Marcos vinha. Seja lá de onde. Dali mesmo, da Bahia, tanto faz. Cansava-se.

Marcos, recebi um e-mail da Nina essa madrugada e preciso de sua conta bancária. É pra te depositar o dinheiro, lá, do carro.

A súbita mudança de assunto, com os pés de Lacta ainda na mão, pegava Marcos desprevenido.

Ah... tá. Tá certo, Seu Lopes.

Você passa? Já mando pra ela por e-mail enquanto você corta aí.

O coronel jogava nitidamente o trabalho inteiro pra ele, corpo-fora; estava comprando a sua fuga daquela porra com o dinheiro do carro. Marcos notou, mas não pôde evitar o quanto se animava. Ao mesmo tempo, teve de parar para pensar. Tinha ideia melhor. Se o dinheiro estava assim *disponível,* certamente tinha ideia melhor:

Então, Seu Lopes, tô com uns problemas aí.

Ergueu-se, limpou a testa.

Aí era melhor se você me desse em dinheiro-dinheiro, você não passasse ele pra conta, tudo bem?

Agora era ele quem se via confuso:

Ué, mas se já te pago na conta todo mês! Tá devendo pro banco, Marcos? Seu salário vai pro banco? Pro buraco?

Ó, Lopes, deixa; deixa essa parte pra lá. Melhor, você só me dá em dinheiro, manda a Dona Nina trazer, e deixa essa história.

Pensou na falta de carinho, na frieza do último e-mail da ex-mulher, a mágoa da burrice dele, a tristeza entre os dois; e ele já se sentira mal por ter de pedir a transferência. Que ela pegasse o carro, então, com um monte de dinheiro sacado, lhe parecia — como o pareceria a qualquer pessoa com um dedo que fosse de juízo — uma estupidez sem tamanho. Ainda mais se o cerco apertava. Marcos estando no negativo, devendo a cara sabe-se lá para quem, nem ia acabar comprando carro nenhum. Aquele negócio não lhe cheirava nada bem.

Marcos, no que é que você tá metido?

Seu Lopes, não tô devendo nada não, só *preferia* em dinheiro.

O que é que foi? Em quanto tá a dívida?

Aquilo, óbvio, não era da sua conta. Marcos, instintivamente, mexeu o facão entre os dedos. Ele notou. Deixou-se distrair porque hoje não tinha medo do caseiro:

Ó, deixa a história pra depois mesmo. A gente já fala disso. O bicho vai pesar mais e mais, não vai?

Marcos olhava o corpo:

Não, Seu Lopes. É mais pro outro lado. Os urubus vão comer, a moscaiada também. A vaca vai é ficar leve. Só que, esperando, vai feder dias embaixo da sua janela. E da minha.

Tá.

Nina manda o dinheiro?

Vertigem.

Marcos não largava. Aqueles ossos iam dar trabalho. Dona. Iam ter de puxar tudo pra baixo do morro, perto da estrada, pra longe. Dane-se. Gomes o mandara tirar o dinheiro da conta, guardar em casa. Preparar-se. Esquecera-se disso em meio à confusão, agora voltava. Nina ia ter de ir e vir em várias e várias vezes de qualquer jeito. Triste ou não. Nada daquilo parecia ter outro remédio.

Vai sim. Vou escrever pra ela e ela traz.

Quanto é?

Preço tabelado, vou ver.

Brigado, Seu Lopes.

Você ajeita essa merda toda?

O serviço era pouco pro tamanho do saco de dinheiro que ia receber. De maneiras distintas, e variando bastante o quão conscientemente o fizeram, tanto o coronel quanto Marcos pensaram naquilo. Ele ia sumir com o corpo, lavar a parede e ganhar um monte de dinheiro. Cédula. Vivo. Na mão.

Pode deixar, sim.

Marcos olhava a carniça:

Seu Lopes, chamou-o logo se virava.

Sentia-se ainda mais exausto. Via a pele enrugada do rosto do caseiro, os lábios flácidos, os detalhes mínimos da pele machucada de Marcos que lhe davam, por fim, o ar desagradável de um trambiqueiro. O coronel já não podia ouvir mais sobre a caminhonete. Chega. Ao contrário disso, satisfeito com o combinado de Nina, o caseiro ia desconversar:

Mas por que é que você matou a Lacta?

40

Viu os dois pescadores subindo a ladeira desde a estrada. Ouvira um murmúrio que lhe chegara do eco do monte enquanto caminhava com Azeite, a ver o estrago do caminho do defunto arrastado aos pedaços pela grama; e ali estava a fonte, munida novamente de varas de pesca e isopor, sem sequer esforçar-se em esconder a passagem pelo meio do sítio.

Tentou encontrar na cara dos dois algum indício de riqueza, algo que justificasse o mando de Gomes de que os deixasse invadir a propriedade agora tão descaradamente. Não pareciam poderosos, revezando um cigarro de palha mal enrolado. Passavam-se, dali, por homens comuns. Mesmo com o sol, não usavam óculos, camisa polo, sandálias de couro bom. Sabia que nem todos os homens poderosos imitavam-se uns aos outros, mas chutaria para os dois no máximo uma classe média rural, megalomaníaca, claro, mas bastante limitada — malvestida — com algum negócio bobo como a criação de coelhos, qualquer coisa assim. Talvez, inclusive, tivessem origem humilde — a lembrar, por exemplo, da conversa que tiveram e dos érres puxados, o sotaque parecido com o de Marcos. Alertava-se a si mesmo, sincronicamente, quanto aos possíveis preconceitos que desfilava dentro de sua própria cabeça naquele instante, não podia deixar de querer atacá-los de alguma maneira. Segurava-se.

Já vinham perto, podiam vê-lo dali, pateticamente acariciando as orelhas de um cachorro como um vizinho manso e abnegado. Um dos pescadores, talvez de propósito, largava o cigarro no chão sem ao menos apagá-lo direito, provavelmente criando uma fenda como de carvão no gramado já terrivelmente judiado pelas chuvas. Notaram-no, enfim. Pareciam arrumar o caminho de forma a passar ainda mais perto. Seguramente — e agora tão próximo estavam que era óbvio — não se tratavam de homens ricos e tampouco militares: o coronel saberia se o fossem. Passavam-se de vez por homens humildes. No entanto, talvez viessem munidos de alguma amizade que lhes permitisse falar mais alto do que ele. Talvez fossem até agregados de alguém como se tinha em Manaus. Mas e isso existia em São Paulo? Também sabia que deviam ter sido os dois quem chamara a polícia ambiental sobre a arma disparada para o alto meses antes. Podia ser isso. Ordens para não arranjar problema com quem quer que fosse, mesmo dois matutos vagabundos que lhe desrespeitassem de propósito e pudessem berrar algo ruim sobre ele no ouvido do povo da cidade. Em Mairiporã, talvez homens como aqueles servissem de imprensa.

Tarde!

O homem mais alto acenava com uma breve continência molenga, que talvez fosse pura e simples coincidência. A saudação soava como se pudesse ser dada a qualquer pessoa, senão pelo sorriso malicioso e provocativo com que vinha junto.

Boa tarde. Pra vocês dois.

Imprimiu na voz um tom de advertência ou ironia. Era o máximo que podia fazer. Mantinha um mínimo gasto de virilidade.

Não disseram mais nada. Passavam entre os pés secos de amora, vitoriosos, rumo à trilha da bica. O coronel, em um sentimento nostálgico e agudo, arrependia-se gravemente de não ter berrado ao vento, no outro dia, o pedido de explicação daquilo. A curiosidade e o ódio outra vez lhe aziavam por dentro. Gomes, agora, estava provavelmente inacessível. Via-os subindo, batendo palmas para que um boi saísse do caminho. Olhando a casa com tédio. Ganhando alguma irritante e intolerável propriedade sobre o espaço. Ele sabia, no entanto, que era refém de algo muito maior. E calava-se.

Vem, Azeite, esquece isso, chega o dia e a gente lava a alma junto. Certo?

Subia mais ou menos no encalço dos dois, dizendo a si mesmo que era para certificar-se de que não tocariam na casa. Que não passariam dali. Se o fizessem — e deixava esta ideia nutrir-lhe mais daquele resto pífio, tosco, de potência — ele teria de fazer uma nova imbecilidade. Quebrar-lhes os dentes. Gomes mesmo o aprovaria. A casa era o último bastião — o último. Dali, o coronel ia orgulhosamente, se fosse, direto para o túmulo.

Passaram. No fundo, os dois invasores desinteressavam-se pela disputa logo depois de vencê-la. Largavam o teatro poucos metros depois e deviam, naquele instante, animadamente conversar sobre a pesca. Tinham aquela paixão maior. Quem sabe? Estariam dentro do mato na hora do ronco dos macacos? Lá de dentro, o som era sempre enlouquecedor, e negligente, bonito. Claustrofóbico. A floresta ficava pequena, os outros bichos desapareciam, amiudavam. Os pescadores deviam deixar de falar, escutar a água do rio e o ronco. Moto-contínuo.

O coronel largava um pouco da ira. Pensava que o tempo da chuva se ia. Em um surpreendente e curtíssimo momento, inclusive, inesperado e vergonhoso, reconheceu surgir e morrer em si, sem aviso nenhum, uma afeição estranha pela simples ideia de ter alguém com quem falar daquilo, imaginando perguntar aos pescadores o que achavam dos bugios. Se os viam de perto. Se ele era mesmo ruim por ter atirado em um deles. Que, contra a mitologia da espécie, não ficara preso pelo rabo no galho por semanas, na prova da persistência da raça, do combatente memorável, mas caíra ridiculamente como uma bola vermelha, esmagada, entre as folhas secas. Fácil. Como todo homem, enfim, cai.

Mas que se fodessem os dois. Olhou de novo para Azeite.

Eu acho que tenho um bom coração, carinha. Apesar de tudo. Eu e você temos.

Voltava para casa.

Sofreu um pouco por não poder convidar o cachorro a entrar com ele, fazer companhia. Martirizava-se. Era algo que tinha de ser assim, não havia controle. Lavava as mãos. A casa era dele e as coisas sempre haviam funcionado assim.

Viu os cupins. Um pequeno amontoado de terra alaranjada na quina da casa, não muito longe da entrada da lavanderia. Era novidade. Crescera rápido até se fazer notar, como um tumor. Tinha a certeza de que passava por ali perto quase todo dia e nunca vira nada. Até que se descobria a ponta, de repente, e então era como se aquilo sempre houvesse estado lá; sendo que por baixo dele a fundação da casa toda já se encontrava a devorar a si mesma. Chutou a terra com o bico do sapato até aparentemente chegar à grama. Não. Daquela vez, parecia ter descoberto a praga no começo. Com sorte, não pegara viga nenhuma. Sentiu-se heroico. Sorriu. De simples resolução. Azeite agitava-lhe o rabo.

Tchau, menino, vou fazer o jantar.

41

Noah dispunha a barca de sushi sobre a mesa da cozinha:

'Gonna devour you. Wood and all. All by myself.' O coronel apertava o botão para que o tradutor falasse. Não sabia tão bem o inglês. Ouvia o som daquelas palavras sair do computador com alguma graça:

Vou devorar você, com madeira e tudo, sozinho.

Armara as apóstrofes e mexera na frase em inglês com um breve estudo pelo buscador para conferir se não havia um errinho bobo qualquer:

'Gonna devour you'

Ajeitando o shoyu, os pratinhos, e o sunomono de pepino no vinagre agridoce, ele sentava-se para jantar. Colocava na boca, com a destreza dos palitinhos de pau — entregues, descartáveis, com a barca pedida no delivery —, um niguiri fresco de salmão virado com o peixe para a língua. Mastigava com os olhos fechados, atento aos sabores delicados um a um.

Tocavam a campainha; enterrando o dedo fundo no botão sem dar descanso ao barulho. Noah, engolindo o peixe, agitado pelo apito prolongado, atravessava a sala a passos largos. Espiando o olho mágico, então, via dois homens de camisa, calça, botinas. Preferia, naturalmente, que falassem através da porta:

Pois não?

Quem fala é o senhor *Noah Martin Palin?* Investigação criminal. Gostaríamos de entrar para conversar, só isso.

Não sabia bem o que a polícia ia querer com ele, afinal, um corretor de imóveis, viúvo, saído de uma catástrofe tão recente quanto aquela. De todos os crimes possíveis, aliás, estariam ali para acusá-lo mesmo é de matar a mulher? Era suspeito *como?*

Bem, eu posso sair? Não recebo gente em casa.

The Second e LaPlage entreolharam-se.

Ok, como o senhor preferir.

Noah destrancou a porta e desceu o degrau.

Schwartz, Richard — Cumprimentava-os oferecendo a mão.

Senhor Palin.

LaPlage era-lhe o mais simpático. O outro permanecia calado.

Noah.

Diego notou que cruzava várias versões daquele texto. No entanto, voltava a escorar-se no quanto sabia que falava pra ninguém. Que diferença faria?, então, que aqueles detetives só houvessem entrado na história investigando a morte do próprio Noah, junto de Grace e Liam, de quando Jules os sufocara com latas de cerveja? Em nenhuma realidade que ele mesmo criara ele os teria conhecido pessoalmente. Também, o coronel não era idiota, sabia que estava falando de Nina. Cavando uma terceira camada da superfície, depois de Lacta; era quando vinha Grace. Era como fazer terapia consigo mesmo, incentivando-se a rever aquilo com o tempo livre e interminável da prisão domiciliar. No entanto, este seu alter ego reconhecido era um terapeuta materialista — um que detestava a insistência dos símbolos tanto quanto ele.

Então vamos ser diretos, Senhor Palin — Schwartz Lawrence The Second. O senhor tem álibi algum para a tarde do acidente?

LaPlage olhava-o complacente — na velha e previsível tática de dupla.

Eu estava dormindo, Schwartz. Quem é que pode ter um álibi dormindo?

Não encontraram cachorro nenhum, Noah. Só isso. Você virou suspeito por algo que disse a Tia Jesse. Entende? Não é uma situação fácil — LaPlage.

O que foi que ela disse?

Que o senhor enxotou Grace, Jules e Liam para ficar só com a casa. Disse que você precisava de um tempo para, nas palavras dela, "curtir as suas coisas".

Não disse mal, Richard, isso aí é verdade. Você nunca quis ficar sozinho em casa por um tempo, nunca?

Você tem o resto da vida pra ficar sozinho em casa, agora, lhe disse Schwartz Lawrence The Second.

Sei bem o que você quer insinuar, Schwartz, mas percebe que tem um longo caminho entre querer "curtir as minhas coisas" e arranjar um jeito de capotar um táxi dentro do qual eu não estou e perto do qual nunca estive? Quem era o motorista? Tinha cidadania? Era legal? Tava bêbado? Vocês sequer estudaram outras possibilidades além de mim?

Senhor Palin, essa visita é justamente isso. — LaPlage — Isso é ser um suspeito. Há outros, claro. Você é somente uma dentre as várias possibilidades.

Então pede para o seu namorado aí baixar a bola.

Pensava no agente ambiental. Havia onde e sobre quem crescer, ainda. O coronel dava um gole de cerveja, rindo.

Lawrence aceitava calado, pois sabia muito bem com quem estava falando.

42

Diego abriu o raro e-mail do sobrinho e leu-o com pressa: desejava-lhe sorte e indicava um link, urgente. Certo. Cacete, Dédo... Vinha o medo e uma forte pontada na cabeça; como uma enxaqueca, abrupta, que durasse apenas um microssegundo. Ergueu-se para esticar as costas. Estralou. Fechou os olhos esperando outra pontada que não veio. Voltou a sentar-se. Clicou no link.

Viu a foto do autor. Leu o título da página. Evitou compreender o desenho.

Era um artigo de opinião, não uma reportagem.

Primeiro, ele ia respirar.

Depois, tentava aborrecer-se menos por fazer pirraça com os autores, buscando algo de imprestável na página. Um artigo.

Precáução.

Algo que sobressaísse como um calcanhar; uma fragilidade, mesmo que fosse irrelevante como o sotaque de Marcos que no outro dia, quando estava nervoso, carregara-se de repente e sem nenhum aviso. Matuto.

Ia diminuí-los a partir do que fosse possível; arrancando-lhes, assim, a legitimidade via qualquer saliência:

Veados.

Era a defesa.

Havia indícios, pensou.

Veio-lhe quase involuntário, vital, como respirar. Disse-o; botou a palavra para fora, em voz alta: "veados". De novo. Via-se pela foto barbada do cara velho, de camisa aberta, colorida demais. E pela assinatura itálica de menino embaixo do desenho, afetada, em um nítido improviso de alguém que — e nisso o coronel podia até apostar dinheiro — não costumava assinar documentos: "veado". Filhinho de papai. Imaginava, de passagem, o escritor do artigo, o homem da foto, escondendo-se pelo escritório de uma publicação online de segunda, com o ilustrador, o filhinho de papai, muito mais novo do que ele e a tremer de um desejo infantil:

Veados, repetia.

Queria derrubá-los porque tinha medo antes. Antes de ler. Notava. Precisava conseguir dar-lhes perda de causa prévia à acusação. Qualquer coisa. Mas anos se passaram, também, já não se sentia livre para pensar tão mal deles — e fora-se o tempo —; queria que isso te ficasse bem claro.

Sentiu-se mal.

Pronto. Era outro o sentido da palavra ali; uma coisa ruim, sem dúvida alguma, mas outra. Não saberia explicar, também. Cerrou os olhos.

Diego...

Distraía-se um pouco — e nisso saía em partes vitorioso —, mesmo que por um intervalo mínimo. Mesmo que só conseguisse postergar um minuto. Sorriu. Só que logo se dava conta de novo que prosseguia intacto, aberto à sua frente, indiferente aos insultos, o artigo de um professor que lhe chamava desde o título de "monstro".

Ele.

No que o coronel não poderia deixar de se doer. Demoradamente.

Pensava que era um homem cínico, às vezes, e não negaria isso; mas não era bem um monstro. Óbvio.

Ainda se esforçava para não entender o desenho.

Ia aos poucos.

Lá estava — era exatamente disso que Gomes falava no dia da fuga —: Coronel Lopes estava sendo escolhido. "Castanheira", ali, daria até a tal da explicação mais conveniente por que isso era necessário; tratar-se-ia, segundo ele, o Tenente-Coronel, indubitavelmente e de fato, do pior de todos. Porque dera os socos na testa de um filho da puta. E se destacara entre os demais. Essa era a verdade: ele fizera movimentos bruscos no meio da estrada, de dia, e todos haviam se voltado contra ele. Chamara atenção. Viraram os rostos e farejaram, como um animal que caçasse por onde se purgar. O que o próprio Castanheira não diria daquele mesmo imbecil da Mercedes; se tivesse visto o acidente em si ou se de alguma maneira criticar aquele homem nojento lhe desse no caso algum privilégio, um argumento sobre Diego? Mas não. O que diria — consultou-lhe o nome completo: — o Doutor Alberto de Fátima Castanheira, um professor emérito da capital (de quem jamais ouvira falar), se visse que no caso a vítima era *ele?*

O coronel ainda não começara a ler.

Seguia levantando as defesas.

"Veado".

No alto do texto, abaixo de seu nome e foto — em que Castanheira, acusatório, um senhor careca e muito barbado, magro, nitidamente de esquerda já por como se vestia, exibia o topo do peito ossudo pela camisa colorida e aberta alguns botões —, via-se a chamada oportuna: "O monstro de Mairiporã". O monstro.

Tá. Ele ia ter de ver o desenho:

Era uma absurda ilustração de um homem nu, pendurado de ponta-cabeça, amarrado pelas pernas dobradas em um cabo de vassoura equilibrado entre as duas beiradas de uma taça de vidro, como se fizesse parte de um coquetel, festivo; daqueles com uma fatia de laranja espetada. Hediondo. Tinha o corpo afundado no líquido e não se via quase nada do rosto, havendo sobre ele uma porção de bolhas de ar que indicavam que se afogava, era torturado. No pé do desenho estava aquela mencionada assinatura improvisada, de nome completo escrito em itálico, que o coronel lera como uma óbvia denúncia da autoria — só podia ser um aluno de artes, um favorito do professor, de alguma matéria que cruzara departamentos. Um moleque que nascera depois até do Plano Real, mas nem por isso se sentisse menos seguro e valioso entre os outros vários moleques a denunciar agressivamente coisas que não haviam visto acontecer.

De novo.

Mas e era preciso?, ele mesmo que se contra-argumentava. Sacana. Ia demolir a validade de tudo que não fosse a experiência em si? Ninguém podia ler ou ouvir falar de nada?

Era um corpo.

E o quanto se demorava com os detalhes e pensando em Gomes no dia de chuva a falar-lhe um monte de coisas; o quanto se demorava sem sequer pousar os olhos na primeira frase do texto em si além do título já deixava também inegável que se cagava de medo. Muito; sentia as tripas dobrarem-se na borda da barriga. Era como se desse um novo passo em direção a elas, pra dentro. Como se abraçasse os intestinos,

A tristeza o apertava. Notou que queria mesmo era lavar as mãos completamente — embora soubesse que parte do texto lhe seria merecido ouvir. Abafaria o que tinha de abafar, também; alguma coisa ali era injusta. Desproporcional.

O que Gomes quisera dizer antes, fugindo para Minas, era que iam todos um a um perdoando-se a engrossar o coro de acusação — quem apoiara, quem financiava, quem tolerara, quem dera os laudos de morte —; evitando a todo custo considerar as razões pelas quais um homem comum, afinal, e não o diabo, podia chegar a fazer aquelas coisas e acreditar que estava certo. Alguns defendiam a violência sem reconhecê-la no que defendiam. Isso. Ou criavam uma balança invisível de moralidade provisória que passasse a responsabilidade adiante como uma batata quente.

Merda; estava tentando se perdoar de novo e era o impulso de defesa involuntário que escorria para o meio do caminho como um fio de água.

Não tinham todos a mesmíssima culpa, também.

Ele é quem dera o tiro, esmurrara o homem, matara Lacta, caçara o macaco; e achou engraçado que se lembrasse disso como estivesse tudo no mesmo nível. Pra várias dessas coisas, pensou, o professor tampouco ligaria.

Só que ninguém queria pensar que podia chegar ali onde o coronel estava, dadas outras circunstâncias, sendo que o risco era qual, que no futuro — como sempre acontecia — todas as violências se repetissem, renovando-se em novos diabos. E ninguém quereria assumir a própria capacidade de sê-los até que já os fossem. Nessa hora, alguns se perdoariam dizendo que se tratava da natureza a puxar o gatilho — mesmo que contra ela mesma.

Negariam que houvesse sequer uma balança. Fazia sentido? Era como defender o destino. Já estavam errados desde ali: o método não se sustentava. Não era inevitável matar. Inevitável, não.

Não tinham todos a mesmíssima culpa, também, mas houvera muita gente aplaudindo em volta. Incentivando. Segurando a ficção em pé pelos pés. Por isso mesmo que Gomes dissera: era preciso queimar as pontes, isolar os fatores e os homens. Só assim. Aquela era exatamente a História do ginásio. Havia, inclusive, muita gente que tirara a farda e passara a tinta na cara para exigir as eleições, pensou. Como eu pensei. Ele conhecia muitos. E vários outros havia que diziam aos filhos que haviam lutado contra tudo, mas não haviam — tinham passado vinte anos muito bem, em casa; enquanto vinha, mês a mês, o dinheiro do trabalho que lhes alimentava o apoio às ficções: o esforço, o mérito, a justiça; contra a preguiça, o terrorismo, o perigo, a esquerda. Sem eles ali o que teria sido do país? A ficção respondia de pronto que era algo ruim. O coronel ali no meio de tudo. Acreditava-se muito que a alternativa era pior do que eles e que aqueles sujeitos chorões não saberiam ditar o caminho. Realmente, ele, ao menos, acreditara. Aquelas haviam sido as exatas e difíceis circunstâncias.

Mas o crime em si era simples e não conseguia se esquivar dele.

Simples, mas estava tudo incompleto.

Faltava.

Pegavam os homens armados, incompetentes, alucinados. Chorões. Tinham bom coração — certo — e o coronel vira-os rezando, esganiçados, como o Doutor Alberto Castanheira, inclusive, que devia ter esganiçado bastante lá atrás — no outro tempo —, guinchando como um leitão, torcendo o peito ossudo, querendo morrer, e justo por isso, também, tinha tanta raiva; homens incompetentes que tinham bom coração, mas que — e nisso o coronel concordara com a maioria do país; no que voltava a repetir para si mesmo — não saberiam administrar o Brasil. Continental. Castanheira podia até ter roubado um banco. Se não, aquele covarde certamente defenderia abertamente quem o fez.

Diego...

Estava fácil demais. Isolariam o mal nele e em mais cinco: pondo isso no lugar de pensar que mesmo hoje poderia haver apoio maciço a ideias que terminassem manifestando-se em violências imensas. Como aquelas. Maiores do que aquelas. E a grande maioria poderia seguir apoiando essas ideias mesmo lá, quando essas violências se fizessem explícitas e por mais um tempo, quase que por hábito, pra não perder o chão. Apoiariam de novo. Era isso que a opinião pública tinha feito. Até que o senso comum enfim virasse a cambalhota, quando o erro não pudesse mais ser protegido, tendo se desfeito todo por dentro, e aquela ficção inteira ruísse, vindo abaixo de forma a só deixar em pé as marcas mais absolutamente indefensáveis e passíveis de relativizar e, por si só, isoladas, do absurdo — como aquele desenho —, deixados nas mãos de uns poucos diabos, como ele — que se movera bruscamente na estrada, no meio do dia, e o animal o cheirara procurando por onde se purgar —, e todos os demais, confortavelmente, de súbito, trocassem de lado, passando a tinta no rosto e ajeitando-se para a rua:

Meu Deus, quem faz uma coisa dessas? Se eu estivesse lá, me recusava — inflamando-se, seguros, num coro novo montado às pressas, iam todos latir juntos como se não tivessem estado lá: — Como você pôde? Eu teria me recusado. Teria. Isso não é possível! Só que eu não me recusei.

Depois. O senso comum. Dada a cambalhota. E o que é que esse mesmo senso apoiava hoje que precisava sempre isolar os monstros de antes e impor essa lógica do acidente ou dos demônios sobre os absurdos deixados para trás em vez de reconhecer em si a fonte de uma possível repetição ou a raiz de uma nova violência? No próprio senso, cacete? A estupidez era sempre dos outros. O equívoco também. Lavavam-se as mãos.

E repetia.

Merda; ele estava fazendo isso agora mesmo.

Chegava sempre, uma hora ou outra, a batata na mão de alguém, que a segurava entre os dedos refestelando-se dos aplausos de uma multidão que ao mesmo tempo o incentivava e desviava o olhar para os lados, não querendo nunca a responsabilidade de estar olhando diretamente para ele enquanto puxasse o gatilho; alguém que fosse, com isso, ganhar entre os seus, ainda que temporariamente, todas as honras por fazê-lo — e esse alguém finalmente puxava. Pendurando o homem na vassoura presa entre as duas estantes de ferro em um porão. Diego aposentara jovem. Chegara tarde. Nada havia sido inteiramente sua culpa.

Só que o crime era simples.

Podia, explicando-se tanto, ter menos parte naquilo? Estava querendo entrar no coro contra segundos, terceiros? E quanto ao Professor Doutor Alberto de Fátima Castanheira? Precisava poder culpar um pouco a vítima, também. A energia passava a faltar-lhe para tanto.

Castanheira. Aquele homem de camisa aberta não era um santo, mas que culpa teria ele?

Chorão.

Pôs o copo na mesa. Lembrava, sem remédio, do que concluíra severo, sozinho, no jardim: precisavam simplificar um pouco aquilo.

Respirou fundo como se fosse saltar em uma piscina e deixou-se, em um exercício escancarado de martírio, vencer:

Eu acho que no fundo sou eu quem está errado, disse.

Preto no branco. A lei tinha que ser objetiva de algum jeito. Dura e satisfeita. Podia-se, ali, chegar a compreender o criminoso, humanizá-lo — ele; até porque tinha maior inclinação a se perdoar do que aos outros —, mas era impossível não penalizar o crime. Preto no branco. Era o caso. O erro. A vítima, no fim, tinha de ser a vítima. E quem aplaudira não era exatamente igual a quem atirara:

Acho que sou eu quem está errado.

Havia um novo intervalo no cinismo e, reconhecendo-o, o coronel orgulhava-se dentro da própria melancolia. Ele, mesmo que fruto das circunstâncias, era um homem estragado. Mais estragado do que os outros. Monstro. E, fosse porque fosse, fizera o que fizera.

Ele.

Castanheira — e sem digressão nenhuma — o enforcava logo na primeira linha: Lopes era um calculista.

Frio.

Um calculista.

Não seria preciso ler mais nada.

Passando o olho já sem muita atenção pelo resto do texto, distraído pela única seriedade da própria confissão, notou ao fim do artigo informações privadas, suas e de Nina, publicadas sem qualquer reserva.

Podiam tê-la poupado, pensou. Mas estavam acabados.

Já não importava mais o que de fato o Castanheira havia escrito. Não leria mais nem uma linha sequer. Só aquilo. Lá estava: o apartamento na Pompéia; a Banca Flor de Pinheiros; o endereço do seu irmão; da editora; da revista; e o endereço do sítio. Estava lá, bastante clara, a indicação de como chegar ao coronel, naquele segundo, sentado na sala, com a vista embaçada sobre a tela do computador.

Fim.

Alarmou-se. Ficou em silêncio e tentou ouvir alguma coisa. Nada. Os barulhos da casa. A sua casa. Onde estava seguro e não havia mais ninguém. O tubo automático de cheiro, então, espirrou a flor de maracujá de cima da lareira. Assustou-se.

Voltou a página. Via outra vez o e-mail do sobrinho. Lia-o de novo, palavra por palavra, com uma nova e forçosa lentidão, buscando, em pensar na preocupação dos outros algum conforto. Era ironia, sim, mas a seriedade sofrida do e-mail agora lhe dava paz.

Leria quatro ou cinco vezes, deixando o coração, derrotado, apodrecer. Não estava sozinho.

"Tio, melhor você não mandar mais e-mails pra mim. *Aquela boa notícia eu infelizmente já não tenho*. As coisas mudaram bastante. Você tem lido o jornal? Estamos torcendo por você, todos aqui. Um forte abraço meu e um beijo também da Cecília."

Estava?

43

Seria melhor enterrar o revólver.

Decidiu armar uma cova no chão próxima à borda da casa onde desmanchara o cupim: ia livrar-se daquilo de uma vez por todas. Bastava-lhe um buraco raso de menos de uma régua de largura para sumi-lo.

Achou melhor trocar a pá de jardim por uma colher de sobremesa. Ao abrir a gaveta abaixo da pia da cozinha, entretanto, fria pela falta de luz, incomodou-se com o barulho inevitável dos talheres sacudidos pelo tranco junto à mecânica velha do móvel — como um copo de metal que se pudesse espatifar — como se o "animal" que o farejava desde a estrada, a quem Castanheira contara o endereço aproximado, fosse ele atacado de uma miopia severa, e mais uma vez o coronel o estivesse ajudando a acertar o percurso ao provocá-lo com aquele tipo cardeal de ruído, estilhaçado. O seu endereço, dado, não tinha número; era uma porteira no meio da estrada de terra em frente à "represa tal"; assim, o bicho apoiava a ronda em cheiros e sons.

Ao bater os talheres, o estava provocando?

Não.

A ideia do "bicho", o "animal" cego, deixava-o vaidoso. Era sua. Ou da caserna. Mas, fechando a gaveta em silêncio, deixou-se despreocupar: No fim das contas ele e Castanheira estavam mesmo exagerando. Saiu e viu o fim da tarde que devia agora marcar a lentidão do tráfego na estrada de ida e volta para São Paulo, com o trânsito e o asfalto quente tomados pelo hálito dos caminhões, naquele bloqueio de horas e horas — insuportável! — e sentiu-se confortar. O "animal", se havia, estava pela estrada; trocando de rádio em rádio nervosamente; pensando em desistir de tudo por um bom banho quente e um prato de comida — um bife alto e suculento bem servido ao lado de um caprichado espaguete ao sugo, por exemplo (e a fome vinha tomando o lugar da angústia, como neles tomaria o da vingança ou da vontade de purgar) — antevendo que ao chegar em casa a sua esposa, que já fora um dia muito mais idealista, o serviria beijando-lhe os cabelos a rarear. Aquele era o "animal": uma serpente de carros engarrafados trocando de rádio e querendo jantar. A culpa dele, que queriam extravasar, talvez não fosse tanta assim — ou poderia mesmo ela ser maior do que a fome e o cansaço? Afinal, a imagem do que fizera virar para si quando surrara o homem naquele canteiro central era eficiente — o "animal", cego, ouvindo e farejando coronéis — mas também um pouco imbecil (ora, tremendamente!): aquele animal, se havia, tinha milhões de cérebros mesquinhos e independentes, no que era difícil que pudesse dar um passo bem governado sequer, para qualquer direção. Era quebrado. Cada perna ou centímetro do lombo da cobra — se o "bicho", agora, fosse objetivamente aquela fila de automóveis, esguia e comprida, fervida pelo hálito dos caminhões e cheia de tédio de barriga largada quase sem se mover na rodovia — tomava o caminho de um bairro, de um portão, de uma esposa e de um prato de comida diferentes. Só. E mesmo que tentasse com todas as forças endireitar-se, ela, a cobra, demoraria uma vida inteira para chegar. Controlar os pés. O corpo. Cada órgão ou centímetro do lombo permanentemente a querer tomar uma saída distinta da estrada. Um comboio de carros de pessoas que não se conheciam e absolutamente nada mais podiam fazer do que isso: pegar trânsito.

Nada.

E a terra de baixo dos restos do cupinzeiro alaranjado era dura e cheia de raízes, mas a grama ali já estava de qualquer jeito estragada pela infestação que demolira com o bico da bota: Enfim, o lugar parecia discreto. Não se disfarçava de uma porção qualquer de terra, verdade, mas chamava atenção só pelo resto de cupim; que não era coisa inédita, aliás, lugar onde se pensasse em descavar um cemitério de pistolas. Alguém que passasse por ali ia ver o lugar revirado e desinteressar-se logo: era cupim chutado, pronto. A vida seguia.

O coronel raspava a colher no chão até fazer doer o pulso e então trocava de mão, começava de novo; raspando o talher no chão mais e mais rápido com a vinda de um novo desespero: e se estivessem a vê-lo agora? Fotografassem-no ajoelhado enterrando uma pistola do lado de fora da casa? Tinha medo de espiar para trás por sobre os próprios ombros e ver alguém que o acompanhasse de longe, uma silhueta entre as árvores, e, como reação àquela possibilidade que se impunha mais e mais pela falta de coragem para virar-se e conferir, tentava, a encher o pulmão do ar sujo de terra levantada, demorar exageradamente pouco, o mínimo possível. O ganido metálico da colher sobre uma ou outra pedra que atingia por acidente, então, e que o coronel acabava tendo de remover com a paixão das unhas, agravava-lhe ainda mais a trama e a pressa. O coração passava a doer inchado nas costelas. Logo, antecipando-se, tentou colocar a arma no buraco; só não bastara o pouco espaço — assim como estava, pensou, o vento acabaria desenterrando o cano para fora e um cachorro ia suicidar-se por acaso. Ia farejar o tiro antes do tiro, revirar a terra no gatilho e explodir o próprio nariz. Voltava a cavar.

Alguns minutos depois e o espaço já era mesmo suficiente. Usou um pano da cozinha como saco, envolvendo o revólver de cima a baixo, e depositou--o totalmente na terra:

Nada de cano para fora.

(Sentiu, então, uma leve coceira no topo da cabeça, pensando por um segundo que se o sítio fosse ele, e a casa a tal da massa fundamental do cérebro, o coronel acabara de enterrar um minúsculo revólver em seu próprio couro cabeludo, como uma berne. As coisas que podemos sentir quando pensamos nelas...)

Tapar a cova, dali, foi fácil, e em pouco tempo o coronel encontrava-se em pé. Ainda assim evitava olhar por cima dos ombros e via-se fingindo preocupar-se com algo na parede da casa, próximo ao buraco tampado, para confundir quaisquer atenções invisíveis. Imitava outra razão para todo o esforço visto de longe: era necessária uma reforma naquela quina depois de superada a infestação de cupins. Averiguava, ao menos. Voltou, com isso, a agachar-se, tateando inutilmente a tinta manchada de terra próxima ao chão. Nada. Como se o esforço, visto de longe, pudesse ser entendido como algo relativo, sim, aos cupins. Mas quem cairia nisso? Voltou a pôr-se de pé, encenando. Disse, embora tão baixo — inaudível — que parecesse tentar convencer primeiro a si mesmo do próprio disfarce malfeito:

Ufa, não pegou a casa.

Virou-se devagar, aterrorizado; mas o azul-escuro da tarde vencida estava vazio. Ninguém. Naquele mesmo instante, Castanheira devia é estar discutindo um filme francês na cafeteria da universidade, enquanto bicava uma coxinha de frango com requeijão. Usava uma jaqueta jeans sobre a camisa florida apesar do calor, tomando café sem açúcar. O professor, falando do filme francês, certamente usaria muitas referências simultâneas; bicando a coxinha e engolindo o café. A fome — óbvia — em Diego voltava a expor-se através do que imaginava e muito apesar da raiva. Ele era enfim parte do "animal". Viu os cachorros ao longe. Deu uma nova espiada panorâmica no sítio, virando-se lentamente, girava sobre os próprios pés até quase cumprir uma volta perfeita. Não se viam bois, não se ouvia nada. As galinhas já deviam dormir, até, enfileiradas sobre uma cerca dos limites do sítio; e o galinheiro, onde deveriam realmente estar agora, vinha desfazendo-se há meses. Não tinha outra pessoa a quem culpar senão o Marcos, pensou. Com aquela crítica, justa, ia encerrar a vigília. E notava que deixara sobrar pouco da ideia chata do outro dia: que o sítio era ele. Apesar disso, olhava agora uma última vez a terra onde enterrara a arma — o ponto descampado, a careca do chão — e não podia impedir-se de coçar de novo a própria cabeça em um reflexo divertido:

Heliporto, deixava-se falar alto, sorrindo.

Por fim: se o sítio fosse visto como uma maquete imensa dele, o coronel, projetiva, a casa, a sede, seria o quê? Que parte de sua cabeça? Não sabia os nomes das partes do cérebro, talvez devesse pesquisá-las para distrair. Aquele nonsense seguramente interessaria muito a Castanheira. O coronel, para consultá-lo, entraria na cafeteria, pedindo uma coxa igual, e um café também, talvez conversassem com a calma agressiva das apresentações entre Noah e os investigadores.

O coronel, caminhando de volta para a cozinha, imaginava trechos soltos da conversa:

Alberto, desconfio que esteja morando ao mesmo tempo no meu sítio — que eu comprei com aquele dinheiro que você não gosta que eu tenha, aliás — e num espaço alegórico: uma maquete de símbolos com os quais eu interajo. O que é que você acha disso?

Ele ia rir:

Que bela merda que você me arrumou.

Não gosto nada dessa ideia, também. Na verdade, me sinto bem burro quando eu considero essa chance.

Grama, grama, grama. Via os pés afundando no terreno e voltando a sair livres para o alto.

Seguia:

A própria imagem do "bicho" me procurando, o que significa ser o canal de compensação do país todo, vence bastante das outras: os macacos, a vaca — que eu matei a tiros, Castanheira, depois foi o Marcos quem teve de cortá-la! — Não vamos esquecer do amor pela casa, claro.

Mandaria que ele procurasse salas fechadas de bate-papo sobre parafilia. Isso se quisesse ir tão longe, vê-lo como um burguês pervertido. Não era isso o que gostavam de fazer com os burgueses? Pervertê-los? Castanheira veria que coisas assim, objetivas, aconteciam e muito na vida real:

Como é que foi isso?

Perdia o fio da meada, ou o interesse em aprofundar-se no assunto, partindo rápido para outra defesa pronta:

Na Segunda Guerra Mundial, Castanheira, naquele posto avançado em Fernando de Noronha, sabe?, você, aposto, não soube nunca, os soldados introduziram a paca, ou cutia, um desses ratões, no mato pra ter em que atirar; já que de guerra mesmo não se sentiu nem o cheiro.

Veja isso como *fait divers.*

O coronel pensava que as coisas todas tinham forma, textura, gosto, concretos, sim, mas em outra parte eram, de qualquer modo, alegorias. Não eram bem símbolos, também.

Símbolos? Não eram as invenções mais inteligentes.

“Você ganhou aí, assumo.”

Gostaria só de pedir a Castanheira, quando viesse enforcá-lo, que não inventasse de botar no bronze, no meio da praça, aquela inteligência, óbvia; montada com as peças do sítio. Ele, o coronel, tinha notado aquilo em volta *antes*, sentira-se ofendido, pelos lugares-comuns e pela pobreza dos símbolos. Lembra? Tratava-se de uma maquete bastante ofensiva. Era um desrespeito inclusive à Lacta — por quem realmente sentia muito. Doía-lhe pensar no cadáver, talvez sempre lhe fosse doer.

Sim, eu também sinto pelos outros, Castanheira.

Da mesma forma era fazer pouco caso do extraordinário substituí-lo pelo alegórico. E o dono de sua cabeça ainda era ele, e seguiria sendo assim até ao menos quebrarem-lhe o pescoço; as correlações fáceis que o coronel mesmo descobrira entre o real e a possibilidade alegórica, triste, cheias daquela burrice irritante seriam — caso centralizadas no momento da forca, ou num futuro artigo com outra ilustração igualmente horrível do mesmo aluno veado — delatoras de uma parte da cabeça de Diego que ele definitivamente não defenderia como dominante ou representativa dele, da forma com que realmente via o mundo. Talvez nem sequer fossem coisas que ele trouxesse mesmo em sua cabeça. Tinha mais:

Castanheira, você quer me ouvir?

Na verdade, não. Também tem coisas que não gosto na minha cabeça, Diego. Você aguenta.

Enrolava para entrar em casa, batendo a terra das botas com perícia.

“Eu ia puxar um banco, envolver a coxinha em um guardanapo. Ele ia só continuar”:

A gente não tem acesso a tudo, coronel; boa parte, representativa sim, é trauma e vício, vício mesmo. Inclusive processos mentais de outros, importados inteiros e até sem querer, intrusos. Aí é que estão os lugares-comuns e a pobreza. Acaba ficando algum vestígio do bom e do ruim de tudo que você viu e ouviu. Só. Aguenta. Agora, o que é dominante não vai ser você quem vai decidir, não. Quem vai decidir é a gente, e escrever no jornal, baseados no que você *fez*.

A gravidade da absorção desse ou daquele vestígio, claro, dependera dele — antes de fazer —, também. Mas uma sobra da sobra do pior que um período tem todo mundo acaba levando consigo. O Castanheira, mesmo não querendo, devia encontrar-se pensando coisas conservadoras, também, às vezes. Pensava: Coisas indizíveis! E agora, considere isto: você aprendeu a falar português, coronel, quando era pequeno, até isso!, ouvindo outras pessoas falando. Não eram palavras sem qualquer sentido político, justamente porque elas não existem sem frase, sentença, contexto, sentido; mas palavras inseridas em opiniões, em pontos de vista. Mesmo no dicionário, acredita? — veja lá as definições!, está tudo cheio de opinião! O dicionário, mesmo, é um livro *opinativo,* coronel, sobre a realidade. Não há um que não seja. Então você puxava palavra e discurso. Tudo junto. Entende? Do tio, dos pais, dos professores, do jornal, dos amiguinhos. Depois batia um discurso no outro pra ver o que ficava em pé. Mas tinha até carinho no meio, não tinha? — o que é que diziam as pessoas de quem você gostava? Essas vinham certamente com peso dois.

Castanheira, embebido em razão, ia falar e falar, com a boca lotada de frango:

Vou te dar umas palavras a esmo, quase. Pode ser?

Pode.

"Delirar", a rigor, é plantar fora da lira. Sabe o que é uma lira, coronel?

O quê?

Perguntaria, mesmo que já soubesse daquilo.

É aquele amontoado de terra onde você planta a alface, a cenoura, na horta. O homem que "delira", então, é aquele que planta fora do montinho, na terra dura, no lugar "errado" (fez as aspas com os dedos, usando o corpo todo jogando-se para a frente). Em um lugar estranho, inapropriado. Viu? Hoje isso é ser louco, só; olha como tudo é cultura; é política! Tem o lugar que decidiram que é pra plantar. Simples. Fora de lá? Você é louco! Posso te dar outra — coisas que aprendi na faculdade?

Não precisou responder.

"Especular". Sabe o que é isso?

Sim.

Prever o movimento dos astros pondo um espelho no chão. A gente usa essas palavras assim, coronel, me diz?! Hoje não se prevê no espelho o movimento de uma estrela, se calcula. A previsão foi substituída pela ciência, positiva, e "especular", que não era lá muito científico já, carregou só o sentido negativo. Isso é o "positivismo", não é? Tecnocracia. Só bota um espelho no chão pra ver estrelas quem não sabe calcular.

Não.

E, coronel, você já ouviu falar em "zeitgeist"?

Diego era um homem culto. Saberia bem, caso conversassem sobre isso, do que diabos ele estava falando. Daquilo tudo. Zeitgeist: e um articulista pretensioso como Alberto, como aquele, devia encher-se de ar, feito uma perdiz, ao usar uma palavra alemã.

Espiava, imaginando surpreendê-lo com o quanto saberia discutir e até possivelmente ganhar pelos próprios termos de Alberto, antes de entrar em casa, o que na luz fraca das lâmpadas externas ficara da mancha raspada de sangue e de lama sobre a tinta. Praticamente estava tudo branco outra vez. A casa ia ficar bonita de novo.

Animando-se, o coronel escolhia com inadmitido esforço as palavras que montava demoradamente em frases espertas e surpreendentes para repetir em sua cabeça a Castanheira, imaginando estar sempre a ganhar do professor, sempre um passo à sua frente, exibindo a ele e a si mesmo a hipótese de que, mesmo na vida real, dominaria um debate como aquele.

Permaneceriam sentados, com a agressividade velada.

Sim, ele, o coronel aposentado — de quem homens como Castanheira esperariam só a caricatura do milico ignorante — entendia bem que havia várias vozes históricas discordando entre si dentro de todas as pessoas, querendo sobrepor-se umas às outras; mas que acabava sempre uma ou outra se tornando tão hegemônica em um tempo e espaço definido que pareceria unanimidade. Zeitgeist. Cobrariam unanimidade. Mesmo que fosse algo violento como, por exemplo, a escravidão e o negro sem alma. Está certo isso?

Castanheira ia logo dizer, então, do pingo de consciência que Lopes não poderia negar que se somaria àquela equação. Outra coisa seria argumentar a favor do destino. As pessoas não podiam ser só polifonia, também.

"Coronel, note que há sobre essas vozes algum tipo de juízo."

Tem algo próximo a um novo discurso, coronel, seu, feito de retalhos e o pouquinho da reflexão que a autoconsciência deixa a gente fazer e incluir. Zeitgeist, sim. Mas também juízo.

O coronel pensou que a diferença entre um homem comum e um gênio, aí, não seria a perfeição de formato. Todo homem brilhante, mesmo à frente de seu tempo, traria uma ou outra burrice de época. Era inevitável. Um pedaço de um preconceito, por exemplo. Não? Outra coisa seria argumentar a favor de um homem sem erros. Dentre as várias burrices hegemônicas — os uníssonos equivocados, verdadeiramente idiotas — que se impunham em torno deste gênio enquanto ele crescia e construía uma identidade —, quantas delas ele não teria engolido, mesmo sem querer, ao menos um pouquinho — não é? O gênio podia romper com uma ou duas; mas todas? Outra coisa seria argumentar a favor de um homem sem erros.

Castanheira ia logo dizer-lhe, então:

Mas o que faz um homem competente, coronel — coisa que você não é, Diego, e nenhum de vocês pode ser — é quanto ele consegue acrescentar, desafiar, e reformar, mudar, nesses um ou dois uníssonos idiotas; o quanto ele pode criar realmente um discurso a partir do choque de outros. Mesmo. Eficientemente. Matemático, ideológico, qualquer um que seja. Esses são os homens competentes. E isso que eles criam é passado para a frente, sendo mais e mais engolido pelas novas gerações que vão se construir da carne dos próximos tempos, agregando, depois, se forem competentes também, alguma outra novidade sobre uma ou outra burrice de época. Só que são dois pra frente e um pra trás, coronel; vão comer da novidade e da velharia também, um pouco da genialidade e da burrice dos outros. Nós? Vamos ficar velhos e deixar de conseguir digerir tudo.

Gostava de imaginar que ele usasse, ao menos uma vez, um "nós", inclusivo.

Só papinha de bebê, disse-lhe o coronel, amigável, quando entrava na cozinha. E sorriu. Sentia outra tentativa de afeição estranha, desta vez pelo articulista, e se envaideceu de novo.

Frango, ele seguia mastigando o frango. Diego, entrando na cozinha, pensava que Castanheira ia devorar a coxinha como se fosse o espírito do tempo:

Riu.

O que ganha na cabeça, o que vira "eu", coronel, vem de muitos fatores; mas o teu mau caráter ajuda. Foi o que você trocou pelo juízo. É um calculista, coronel. Um homem mimado. Gente como você faz o seguinte pra resolver a polifonia: sobrepõe, conscientemente, o que confirma o jeito que você vive sobre o que desafia as vantagens que ganhou.

Não.

Para impedir que lhe fosse dado aquele gosto, o direito querido ao ponto final, era necessário que o coronel supusesse algo novo sobre ele: Castanheira, com toda a certeza, engolira, dentre as coisas que defendia que era inevitável engolir sem querer — e que não se podia jamais extirpar por completo —, um pouco do martírio cristão de sua experiência prévia e antiga como coroinha de igreja, mesmo que depois tenha virado ostensiva e obsessivamente ateu; achando, insistente, bonita a ideia de se sacrificar pelos outros. Engordou-se de uma ideia fictícia, ridícula também, óbvio; porque é claro que ele tampouco se sacrificaria totalmente por qualquer um que fosse — Só que uma tíbia dele e talvez inclusive algumas costelas haviam provavelmente se fabricado desse material. Martírio. Então o que ele fazia da vida hoje era discutir os privilégios, quaisquer, que provavelmente ele também tinha — quem é que é pobre e tem tempo praquilo? —, tentando condená-los para o futuro de alguma maneira. Por isso mesmo ele odiava o coronel.

Esticou-se. No fundo, não tinha muita estima por si também.

Sorriu.

O estômago finalmente roncava. Alto. Sentia o cheiro do maço de folhas de hortelã posto antes sobre o ralo da pia para que se espalhasse com o abrir da torneira. Já cheirava a seco. Deixou-se esquecer até da arma pela indolência da luz amarela e fraca da lâmpada que cobria a copa. Primeiro ia fazer um chá. Depois, comeria bem.

Em outras circunstâncias, pensou — e caso tivesse querido — poderia ele próprio ter lecionado. Ter sido o Castanheira. Ter passado a vida inteira a odiar coronéis. Em vez disso — e que diferença fazia! — estava ali a atiçar um maço de hortelã fresco; aquela tempestade talvez nem sequer desabasse. Acabando a ameaça sobraria inteiro e em pé, ainda novo, seguindo a aproveitar a única vida que teria disponível com o tempo gostoso e sem trânsito de uma rotina calma em um sítio. Sem precisar trabalhar. Sem martírio nenhum. Ocupando-se de pequenas distrações pelo jardim e escrevendo sobre a vida de Noah só para passar o tempo. Quando a poeira baixasse, e o "bicho" estivesse cada parte em sua respectiva morada, em paz, ia sim publicá-la. Claro que ia. Talvez no nome de Nina — quando se entendessem —, e isso se fosse de fato necessário. Não faria muita diferença. Voltaria a escrever para a revista, também; que era um jeito de ocupar mais um tanto do tempo enorme que ele tinha de graça. Talvez com um nome inventado — mesmo Noah, por que não? Noah Palin.

Abriu a geladeira. Ia esquentar, enquanto a água fervia, alguma coisa de comer. Um sanduíche bem montado. Tinha muita preguiça e prazer pela frente, blá blá blá — e precisava lembrar-se constantemente daquilo —; ia contando os minutos para voltar a nunca mais esganar-se de desesperos inúteis, sempre. Pêndulo. Pêndulo. Sabia que estava instável demais naqueles tempos, ia acabar ainda perdendo a calma outras vezes. Tudo bem. Esperava só que não fossem muitas. Que sempre voltasse delas. Um dia, quando um próximo escândalo explodisse, o incômodo deixaria de mostrar as caras (e os dentes).

Só que ficava inquieto logo tentava prever quando:

Não pensa nisso, Diego,

Podia bem desabar de vez e enfim talvez acabasse desejando ele mesmo ter sido o Castanheira, a lavar as mãos em cima dos outros.

44

Com efeito, foi despertado naquela mesma noite por uma batida firme na janela do quarto, a voz de alguém reclamando para si mesmo:

Merda.

O cotovelo do jornalista golpeara a madeira da janela pelo lado de fora no que provavelmente havia tropeçado cego no degrau que circundava a casa. A possibilidade de discrição se perdera, ele ia pôr-se a correr.

Invadiam.

O coronel ergueu-se supetão, disparou da cama para o corredor esperando cruzar a porta a tempo de vê-lo debandar:

Merda, merda, merda, a voz ia ficando mais longe, camisada por outros ruídos da noite.

Quando viu já estava a correr entre as árvores, uma câmera mal apoiada no ombro, ele tentava conquistar o máximo de distância entre si e o coronel por um trote convulsivo e torto, enquanto o equipamento claramente o retardava, tampouco podia ser deixado pra trás, pensou, talvez um aluguel — senão já o teria feito; jogado a câmera na grama, ganhava vantagem. Também, estava nitidamente acima do peso; era roliço, já parecia cansado a ponto de cair. O coronel pôs-se a segui-lo em disparada engolindo metro por metro de pijamas até conseguir, enfim; segurava-lhe a gola da camisa pelas costas, puxando-o violentamente para trás.

Para...

O menino emitia um som como se soltasse uma palavra pelo avesso: *Aghag...*

Caído no chão e ainda agarrado à câmera, olhava o coronel com as bochechas largas ruborizadas destacadas pela barba malfeita e o pavor estampado nos olhos. Sem poder acostumar-se àquele novo escuro — um escuro sem lua, construído por uma tenda de árvores baixas —; era como agredir um borrão. O coronel pisoteava-lhe o peito e a barriga com o pé armado sobre o calcanhar, colocando o peso do corpo todo em cada golpe, com a boca aberta a respirar seco pela falta de fôlego. Sentia a carne dele bater quase diretamente no osso do seu pé calçado de meias tentando imprimir ainda mais força e ódio às pisadas. Naquele instante quis quebrar o próprio calcanhar nas costelas do rapaz para certificar-se de que o machucava mesmo, que berrava com absoluta aflição e medo. Só assim, pensava o coronel, ele saberia que estava disposto a usar tudo o que tinha. Só assim lhe viria a certeza de que aquele jornalista levaria para os seus o recado de máxima importância.

Cara, para!, faltava mais ar, por favor!, engolia as palavras como bolhas, o corpo não seguia a vontade.

Aproveitou, enfim, o desespero dele para arrancar-lhe a câmera dos braços, afrouxados pela dor e pela surpresa, então se distanciou até estar próximo o suficiente de uma árvore velha para colidir o equipamento com o tronco. Jogou-o. De novo. Tomava-o do chão para estourar-lhe na madeira dura. Seguiu repetindo os arremessos, curtos, até que visse a câmera, aos pedaços, espalhando-se pela terra. Ouvia atrás de sua nuca dispor-se a dificuldade com que o jornalista machucado tentava levantar atrás de si e voltou-se outra vez. Erguia-se. Não teve vontade de dizer-lhe nada, apenas tornou a derrubá-lo com um chute nas costas. Maldito jornalista. Esfolava as mãos protegendo o rosto de bater no chão. Virara-se, voltava a olhar para o coronel. O borrão ia ganhando forma. Dizia algo, no murmúrio possível, no intervalo entre a batida dos dentes, caía e tornava a cair; mas o coronel, dessa vez, não tinha de prestar a mínima atenção.

Era um estagiário.

Free lancer.

Nenhum âncora ou repórter, um bem colocado, viria a mando de alguém tentar aquilo: o gordinho invadira a sua casa. A circunstância absurda da invasão, ilegal, dava ao coronel todos os direitos: enchia-se deles para abafar a compaixão. Pisou com força no joelho meio dobrado do menino e sentiu uma pontada séria na planta do pé como se fosse conseguir quebrá-lo — o que naquela altura seria caso de comemorar. O outro, assim, havia se ferido com maior gravidade ainda: chorava com força, em histeria. Voltava a gritar pedindo que parasse.

Do vão entre as casas veio uma luz breve: Marcos espiara pela janela e então voltava a apagá-la.

Eram ambos egoístas.

O coronel sentia-se aliviado.

Voltou a bater com os punhos fechados na bochecha vermelha do rapaz, esperando que se rompesse como uma laranja prensada aos trancos contra uma parede. Saísse o suco da cara.

Puxou-o pela gola rasgada até que estivesse mais ou menos em pé e disse pausadamente, marcando a própria lucidez pela súbita calma com que o ameaçava:

Se você ou qualquer outro de vocês aparecer por aqui de novo sem um mandado eu vou estar no meu direito de fazer bem pior do que isso. Você ouviu o que eu disse? Aproximou o rosto dos olhos fechados do jornalista; fechados como se estivesse morto: Você ouviu? Ele estava morto?

O moleque, desmaiado, não reagia, portanto não ouvindo mais qualquer ameaça ou aviso. Agitou-o. Como não se mexesse, mas o ouvisse respirar, largou-o caído no mato. Seguia de volta para casa, pensando que o recado estava claro já pelos machucados que exporia na manhã seguinte, na redação. Sentia-se protegido, ao mesmo tempo, pelo fato de que não publicariam aquilo, visto que fora óbvia e de profunda irresponsabilidade legal da *publicação* mandar um menino, e durante um estágio, tentar invadir a casa de alguém. Ilegalmente.

Só que provavelmente não conseguiria mais dormir até a próxima manhã, talvez devesse beber. A luz de Marcos seguia apagada — embora o coronel bem soubesse que o acompanhava com os olhos enquanto se aproximava do vão, achando acobertar-se por trás da janela mal cerrada.

Acostumara-se completamente ao breu arroxeado tão somente quando já bem longe do invasor, e notava os detalhes do cenário noturno da casa sem exatamente sentir-se glorioso. Deixava-se enganar o quanto podia, barganhando com a paranoia inevitável, de que ia ser capaz de intimidar gota por gota que caísse da tempestade. Que cederiam ao cansaço, sim, mas da boca pra fora — sendo que por dentro, na verdade, iam desistir de prendê-lo por medo. Mas a barganha fracassava, minando-lhe a paciência a sair pela culatra: notava outra ida e vinda de sua autoconfiança, em que voltava a variar quase aleatório, incontrolavelmente; ora alcançando um otimismo breve e insustentável, ora demolindo-se de um sentimento precoce de fracasso. Irritava-se, cada vez mais, consigo, no quanto não podia compreender a plenitude da situação de forma tal que fosse capaz de levantar barreiras suficientes para manter-se domado.

No mato, o menino gemia sem fôlego. Sem poder mexer-se pela dor, sofria, semiconsciente, também por antever que dali de dentro ninguém poderia buscá-lo. Mandariam que se arrastasse até a entrada do sítio, lá embaixo da ladeira grande.

Logo a manhã veio e teve de preparar café para dois. Marcos batera palmas perto da cozinha, dizendo-lhe antes da madeira abrir:

Lopes, o menino ainda tá aí.

O coronel abria a porta:

No mesmo lugar?

Desistiu de fingir que o caseiro, um corvo, afinal, não assistira à briga de camarote.

Não, eu acho que ele tentou ir embora, Lopes, mas não conseguiu. Tá na beira da descida, acho que com a perna quebrada, se contorceu feito uma minhoca — fungava o caseiro —; quando eu tentei chegar perto...

O coronel, num átimo humano, servindo uma solidária segunda xícara de café, sem descuidar, porém, do rabo de olho com que conferia se o caseiro respeitava a linha da porta, concluiu:

Aposto que esse moleque não ganha nada, cara, é estágio; agora deixam ele aí largado. Eu podia ir até lá, agora mesmo, largar o café aqui na mesa e ir... assim, com a arma, é invasão de propriedade privada, porra!, eu podia botar um furo em cada olho do menino e eu ainda estaria no meu direito legal. São uns irresponsáveis. Cadê a revista, o jornal, o site que mandou que ele invadisse a minha casa?, pra vir buscar depois?

É...

Algum remorso claramente o acometeu, o que quis sublinhar pelo tom paternal:

Bem, Marcos, a gente põe o cara num táxi. Deixa algum dinheiro com ele.

O caseiro olhava-o com desconfiança, claro.

Quando eu peguei, meu amigo!, não vi que era tão novo. Já quando, depois, quando eu notei... bom, que era um menino ainda, o cara já tava lá no chão, na sujeira, todo arrebentado. Quase morto, assim.

Deu um gole no café, um gole gostoso:

É uma pena. Essas coisas me chateiam bastante.

Fechou a porta sem esperar qualquer consentimento, e quase na cara do outro, separou pães, manteiga; arranjou o café numa térmica, arrependia-se da segunda xícara, que se tremesse muito, quebrava. Vazando as mexericas da cesta de palha, colocou a comida toda dentro: pronto, era como um piquenique. Olhando as frutas direto sobre a cadeira — entristecido também pela ausência de uma mesa na copa, hoje — resolveu descascar duas, das mais maduras que via, e botá-las de volta na cesta. Frutas fazem bem à saúde, pensou. Terminado o trabalho, saiu pela varanda, apressado. Marcos ficara de ligar para o táxi?

Viu o menino todo sujo já no meio da ladeira, jazia bem no fim de um rastro de terra arrastada. Ensanguentado em alguns pontos da roupa, mas nada terrivelmente sério. Agitou-se como se fosse receber novos pisões, é lógico, no segundo em que reconheceu o agressor a descer com uma cesta na mão. Berrava que o ajudassem a plenos pulmões, o que deixou o coronel em dúvida sobre como dizê-lo:

Menino, menino...

Tentou soar inofensivo, mas o rapaz contorcia-se mais, agora numa berraria sem texto; grito atrás de grito. Notou que parecia um pouco o Junior, seu sobrinho, só que um tanto mais velho. Filho do Guto — a semelhança lhe doeu. Colocou a cesta no chão e tentou segurá-lo pelo braço, que lhe escapou. Agarraria qualquer coisa que o fizesse deixar de sacudir-se; voltou à gola. Os gritos assustavam-no. Ecoavam morro abaixo e acima, incessantes.

Menino, para de gritar, caralho!, eu não vou bater mais em você. Te chamei um táxi.

Não tinha certeza nem se pudera ouvi-lo entre os berros. Ele mesmo quase não se ouvia:

Menino, para de gritar, caralho.

Soltou a gola. Era inútil. Tirou da cesta uma mexerica e, surrealmente, esticou a fruta até o corpo dele, que realmente esperneava ondulando como uma minhoca, pensou. Sorria ao lembrar-se da comparação de Marcos, voltou a esticar a mexerica:

Come, cara. Eu te chamei um táxi.

Berrava. No meio dos gritos, o coronel:

Olha, o táxi já deve estar parado no portão. Te dou o dinheiro, ajudo você a ir até lá, pode levar a cesta — continuava sem poder se ouvir: Come, vai pra casa, e faz um favor pra mim?, de arrumar outro emprego? Ponderou, sorrindo. Ele tinha razão. Cadê eles pra ajudar você agora?

Percebeu que a pergunta soava como outra ameaça, e então o menino berrava mais. Passou a irritar-se.

Chorão.

Moleque, me escuta? Você quer o quê?, ir se arrastando até São Paulo? Vai de táxi!, você ouviu? Lá embaixo!

Vinda a rouquidão, chegada pelos gritos que lhe rasgavam a goela, talvez o rapaz acabasse tendo de calar-se e ouvir. O coronel, assim, desistiu de falar e ficou olhando-o gritar e espernear. Esperava. Dava passos vez ou outra para aproximar-se do corpo que ia lentamente serpenteando ladeira abaixo. Pensou que o ideal era pedir que Marcos segurasse o táxi na porteira; sentasse lá na beira da estrada como nos dias de festa e o esperasse chegar para depois pedir que os aguardasse descer os dois. Vinha uma minhoca escorrendo pela ladeira; era para levá-lo para casa, são e salvo. Mas não queria deixar o menino sozinho ali, compadecia-se dele. Que seguia esgoelando-se, castigando os próprios pulmões.

Calou-se, enfim. Mas, para isso, esperou o aparente milagre: A berraria dos bugios, que era comum surgir por aquela hora — no que o coronel desmanchava a ideia de um milagre —, parecia, a um ouvido mágico, responder à lamentação dele, o seu chamado ferido, que logo que os ouviu se aquietou. O jornalista olhava em volta sem reação, não entendendo o que era aquele ronco. Parecia em choque. Engolia a língua e a garganta.

São macacos, menino. Eles conversam essa hora e no fim da tarde.

Olhou-o ainda cheio de terror, mas nitidamente perdido. A quem morasse em São Paulo aquilo realmente soaria fascinante:

Se você tivesse ficado onde dormiu ontem, podia ter visto eles passando, disse. Deixou-se sorrir, feliz pelo único som vir da montanha. Você entendeu que eu te chamei um táxi?

Outra vez esticou-lhe a fruta:

Come?

Seguia olhando-o como se não o entendesse.

Colocou-a de volta na cesta e aproximou-se, devagar. Ajudou-o a levantar-se, apoiando o braço esquerdo do rapaz por trás de seu ombro. O outro, o braço direito, estava bem machucado, a respiração curta dele podia tanto ser da falta de ar pela berraria quanto pelos pisões que recebera no peito. Tanto faz. Ele parecia desistir e deixava-se levar. O joelho inchara e parecia um balão cheio d'água. Com a mão que não o enlaçava pela cintura, o coronel carregava a cesta pela alça.

Quando alcançaram a porteira, viram um táxi estacionado na frente de outro portão, uns trinta metros para a frente. Ainda era uma sorte que chegasse tão perto sem quem o acenasse. O coronel fez-se visível na dobra da estrada e conseguiu que o carro desse ré. Acomodou o menino no banco de trás, enquanto o motorista olhava-o ensanguentado, visivelmente em choque.

Péra aí!, péra aí!, o taxista saía do volante e dava a volta. Coloca esse jornal por baixo?, senão vai manchar tudo. Porra, o que é que aconteceu?

A gente se desentendeu, antes, coisa nossa — mas já tá tudo resolvido, não tá?

O coronel olhava o menino ainda em transe. Ao menos, silencioso.

Você que bateu nele?, o motorista também parecia bastante confuso. Era esperado, pensou, o coronel dava-lhe muito mais do que o suficiente para ir e voltar de São Paulo.

Leva o menino pra casa. Assim que eu der as costas ele já volta a falar, te dá o endereço.

Reassumiu o volante. O menino largado no banco de trás exatamente onde o coronel o deixara. Ele então colocou a cesta com o café da manhã, inclusive a garrafa térmica, a bebida ainda quente, no banco ao seu lado. Fechou a porta. Dava três tapas no capô como se espantasse o azar ou chicoteasse um cavalo para que corresse. O táxi, em resposta, deu partida, fez a manobra para voltar por onde viera. Trancou o portão, um coronel dos pés à cabeça, admirava uma última vez aquela estrada vazia. A contagem regressiva ia seguir, paciência.

Fala comigo, menino, você quer que eu chame a polícia?

No banco de trás, grunhi.

Você consegue falar?

De novo.

Com o braço menos fodido, cacei o celular, o discador rápido tinha um ou outro telefone de segurança gravado. Cliquei no primeiro que vi. O motorista, compreendendo, inclinou-se para trás, tomava o celular das minhas mãos. Do outro lado da linha, Andressa atendeu o telefone.

45

Deitado na rede, o coronel tentava cochilar. Pensava em Nina. Gostaria muito que pudessem se falar agora, ouvir-lhe a voz de seda brotar como uma boa notícia, do telefone — jamais, nos, sei lá!, vinte anos de casados, haviam passado tanto tempo sem ouvir um do outro.

Eu queria contar do menino.

Era, afinal, aquela, uma pena enorme, descomunal, a que cumpria agora por não poder lhe telefonar. Pior, pensou, o que vivia hoje, do que lhe seria uma pena formal, realmente, delegada, e logo de uma vez, por um juiz filho da puta. O fio seguia fora da tomada. A caixa de e-mails, vazia. Como? Lembrava-se dela, linda, deitados juntos depois do almoço, naquela mesma rede, ressonando como um gato. Antes, dava-lhe um longo cafuné.

Não podia também demorar-se muito a lembrar dela sem imaginá-la com um novo namorado, o que beirava o insuportável. Sabia que aquela possibilidade era minúscula, quase inexistente, mas havia. Crescente. A maior chance, em contrapartida, era de que ela acompanhasse, agoniada, o cerco fechar-se em torno dele. Pelo jornal. Devia haver muitos outros artigos, de muitas outras pessoas, circulando. Devia correr um processo. Mesmo que a polícia estivesse de alguma maneira tentando protegê-lo, como certamente fazia, acabava tendo de vir escoltada pela imprensa, com um mandado, ensaiando a intenção de trancafiá-lo. Ou, quem sabe, no fim daquelas semanas de espera, o jogassem acovardados aos cães para proteger os outros? Era possível. Bastante. A não ser que alguém, um seu amigo qualquer, um mais poderoso do que ele, firmasse acordo às escondidas. Nina seguramente estaria acompanhando isso bem, sentada na banca, folheando os jornais, lendo os artigos em casa pela internet. Naquele mesmo instante — e isso o ajudava a dormir — ela podia estar querendo lhe falar também. Confortá-lo.

Nina, ao contrário, sentada na mesa riscada do apartamento da Pompéia, porque tampouco podia sair, lhe esperavam repórteres na rua, a banca fechada, todos mandados embora para férias forçadas, instalava agora o tinder, como se fizesse, por isso, alguma coisa errada. Pode precisar, pensou, ai meu Deus.

Da rede, via os bois pastando perto da escada. Pensou que o hábito era uma força muito forte no universo. Já não fazia esforço nenhum para que ficassem perto da sede — embora ainda gostasse e muito disso —; sendo que andava obviamente tendo de se preocupar com outros assuntos. Mesmo assim, lá estavam eles. Bois e vacas. Acostumados terminantemente a orbitar a sede. Poucos meses de um chamariz suficientemente forte e pronto: afastavam-se quase nada, e brevemente, só quando tinham medo dele, e depois retornavam, automáticos, calmos, mastigando a própria língua. Andavam devagar, e as passadas dos cascos na grama eram baixas, mas audíveis.

Porém, quando, e se, o sono não vinha, o tédio armava-se como um campo de batalha, de novo, entre os dois batidos extremos do pêndulo: o excesso de confiança e a declaração total e irrevogável da derrota. O sono não vindo, mesmo com todos os auxílios, naquela tarde, já podia prever para onde a sua cabeça divagaria. Como terceira opção, claro, ainda tinha o trabalho longo e, por fim, estéril, de advogar mentalmente a seu próprio favor, silenciosamente, tentando não concordar com os acusadores. Um looping infinito. Vários deles. E o tédio era o pior espaço para ocupar-se naquela condição.

Saiu da rede.

Pegou o machado da velha pilha de toras.

Vistoriava a lâmina com os olhos como se a olhá-la fosse garantir que estivesse firme o suficiente para derrubar as goiabeiras da bica. Até porque só quem comia aquelas goiabas eram os próprios macacos; no máximo os matutos bem amigados que o coronel imaginava passariam a cruzar o sítio com a máxima frequência possível. Era preciso ocupar a cabeça e o trabalho manual ajudava a mantê-lo distraído. Antevia o esforço dos golpes nos ossos do braço como Marcos o tivera feito com o facão: o tronco duro da árvore seria exatamente como ossada de vaca, mas adunco e avultado, nascendo do chão.

Assobiou esperando algum cachorro — enquanto inevitavelmente torcia para que aquele a escutar o chamado fosse Azeite, geralmente brincava por ali próximo ao galinheiro, hoje abandonado. Assoviou uma segunda vez, então imaginando que seria fácil vê-lo subindo o monte descampado antes da mata, e que viria por vontade própria acompanhá-lo logo o notasse subir, nem que pela mais genuína e simples curiosidade — assim, passou a andar.

O dia avançava cada vez mais bonito e fevereiro prometia mais calor, talvez menos chuva. Ainda assim conseguia distinguir uma ou outra nuvem mal-intencionada pairando para o lado da represa. O vento cumprindo o percurso que já fazia e podia bem acabar caindo alguns pinguinhos em uma ou duas horas, pensou. Pelo chão seguia uma trupe de formigas que escalava e descia as folhas finas de grama no mesmo sentido que ele, o que criava uma pequena distração que o fez tropeçar algumas vezes no ar. O machado estava um pouco sujo de terra nas laterais bem onde segurava, o que passou a apressá-lo um pouco, desconfortável. Quando chegasse nas primeiras árvores da floresta descansaria o machado em algum encosto possível e limparia as mãos na própria calça. Ia ter de bater a terra antes de jogá-la na máquina de lavar, também. Um trabalho manual certamente sempre chamava outros.

Azeite não veio. Nenhum cachorro apareceu. Quando isso ocorria, Diego imaginava que estivessem com Marcos e sentia um pouco de ciúme. Talvez tivesse prestado pouca atenção a Azeite e agora visse o caseiro como o líder do bando, em seu lugar. O acompanhasse nas atividades mais medíocres; colhendo salada, fechando a porteira. O coronel, então, via o machado em sua mão e pensava que o azar de Azeite é que ele tinha coisas mais interessantes com que ocupar o tempo. No lugar, ia acompanhar o caseiro, ser burro de carga.

Subindo a trilha, prestava a costumeira atenção nos galhos para ver se dava a sorte de surpreender um macaco. No ar fresco da mata, preocupou-se por algum tempo também com a prévia paranoia da onça: as marronzinhas não atacavam? Desde quando aquele agente ambiental entendia disso? Era um soldado, não biólogo ou veterinário. Como de praxe, para proteger-se da ideia, buscou a arma, desta vez no bolso; tratando-se aquilo simplesmente de um reflexo. O bolso, é claro, estava vazio. A arma, é claro, enterrada. Seguia caminhando e lembrou-se do machado. Serviria igualmente. Encostou-o ao pé de uma árvore um tanto apodrecida e limpou as mãos na calça. Depois, limpou também o cabo do machado, deixando a madeira lisa e mais confortável de segurar, sem a terra granulada e velha que chegava a cutucar a mão. Voltou a empunhá-lo, mais satisfeito.

Quinze minutos depois e já estava para alcançar a dobra da trilha que dava para a bica. Sentiu-se incomodado ali, estranho como se invadisse ele o território de outras pessoas; talvez pela apreensão de dar com os pescadores outra vez habitando, ocupando aquele espaço. Era outro reflexo — desagradável de admitir. Assim, reprimiu-o, expulsando a cautela que parecia sugerir-se:

Êia! Êia!, gritou para ninguém.

Acelerava os passos até já ver a bica e as goiabeiras. Não havia nada fora o cenário vazio da mata; no que o coronel se envaideceu como se ganhasse uma guerra.

Êia!, deixou sair uma terceira vez, baixinho, para si mesmo, debaixo do sorriso.

Aproximou-se do primeiro tronco, bege e manchado, retorcido, uma goiabeira. Olhou-a demoradamente como se pudesse estudar a melhor maneira de trazê-la abaixo; só que havia como três troncos que brotassem de um mesmo miolo, curto — era uma árvore que se abria quase direto do chão, de onde os galhos já saíam gordos, da própria terra. Via sim algo como o que imaginava ser o tronco de uma árvore avançar para menos de uma palma do chão apenas, mas era curto demais para ser dali que se cortava. Visivelmente ia ter de amputar braço por braço dela. Viu em torno, notando que boa parte das goiabeiras brotavam assim, da mesmíssima maneira, com a exceção de uma ou outra em que o miolo de baixo alcançava pouco mais de um metro. Ia ser longo e difícil o trabalho.

Apertando o cabo do machado na mão direita, buscou um segundo apoio, da esquerda. Agora segurava com as duas. Passou ao primeiro golpe, que provocou uma chuva de folhas e galhos secos sobre a sua cabeça, também formigas, insetos, atordoados. Criara uma fenda até fácil no galho gordo, o que pareceu incentivá-lo. Porém, mais cinco ou seis golpes e era difícil decidir se os seus próprios braços não cairiam antes de ter todas aquelas árvores no chão. Outro golpe. Sequer conseguia desferi-los sobre o mesmo ponto. Depois de uns novos esforços, enfim, o primeiro galho pendia parcialmente, ainda grudado ao resto da árvore por uma tira de madeira fofa, como um elástico ou uma borracha. Largou o machado e tentou puxá-lo até soltar-se, mas a tira era resistente demais. Colocou o pé contra o miolo do tronco e voltou a puxar, até que o sucesso do intento o tivesse jogado ao chão, para trás, abraçado a um pedaço amputado de árvore.

Encostando a cabeça no chão, olhava o céu que pingava entre as copas da floresta. Eram pequenos espaços de azul-escuro. Ergueu-se um tanto aflito porque sentiu ou imaginou um inseto coçar-lhe a nuca. Voltou ao trabalho. Ali sim, caso quisessem filmá-lo, não teria o que esconder. Colocariam no jornal que ele decidira pôr abaixo algumas goiabeiras? Suas? Divertiu-se. Seria o pior jornal do mundo. Deu um novo golpe no segundo braço. Prosseguia.

Quando já havia derrubado três árvores inteiras — sete ou oito braços — escutou uns passos que logo soube a quem atribuir. Vinham pescar outra vez. O ânimo tomou-lhe ao mesmo tempo da velha curiosidade: mas onde é que estava o rio?, o lago, pra dentro daquele mato que ele nunca explorara fora das trilhas, que os levava a carregar toda aquela tralha monte acima? O isopor com as cervejas, um banquinho dobrável, as varas? Sentiu-os pegar a dobra da trilha atrás de si e esticou a coluna. Aquilo era realmente humilhante, dos dedos dos pés à cabeça. Manteve-se de costas. Tentaria ao menos parecer pouco incomodado, fazer pouco caso. Seria o certo a fazer?

Óbvio que queria poder ser mais agressivo.

Bom dia!, ouviu a voz a chamá-lo para que se virasse.

Então.

Bom dia.

O desânimo na voz ele não pôde disfarçar. Vinham os dois, como antes, mas acompanhados de um menino novo, de uns cinco anos, com a cara suja de terra ou fuligem ou sujeira e uma caminhonete de brinquedo puxada por um cordão. Traziam alguém novo para exibir a conquista do espaço.

"Sabe aquele coronel metido a poderoso? Quer brincar de caminhãozinho nas terras dele? Se implicar, a gente manda o velho calar a boca", imaginou.

A presença do menino o enraivecia mais do que tudo. Julgavam-no tão dominado, tão pouco perigoso, que podiam expor uma criança à invasão. A pesca era um passeio no parque, em família, e ele, sem dúvida, um homem derrotado pelo medo.

Quem é o menino?, perguntou.

Ah, *não é da sua conta, coronel.* Coisa da gente.

Passavam perto demais; o suficiente para que pudesse, por exemplo, acertá-los com o machado. Botavam o menino a um metro e meio de um homem humilhado com um machado na mão. Seja lá quem fosse, estava sendo posto em perigo. O coronel precisava convencer-se disso, nem que para tal fosse imaginar a si mesmo matando uma criança às machadadas. Coisa que não faria. Não faria.

Não bastando o abuso, um dos homens, que se mantivera mais calado por todos aqueles encontros até então, decidiu parar. O outro e o menino seguiram. Ele, depois de um tempo calado, agitou a mão surdamente para pedir que os outros voltassem:

Jorge, o cara tá derrubando as goiabeiras.

Seguiram, talvez não querendo armar mais um problema. Talvez estivessem já guiados pela paixão além do abuso, ou não o tivessem ouvido. Mas o terceiro homem seguia parado:

Melhor é você não derrubar mais coisa nenhuma aqui, não. A gente bebe água dali, a gente come as goiabas.

O coronel estava em choque, o que já virava rotina, não sabendo o que dizer. Tamanha a surpresa, sempre, que realmente não conseguia decidir resposta razoável à provocação. Seguia calado, fervendo de raiva, mas absolutamente perdido. O homem apontava o dedo em sua direção:

Tá avisado.

Voltando a caminhar, acelerou, queria alcançar os demais. Diego seguiu mudo até que não os visse ou ouvisse, adentrando uma fenda cortada a facão no mato, um pouco à frente, à esquerda, o que não notara antes sequer que havia. Respirava com dificuldade, sentindo uma pequena dor no peito. Sentou-se no toco sobrado de uma das árvores derrubadas. Via os galhos largados uns sobre os outros tacados de qualquer jeito sobre uma porção de arbustos. Pensou que, naquele momento, deixar de derrubar as árvores seria exatamente como não resgatar a identificação do esqueleto da caminhonete do meio da estrada. Gomes, seu amigo, trouxera a carteirinha de volta. Era o mínimo do mínimo.

Levantou-se e seguiu a trilha para fora da floresta. A raiva aumentava cada vez mais, conforme demorava o tempo usual que levava para retornar à sede do sítio dali, tudo agora parecendo mais longe e mais demorado. As passadas ele dava com força, quebrando galhos e blocos de terra dura, e seguiu só acumulando a raiva até alcançar a porta de Marcos, que golpeou aos murros, berrando para que o cara aparecesse:

Marcos!? Tá aí? Abre a porra da porta!, gritava, nervoso.

Não demorou para ouvir o trinco girar. Do escuro, da preguiça, Marcos o olhava de dentro. Atrás dele estavam todos os cachorros, presos no espaço da sala. Por quê? Voltou a fitar o rosto de Marcos, ele que parecia ter estado a dormir.

Que é que você ainda tá fazendo aí? Ce tá dormindo?

Como é, Seu Lopes?, dizia com claro pouco-caso.

Deitado a essa hora, cara, não tem nada pra fazer não?

Marcos nem se deu ao chato de responder, buscando um maço de cigarros no bolso. O silêncio dele entristecia mais ao coronel, sentia-se impotente, mendigo. Não permitiu parar-se lá o prazo suficiente para que, frente ao caseiro petulante, sim, mais guerras perdidas, lhe ficasse clara a tristeza que sentia; não queria mostrar a Marcos o que já este estava farto de saber, o coronel aceitava a impotência:

Tá vendo esse machado? Você sobe a trilha até a bica e arranca todas as goiabeiras.

O caseiro virou-se para ele com ar indagativo.

Pra quê?

Porque eu quero, não quero mais aquelas goiabeiras por lá. Eu quero aquele espaço limpo. Toma.

Dava-lhe o machado, o que Marcos segurava, inclemente.

Tá certo, Lopes.

Faz essa pra mim?

Tá.

Pelos velhos tempos?,

O coronel sentia-se melhor; dobrava o caseiro. Era um serviço desnecessário — e bem sabia disso —, mas Marcos aceitara, *nevertheless, há há há.* E não haveria ninguém que o proibisse de mexer em sua própria terra.

Ouvia na cabeça como a voz de Gomes: os surraria assim que os visse de novo. Que polícia ia prendê-lo por expulsar aos murros alguém que lhe pulasse a porteira? Que polícia ia prendê-lo por quase matar o menino? O que é que Gomes queria, também? Ele próprio, o outro coronel, concordaria que daquele ponto em diante a merda já estava feita e arrumada. Um pouco de orgulho, enfim, ia ter de se manter. Coronel Diego Lopes de Miranda *Pelado?* passava a acostumar-se com as piores possibilidades? — voltava a sentir-se, por isso, perigoso. *Eu sou um homem perigoso.*

This is pointless.

Lopes?

Voltou-se para Marcos:

Diz.

Você viu a estrada hoje?

Não, não vi. Que é que tem a estrada?

Acho que você devia ir lá ver.

Fala, Marcos, cara, não tô com paciência mais.

Tragou o cigarro, encostando o machado em sua perna, no chão:

A estrada tá cheia de gente.

Outra vez foi pego de surpresa.

Como assim?

Gente, Lopes, sabe gente? Então. Tá cheio. Na estrada.

Silêncio.

Tá certo, Marcos. Agora vai derrubar as goiabeiras. Eu vejo isso.

Lopes?

Sentia-se prestes a explodir:

O que que é, cara?

A Dona Nina ainda vai trazer o dinheiro?, não vai? Mesmo com essa gente aí?

Silêncio. Chegava a passar do limite. Segurava-se para não o pegar pelo pescoço. Ainda era a única pessoa a seguir com ele até aquele ponto, a única. A irritação, mesmo assim, transbordava:

Marcos, cara, vai derrubar *a porra daquelas árvores?* É óbvio que essa merda aí na estrada complica tudo, não complica?

Lopes, dando de costas, nem se deu ao trabalho de esperar qualquer resposta do caseiro, outro costume, não é?, pôs-se a andar rumo à cozinha. Marcos começara a falar alguma coisa — ia ameaçá-lo de volta — mas interrompera-se no meio, vendo que Seu Lopes a virar-se parecia louco. Seguiu-o com os olhos, tragava o cigarro com força, fumando o filtro até, porra, dali que visse a porta da cozinha trancar. Pegou o machado e derrubou-o ali mesmo no hall, sonoro, debaixo da pia. Foda-se. Que mané cortar goiaba. Voltou para dentro de casa, olhava os cachorros.

Tirando as botas e estralando os dedos, Marcos ligou o rádio, largou-se no sofá, escutava música. Subia o volume. Não ligava se o patrão ouvisse do outro lado, tava certo de que não ia cortar caralho nenhum de goiabeira. Que soubesse que as coisas já não eram mais as mesmas. E que tentasse, caso lhe viesse a coragem, que o velho tentasse, ao menos, queria!, que Seu Lopes levantasse a voz de taquara viada pra ele de novo.

Empesteada pela terra, a arma descavada em cima da mesa.

46

Tocavam outra vez a campainha, Noah vestia a roupa espalhada pela sala, sentindo-se tomar também por culpa, merda. Deixava a campainha soar de novo, punha a cabeça no lugar: Tudo bem. Se a coisa tinha nome, não estava sozinho. LaPlage e The Second esperavam já para trás da escada, postos sobre a grama, respeitando ao menos o desejo de Noah de que ninguém entrasse na casa. Viu-os pelo olho mágico, notou que havia carros da imprensa parados atrás dos investigadores, junto a uma pequena multidão que se arrumava em torno deles.

Destrancou a porta e fez-se visível sobre o capacho. Desceu as escadas, notou que outros dois policiais continham a multidão, tentavam avançar sobre a grama. Via flashes e escutava ao longe as perguntas embarulhadas, eles também pareciam gritar-lhe insultos. Fazia questão de não juntar as palavras soltas que podia pegar, apressando-se em iniciar a conversa com Richard e Schwartz para preencher os ouvidos das vozes mais próximas de si.

Richard, Schwartz.

Senhor Martin, respondeu-lhe Schwartz, assumindo a dianteira desta vez.

Me diz, porra: todos os suspeitos vão ser tratados assim? Dessa forma?

Debaixo desse circo todo?, engolia a seco. *Você me promete?*, Noah apontava para a multidão a gritar-lhe os piores nomes, a gente fazia perguntas como já trouxesse a reboque as mais óbvias respostas e constatações: Noah livrara-se da mulher e dos filhos. Era um monstro.

Pausa.

O coronel, sentado na cadeira, sentiu o ataque cardíaco, pensou. Não. Não sabia como inserir naquela história o que lhe chegara a somar-se com a preocupação, no sítio, com a vontade de ter a casa só para si. A guilhotina. Mediu o próprio pulso pelo pescoço, estava bem. Gases. Tudo na página de word era plástico. Noah ficara para trás. O próprio fato de a história passar-se nos Estados Unidos o irritava visto dali: por lá estava tudo bem, na verdade. A inocência de Noah era clara — todas as chances estavam do seu lado. Era por isso que se confortava? Noah, afinal, tinha de ter um passado ruim. Antes de virar corretor — talvez o tivessem colocado naquilo já para que pudesse recomeçar, de algum jeito. Outra pontada no coração. É assim que nós chegamos a um ataque cardíaco, Diego? Tinha de ter participado de um escândalo. Sabia pouco dos escândalos americanos, afinal. Iraque? Afeganistão? Nada daquilo havia sido tão crucificado quanto a sua vida — ninguém, de lá pro norte, apontaria afiado, tão solto, tão livre, para um ex-coronel, um que servira em qualquer daquelas guerras por combustível, o chamavam de assassino? Não tanto. Não quereriam culpá-lo da guerra. De algum jeito, também era um Estado Militar, mas o orgulho próprio e exagerado do povo americano o impedia de autoflagelar-se em atacar realmente o próprio governo. Nunca completamente, ao menos. Não crucificariam ninguém. Aqui?

Ele estava sendo crucificado.

Repetiu: crucificado.

Voltava a escrever, devagar; percebeu que sim, distraía-se quando voltava para aquela historieta. À toa. Podia fazer com que virasse uma espécie de testamento das últimas ideias que tivera em vida, caso morresse ou fosse preso — mas para isso teria que conviver o tempo todo com aquelas preocupações. Noah, afinal, fora-lhe uma forma de imaginar uma vida perfeita, não fora? Agora gritavam-lhe coisas terríveis, e estava prestes também a ser preso. Não sabia que lado escolher: ou queria distrair-se ou testemunhar? Era resultado da histeria final. Não abandonava, ainda, a chance de ter daquelas conversas de maneira mais clara, impossível, com seus adversários que jamais o escutariam, não:

Lawrence, você quer me ouvir?

Na verdade, não. Também tem coisas que não gosto na minha cabeça, Noah. Você aguenta.

LaPlage seguia quieto como se estivesse desolado. Tinha em mãos um papel, devia estar prestes a dizer as tais palavras decoradas, dar-lhe direito a um advogado; prender-lhe as algemas.

A gente não tem acesso a tudo, Lawrence; uma parte importante é trauma, é vício; a gente se sente parte de uma coisa maior. Ou não fiz nada disso sozinho.

Olhava para a multidão por sobre os ombros de The Second. Dizia alto, cada vez mais, para que o ouvissem, sim. Até que se voltou, sem aviso, diretamente; e vociferava:

Vocês é que fizeram isso comigo, caralho, vocês! Vocês participaram, vocês quiseram isso! No fim, são todos muito piores do que eu!

Lawrence olhava para LaPlage, dizia alguma coisa.

Chega, Noah. Nada disso vai te ajudar, não. Tenha vergonha na cara, faz favor, metade dessas pessoas não tem nem idade pra ter te ajudado a fazer nada.

Noah e a vontade de chorar, via o investigador tirando as algemas do bolso:

Richard... disse o coronel: Outros Noahs, da idade desses imbecis aí que seguem berrando, estão soltos. Os imbecis, berrando, seguem apoiando esses outros Noahs, ao mesmo tempo que vêm gritar comigo. Você percebe isso?

Noah, você tem o direito de permanecer calado, blá blá blá, tudo o que disser...

Pronto, o investigador... maldito, já não o escutava.

Lawrence parecia feliz. Olhava em volta.

Sou inocente de boa parte disso. Lacrimejava, rosado. A culpa é também de todo mundo.

Quem vai decidir isso é a gente.

...pode e será usado contra você no tribunal...

Ouvia o tique derradeiro da trava da algema. Ia cabisbaixo guiado pelos dois, atravessando os flashes e sentindo a vista escurecer. Sobre si, reconheceu um helicóptero voar.

Queria poder, da delegacia, ligar para Grace.

Ela estava morta.

A culpa era dele.

47

Ouvia o murmúrio da multidão já da porta da varanda. Sentava-se na rede e punha-se a juntar coragem para seguir até o começo da ladeira; ver com os próprios olhos. Ouvia as hélices de um helicóptero, carros, vozes confusas, baixas, como se se arrastassem pelo chão. Um boi descansava sobre a árvore ao lado da mesa branca logo ao fim da escada. Nenhum cachorro, mais uma vez, nem um pra dar as caras. O coronel considerou a hipótese, afinal, de que Marcos estivesse entocado com os cães para proteger-se da multidão, e que intencionasse mesmo usá-los como um tipo ridículo de armadura. A ignorância daquele homem era impagável, pensou; se acreditava que poderia conter a polícia com cinco cachorrinhos e uma cadela velha, preguiçosa. Ainda, aquela casa, no momento de um mandado, não seria mais sua, de vez, mas de Diego — a polícia a invadiria, desincomodada, à procura das coisas *dele,* afinal, como eram todas as que estavam ali. Marcos seria mandado pra fora, para que esperasse, pequeno, na grama, debaixo de teto nenhum. Com ou sem o orgulho ferido. Com ou sem o rabo entre as pernas.

Juntada a coragem, desceu a escada. Caminhou até perto do boi e o olhou, talvez esperando que decidisse segui-lo. Não o reconhecia. Havia humanizado realmente só Lacta e, no máximo, aquele outro, maior, que invadira sua cozinha. Que levara os pontapés. Assim, não saberia qual era aquele exato boi em sua frente agora: marrom, com os dois chifres um pouco tortos. Teve um tanto de certeza de nunca tê-lo visto antes. Olhou-o com uma ternura urgente, mexeu os dedos da mão direita fazendo sons, beijos, com os lábios a abrir e fechar, como se o chamasse, tentando convencê-lo de que tinha algo de comer na mão. Uma manga. Não era assim que fizera antes? O boi parecia oco. O coronel seguia a caminhar, enquanto ainda fazia os beijos com a boca, agitava a mão direita.

Conseguiu. O boi caminhava junto, lentamente, atrás de Diego. Chegaria rápido ao alto da ladeira, onde a multidão também poderia vê-lo, talvez — parecia uma vitória tamanha que quando o encontrassem estivesse guardado por um boi a seu lado. Um boi inédito, com dois chifres fabulosos. Que a foto do jornal tivesse um coronel no alto de um monte, contra a luz, com um boi ao seu lado. Lamentou os chifres tortos e que não fosse o mais ameaçador possível, também, não era assim tão fabuloso, mas já se felicitava o suficiente para nunca desanimar só com a imagem que punha na cabeça: contra a luz, silhuetas, ele e o boi. Para todos os fins, essa seria a capa do jornal do dia seguinte — sendo que jamais o comprovaria por não poder ir buscá-lo na cidade. Caminhava.

Chegou à borda alta da ladeira. Escutou o murmúrio aumentar. Muito. O boi vinha perto, mas talvez não pudesse ser visto da estrada. Havia muito mais gente do que previra ao ouvir o aviso de Marcos. Carros, antenas, câmeras, algumas barracas armadas do outro lado — sim, exatamente como águas-vivas, coloridas —; e fora só aquilo, ele aparecer, ali, para que algumas bandeiras se levantassem, com textos que não podia ler lá de cima, por entre as grades, as árvores. Viu mais de um helicóptero sobrevoando a represa. Ao menos, pensou, estavam todos para lá da porteira.

Ainda.

Não conseguiu ficar muito tempo parado, visível; até porque, infelizmente, o boi não veio, não se fez ver, não chegou perto. Inseguro, escondeu-se, indo pra trás, tinha outro ataque de choro. O boi assustou-se com os súbitos passos do coronel, de marcha-ré, deu um curto pinote para o lado. Depois, o olhava curioso. O coronel agachava-se sobre os próprios calcanhares, olhando para cima. Via o azul bem escuro. Gostaria de ouvir os bugios, agora, mas estavam e continuariam calados. As pessoas reais, lá embaixo, gritavam hoje em seu lugar. Aquela barulheira, na verdade, os deveria ter espantado para o outro lado do mundo. Não sabia se Marcos tinha de fato arrancado as goiabeiras ou se aquilo faria qualquer diferença. Tentou lembrar-se da última vez que os ouviu e se fora mesmo quando vieram para ajudar-lhe a calar o jornalista. Achou que não os escutaria mais. Nunca mais.

Deixou-se sentar, planejando o próximo passo. Precisava falar com os amigos. Precisava ouvir de Gustavo, de Vera, de Décio, de Gomes, de Nina. Precisava ouvir uma piada canastrona do Dejair da banca. Sentir a mão do japonês da padaria apertando a sua, comovido. Jogar baralho com o sobrinho. Ver Nina ter ciúmes de outras mulheres. Receber uma coçada sua, deitado na rede. Precisava falar para ela que tinha sido a melhor coisa que tivera em sua vida. Mesmo. Vê-la pelada, de novo, a esticar-lhe um tapouer. Pedir desculpas, porque não podia controlar a si mesmo. Queria poder. Precisava ouvir de novo que ela entendia. Precisava levar uma cerveja para Marcos e abraçá-lo; dizer que não eram tão diferentes assim um do outro, quem sabe. Depois, precisava que ele entendesse o seu lugar. Precisava que voltassem a falar manso só do tempo e dos bichos. Precisava matar os pescadores e rolar as suas cabeças ladeira abaixo, para que todos corressem assustados. Precisava mandar recolher o que sobrou da caminhonete onde quer que ela estivesse, mandar entregá-la na companhia do idiota de Mercedes. Jogar o resto dela sobre a sua Mercedes. Precisava terminar de amassar a sua testa. Rolar a sua cabeça ladeira abaixo, para que todos corressem assustados. Precisava voltar a escrever as colunas e ver os comentários na internet, postados abaixo. Precisava saber que não estava sozinho. Precisava pegar os ossos de Lacta que deviam ter deixado de feder perto da porteira e enterrá-los direito. Precisava fazer o mesmo com a ossada velha do bugio que não deixara Azeite ir cheirar lá no mato. Prestar uma homenagem. Aos outros que se fodessem; já fazia tempo demais. E precisava fazer-se feliz de novo: assar outra picanha, comer ovos frescos, colher salada, plantar o pé de maracujá. Ficar naquela casa, sim, que não era assunto pra ninguém: ele precisava se satisfazer sozinho, afinal, como outros podiam fazê-lo em seus banheiros, ou chuveiros, sentados no vaso. Precisava tomar domínio sobre as suas coisas. Precisava rever a casa de praia a que ia quando menino, a casa da amiga gorda do pai português. Precisava desenterrar a arma e colocá-la na têmpora do Alberto: mandar que ele fodesse a sua biblioteca até o pinto sangrar — e depois, ao fim, rolar-lhe a cabeça decepada ladeira abaixo para que todos corressem assustados. Precisava levar pães de coco para Nina. Precisava ir até a porta de Dalton e colocar uma arma em sua têmpora. Precisava dizer a todos que nunca mais falassem grosso com ele. Rolar sua cabeça ladeira abaixo pra que todos corressem assustados. Precisava adotar aquele estagiário. Cuidar daquele menino como um filho. Prestar-lhe uma homenagem. Mas precisava que ele não morasse em sua casa. Que ele morasse com o Cacá. Precisava dizer ao filho pobre de Marcos que sentia saudade de trazer-lhe revistinhas. Precisava saber que ele o ajudava ao trazê-las. Precisava que o jornalista dissesse aos outros que ele lhe pusera num táxi. Preparara o café da manhã. O acalmara. Que ele se importava. Precisava que Gustavo, Vera, Décio, Gomes, Nina, Marcos, Junior, Dejair, todo mundo testemunhasse a seu favor, e dissesse, como legenda da foto da silhueta dele no alto do monte com o boi protegendo-o a seu lado, na capa do jornal do dia seguinte, que ele afinal não era um monstro. Que ele só queria ser deixado sozinho. Precisava. Precisava que aquilo tudo acabasse. Precisava reescrever a vida de Noah do começo, para passar o tempo, para que fosse enfim uma boa história, e não trechos soltos e péssimos sobre o desejo dele de ir para os Estados Unidos. Viver uma vida melhor do que a sua ou do que a de todo mundo.

Um helicóptero parecera estacionar-se no ar exatamente sobre ele.

Era a imprensa.

A foto da capa, assim, podia acabar tendo é um coronel sentado em desespero na grama, visto de cima, a cinquenta metros de uma multidão de acusadores, chorando alto pela solidão ridícula dos homens que não têm razão.

48

Os murmúrios do lado de fora da casa tornavam-se audíveis até da cozinha. O coronel percebia que talvez fosse uma questão de segundos, afinal, até que ele tivesse o destino de Noah. Porém, não teria energia para gritar nada à multidão; sentia-se derrotado, morto. O pêndulo grudara no fracasso, por fim, onde ficara estacionado desde o boi dos chifres tortos. Andava pela casa preparando o cenário dos últimos desejos, agora, assumindo essa última liberdade. No entanto, o som de fora o distraía demais para concentrar-se em ter algum prazer, como se batessem colheres nas grades vizinhas anunciando que vinham pegá-lo para a forca, que vinham amarrá-lo aos orlov trotters — Talvez, aliás, todo condenado tivesse de saborear a sua última refeição ao som daquelas colheres; arranjar uma maneira de estar em outro lugar dentro de si, dentro do próprio coração. O dia de fora ia anoitecendo e uma música se ouvia surgir como se nas barracas alguém preparasse uma festa; o que, na verdade, lhe parecia provável. Estavam felizes. Iam degolar a galinha. Ele. Amanhã seria um dos raros dias em que a capa do jornal seria feliz. Com ou sem a foto da silhueta.

Via o espirrador de flor de maracujá que já não funcionava mais, não sabia desde quando. A lareira gelada pelo verão era então um rombo inútil na parede. Na geladeira, aberta, havia pouco; os últimos mantimentos secavam. No freezer, achou uma maminha velha, um estrogonofe possivelmente podre — do qual se distraíra meses adentro — e potes de feijão congelado. Estava certo, pensou: o estrogonofe ia ficar ali mesmo esperando pela polícia. Sorriu. Tirou a maminha. Os murmúrios pareciam circundar a casa. Vozes. Ele gostaria que os bois as mastigassem, espremendo-as entre os molares medonhos. Engolissem as bandeiras e os mandados. Eles, que caminhavam próximos, soldados, e o coronel sabia. Separou a churrasqueira e o que sobrava de carvão, um pouco acelerado, sem o prazer da paciência. Antes de sair para a varanda, também contido pela apreensão, voltou tremendo até a televisão, plugou o HD externo. Demorava-se. Acariciou o vidro fino e delicado da tela, sentindo o fresco na ponta dos dedos, tentava concentrar-se. Veria um filme na volta do último churrasco, pensou. Antes, ligou o aparelho de som em um disco de jazz, "Blue Train", do Coltrane, e aumentou o máximo que o som permitia. Aquele não era um jazz aleatório, não era exibição de habilidade. Não. Coltrane, uma majestade. As caixas, de perto, estalavam, ouviria bem alto, mais alto, da grama, onde armava a churrasqueira. Os metais e o contratempo do piano misturavam-se ainda assim aos murmúrios, e uma batida repetitiva, ao longe, interferia no argumento da música. Até que o saxofone principiava o improviso, escandaloso e veloz, e os sons de fora realmente pareciam perder.

Abriu a porta, vendo o escuro quebrado por um céu cinza por sobre as árvores no lado da represa. Devia haver muitas luzes acesas na estrada naquele mesmo instante. Desceu os degraus até perto da velha pilha de toras, que agora estava úmida e com certeza se estragara. Colocou a churrasqueira na grama e buscou uma das cadeiras de sol encostadas no murinho. Sentou-se. Respirou. Levantado outra vez, foi em direção à cozinha. Não havia cervejas. Abriu uma cachaça de panela e não se preocupou com o copo. Cheirou o gargalo, não teve vontade de beber. Mesmo assim, levou--a. Pegou, a seguir, a maminha que descansava sobre a pia. Desceu outra vez. O fogo pegou. A grelha esquentava. O disco irritava-o. Voltou a subir a escada e o trocou por "Coltrane Plays the Blues"; mais lento, mesmo que não tivesse a mesma capacidade de tapar tanto dos murmúrios. Voltou. Fechou os olhos, dando um gole longo da cachaça de panela. Tentava concentrar-se na música. Sentiu a picada de um pernilongo. A batida da faixa dançante na estrada prosseguia. Colocou a carne, a peça inteira. Salgada pelo resto de sal grosso. Pouco. Talvez ficasse um tanto insossa. Bebeu mais goles, vendo o céu cinza sobre a represa mexer.

Saída aos poucos, desta vez se deixou comer a peça inteira de carne. A falta de paciência fê-lo mastigar uma parte crua demais; o que não conseguiu preocupá-lo. O gosto era bom. Se fazia mal? Voltava a pensar na polícia e deixava de ligar. E, afinal, estavam tentando segurar a imprensa? Ou atiçavam-na para safar-se através dele? Comia mais. Dava novos goles na cachaça. O gosto azedado incomodava. Aquela cachaça era ruim, pensou; era para um momento de desespero. Gostou de imaginar a coragem em si para descer a ladeira e oferecer a cachaça para a imprensa. Sorriu mais de uma vez. Então deixou-se parar de tentar. Afundou na cadeira e esticou os pés. Ouvia os estalos finais do carvão e o silêncio do fim do disco. Silêncio, aliás, que fazia parecer que a multidão também saíra para jantar. Ouvia-se algo; sim, mas menos. Talvez a polícia tivesse desativado o som e desmontado algumas barracas. Certamente, se fosse o caso, o protegiam. Talvez tivessem quebrado algumas bandeiras, também. Só não seriam capazes de expulsar a imprensa.

Deixava o carvão terminar de queimar sozinho. Não guardou a cadeira. Largou a garrafa pela metade vazando ácida na grama. Jogara o prato sobre as toras úmidas — tão úmidas que não conseguiram quebrá-lo. Quicou no mole esponjoso da pilha e caiu intacto, embora sujo, no chão. Diego entrou na sala, melancólico. Olhava as coisas ainda no lugar, decidia tirar os sapatos. Ganir o chão. Colocar a mão no acolchoado do sofá. Fechar os olhos. Veria um filme a seguir. Antes, afundava o braço para dentro do sofá, com os olhos fechados. Mas a casa tinha o cheiro dele. O espirrador estava quieto. A sístole e diástole eram mais baixas que os murmúrios que sobravam. Retirou a mão e foi até o aparelho de som. Reapertou o play para começar o disco, alto, e deixou-se, lentamente, dançar. Era Noah. Ia andando pela casa, passando a mão pela parede, mexendo os ombros no ritmo vagaroso de "Blues to Elvin". Estava tentando concentrar-se. Sentia o frio do piso e da parede, e o corpo quente, ainda, dentro da roupa. Os murmúrios, no fundo. Um helicóptero, sonoro, girava as hélices por perto. Ouvia-o crescer e diminuir por sobre o piano. Seguia caminhando corredor adentro. Passava a chorar, lágrima por lágrima, de novo. Um choro de despedida. Acariciava a casa, a sua casa. O helicóptero voltava a crescer sobre a música. Os murmúrios. O eco do monte. As gotas do choro iam caindo pouco, mas acertando a roupa, fazendo rodas escuras no piso.

Ouviu algo como o som que Lacta fazia raspando pelo lado de fora da parede. Ouviu um mugido somar-se à música, aos murmúrios e ao helicóptero. Lacta? Algo voltava a raspar na parede? Estourava os carrapatos. Andava. A bateria marcando o fim da música, ia começar a segunda. O coronel abria a porta, para o lado do som, para o lado da casa de Marcos. Abria. A luz forte que vinha do helicóptero travado no ar, então, cegou-o instantaneamente. Parado, ele filmava. Filmava a casa. O coronel tapando o rosto para proteger-se da luz — ele sabia. Filmavam a sede. O coronel, brigando contra a cegueira, tentando olhar diretamente para eles, do lado de dentro da casa.

49

Quando Diego ligara o "Blue Train", Marcos mastigava um corte de carne preta, dura, que descongelava ao velho micro-ondas, tremia toda a bancada da pia. Mastigava, até que uma parte sobrasse tão mas tão dura que a cuspisse em sua mão, oferecia a algum cachorro. Começava de novo. Com a faca, cortava os pequenos ossos, e depois os mascava. A carne era velha, gordurosa, o gosto mesmo entregava-se. A música, alta demais, incomodava. Dali lhe parecia tão absurdo que Lopes festejasse quanto que o fizessem as pessoas na estrada, com o som da batida eletrônica. A vista embaçava terrivelmente pela fresta entreaberta da janela, e Marcos, espiando, encontrava-se extremamente bêbado. Bebia a cachaça de panela, também. Colhida, anos antes, na sede.

Os cachorros menores corriam pela sala pequena. A luz da lâmpada que pendia nua de um fio do teto era pouca, e o caseiro olhava em volta com desprezo: aquilo sequer era bem uma casa, afinal. Os sofás viravam-se do avesso, já, com espuma aparecendo. O motor da geladeira não dava conforto, fazia-lhe parecer que habitava o porão de um barco. Assemelhava-se a um gerador. Para calá-la, ligava a televisão; uma caixa pequena com um velho sistema de antena bifurcada, que tinha de movimentar pacientemente para os lados a buscar a imagem. Fê-lo. Um programa de auditório passava, enquanto o jazz, a batida eletrônica, os barulhos de gente e o motor de barco se confundiam.

Pérola, cansada, veio colar o focinho molhado em sua mão. Largou-se no sofá. Tentava concentrar-se na televisão. Ao lado, servindo como suporte a um telefone quebrado, estava ainda uma lata de tinta de meses atrás. Bêbado, considerou até abri-la e pintar uma parede. Nada. Então se afundou mais ainda no sofá. Via o homem de terno berrar ao microfone. Mudava o canal. Uma missa evangélica. Outro cara de terno que berrava ao microfone. Apertou de novo o botão. Era um leilão de gado. Outro cara de terno que berrava ao microfone. É sério isso? Até que não tinha mais homem nenhum. As imagens longas davam nelores mugindo em estábulos. Marcos se deixava namorá-los. Eram bois gigantescos, com corcovas de camelo nas costas. Ergueu-se. Tirou uma cerveja da geladeira. Era a última. Abriu-a girando a tampa no pano sujo da cozinha e sorveu-a praticamente em um gole. Tossiu. Voltou a sentar-se. Babara um pouco. Deixava o tempo passar.

Ouviu o primeiro helicóptero. A hélice insistente, indo e vindo. Voltou à janela. Sobrevoava a casa de Lopes. Como uma coisa tão grande podia simplesmente parar no ar como se estivesse no chão? Como se as nuvens fossem duras? Admirava o transporte da imprensa, que atirava com um canhão de luz sobre o telhado da casa. O jazz parara e a noite inteira deixava de fazer tanto barulho — fora a hélice e um resto longínquo do eco de pessoas conversando na represa. O mesmo disco, meloso, repetitivo, chato, recomeçava. Dentro da sala de Lopes alguém soprava um saxofone, cretinamente. O helicóptero andava um pouco para um lado, depois para o outro, e voltava a parar. Marcos abria a porta para o hall da samambaia e ia acender um cigarro. Viu um boi passar no escuro. Parecia grande como um nelore. Só não tinha a corcova de camelo. Colocou o cigarro na boca e viu-o seguir pela parede. Era uma vaca. Via a silhueta das tetas balançando contra a parede. Era uma vaca ignorada por Lopes. Uma silhueta. O helicóptero vinha para o vão e botava a luz sobre a casa. Mesmo assim não reconhecia aquela vaca. Tragando o cigarro, viu o canhão de luz voltar-se para a porta, onde Lopes agoniava com as mãos na frente do rosto, evitando a cegueira da claridade. Via Lopes, o mentiroso, que não lhe ia pagar merda nenhuma do preço da caminhonete. Tragando outra vez o cigarro, antes de expulsar o primeiro bolo de fumaça, viu o machado largado embaixo da pia. Pensou nas goiabeiras; então, de novo, na caminhonete. Largou a fumaça pela boca e pelo nariz. Voltou a ver Lopes, contra a luz, tentava encarar o helicóptero.

O canhão, displicente, passeou mais um pouco, depois travava outra vez no patrão; dentre os passeios, chegou a iluminar, como numa fração de segundo, a vaca que se encostava na parede, desconhecida. Marcos então sacudiu a cabeça, espantava a mágica impossível do que se via: era Lacta!, só podia ser, era Lacta!. A luz se voltou para o rosto de Lopes, coitado, antes de Marcos se certificar.

Lacta caminhou para o breu oeste.

50

No dia seguinte, pela manhã, ainda pairavam, mais alto, os helicópteros. O coronel abria os olhos, deitado na cama, sem entender ao certo por que as horas finais esticavam-se tanto. Voltou a pensar que, de alguma maneira, lá embaixo, negociavam.

Já não havia ovos ou o que comer na geladeira. Um resto de margarina. Cebola. Um pouco de leite. Ia precisar que aquilo terminasse em breve, pensou; pois se não terminasse, ele tinha de viver de feijão congelado. Colocou, por via das dúvidas, um pote daquilo, dos maiores, para descongelar em temperatura ambiente, considerando que em poucas horas teria de ao menos almoçar. Tomou um copo final do leite como café da manhã, caminhou até a sala.

Os sons do lado de fora agora incluíam buzinas.

Como não o levariam embora no colo, e até então só tivesse visto carros da imprensa, o coronel imaginava que aquelas buzinas vinham de viaturas policiais. Era o som das colheres batendo ainda mais forte, então. Acomodou-se na cadeira em frente ao computador. Precisava falar com os amigos. Precisava falar com Nina. Mas, pela primeira vez, tinha mais aflição dos e-mails do que raiva do telefone. Eram documentos. Sempre. O telefone só lhe entregaria se estivesse grampeado. Mas estava? Se a polícia, afinal, o estava protegendo? Ou talvez aquilo fosse a última confiança do tal variado que, para todos os outros fins, continuava estacionado no fracasso. E se ligasse o aparelho, quanto tempo se passaria até que tocasse? Podia, quem sabe, ser alguém querido a chamar?; ou mesmo alguma espécie de instrução que pudesse seguir? Talvez Gomes já voltasse de Minas. Mas e o medo de ligar?, e receber outro tipo de ligação?; que o telefone não parasse de gritar dentro da casa e sob vozes anônimas, afinal, trotes!, mesmo se depois se arrependesse, puxasse o fio, seguisse chamando, o telefone, porque se houvesse espalhado o número de lá por panfletos, o número de telefone da casa por panfletos, o divulgassem pelos jornais da cidade?; aquilo o impedia, desesperava. Respirou fundo:

"Ame-a, Noah, porque ela precisa de carinho.

Eu a envio a você porque preciso dar um tempo, evaporar, contra a minha vontade, é claro.

Passo os próximos meses no Canadá.

Lá sim. Lá sim que é bom.

Cuide dela com carinho, Noah.

Ame-a,

ame-a como se o próximo passo

fosse dá-lo

com os meus pés,

Grato,

Wisseltown"

A carta grudava-se com durex usado na tampa da escrivaninha, dois carcereiros a carregavam para dentro da cela. Ao sair, um deles, simpático, acenou com a cabeça. Noah ficava sozinho com o presente.

Olhava-o:

Você é mesmo bonita, menina, ele disse.

Suspirando.

Deitou-se na cama de molas, olhava o teto. Um calendário de mulheres nuas havia se desmanchado, foto por foto destacada colava-se no teto da cela. Ao lado da cama, uma televisãozinha velha permanecia desligada.

Noah fechava os olhos, tentava dormir.

Lembrava de si mesmo menino, andando de bicicleta pelo subúrbio entre as folhas alaranjadas do outono. Mister Lewis já morava ali, mas não era velho. Acenava para Noah enquanto passava. Não tinha qualquer preocupação no mundo, não havia quem o convencesse de que algum dia chegariam. Pedalava. Desceria a rua de cima até um terreno baldio, para encontrar com os amigos. Jogava bola, em gols improvisados. De tarde, seu pai assava uma carne na grelha. Descansaria horas, depois, imerso numa piscina inflável, via boiar um pato de borracha, amarelo, a cara enfiada na água até estar quase ao nível da base do patinho, navegava com o sorriso inerte, pintado. A bandeira sacudia ao vento. Ele podia jogar bafo. Podia entrar em casa e ver os pais conversando com um jornal aberto. Podia.

Passando ao cochilo, lembraria também, ainda feliz, do divórcio entre os dois; porque Andrew trocara o marido por um homem mais novo, mas não lhe fora sofrido em nada. O pai, ainda bom como só ele podia, explicava que não se tratava de cornos o que Donna Andrew lhe arrumara. Dizia, rindo, que às vezes o tempo passava. Só isso. Com os dentes brancos à mostra. Começaria a namorar, logo a seguir. Não leria mais os jornais aos domingos — iria, isso sim, muitas vezes ao boliche. Uma novidade que ele, criança, amava. No fim da sua infância era ainda mais feliz.

Noah, pedalando pelo subúrbio, acenava para Mister Lewis, que lhe dava o adeus:

"Ame-a, Noah"

Sentado na cama ele olhava a escrivaninha. Quando chegasse a sua refeição final, comeria sobre aquela tampa envernizada. E comeria com gosto. Prestando a máxima atenção possível ao prazer que lhe restaria para lembrar antes de não poder lembrar mais de nada. As pedrinhas. Ouvindo as colheres baterem, nervosas, do lado de fora.

51

Podia ser cedo demais para aquele tanto de embriaguez, mas Marcos conseguira dormir muito pouco a engasgar-se na desesperança de receber o dinheiro. Tentava dizer a si mesmo, com a voz torta do álcool, que aquilo não passava de uma imensa frescura de Nina. Ela teria de vir, não teria?, ela viria de qualquer maneira, não se podia esperar da polícia que a revistasse antes de abrir o portão a chave e colocar-se a caminhar ladeira acima até a sua porta, com os saquinhos de padaria cheios de bolos de nota sujos no confeito do açúcar, todos bem guardados. Aquela mulher, gorda, entupia-se daquelas porcarias de padaria, devia ter desses saquinhos castanhos largados por toda a área do apartamento em São Paulo. A polícia? Logo sabendo que se tratava da ex-mulher do coronel, jamais haveria de incomodá-la.

Senhora, daqui não pode passar.

Dá licença, cara?, ia virar a chave no cadeado, provocar com aquilo uma confusão entre os repórteres, que se jogariam sobre os braços dos policiais com os gravadores, exigindo que falasse.

Lá em cima está o meu ex-marido, diria, apontando para o céu. Este é meu sítio também.

Quem é que ia mandar que Nina abrisse a mala? Assim, Lopes usava a multidão como escudo, enquanto descumpria confortável a promessa de reaver-lhe a caminhonete que se deixara roubar. Possivelmente estacionada sem fechar o trinco, para comprar qualquer imbecilidade, aquele cuzão pegava sempre da merda das prateleiras caras, era pra isso que ia zanzar na cidade, tinha saudade de gastar dinheiro, é certeza que largara o carro na rua fazendo pouco da chance de alguém querer levá-lo consigo, uma carcaça. Um homem qualquer, menos imbecil do que o patrão, teria passado testando porta a porta dos carros parados, só pra ver é se valia o risco de uma ligação direta, até achar a caminhoneta vermelha, oferecida para quem quisesse, destrancada, aquele imbecil.

Sentava-se em um galho da mangueira, baixo como uma cadeira, um galho que crescera errado, deixava os olhos pescarem no sono. Não havia mais o que beber e uma diarreia persistente o incomodava desde o meio da madrugada. Olhava as galinhas passando a contrair e esticar os pescocinhos, adoraria torcê-los um a um, para que nem ovos mais o nada beneditino Lopes tivesse o que comer, e voltava a pescar os olhos; se o patrão já não podia passar pela estrada, logo ia vir-lhe pedindo comida.

O bosta que venha, falou apagado, muito baixo, sem tentar que o som chegasse quase nem aos próprios ouvidos. Não acreditava mais na própria raiva, inútil, percebia, o que acabava servindo, ao contrário, como uma nova fagulha para o ódio voltar a surgir, quem sabe, e agora sim era verdade!, se fazia crer. Aquele era o paradoxo.

O bosta que venha!, disse alto, arregalando os olhos com a mesma dificuldade que teria naquele estado de torcer o pescoço de uma galinha. Inflamava-se mais e mais a cada segundo, sentado de frente para a lateral da casa dele, com a consciência da frouxidão que se revelara por nem mesmo ele próprio ter acreditado na raiva de há poucos segundos. Mesmo assim os olhos tentavam fechar, alheios, indolentes. Mergulhavam no mornão dos músculos que apertavam os olhos por trás, faziam doer, abriam-se de novo, Marcos sentia o corpo a querer largar-se para trás, ouvindo estalos no fundo dos miolos, ritmados, que o faziam enjoar, sentia o ódio que por si não vinha mais sono nunca. Os impulsos ali eram contrários, jogavam entre si, o de dormir, mesmo que mal, com a raiva agitando-lhe os sonhos e lotando-os de violências que se tornariam cada vez maiores até acordá-lo com a intensa e previsível queimação na cabeça, ou pontada de diarreia, e o de matar Lopes o mais em breve possível, mesmo sonolento, mesmo com os olhos entrefechados, naquela mesma manhã.

Por que não? A verdade é que também já pesava se não acabaria preso de qualquer maneira, com ou sem a vingança. No fim, era assim que as coisas funcionavam e Lopes era um coronel. Quem é que ia prendê-lo? Quem é que eles iam prender? Esperava-se que prendessem alguém. Naquele instante até a presidente da república, aquela rata, desgraçada, devia mexer seus pauzinhos para evitar o escândalo. Não, não. Não devia falar assim dela, a própria coitada alvo hoje de uma conspiração, já se sabe, não há no país quem tivesse, talvez, mais interesse em protegê-lo, mulher honesta. Rato era o árabe por trás. Devia haver outros coronéis colocados na frente da câmera ou nos outros tantos estados do Brasil, isso sim, devia haver muitos pauzinhos para mexer. Mas iam acabar com o circo sem ninguém no camburão? Era assim que essas coisas acabavam?

Iam acabar, sim, o que é previsível, culpando Marcos de ter sido o coronel, pensou, cheio de um prazer suicida frente ao qual não se pusera muitas vezes na vida — saía ele fardado, militar. Sou eu. Com os olhos terminantemente fechados, sorriu, mesmo ao pensar em ser preso, se acreditassem por cinco minutos que era ele quem mandava naquela porra toda. Olharia de relance para Lopes, o jornalista aposentado, o velho frango, com um olhar curto de autoridade que teria valido pela vida inteira.

Não. Nunca ouvira dizer disso. Marcos tinha a cor escura e a cara de pobre (mas não me confundam com o sujeito, aqui, isto é puro preconceito). Onde poderiam dizer que fosse coronel? Era mais novo que Lopes, ainda, já não entendia quantos anos o patrão tivera na época da Ditadura. Era ele um coronel do quê? De vinte e poucos anos? Havia isso? No último ano do troço? Fora que antes mesmo fora reco pela maior parte do tempo do governo, claro. No fundo também um pau-mandado, não era ele quem parecia. Apesar de todo o peito de perdiz, de crescer sobre os em volta, Lopes fora é guardado décadas num canto qualquer para servir de laranja só quando viessem buscar um. O próprio Marcos concordava com ele, aliás, lá atrás, ora, o país viraria uma merda se fôssemos todos comunistas. Se fôssemos a maior parte comunistas, ainda. Até pensava que era bom ter um ou outro, pra equilibrar alguma coisa de que não entendia, era como os bichinhos do estômago. Quando tinha demais, a queimação não deixava ninguém comer. De menos, a comida sairia intacta pelo cu, todo mundo morreria de fome também. Suspirou: o grande mal de Lopes era ser um mentiroso. Mesmo com o carro:

Não vou te dar o dinheiro, podia ter falado. Aí resolveriam aquela história na surra, que Marcos sabia bem que podia dar em Lopes. Depois, ao menos do caseiro ainda haveria respeito, aquele respeito de faca. Não seria um traidor, só não teria caráter, ainda que alguma coragem. O problema era juntar os dois pecados: o de ser um traidor e o de não ter caráter. Aliás, talvez fosse o pior pecado a falta de coragem, isso sim. Mesmo quando ele falava grosso com o empregado, parecia uma tia velha que se desculpava com os olhos. Não? Nem sempre. Às vezes Lopes parecia cruel. Havia alguma coragem na crueldade, não havia? — Você não tem casa e é meu empregado, entendeu? — Se ele falasse assim desde sempre, Marcos seria como o que um soldado é para o coronel. A casa do soldado não é a caserna, não é mesmo?, a caserna é a casa do major, sei lá.

Gostou de pensar em si mesmo como um soldado, deixou o corpo encostar-se lentamente para trás. Não se jogou, queria ter a certeza de que alcançaria o tronco, ia devagar, voltava um pouco, tonto, a árvore nunca chegando, não sustentava sozinho as costas, porra. Achou. Ali estava, o conforto do suporte quase terminou de fazê-lo dormir. Lopes ficava com aquela viadagem de querer ser seu amigo. Quem respeitaria um coronel desses? Era um merdas de um coronel. Um coronel bichona, certamente. Um coronel bichona que gostava de cheirar cachorrinhos.

Dessa vez viu que o cansaço travava o músculo da boca. O sorriso somente não quis sair, ficou na intenção de cerrar os dentes. Marcos engoliu a seco.

Como seria a sua prisão? Levariam ele e Lopes, um ao lado do outro, no camburão. No primeiro posto de gasolina pediriam que o coronel passasse para a frente: Aqui é mais confortável, coronel, vamos conversando. Quem estaria até o fim do passeio fechado pela gradezinha trançada seria ele. Ao chegar na delegacia, Lopes conduziam para uma cela separada e ele, com a sua cara de pobre, ia ter de esperar junto a outros oito homens, talvez perigosos, mas certamente com cara de pobre também, parecida com a sua, um invertido nojento sentaria ao seu lado fazendo voz de mulher, e por pouco não arrebentaria a sua cara se fosse ousado demais. E aí? Esperaria horas, ia dormir na cela com a sua gente, não é? Até que finalmente o chamariam para fazer duas ou três perguntas imbecis, depois soltá-lo.

Aconteceu parecido com o Sebastião, da feira, em Jandira, quando roubaram um banco perto da sua barraca de pastel — é claro que ele não tinha roubado nada, a polícia também não ia ter tanto gênio ruim para sentar a mão na sua cara, mas era preciso perguntar-lhe coisas para passar o tempo que inevitavelmente passava nesses casos sem que encontrassem o culpado. Marcos ia responder duas ou três vezes a mesma coisa e depois iam levá-lo de volta para casa. Ou davam o dinheiro da condução. Oferecer um café? Colou e descolou os lábios com vontade.

Também não tinha a pior impressão possível da polícia. Geralmente os caseiros eram vistos como gente de bem. Ele não ia ter o cacete na cara, não iam chegar tão longe. Talvez até provocassem juntos o invertido, todos rindo. Mas teria de dormir afogado no cheiro de mijo uma noite, tudo bem. Depois, voltaria para o sítio? Lopes estava lá de novo? Ou voltaria ele para o apartamento de São Paulo, deixava a grama crescer cheia de cobras, sem nem precisar do dinheiro da venda da propriedade? Se assim fosse, se ele abandonasse o sítio, mudava-se para o sofá da sala dele, na sede. Acendia a lareira, vendo o lustre que espalhava o amarelo da lâmpada de maneira uniforme pela sala. Ia largar o porão de navio. Só que a televisão dele podia ser imensa, não tinha antena. Ligava-se com o controle para uma tela preta inútil, a se ver como o patrão gostava era de gastar muito dinheiro. Só isso. Marcos não tinha dvds ou um bom computador para fazer o que Lopes fazia. Será que nem o laptop o imbecil levara consigo? Um dia, meses depois do coronel nunca mais aparecer, voltar, instalava uma antena para ver televisão. Podia variar, às vezes dormir em algum quarto. Ali teria gosto e paciência até para espantar as aranhas que também tentariam se instalar no fio da ducha, ou será que a vedação da casa era sozinha tão fabulosa que já por ali desde sempre não rondavam os insetos? Poderia ter para si todas as frutas, os ovos, mataria frangos quando ficassem adolescentes. Será que então não ligaria para Nazaré? Voltava a gostar dela se tivessem uma casa melhor. Provavelmente sim. Sabia que aquelas paredes descascando e o cheiro de improviso, pobreza, não deixavam ninguém amar ninguém. Nazaré ia falar menos dentro da casa grande, ou teria para onde fugir caso a mulher começasse a falar. Podiam fazer um churrasco, também. Talvez, então, a carne dura ficasse mole, o arroz cru tivesse menos bichinhos. O Cacá fosse melhor na escola, ficasse mais esperto, porque com certeza ia dormir melhor. Cacá podia virar soldado, advogado. Tudo a mesma coisa.

Ele tomaria uma cachaça cara, também, uma cerveja mais gelada por uma geladeira melhor, daria um longo cochilo como aquele do tronco que passava a vencer só que na rede para lá e para cá devagarinho sem ter mais quem mandasse nele.

52

O coronel ouvia frases perfeitamente reais, palavra por palavra, enquanto dormia:

Onde é que você quer que isso vá?

Traz o banquinho

Olha, cara, eu vou dormir um pouco. Beleza por aí?

Opa!

Era madrugada e havia novos barulhos de passos do lado de fora. Dessa vez não havia pudor algum, os homens conversavam entre si em tom de voz elevado, despreocupados. O coronel, despertando, não tinha força suficiente para expulsá-los, até já os ouvia dos *dois* lados da casa.

Ia dando por si, acordado, mexendo-se no lençol. Não sentia energia para nada. O tempo passava, tinha só um estranho pesar quase físico, que o impedia de qualquer outra reação que não a de permanecer mais um pouco deitado.

Perguntava-se por que Nina não vinha. Passava a querer que lhe batessem na porta logo, esticando as algemas como o tapouer do Natal. Gostava de pensar naquilo: quem sabe não fosse um bom remédio! A lembrança calorosa voltou a fazer-lhe bem, forçava achar graça em imaginar os policiais todos pelados com o mesmo sorriso safado de Nina.

Perturbou-se, ao mesmo tempo que o excitava pensar na esposa como uma policial que lhe trouxesse algemas. O problema, notou, é que tentava ver e pensar em Nina, mas não conseguia deixar de trazer consigo, subterrânea, a imagem da agente de polícia como um homem, nunca vira mulheres de respeito (ou, ao menos, ele nunca as respeitara, as que viu, uma história completamente diversa) em nenhuma das corporações, jamais, e então o que vinha na cabeça era Nina com um pênis mole pendurado entre as pernas, sacudia o rosto como se com isso a imagem fosse sair. Voltava a ouvir os barulhos, pareciam dois deles discutir como armar um tripé. Alguém havia dado o aval para que entrassem. Isso queria dizer, talvez, que a polícia tinha afinal trazido o mandado de prisão e subira a ladeira ao romper o cadeado com um alicate de quebrar pernas, perseguida pela imprensa, que mandavam que esperasse na estrada já sabendo que não o fariam.

Esfregava os olhos com os punhos, arrancando de si o resto do sono. Está certo, vamos acordar.

Alguns dos policiais provavelmente até gostariam das câmeras subindo pelas suas costas, vaidosos, apareceriam na televisão como heróis, talvez pela primeira vez em anos. Na realidade, se o acordo final fora de enforcar o peixe menor mesmo, fazer dele o exemplo para depois nunca mais se falar naquela história, com certeza viera de cima a ordem de não impedir a imprensa. Fazia parte do jogo que estivesse ao vivo em todos os jornais o momento em que capturassem o grande ditador, vestido de pijamas, com um revólver na mão, que ele colocaria por ordem mais das câmeras do que da polícia, no chão, rendendo-se à modernidade e à democracia. Agora, com toda a certeza, já se instalavam em volta da casa, buscando as melhores tomadas, para apenas prenderem-no quando a manhã viesse, para que todos pudessem assistir à sua queda durante o café da manhã, a melhor luz do dia. Como dormir naqueles termos?

Ergueu-se com a certeza de que não o prenderiam de pijamas. Também não estaria de farda, ou terno, ou nada, prenderiam um fazendeiro, isso sim, um homem comum, que como a maioria das pessoas daquele país não gostava da bandalheira da política e queria ser deixado em paz na sua casa. Bandidos. Era até por isso que tanta gente, mesmo que o aplaudisse a ser preso na televisão entre as mordidas no pão francês sobre as manchetes dos escândalos dos homens públicos que sempre havia todo dia, no fundo simpatizariam com ele. Fariam vista grossa, também, quando fosse solto outra vez poucos dias depois. Fora um ou outro babaca da universidade. Depois de todos lavarem as mãos de tanto bater palmas pela sua prisão, porque é pra isso que ia servir bater as palmas. Pronto, agora chega, diriam, posso voltar a concordar com o coronel, sem que um sobrinho comunista e chato venha me dizer que sou eu um reacionário. Afinal, estava lá quando ele foi preso. Estava lá quando ele foi preso! Morderiam outros pães franceses, odiando veados e políticos também, aclamando o sucesso privado de uns (desde que fora de Brasília) ou o que quer que fosse que eles achavam que era justo. Meritoso. Um coronel não é bem um homem público, e certamente fez por merecer a sua autoridade, diriam. Não nasce mal como um deputado ou um senador. Não é bandido. O coronel é um homem comum, que também está cansado da bandalheira, está sim, e quer que todos sejam deixados em paz dentro de suas casas. Quando ele é mau, é porque se irritou com a sujeira em Brasília, ou porque há quem queira invadir ou tirar o que os outros conquistaram com o esforço. É nessas horas que o coronel tem de ser mau. Mas não nasceu errado como um deputado ou um senador.

Ergueu-se, impressionado com a velocidade com que aquilo tudo se apresentava na cabeça recém-acordada no susto — será que o sonho vinha arquitetando aquela defesa sozinho?, outra vez estava, contra todas as probabilidades, sorrindo:

Valha-me Deus, Diego! Acho que todos precisam de um esforço danado para acreditar em si mesmos! Todos!

Passou os dedos nos cabelos, sem tentar pentear-se, mas num gesto de gravidade e preocupação, calçou os chinelos. Andou devagar pelo corredor, deixando os passos serem ouvidos do lado de fora, envaidecendo-se um pouco porque as vozes se tornavam mais tímidas, ou seja, ainda tinham algum receio dele (ou não queriam estragar o espetáculo tendo de prendê-lo no meio da madrugada, lembrou-se outra vez). Considerou se deveria dar a eles esse desgosto, pensou, abrir a porta e caminhar até as viaturas, pedindo para ser levado de uma vez. As câmeras iam ter de ser ligadas, e o que teriam no café da manhã seria uma reprise empretada, ruim. E uma reprise onde um homem comum lavaria a sua honra, entregando-se com calma, sem qualquer vergonha, caminhando lentamente e sem dúvida alguma rumo a qualquer conversa que quisessem ter com ele. Com a cara limpa. Parou no corredor e decidiu voltar até o armário, vestir calças jeans e uma camisa simples, sem marca aparente? Ou botava logo a do jacaré, pra ter cara de empresário de férias? Voltou a rir. Chegava no armário. Caçava um mocassim. Não, não, isso não. Tinha uma sandália, de couro bom, vestiu-a. Encontrou uma camisa polo, um homem sentado num cavalo, vestiu-a também. Pensou nos dois pescadores e que era assim que deviam se vestir para cruzar o sítio. Ria. Colocava uma bermuda de golfe ou será que fazia um pouco de frio? Vestiu-a.

Sentia o sono de novo. O que é que ele estava fazendo, porra, eram quatro da manhã!

Parou por um segundo, pensou. Divertia-se, viu-se vestido para ir a uma piscina de clube.

Bem, é este o homem que eles vão prender, disse para si mesmo, seguro.

Atravessava o corredor batendo os pés, devagar. O silêncio lá fora agora era quase constante. Os sons que se ouvia devia ser por descuido, alguém diretamente ao lado do responsável o reprimiria logo com a vista. Chegou à sala. Olhou em volta, como estava tudo vazio!

Então não conseguiu conter a batida do coração que, contrário à soberba com que caminhava o coronel, acelerava-se, forte, passava a pulsar até os tímpanos. Droga. O coração ia estragar tudo, bombeava o terror por suas veias e, em muito breve, portanto, ele, não tendo o controle, ia desesperar. Bom, será que só agora realmente acordava? A condição natural, uma vez desperto, hoje, dadas as condições, inevitável; o terror? Parou sobre o tapete e colocou as duas mãos rente aos joelhos, arqueando-se para a frente. No momento seguinte, arrependeu-se: o sangue vai descer todo para o cérebro, com o terror vindo junto, claro, aí sim é que eu vou desesperar. Pensou. Deu de ombros. Voltou a dobrar-se: Quer saber? Dentro da cabeça é que eu consigo ganhar, sempre.

Tentava tornar aquilo mais leve, não conseguia.

Os músculos dos braços tremiam, trocavam de time, passavam para o lado do pavor. O coronel estava perdendo o controle, a soberba, a vaidade. Pensava na multidão, que era aquilo que o esperava agora a poucos passos de onde estava. A multidão do outro lado da parede que colava os ouvidos, ouvia-o dormir. Quando saísse, quando tivesse de sair, iam atacá-lo com as luzes, as perguntas. Gravariam com gosto, sim, ainda que preferissem gravá-lo de manhã. Não seria uma grande decepção, na verdade, que o tivessem de prender agora. Pensou que, na verdade, não deixariam de transmitir alguma coisa ao vivo no café, nem que a porta da delegacia onde ele estivesse sendo questionado. Todas as repórteres femininas têm a mesma voz. Talvez já houvesse policiais dispostos a narrar o vídeo em reprise, contar de novo e de novo como fora.

Ergueu-se, um pouco tonto. Sentia-se um idiota, porque ainda sonolento, levantando-se da cama, vestindo-se, esquecera-se por que estava sendo preso, afinal. O motivo oficial. Mesmo que o pano de fundo fosse a Comissão da Verdade, ele estava sendo perseguido porque surrara um empresário de alto calão. Não aplaudiriam a sua prisão apenas para lavar as mãos, eles a aplaudiriam pelo coronel que não soube ser um coronel, pelo louco retardado que enchera um homem digno de suas próprias conquistas com socos. Haveria quem pensasse, afinal, que ele, Diego, era um comunista. Batia em gente rica. Um coronel errado, por fim, é por isso que prendê-lo era para todos um ótimo negócio. Às Forças Armadas e a quem as apoiasse (acho que ainda é a maior parte do país, não é?), ele não seria perigoso, porque representava um coronel que não sabia ser um coronel, um coronel desviado, um comunista — ia até servir ao contrário, para provar mais e mais que fossem eles os que tinham razão! E aos Castanheiras, viria um porre de autoengano, como o porre das Diretas!, mesmo que durasse pouco, acreditavam que sim, o coronel era um ótimo exemplo do que foram as Forças Armadas, a Instituição projetada nele, hoje, enfim sentada no banco dos réus. Claro que depois, algumas horas ou dias depois, no máximo meses, quando viesse o impeachment, seria ele solto, não é? Às sombras do espetáculo? Castanheira, um idealista, assim mesmo acreditava que, ainda que terminasse o caso em pizza, aquele, a sova pública de um dos cruéis, já seria como um sinal de que novos tempos vieram.

Deu-se conta.

Tremia mais, meu Deus, mas será que o soltariam? Terminavam mesmo em jogá-lo aos leões? Tratá-lo-iam como um comunista, afinal? E é a isso que todos, TODOS, fariam vista grossa? Cada um por seus motivos, aliás, mas esquerda e direita apertando as mãos, como constantemente, cada um pensando em uma coisa, sim, mas sobrepujando irresponsáveis as suas diferenças inconciliáveis? Ia ganhar-se de todos os lados com aquilo? No Brasil, os partidos de ultraesquerda, ou no mínimo boa fatia dos seus militantes mais desavisados (que não vou chutar as cúpulas, também), vocês sabem quais, apertavam as mãos alegres, orgulhosas, com as ensebadas e cifronas da direita, vamos tirar a matrona!, o tempo todo — graças a Deus!, sabia o coronel, a ponte muitas vezes para o grande acordo dos lobos e cordeiros sendo o antipetismo. Estão certos, porra. É a praga. As Forças Armadas e os que as apoiavam o fariam porque, afinal, era isso que merecia um comunista, e o Castanheira, a universidade, porque, afinal, era o que merecia um fascista: provar do próprio remédio. Um vendido. O Exército Brasileiro provava do próprio remédio pelo coronel, diria o Castanheira. Diria mesmo? É isso? Será que iam torturá-lo também? Será que morria empapado em mijo de soldado? Declaravam depois em laudo oficial que havia Diego se enforcado, bem por que não aguentava viver com o que fizera? De novo? Estava ele o fotografado na capa, enforcado em uma gravata, de joelhos, uma janela baixa, todos deixando pra lá — ou resmungando entre as peguetes, não mais que isso — que ninguém pode mesmo enforcar-se de joelhos? Acho que não. Diego notava, apavorado, no meio da sala, que a todos, TODOS, serviria bem que se isolasse inteiro o problema nele, pelos motivos que fosse, o sacrificariam, todos ofertando as suas contradições finais cada qual ao seu deusinho de merda.

O coração parecia enorme dentro da caixa.

Respirava mal — era evidente que ia entrar em choque. A pulsada forte como não podia aguentar o pulsar por tanto tempo. Por um segundo teve medo de que aquilo fosse o começo de um ataque cardíaco. Agora sim. Estava ansioso, fraco, sentia tontura: mas tudo aquilo podia ser por estar cercado, porra, é lógico!, porque não tinha para onde correr. Ainda era madrugada. Quantas horas tinha dormido? Prestou atenção no braço esquerdo, não sentia dor, aquilo que sentia não era um ataque cardíaco, é claro que não. Talvez fossem gases. Pensou em contar o tempo das batidas do coração — mas o que caralhos isso tinha a ver com qualquer coisa? Eu não sou médico, porra, eu não sei o que nada disso quer dizer! Estava entrando em choque, ia desmaiar, talvez. Sentia dor na mandíbula, não entendia aquilo: Meu Deus, deve ter sido de ficar de ponta-cabeça? Contraía os músculos da cara sem perceber? Batia os dentes? Um bruxismo nervoso? Não queria assumir o quanto, enfim, era cagão. Mas lá estava o resultado. A respiração continuava ruim, o coração não desacelerava, o coronel tentava controlar-se o suficiente para não cair estatelado no chão.

Onde é que estava a soberba, a segurança com que vestira a roupa de clube?

Sentou-se na cadeira, melhor dizer que desabara, ruidosamente, massageando o rosto. A mandíbula ia incomodando menos. Não desmaiava. O coração seguia acelerado, não podia dizer que pressionava tanto o peito assim, no entanto. Um pouco. Estava tudo bem. Olhou a porta. Olhou o fio do telefone. Isto não é um ataque cardíaco, não. Se fosse, eu já estava morto, aqui neste chão, pensou. Levantou-se de novo, um pouco menos desesperado, ainda reconhecendo o medo de morrer assim, pensando em ser torturado, também, ou em falecer com o mijo de soldado na boca.

Caminhava até o plugue do telefone e, sem pensar duas vezes, conectou-o de volta à tomada:

Alguém me liga, por favor, alguém que eu gosto vai ligar, olhava o telefone mudo, não eram nem quatro da manhã, quem é que liga pra alguém àquela hora? Viu outra vez a porta, ameaçadora, embora nem sequer tremesse por vento nenhum, parecia que o tempo lá fora não havia. Tentou puxar ar para expeli-lo mais longamente, alongar o pulmão, mas não era possível, sentia como se tivesse corrido pela casa ininterruptamente pelos últimos quarenta minutos. Esperava dentro de casa até de manhã? Dava tempo para que Nina, Gomes, alguém, ligasse? Será que precisava despedir-se? Ia vê-los de novo?

Viu a porta. Ora, vai ser agora mesmo. Chega. Eu mesmo ligo para Nina já da delegacia.

Foi caminhando, viu que suas pernas variavam, estava outra vez tentando enganar-se. Foi o primeiro momento desde que acordara em que percebeu que a fome o incomodava — não havia jantado nada. Olhou em direção à cozinha. Que ideia, pensar em comer àquela hora!, mas, por outro lado, será que alguém lhe daria algo de comer quando estivesse preso? Passava fome por horas esperando deitado no colchão fino da cela? Pensou no livro de Noah, olhou para o computador, alguém ia ler aquilo, aquela mistura de intenções, não serviria corretamente a propósito nenhum. Devia ter enterrado o laptop junto da arma, junto do livro, pensou. Virou-se para a porta. Incomodava-se bastante pensando em como ia perder o controle sobre a própria história, sobre a sua própria memória. Iam transformá-lo em outra coisa, todos os vestígios da sua vida real seriam rearranjados para justificar o que diriam que era ele. O que terminaria sendo, uma "figura histórica".

Aquela a versão final, a versão importante, ninguém o assistiria tendo sido colunista, escritor, fazendeiro. Iam dizer que tudo o que não fosse a *figura* era mentira.

Colocou a mão na maçaneta. Virou a chave. Abriu. Sentia o frio da madrugada e o princípio de um alvoroço. Pessoas correndo por todos os lados, já havia alguém muito perto da porta. Dez, quinze, vinte luzes se acenderam. A entrada fechou-se numa porrada, vinda de fora, alguém tinha empurrado a porta para dentro, talvez sem querer? Voltava a virar a maçaneta, notou que alguns eram policiais, pressionavam a porta, afastavam uma massa de gente e luzes para que ele pudesse sair? Eram muitas as vozes ao mesmo tempo, faziam perguntas, falavam com ele, gritando entre si o que deveriam fazer. A confusão somava aplausos e vaias, placas a seu favor e contra. Senhor Lopes, o senhor sabe por que está sendo preso? Senhor Lopes, algo a declarar? Senhor Lopes, por que bateu no Senhor Quitera? Senhor Lopes, o que o senhor pensa da Ditadura Militar? Senhor Lopes... Senhor Lopes... Senhor Coronel Lopes, fique dentro de casa!, e o corpo expansivo de um homem negro, de farda, um policial militar, forçava a entrada pela porta entreaberta, no que o coronel sentia a ânsia de vômito e o súbito velho desespero porque alguém entrava em sua casa, nem sequer na varanda, mas realmente em casa, na massa fundamental. Olhava as paredes com o terror de quem olha para a própria mulher penetrada à força, quis empurrar o homem negro para fora de casa, as botas cheias de lama, o hálito de quem vinha dormindo, não parecia conseguir controlar o próprio corpo. Nunca pensara em sentir o bafo madrigal de um policial militar, o cheiro de suor invadindo a casa, a agonia com que Diego voltava a sentir a mandíbula estalar, doer, todos os membros torcerem-se em espasmos musculares, o desespero, o desespero crescente. Senhor Coronel Lopes, fique dentro. O homem negro dirigia-lhe a palavra, parecia também desesperado:

Senhor, fique dentro de casa, não saia ainda de casa, senhor, espere mais um pouco,

O coronel não sabia o que dizer, ele estava ereto, era alto e gigantesco, não empunhava a arma, esticando a mão para a frente como se fizesse um sinal de "pare", mas muito mais gentil, como se desse um conselho.

Ainda não, senhor, fique dentro de casa.

O homem se aproximou, caminhando em direção ao coronel, enquanto ele dava passos para trás rumo à sala. A perna esquerda lhe faltava, Coronel

Lopes estatelou-se no chão, caindo para trás, tendo o desejo de gritar que o homem saísse engolido junto à saliva.

Senhor!, o policial correu em sua direção dando a entender que o ajudaria a levantar-se. Senhor, o senhor está bem? Está tudo bem com o senhor? Só precisamos que o senhor tenha paciência, senhor, ainda não é a hora. Não faça besteiras.

Aquela era a prova de que tentavam um acordo? Como um homem que era tão gentil naquele instante estava em breve a torturá-lo? Queria poder organizar as coisas em sua cabeça, mas estava completamente descontrolado, batendo as costas na cristaleira da sala, com a boca aberta sem conseguir emitir sons. O homem negro segurava seus dois braços, tentando fazê-lo levantar-se. Notava que Lopes sacudia o corpo como um doente, como se estivesse no meio de um ataque convulsivo, mas os seus olhos vidrados e a língua imóvel na boca escancarada pareciam discordar.

Senhor, quer que eu chame uma ambulância? O senhor está bem, senhor? Por favor!

Do resto de forças e do meio do choque, o coronel conseguiu arrancar de si mesmo o suficiente para garantir que ainda podia falar:

Não.

Era miúdo e abafado, mas servia de resposta. O policial deixava de tentar levantá-lo, olhando-o a parecer sinceramente preocupado. Diego via-o um pouco embaçado a puxar uma caixa preta de alguma parte do cinto, falando com a boca imensa grudada em um rádio:

Tenente Silveira, recolher, controle a situação aí fora. Silveira,

Estavam mandando todos embora? Bastava ter aberto a porta? O homem aproximou-se dele sentado, com a vista difícil:

Espere até de manhã, Coronel. Por favor.

Agachava-se como se fosse sentar:

Vamos dar mais espaço até clarear, Coronel, por favor, mas já estamos dentro do sítio. Senhor, de manhã vamos bater na porta. Esteja vestido, senhor, esteja bem vestido. Agora, senhor, durma, senhor. O senhor vai aparecer na televisão.

53

Marcos acordou do cochilo sendo cutucado na coxa pelo bico de uma bota.

Senhor, vá para a sua casa e fique quieto lá. Impaciente, lhe dizia: eu estou te dando um conselho.

Havia dois policiais em sua frente, e via-se que subiam vultos atrás de vultos pela ladeira, carregados de coisas, enquanto não podia ver direito o rosto de ninguém através do fosco lacrimejo do sono. Colocou a mão na frente do bico da bota, para que não o cutucassem mais, dado que entendera o recado. Da bebedeira, tentou calcular se dormira até o princípio do entardecer, estranhando que Lopes não saíra da casa em nenhum momento durante todo o dia. Ou saíra? Vira-o dormir?, bêbado embaixo da mangueira, e decidira não acordá-lo? Sentia algo próximo à gratidão, mesmo que não se orgulhasse disso.

Porra, seu merda, vai.

O outro policial o acertava com um tranco dado pelo cacete nas costas, não muito forte, mas o suficiente para ouvir a costela reclamar. Marcos levantou com os dois braços para cima e, sem dizer nada, foi caminhando para casa, sentia ainda um pouco da tonteira prosseguir.

Olha aí o caseiro, o desgraçado já bêbado como um gambá, ouvia um dos dois desgraçados dizer.

Fechou a porta, ia passar a chave, trancar-se, quando ouviu uma terceira voz, de fora, dava-lhe uma segunda ordem, abusada:

Deixa destrancado isso daí. E espera bonzinho.

Teve o impulso ainda assim de trancar a casa — o que fez —, até pelo susto que sentiu com a ordem, sugeria o contrário, mas logo teve de desvirar a chave, sentindo na mão que ainda segurava a maçaneta o baque forte do chute desferido violentamente na madeira vagabunda pelo lado de fora da porta. Outra vez pensou em Lopes e em como era possível que não estivesse ouvindo aquilo. O que o patrão fizera entocado o dia inteiro? Dormia também? Via filmes a esta altura? Fingia que não era com ele? O tempo chegava. Disse, em resposta ao chute, através da madeira:

Desculpa, senhor, está aberta.

Deitou-se no sofá em frente à pequena televisão e deixou a bebida voltar a nocauteá-lo, esquecendo sem maiores dificuldades, também, que a qualquer momento poderia sentir um golpe, e um que realmente intencionasse machucar — ou mesmo matá-lo — cacetes sobre cacetes. Desejou, por fim, que aqueles homens que subiam lá de trás a ladeira fossem mesmo a imprensa.

Dormiu.

Pelas próximas horas, seguiu-se um sono vazio, sem sonhos, profundo, que só seria outra vez interrompido muito depois, quando ouvia de longe um coro, uma canção tocada no exagero do volume, posta no talo de algum aparelho de som, em uma língua estrangeira que nunca reconheceria, introduzida por um ataque de orquestra e uma caixa militar que mantinha o ritmo ameaçadoramente, sentiu a cabeça arder, ouvia junto à canção uma confusão de vozes, a hélice dos helicópteros que uma última vez voltavam.

Sentado, pressionando a têmpora com o punho fechado, conseguindo algum alívio da dor que o atacava ainda mais pela música alta que atravessava as paredes gastas como se fosse papel, olhou para a porta que seguia deixada quieta, sem a intrusão de ninguém, e teve a curiosidade de saber o que ocorria na grama naquele mesmo segundo. O cagaço, no entanto, ou a prudência, dizia-lhe que devia manter o punho a pressionar a têmpora, sentado exatamente ali, como lhe tinha sido ordenado antes. Esticando-se para a frente, recebendo a ânsia puxada pela gravidade do corpo, tentou então alcançar o botão que ligava a televisão, teve de fazê-lo por mais uma vez, ao menos, para que tivesse êxito. Não precisou sequer mexer no canal. Ao vivo, da câmera de um helicóptero, pôde ver o sítio de cima, a casa da sede, e o minúsculo arranjo de paredes que era a sua casa, logo ao lado, que de cima parecia mesmo era um banheiro externo, dado o quão ridiculamente menor, e como mesmo as telhas de sua casa eram de uma cor barata, moída pela chuva, enquanto o laranja da casa de Lopes seguia impressionantemente novo. Não quis aumentar o som, como se fossem meter-se sala adentro instantaneamente caso se lembrassem de que ele estava ali, como se tivessem se esquecido dele, mas percebeu a seguir o absurdo daquilo, com a cantoria da língua estrangeira que abafaria decerto qualquer que fosse o som da tevê, mesmo se ele ligasse um liquidificador na cozinha. Aumentando um pouco o volume, viu o eco atrasado da música que tocava lá fora, agora vinda também da televisão, e uma legenda abaixo da imagem que dizia que saía da casa, da casa de Lopes, lá de dentro da sede, que se tratava torrencialmente, nada mais nada menos do que do Hino à Internacional Comunista.

Marcos, sem qualquer aviso, pensou então saber que Lopes se suicidara.

54

Gomes largava o quarto da pousada em Tiradentes, andando pelo sereno dos primeiros raios de luz em busca de uma pastelaria já aberta. Desligara a televisão, sentia fome, e algum resquício da excitação que o fizera precisar caminhar um pouco, o que lhe sobrava, natural, da incerteza do que se vira no jornal. Estava excitado mesmo, até um pouco contente:

Diego, seu maluco imprestável, ria sozinho como se lhe fizesse, de longe, uma cortesia. Seu maluco imprestável, meu santo Deus!, e deixava-se gargalhar enquanto caminhava pelas casinhas solitárias no azul prateado.

Acreditava entender, ou ao menos se via capaz de consegui-lo, ainda naquela caminhada, o porquê da provocação de Lopes. Ao mesmo tempo, seguia apaixonando-se pelo quanto não podia se decidir se era caso de provocação, realmente, ou o justo oposto, uma espécie de bandeira branca — se aquilo dizia, ironicamente, que ele estava se entregando. Fosse como fosse, Lopes conseguiria ofender todos os lados com aquele derradeiro gesto de pura e deliciosa insanidade.

Pouco mais à frente, via um homem cruzar a rua com um burrico e uma carroça, provavelmente indo ao trabalho. A cidade já ia acordando, pensou, o azul amansava, pegava-se enfim pronto a preocupar-se.

Caso Lopes fosse marcado como um maluco, talvez não terminassem a caça às bruxas ali, puta merda, e talvez aquilo o fizesse deixar de ser garoto-propaganda do crime comum, fazendo-o se tornar uma figura confusa, ímpar, desligada de tudo; escreveriam artigos interpretando o réu de maneiras muito diversas. Gomes arrastava os pés, pensando, emocionado, que era, assim mesmo, o amigo, admirável:

Coronel Lopes, quem diria!, você é um grande homem.

Ou foi.

Pensava no agressor da Mercedes assistindo à sua vitória pela televisão, confuso dos pés à cabeça com o Hino, questionando-se ridiculamente se não entendera nada e se quem fora o homem com quem se envolvia na tarde do acidente?; Senhor Quitera, que ia vingar-se do coronel, fugia das suas próprias acusações através disso, agora ia ter de levar consigo alguma responsabilidade que Diego lhe devolvia com o dedo no rosto de novo pelo absurdo do Hino, entoava uma vez atrás da outra pela televisão. Então, no fundo, Lopes era um traidor dos coronéis. Deixava de ser uma representação metonímica, deixava os outros sozinhos, era um imenso de um filho da puta. Será que alguém pensava mesmo nessas coisas?

Gomes achou uma porta abrindo-se, um velhinho de um metro e meio, quase, extremamente curvado, empurrava-a com uma haste de metal, disse-lhe bom dia. Bom dia! Olhava esse velhinho a pensar em Quitera, em si mesmo, em todos que conhecia, voltando a concluir que ninguém pensa fazer parte da História. O empresário não se questionava de nada, ninguém se questionaria de nada. Aquela música ia tocar pretendendo uma confusão que não vinha, ou viria, guardando para si o sentido inacessível a todos, que estariam sempre muito mais ocupados com as próprias vidas, buscando do lado de fora só aquilo que já haviam decidido por dentro, o que era o que se veria por fora. Sorriu. Se falassem daquilo, falariam com estranhamento, mas sem precisar revirar esse estranhamento jamais. Não era dúbio, afinal, ninguém ia pensar em sã consciência que Lopes fosse, ao fim da vida, no fundo, um homem de esquerda, e qual-o-quê?, que ele atacara, o coronel, um empresário em nome dela. Se o fizessem, também, seria apenas para a conveniência de dizer que era isso que a esquerda faria, surrando homens de bem, no meio da estrada, sempre exatamente quando a chance viesse. Ratos. Do mesmo jeito, quem se considerasse de esquerda ele próprio veria naquilo a conspiração da conspiração, de onde voltavam a exemplificar com o mal entendimento do "nacional socialismo" exposto pela sigla alemã, ou algo muito parecido, como a "grande farsa" do coronel que quis a simpatia, covarde, dos inimigos, logo antes de ser preso.

Ou um minuto antes de matar-se.

Qualquer que fosse a versão, o coronel seria entendido como um imenso idiota. Aquela derradeira jogada não era, finalmente, mais do que uma presunçosa e arrogante erguida de nariz, para qualquer que fosse o lado.

Diego, seu grande idiota arrogante.

A caça acabava ali, porque no fundo era só isso que todos queriam. Que ela terminasse. Que alguma impressão de justiça se cumprisse, para que a vida pudesse seguir como sempre seguia. E o velhinho, passando para o outro lado do balcão, ligava a tevê para outra vez verem-se os telhados e a canção repetida focados sob comentários histéricos de um narrador cheio de malícia e ambição, equilibrado toscamente em um helicóptero, no ponto mais alto daquele dia que, com ou sem teatro, terminaria obviamente com Lopes ou morto ou atrás das grades, enquanto seriam os leões de todas as vezes quem decidiria a última palavra do que aquele homem decadente e encurralado representava.

Só que Gomes, pegando o copo estrelado e quente da média que o velhinho lhe passara na mão, estranhou o detalhe da grama vazia em torno da casa, sem um repórter, sem um policial, sem um acusador presente ali, no clímax daquelas semanas arrastadas com tamanha crueza, em carne e osso. Não, não havia mais ninguém, e o helicóptero sobrevoava os telhados como um pássaro lento, solitário.

Sentiu o celular vibrando no bolso e, sem checar o número no visor, atendeu.

Do outro lado da linha, ouviu uma voz conhecida dizer-lhe, sem denominar-se ou sequer assegurar de que Gomes a ouvia bem, desligando ruidosamente a ligação logo depois de dizê-lo:

Acabou.

Você já pode voltar.

EPÍLOGO

1

"Ora se não é o velho Dick,
vamos, Dick, se mexa!, o que há?
Veja, pobre Dick morreu feliz com a pança cheia de sorvete"
(Y)

"A palavra anta parece ser de origem árabe (designando um cervídeo sem galhada). Tapir é seu nome tupi, e *mborebi* em guarani; *mborepirape* é a vereda aberta pela anta na mata, e assim também denominavam os índios a Via-Láctea".
(Rodolpho Von Ihering, *in* Dicionário dos Animais do Brasil, 1940)

Que os guaranis vissem no espaço uma floresta lhe pareceu a Von Ihering razoável, bem pelo que era, muito dado aos casos populares, compilava-os sem poupar-nos nada de injetar no corpo do que transcrevia da boca do povo sertanejo algo do certo exotismo alemão que lhe corria no sangue desde Hermann Friedrich, e então pensava que não se pode ver afora, e nem que os olhos o confirmem, nada, algo que não se reconhece próximo do comum, do diário. Quando muito, há dificuldade. Concluía que os guaranis só podiam mesmo ver em tudo florestas, dentro do rio, florestas, na pastagem seca, florestas, assim como no espaço. Para explicar o surgimento do mundo: lá estavam, as árvores, a pilha de folhas mortas, sim, o pantanal, porque aos guaranis, mesmo lá, tudo o que se podia ver eram florestas. Depois da morte, também.

Um vazio preto e infinito, sem ar, sem memória. De fato, sequer preto, nada. Nenhum traço ou vestígio, nem gosto, nem vista, nem eco, porque o espaço a partir do espaço está vazio.

Os anos se foram, todos, tudo a partir daqui desintegrado, os dias, as noites, o medo, a alegria, as saudades dela, os gritos dela, o insucesso, a pequena vitória, o cacarejar de um galo, a infância para onde nunca voltaremos apesar do esforço, o que já não existe mais não existiu antes porque a partir deste ponto não tem e nem teve. Triste, para quem morreu não houve nada nunca. Como não haverá ninguém, zeram-se as importâncias, todos os segundos, as histórias, tudo o que você queria guardar não ficou.

Do meio deste vazio infinito, sem começo, um espaço que sempre esteve ali, vácuo, o que nunca se substituiu por nada, um pequeno vaga-lume branco, parece, um ponto final, uma pinta, branca.

Já são dois.

Locomove-se o nada, de alguma forma, se movimenta, os pontos brancos virando muitos, boiando numa espuma, ou fumaça, aos poucos o que cria cor, torna-se diverso, talvez o suficiente. Há um animal atravessando o espaço. Não se pode ver ainda do que se trata este vetor obeso mas há, e as passadas indolentes dos seus cascos bipartidos levantam estrelas atrás de si, uma a uma, como as pintas brancas no tecido vazio do espaço antes do espaço.

Pode ser que se entreveja na poeira um matagal negro, o que na verdade desde antes estava lá, já, mas não se podia entendê-lo prévio à primeira luz, ou mesmo que este movimento por si tenha tornado o caminho um charco furado pela picada dela, uma anta que recorta no vazio a Via Láctea.

Von Ihering, seu rosto drummoniano, fotocópia em escala industrial dos homens sérios do meio do século passado, habitou por anos os confins, os porões, o subconsciente mal-amado e respondão do coronel, o centro destes eventos, Diego Lopes de Miranda; e não só por conta de um ou dois recortes com que se deparou menino, sobra do tal Dicionário dos Animais do Brasil, tão amado pelo Reader's Digest, bem como reconhecido por Cícero Coutinho, autor, camarada por fazê-las de graça, das ilustrações zoológicas pensadas antes para este volume, das quais só me sobra a capa, bem, mas também o reconheceria, e um tanto mais a fundo, Diego, num momento até agora irrelevante, quando se encontrava de novo com Ihering no exílio.

Após executar o macaco, na febre de caçador, seguia-se uma terceira ou quarta pesquisa a respeito, quando enfim pode lê-lo segundo a visão dita exótica de Von Ihering.

Também era ele atraído às medicinas, além de precursor importante da piscicultura. No Dicionário, por conta de sua frieza científica — e não pelo amor aos peixes, claro —, Ihering podia, por algumas vezes, acabar narrando morbidezas bastante dispensáveis, isto é, ao menos há quem diga isso, e com certa propriedade, a respeito do verbete em que descreve os "barbados", "guaribas", enfim, os adversários de Diego na Cantareira; porque quanto a este verbete, além de nele exibir crenças questionáveis do povo, como a sua condição simbólica de jornalistas, documentistas antecipados, ou meteorologistas, ao menos, porque os macacos, diz o zoólogo, berram mais e mais alto só quando "o tempo está para mudar", nas próprias palavras poéticas de Ihering, dir-se-ia também do que o coronel, num determinado momento, lembrava ele próprio, rápido, sem explicar-nos tão bem as fontes quanto exige a educação ou a lei; pois que vendo o corpo do bugio desistido no chão rezava uma lenda, antiga, desacreditada, depois, pelo tiro de Diego, de que quando fatalmente alvejados os bugios dependuravam-se, firmes, bandeirais, o rabo forte enrolado nos galhos como um torturado atado morto a um pau-de-arara.

Ainda por lá, na altura desta página 131 da edição moderna do Dicionário, pode-se ler um detalhe a mais, igualmente mórbido ou pior, algo que não exploramos a priori, antes, justo porque só se faz necessário agora, bem para entender o que se passaria a seguir com Marcos, quando os policiais, já certos de bater em retirada, agrediam-lhe a porta da casinha de serviços às bicas, brutalhões, mesmo já a sabendo aberta, como bem a deixara o caseiro a mando de um daqueles vermes, e com isso, claro, já garantiam o esperado show, um dado sempre de bandeja à imprensa:

Disse Von Ihering sobre os bugios, na sua língua curiosa, por vezes sanguinolenta: "Há caçadores que apreciam sua carne — mas ninguém tem coragem de servi-lo assado, sem trinchar, pois representaria, perfeitamente, uma criança sobre uma travessa."

Tenente Mario, pode vir aqui um instante?,

O PM, que rasgava o lado do sofá velhaco a partir de um furo que ia esgarçando com um cacete, não sei esperando ver nele o quê, logo atendia ao chamado do outro,

Afirmativo, dizia um terceiro ao walkie-talkie para a central. Marcos restava impaciente numa cadeira.

O polícia deu então seus cinco passos para trás, os olhos esbugalhados, escondia ao lado do corpo a mão que tremia, não caindo bem a um oficial da lei tremer as mãos. O chamado encostava no defunto com a arma, tão regelado que se grudara à superfície do chão do freezer já sem qualquer remédio de força. Faltava-lhe um braço, uma perna e, também, a cabeça. Com a pistola, apontou para o furo de um tiro, como na altura do pulmão. O terceiro polícia já fechava a porta segura da imprensa por uma fita, tinham de isolá-la só até um comunicado oficial, claro, quando sem querer podiam depois liberar a porta. No walkie lhe dizia a um superior terem acabado de encontrar o corpo de uma criança no freezer, decapitada, com indícios de canibalismo. Marcos, histérico, ergueu-se gritando que, porra!, era um macaco, não uma criança, mas recebeu de volta um soco no rosto que o arremessou por sobre a bagunça da mesa, tendo, do piso, caído do outro lado, a honesta impressão de que o osso de sua maçã esquerda trincara. Não demoraram, a seguir, para encontrar a arma cheia de terra que o caseiro embrulhara em algumas cuecas, e algemaram-no com tanta pressão nos pulsos que podia sentir as mãos embranquecerem. Uma foto virada para baixo, como escondida, próxima ao fogão do calendário, mostrava Nazaré e o menino: onde é que está o menino?, lhe perguntavam, na cidade!, o Cacá vive na cidade, com a mãe!, respondeu, uma coronhada no alto da cabeça o desligava enfim prostrado para a frente. Filho da puta, olhava o primeiro policial ainda o cadáver, um terceiro estudando a foto do menino gordinho e mais velho, não lhe parecia a mesma criança. Talvez fossem duas? Onde estava o menino? Marcos, apagado. Se fosse um macaco, teria cauda!, ou desperdiçara a prova com uma rabada silvestre, e agrião? Mais do que uma criança, era uma criança nova.

(Num artigo futuro, Castanheira podia mesmo intitulá-lo igual ao outro, sobre Diego, o catedrático encontraria nisto um conclusivo símbolo dos tempos de ferro, ou metáfora definitiva do infanticídio repetido da democracia brasileira; logo tenta envelhecer e a devoram, guardam o seu corpo infantil desfalecido no freezer da casa de serviços, senzala de um coronel:

fosse ele um dos armados, ou empresários, ou apresentadores de televisão, espetaria ele, inclusive, e correto. "A democracia brasileira resta sempre criança na geladeira de algum tipo de coronel, dos óbvios aos mais inusitados." Não?)

O polícia primeiro tinha ânsia, aliviava-se no vaso sujo do banheiro. Poucos em décadas de serviço dariam, certo dia, frente a frente, com algo tão monstruoso.

Marcos, mesmo desmaiado, sabia já que intentavam distrair tudo através dele, de propósito: qualquer idiota não precisaria de pesquisa muita para reconhecer o cadáver de um bugio, trazido por pura ocasião de estar ali, jogado na relva às sobras de um exercício irresponsável de tiro do patrão, mas ok, daremos ao caseiro alguma chance de se explicar: o que é que essa arma faz aqui? A arma é a mesma da bala?, no mínimo te prendemos por caça ilegal. Para a retirada da imprensa que mosquitava a sede bastava-lhes a suspeita, a sugestão, de um assassino de crianças descoberto por acaso, e um que, para a delícia dos abutres, cortava-lhe membro por membro com uma faca cega de pão, triturando os seus ossinhos, mesmo, com os dentes, falhos. A suspeita de que o corpo no freezer fosse o de Cacá, o seu filho, então, traria gozo interminável à imprensa marrom. Mesmo os mais politizados levariam as mãos à boca, num esforço coletivo, claro, disfarçado, por certo, para que se apagasse da cabeça Diego Lopes de Miranda porque, como já dissemos, algo muito louco tem de ter acontecido para justificar a grama livre que Gomes assistia da pequena tevê em Minas:

Como é que pode?, lhe perguntava o velhinho, o pano branco com manchas de farinha no ombro magro.

Daqui vai ser tudo suposição, já,

Gomes sentia uma pontada pelo suicídio do amigo.

Fato é que câmera nenhuma acompanhava a imprensa a descer a ladeira, ou mesmo a polícia, nada. Fato é que as imagens do sítio desimportunado eram as primeiras do noticiário sem um texto ao pé que as explicasse. Gomes não sabia o que dizer ao mineiro, embasbacava-se sincero frente às imagens sem sentido. Aliviado, sim, já pagava o café e se retirava, sobre os paralelepípedos da pequena ruinha caminhava tranquilo, não tinha pressa, para quê?

Marcos tampouco via pessoas no gramado pela janela fosca, teve medo de abrir a porta desregrado, jogarem-no em um camburão de uma vez. Então, ao abrir os olhos, lá estava, a viatura conduzia-o rápido pela Zamboni, levavam-no para prestar depoimento, só, nada demais.

Nenhum carro da imprensa os seguia, nem a sirene estava ligada, quase não havendo estardalhaço.

Um par de pássaros passava a latir sobre a estrada, como o latido alarmista de um papagaio, os conhecia, via a eclusa surgir, logo os bombeiros,

Os policiais, contentes, papeavam sonoros sobre assunto ignorado.

O caseiro olhava farto o irromper da estrada, só então percebeu: já não tinha as mãos algemadas.

2

Quando o avião pousava no Aeroporto Internacional Tocumen, para lá da ponte sobre o seco recuado do mar onde os pelicanos catavam peixes e siris represados, coisa que eu ainda não conhecia, mas logo os veria do vidro do carro de Andressa, já devia me esperar no desembarque, senti muito frio na barriga, mais do que de costume, ainda que as rodas gigantescas do avião firmassem na pista sem qualquer ruído ou obstáculo. Tive de esperar o aviso para ligar o celular, já querendo, ansioso demais, vê-la logo, avisá-la de que pousávamos para que corresse.

Passadas as perguntas de praxe, quando menti, lógico, não mencionando nada a respeito de que pensava mudar-me para o país, já que não tinha malas que resgatar além da mochila nas costas, não despachara bagagem, em breve via Andressa surgir com uma plaquinha. Abraçamo-nos e seguimos juntos até uma ATM, parece, mas não, é onde se pagava o estacionamento, o calor ardido ou caribenho, centro-americano, sei lá, a linha do Equador talvez passasse sobre a minha cabeça. Quando ligamos o ar, respirei fundo, logo se via a ponte e os pelicanos.

Você vai gostar daqui, eu juro, ela me disse. Parecia corada, ainda que me contasse logo, e isso para eu tirar o cavalinho da chuva, que o mar na Cinta Costera, inspirada no Aterro do Flamengo, eu lhe disse e ela relevou, era bastante sujo, fedido. Lotado de pássaros marinhos, ainda assim, e uma vez, inclusive, Andressa me disse, animada, pôde vê-lo da janela do apartamento, lá de cima, do outro lado da Avenida Balboa, para eu imaginar só o tamanho que tinha, um crocodilo, perdido, saído claramente do rio Matasnillo passava rente ao Cassino Hard Rock, ganhava mar aberto. Não é preciso nadar ali, cara!, o Panamá é pequenino; quinze minutos de carro e ela me levava para comer dois peixes fritos inteiros, com patacones, lógico, eu vinha faminto desde a viagem, sentávamos os dois agora numa espécie de quiosque à beira-mar em Veracruz, bebíamos cerveja gelada. Aqui é limpo, pode nadar. Mas você não comeu nada em Bogotá, cara? Não, e aliás estava frio, eu nunca imaginei: dizem que é alto, que é por isso. Ok. Como é que você anda? Pode falar?, honestamente?, me recuperando, devagar.

O táxi encostou na portaria do prédio, Andressa tinha ligado de volta umas cinco vezes, no mínimo, desde a primeira ligação, estranha, quando atendeu alarmada um homem desconhecido, dizia-lhe: o problema era o noivo, que tinha dificuldade em manter-se desperto no banco de trás do táxi, estava bastante surrado, precisava ir ao hospital com urgência. Se ela quisesse, ele esperava ali mesmo, embicado na garagem, descia a menina logo de uma vez e iam juntos, os três, claro, numa corrida nova, bandeira 2. Aliás, ele o conduzira até ali sem pagamento nenhum, você sabe, encontrei-o neste estado numa estrada em Franco da Rocha e me disse ele que você pagava ao chegar. É lógico! Noivo?, você está louco, cara?, eu não sou noiva de ninguém. Ele que disse, está delirando, coitado, muita pancada na fuça. Fomos os três no carro ao médico, nada grave. Depois, eu lhe dizia baixo um primeiro cafuné de namorada: lembra do coronel?, aquele sobre o qual eu escrevia?

Andressa aceitou um emprego no Panamá bem pouco tempo depois disso, e talvez eu mesmo que a tenha assustado, exagerando de graça o perigo que se espalhava aos em volta de mim; bom, nem tão sem propósito assim, no fundo, pois as vezes de mãe com que Andressa cuidava dos meus machucados naquela época nos acabou por render em poucos dias um primeiro beijo. Um único, é verdade, depois se desculpava, dizendo: foi o calor da hora, desculpa, cara, foi a pena. Mas eu sabia que o heroísmo seria sempre motivo. Dito e feito, meu pai, minha tia, todo mundo da família alagoando, assustado, fez pressão magnífica para que fosse também eu, e logo, para fora do país, que eu a seguisse.

Para tanto encheram minha conta de vez, coletivamente, com o que pagava peixes fritos em Veracruz:

Ainda estou me recuperando,

Te dói alguma coisa?

Não, mas saiba você o que eu tenho ouvido na internet...

Saídos de lá ainda quis que me mostrasse o Mercado de Mariscos e o Biomuseo, as placas coloridas do edifício maluco de Frank Gehry, o canadense imaginava uma arara, vimos aquilo do carro, não quis descer, cansado da viagem, o mais legal é o prédio, ela disse. No Mercado, mais tarde, jantamos ceviche, e dei bolachas a uns guaxinins que passeavam vagabundos sobre as como roldanas de cimento que barravam o mar. Estou cansado de bichos, eu lhe disse, ela riu. Aqui vai ser difícil evitar. As colheradas do ceviche num copinho de plástico e novos goles patrocinados da Panamá.

Contei-lhe então que tudo se havia acabado, enfim, que ninguém mais falava no assunto. Ela me disse, satisfeita: que bom. E eu, contrariado: não sei, Andressa, porque o paradeiro do coronel nem mesmo eu tenho. Bom seria se ele pagasse pelo que fez, não é?

Quem te viu...

Como assim?

Cadê o esforço pra entender o cara, agora?

Outro gole,

Mas que se dane entender o cara, Andressa, o velho me encheu de porrada.

3

O cais não desmoronou, muito para a decepção de Diego. Após a volta, longa e chata, tanto quanto a ida, o barco sofria com novos vagões de uma tempestade repentina, outra, quase aportavam já, porra, finalmente!, no Mar Pequeno. O velho Tavares não lhe dissera nada durante todo o percurso, impressionava Rei por não berrar seus palavrões, nem mesmo vomitar. Diego, tragado pela derrota do pai, tampouco se afligia com o barco, olhava-o reto, ele que desviava a vista do filho como dos demais marinheiros.

Quando desceram, Tavares pôs-se a andar de volta, passou o Iate Clube, Diego correndo-lhe atrás como o pequeno que era, afinal. Não se despediram de ninguém. Rei, para Neguinho, as cordas ainda a amarrar-se: o que Tavares tinha feito?, não fazia sentido. Não peitava Martino, não dissera nada. Verdade, o negro decepcionava-se. Cachaçava nas redondezas antes de voltar definitivamente para Santos.

Cisco de Gato estava presa, lhe disseram. Contrabando. E em poucas semanas lhe chegaria a outra bem mais triste notícia: Tavares falecia dormindo, de um ataque fulminante, muito falado no porto: o coração partido é o que levava o velho, diziam, jogava-se de cabeça no poço da morte.

Podia contar-lhes que Diego então cresceu entre tios, que alguns anos difíceis se seguiram até que tivesse o menino o destino decidido. Mas não vou. Tenho um dedo que deixou de se dobrar. Por conta de uma pisada. Do filho da puta.

4

O coronel permanecera sentado por alguns minutos encostado à cristaleira, retomando o fôlego e a consciência dispersos pela sucessão de eventos. O policial havia saído pela porta, empurrando o que parecera outra vez uma multidão de luzes, levando a chave consigo, trancando a porta pelo lado de fora, espalhando ordens em berros e ameaças que dali o coronel seria incapaz de interpretar; estava sim batendo os dentes, a mandíbula não deixava de doer. O coração estourava, as pernas tremiam, a confusa impossibilidade de levantar-se era latente.

Quinze minutos.

Decidiu que precisaria conseguir colocar-se em pé, estar com a cabeça no lugar, e escorou-se no móvel que balançava quase a ponto de cair para com extrema dificuldade ter-se reto, da altura do mundo. Os passos obedeciam-no mais e caminhava de volta para a sala.

Diego, porra, você está vivo, aja conforme,

Sentou-se no sofá e massageou as duas pernas. Colocava a palma da mão direita sobre o peito, sentindo o coração murraçar-lhe as costelas com tanta insistência que o alertava, tornando a pensar no telefone. Olhou o aparelho e decidiu que precisaria chamar alguém, porque talvez estivesse mesmo morrendo. Mas pensar em sair do sofá, atravessar uma terceira vez a sala, pareceu desanimá-lo a ponto de desmaiar.

Novos quinze minutos.

Rei chorava salgado num beco do cais, um botijão de plástico com pinga vazado frente às pernas dobradas, um punho lhe apertando cada olho. Neguinho vinha reto despedir-se, tentava a vida para as bandas do Rio de Janeiro, já lhe dando desta vida por quatro, lhe disse, que daquele porto morriam todos do coração ou cabeça esmigalhada baixo botas de soldado.

Via o companheiro chorando, soube-se logo que o marinheiro lamentava por Tavares, lhe dizia era como um irmão aquele velho português, mas não, o negro lamentava é por Diego, disse ao outro com os olhos cheios de água: Paulo, o que eu queria era criar esse moleque. Ficava à guarda e aos cuidados de Norma, em São Vicente. A vida ainda há de comê-lo vivo.

Agachado, segurando na quina da mesinha de centro, o coronel alcançou o aparelho de som. Os cds largados ao lado da caixa, de mais fácil acesso, eram os de jazz. Não. Pensou em colocar algo que o pudesse acalmar um pouco. Quantas músicas teria de tempo, de vida, pela frente, duas, cinco, quarenta? Depende, tanto: se o negro empurrava a multidão para baixo da ladeira? Pedia mais calma, também, aos outros? Qual seria a distância segura, onde a polícia isolaria a imprensa para que pudesse filmar, mas não interferisse na sua escolta até a viatura? Talvez aquele homem houvesse decidido, apesar de ter-lhe negado a necessidade, chamar uma ambulância, tenha dado o espaço para que a captura não terminasse na morte do coronel, ao menos não de um jeito tão desapontado quanto um ataque cardíaco.

Sentava porque não podia continuar em pé, na mesinha de centro, empurrava alguns enfeites da época de Nina, pôs outra vez a mão no peito. Estava lúcido, de novo, voltava a dizer para si mesmo:

Diego, se isto aqui fosse um ataque cardíaco você já estava morto, estirado. Não entra em choque, não entra em choque,

Cisco de Gato levou cinco murros no olho, os armários revirados com cacete e lhe saíam caranguejos de uma gaveta. Lugar de caranguejo não é na gaveta, mulher, é no carregamento, diziam, farrentos. Mais um soco. Leva essa puta ladra daqui!

Começou a tentar divertir-se com a ocasião, justo como sempre, quis brincar com o que pudesse, mas nada lhe vinha à cabeça. Olhou para si, pensou que ser preso vestido de jogador de golfe não era suficiente. Sorriu. Talvez devesse usar um vestido. Teve com aquela imagem o impulso de gargalhar, mas o riso pareceu apertar-lhe além do possível o coração, e abrir a boca o fez concentrar-se ainda mais na dor que sentia a irradiar pelo rosto. Pensou no braço esquerdo, não sentiu nada. Tudo bem. Voltava a olhar os cds. Havia muitos gravados, sem título, trilhas para churrascadas de décadas atrás, trilhas de novela, qualquer coisa pirateada da internet; e mais essa agora?, pensou, o que vão dizer do coronel que baixava coisas na internet? Tentou rir, de novo, mas dessa vez a dor e a pulsação foram ainda mais engasgadas. Perdeu o ar e teve de concentrar-se em respirar. O cd que embicara no espaço correto foi sugado sozinho para o aparelho de som, e começou a tocar, baixinho, uma canção cubana. Lembrava do que se tratava o cd, mas não podia pensar muito senão sufocaria. Deixou a música tocando e inspirou o pouco de ar que conseguia para depois expirá-lo, torcendo para que o sopro que entrava fosse suficiente para não desmaiar de vez.

Cinco minutos.

A segunda faixa do disco era o Hino à Internacional Comunista. Uma canção bonita, militar, que, como não compreendia mesmo a letra, podia bem estar falando de qualquer coisa. Continuava sem saber em que situação gravara aquilo, ou se fora Dédo, de brincadeira, sem saber em que momento ocorrera da canção ir parar ali, mas gostou de ouvi-la enquanto descansava do último ataque. Levantou-se e prestou atenção à música, de olhos fechados. Certo, pensou, esta é uma boa canção, definitivamente, uma ótima canção para passar no jornal, assustar todo mundo. Riu. Novamente, sentia tontura, por fim uma náusea violenta.

Foda-se.

Virou o botão de rolar ao máximo, sentiu ainda mais tontura pela tamanha burrice de prender a si mesmo em um enorme amplificador: o som mordia as paredes e ecoava grosso pelo corredor para os quartos. Aproveitou o resto de força das pernas, pegava o telefone, do outro lado da sala, quase caindo.

Caralho, Nina...

Hermes lhe pareceu um cinquentão enxuto. Gostava de caminhadas na praia e coquetéis, se dizia um legítimo *drinkista*. Na foto não se deixava ver tão bem seu rosto, o que indicava que era feio, claro, embora o abdome lhe fosse travado, o exibisse na tela com tamanho orgulho. Passando informações uma a uma, via-se: Hermes mencionava, com o apoio de uma foto, periquitos. Punha bananas no parapeito. Não, este não.

Assim que pegou o telefone, a vista escureceu. Sentia o tecido do tapete ralo raspando sua bochecha em frente à cristaleira enquanto se contorcia derrubado. Ali não. Tentou arrastar-se rumo ao quarto, pelas costas e pela frente do tórax vindo a pressão de um pneu maciço que o achatasse contra e a favor da madeira ao mesmo tempo. O Hino entoava. O som perdia o sentido, não podia mais distinguir voz de instrumento ou bateria. Os violinos tocavam debaixo d'água; o volume baixava e a melodia esticava-se do tempo original para um ruído contínuo e estranho. Arrastava-se. Não transcorrera nem um metro, sentia o pé ainda no tapete da cristaleira.

Aqui não, Diego, aqui não.

Rei despediu-se do menino sob a vigília inexplicável de Tia Norma, veja só, conheço este moleque há muitos anos, não, não, negro se deve vigiar de perto, Tia Norma era portuguesa das piores, ainda mais eugenista que os demais, ela sim, já diziam suas tapeçarias antigas, uma salazarista full--blown, o moleque seguro pelo braço pensava: me solta sua gorda velha, e Rei quis encostar-lhe no ombro, não pôde, os olhos rasos, tá certo, volto uma vez por todas para Santos, não nos vemos mais, e coitado deste carinha, como são coitadas todas as crianças, que entram no mundo para estragar, só isso,

A complicada notícia é que não se sabia sequer se era a maior parte (será um dia mesmo a maioria?) das pessoas presentes naquela multidão do lado de fora da casa de Diego, o senhor que achava que morria jogado ao tapete com um ataque de pânico — disto tenho alguma certeza —, que se punha ali realmente para julgá-lo errado, para vaiá-lo, ou se muito pelo contrário. Havia mesmo, numa papelada sofrível, tanta gente ali para aplaudi-lo?, ovacioná-lo?. Havendo os de esquerda que o celebravam emprestando o hino da revolução dos cravos, qualquer coisa da espécie, até porque, afinal de contas, havia ele socado um empresário? Havia também os de direita que o aplaudiam e entoavam hidrofóbicos uma chamada de ordem, quando uma senhora mostrava os peitos pintados com bandeiras do país, isso porque ele havia torturado gente do PT (ou associados) em 70 e pouco, imaginavam, não havendo PT em 70 e poucos. Havia quem de esquerda gritasse pela sua condenação justo por isso, é claro, porque os pegara jovens, antes. E havia os de direita que por proteção ao empresário o vaiavam por ser de esquerda. E, enquanto todo mundo gritava com todo mundo lá fora, a polícia protegendo a entrada como a um dos seus, de um jeito ou de outro, foi outro o coronel, um tipo desfardado, que assumiu a presidência do país numa jogada irreversível, canetada, bem, um pouco depois, baixo um Senado de débeis mentais. Era outubro.

5

Você leu?

Li,

E então?

Depende, ele se matou?

Déia, eu não sei.

O Canal do Panamá é chato, os barcos demoram muito a descer. Do lado de fora, no estacionamento, tivemos de espantar uma iguana verde da frente do carro, em Miraflores há muitas, insuportável. Ela me disse, atravessando uma cancela, que passava na universidade, coisa rápida, então, num pequeno café, tomando um bubble tea, aguardava bravo. Pra que se dar ao trabalho de ler um livro inteiro sobre alguém e no fim não saber como termina?, ela me disse, me chateei bastante, claro, mas tive de retrucar-lhe: Déia, na vida as coisas são assim? A justiça chega? As pessoas pagam? Mas que saco!, eu adoraria que ele tivesse se matado, ou morrido cardíaco, ridículo, igualzinho ao português. Mas eu simplesmente não sei. Não mostraram o corpo. Nina?, também sumiu, eu acho, como Hitler e Eva Braun. Evaporada.

Andressa demorou e eu pedi mais dois bubble teas, começando a arrumar problemas naquele país. Atravessávamos avenidas de arranha-céus e apartamentos de luxo, todos de *expats*, como se chamavam uns aos outros para evitar o termo imigrantes, porque aqueles, os imigrantes, não se mudavam cheios de grana, ao contrário, e só por isso, nenhum destes daqui se instala no Casco Antiguo, por exemplo, que parece Cuba, e lá sim!, então alcançávamos de carro o Chorrillo, onde os *panamenhos* moravam, imaginei, aquilo ali nem tão longe de uma favela. Quer dizer que eu tomava bubble teas num paraíso fiscal?

Andressa voltou. Talvez por conta do mau humor resultante da sua demora, logo ela sentava eu lhe disse:

Se você quer mesmo saber, este aqui me parece o tipo do lugar para onde viria um coronel, posto às pressas num avião enquanto a poeira baixava. Podia morar com os mono-titis no Cerro Ancón. Podia jantar num skyline qualquer, visitar San Blas, comprar lagosta direto dos índios. Não podia? Você acha que o coronel se consideraria um *expat?*

Babaca,

Foi andando para o carro e eu a segui, gargalhando. Uma espécie de rato sem rabo nenhum pulava de perto do carro. Andressa apontou: eu não te disse?, e sorriu. Os dentes perfeitos. A bunda perfeita. Outra vez me senti criminoso, lógico, entrei no carro resfolegando porque precisávamos ligar o ar. Atravessamos monumentos aos meninos mortos agarrados à bandeira do Panamá pelos americanos. Seguimos a Avenida Balboa sentido Corredor Sur rumo a Costa del Este, onde marcáramos de comer Pad Thai com amigos brasileiros. Haverá também chilenos, mexicanos, ela me disse. Como não sei espanhol, ao menos não muito bem, me irritava: ah, mas que merda, Andressa, mas que merda! Andressa?, ela perguntou, desde quando você me chama assim?, e segurou a minha mão. Terna. Sorriu, safada, e disse que mesmo eu, às vezes, me parecia com o coronel. Você acha que eu às vezes me pareço com a Nina?, ela perguntou. Ou com Lacta? Ah, vá à merda, Déia!, arranquei o braço. Roubava de volta, deu um beijo nas costas da minha mão: desculpa. Ao chegarmos, antes de descer, aproximou-se e deitou a cabeça no meu ombro, ofereceu a boca. Fui tentar beijá-la e puxou o rosto, fugiu, sorrindo. Saía do carro, o apito da porta aberta ficou.

6

Gomes entrava na seção, pesporrente, dava sinais aos soldados que não o incomodassem:

Sentados, diabo! Por onde é que anda o Coronel Lopes?, cruzava enfim com um conhecido, já para dentro do corredor, apontava-lhe uma salinha à direita,

Encontrou-o organizando uns papéis, pequenino, largado às moscas, sala cheia de arquivos de metal. Ergueu-se, pronto para prestar uma continência automática, mas logo via o amigo fazer que não com as mãos e descansou.

Depois de uma breve explicação, topava entrar no jipe, óbvio, seria estúpido se não topasse, seguiam pela República do Líbano, viam as luzes de Natal:

Meu amigo, você está para entrar na vida fácil, ele lhe disse, batia a mão direita, a que não guiava, em sua coxa. Você só tem que me prometer não vomitar.

Pelos prédios residenciais de Moema, chiques, pessoas passeavam cachorrinhos emperiquitados, o comércio buzinava tranquilo. Gomes acenou a um porteiro, deixou-os entrar, tomaram o elevador para a garagem. De lá, um anexo, por trás dos carrões estacionados, muitos figurões moram aqui!, ele lhe disse, e já chegavam a uma porta saída da lixeira do prédio. Era uma porta de lata, simples, reparou, pois se diria ser não mais que um depósito de papel, caixas de papelão, talvez, então Gomes parou-o com as mãos no peito.

Você tem certeza?

Lopes, respirando firme: tenho.

Não posso ter mais parte nisso além daqui, me entende?, você vai ter de descer sozinho. Destrancava a porta à chave. Lá de dentro, os barulhos,

No alto dos seus trinta, um coronel asmático, de repente. Gomes deu-lhe um minuto.

É fácil, é só abrir essa porta. Então está feito.

Se quando a polícia desceu com Marcos o coronel não tivesse se matado, quem sabe, contente por não ouvir mais hélices ou palavras de ordem, assim pudesse ganhar o vão de grama entre a sede e a casa de serviços, a encontrasse vazia, as latas de refrigerante amassadas na terra, alguns papéis tornados como bolas de tênis, rasgadas, úmidas, sujeira irreconhecível, e a cruzasse dando pequenas saudações à Lacta, que pastava junto à caminhonete velha do caseiro, ainda não imaginasse que na cozinha de cimento queimado jogava-se o corpo da criança desmembrada a degelar-se no chão, a tal da criança que nunca pôde crescer, revivendo jovem seu destino sempre precoce de Prometeu acorrentado, o cadáver semidevorado no cimento, a voz dos mortos que berravam no mato, viu-se avançar hall adentro, a porta um quanto avariada, e se ele segurasse a maçaneta?, antes até um pouco indeciso, asmático, e de repente, então, entrou.

Gomes fez que sim, era chegada a hora, o coronel já com tudo aprontado. Está certo, vamos lá. Firmou a mão na maçaneta de lata, disse: vamos, então, inspirando fundo como antes de mergulhar, de certa forma era, e deu com os olhos seguros do amigo que lhe disse: vamos, então, e entrou.

7

Uma hora de conversa sem motivo, os chilenos gostavam de dizer que a ditadura deles é que sim. O mexicano veio de Mercedes.

O Pad Thai tinha gosto de açúcar. É o papaya (não é), ela disse, eu fiz careta. Andressa sabia que tínhamos os dias de encontrar com aquela gente contados. Se outra vez combinávamos dividir um apartamento, eu queria convencê-la a alugá-lo no Casco Antiguo, próximo ao mulato que cobrava aos turistas fotografar-se com uma cobra, próximo aos meus bubble teas, inclusive, e me disse não, fazendo que não: o trajeto para a empresa era pior desde lá, pela Balboa se chegava a Costa del Este mais fácil, então me deu um selinho inadvertido que me faria concordar com Alphaville, até, Pembroke Pines, mas se íamos dividir outra vez um apartamento, tínhamos de andar com gente menos conservadora. Era preciso andar com os panamenhos, eu disse, os marxistas. Ela riu de mim: você é um idiota, cara. Não finge mais que você não tem dinheiro, ok? Você é igualzinho a estes chilenos, me disse baixo, o hálito fresco de bala tipo mentos soprava em meu ouvido,

O que é que vão pensar de mim?,

Juán disparava a contar histórias. Não vou transcrevê-las em espanhol. Não vou sequer transcrevê-las, a princípio. Lá fora passavam carros coloridos, mas duas ruas para o outro lado via-se uma praia de lixo. De onde vem esta sorte?, Juán pediu a Andressa que me chamasse. Assim, sem menos, porque ele bem sabia que eu escrevera antes sobre o escândalo que acompanhava de Santiago, ele também, achando por isso que a próxima anedota me interessaria,

Peguei-a do meio:

À chegada do soldado, o comandante lhe perguntou:

Como está o front, como está a guerra?,

O soldado:

Muitas e muitas baixas, comandante, tanta gente morrendo.

Ao que ele, enfim, perguntou:

De qual dos lados?

O soldado:

Todos. Uns por fora, outros por dentro.

Nessa hora, o silêncio na mesa, os expats emocionados com seus drinques e bons empregos. Emocionados por um clichê, portanto, eu retruquei:

Juán, você já ouviu falar no Rappa? É uma banda brasileira, do Rio de Janeiro. Essa história aí toda que você contou é cuspido um Hey Joe,

Andressa me chutou por baixo.

Juán então sorriu, até certo ponto ignorava o meu comentário, disse: mas cara, eu não terminei a história ainda, só dei nela uma pausa de suspense.

Retomando, o comandante se ajeitava no trono, divertia-se com a resposta do soldado:

Entendi. Mas me diga, meu amigo, afinal, se fosse você, o que é que você preferiria: estar morto por fora ou por dentro?

O soldado:

Vale, comandante, é muito melhor estar morto por dentro.

Leia também, da Editora InVerso:

MIL QUILÔMETROS MAR ADENTRO

Viver no exterior. Ver o Brasil do outro lado do oceano. Histórias de gente e país. Romance e descobrimento de outras formas de viver. *Mil Quilômetros Mar Adentro* fala do encontro de outras culturas.

VINGANÇA & PERDÃO

Este não é apenas mais um romance policial, com crimes, mistério e investigação. Sim, tem tudo isso, e muito mais. Mas de forma diferente, pois traz também uma reflexão instigante e profunda sobre culpa, vingança e perdão. Investigadores não são apenas os clássicos investigadores experientes, de faro aguçado, à caça do culpado. Antes, os mocinhos aqui são profundos perscrutadores da alma humana, que mergulham fundo em busca de entender o ser e suas motivações mais complexas, muito além das respostas que o sistema judiciário exige.